검혼여초 2
산하여고

劍魂如初 2: 山河如故

검혼여초 2
劍魂如初

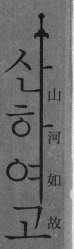

산하여고
山河如故

화이관 지음
차혜정 옮김

산천이 구면과도 같다

RHK
알에이치코리아

시간의 무덤

"어쩌면 난 이게 꿈이 아닌 걸 알고 있었는지도 모르겠어요. 다만 인정하기 싫었을 뿐이죠."

마당에 우물이 하나 있고 문을 들어서면 네 개의 작은 가마가 일렬로 늘어서 있었다. 가마 안에 장작은 없지만 연통에서는 연기 한 줄기가 아직 피어오르고 있었다. 사람이 떠난 지 얼마 되지 않은 것이 분명했다. 아니면 급히 떠나면서도 다른 사람이 사용할 수 있게 이곳을 정리해 둔 것일까?

그 남자도 이렇게 짐작한 것 같았다. 그래서인지 첫 번째 가마 옆에서 걸음을 멈추고 어리둥절한 표정으로 사방을 돌아보면서도 경계하는 기색은 없었다.

오늘밤은 달도 뜨지 않았고 하늘에는 별 하나 없었다. 칠흑 같은 어둠 속에서 공방 한 귀퉁이의 호롱불 하나가 넓은 실내를 흐릿하게 비추고 있었다. 그가 안쪽으로 걸음을 옮기려는 순간 문밖에서 발자국 소리가 났다. 하늘거리는 긴 치마를 입고 풍만한 가슴을 반쯤 드러낸 중년여자가 잰 걸음으로 그를 향해 걸어왔다. 여자는 팔에 얇고 긴 천을 두르고 있었는데, 그녀가 움직일 때마다 바람에 살랑살랑 흔들리며 손가락 사이의 금실 장식이 더욱 화려하게 돋보였다.

여자는 숨을 헐떡거리며 남자 앞에서 멈추더니 고개를 들어 뭔가 호소하는 듯했다. 남자 앞에서 여자는 무척 수줍어하는 모습이었다. 남자는 그 자리에 가만히 서서 온화한 표정으로 여자의 얘기를 들었다. 이때 담 밖에는 말을 탄 한 무리의 병사들이 소리를 죽이며 다가오고 있었다. 어둠을 뚫고 은밀히 지붕 위로 올라간 그들은 활을 장전하고 유일하게 불이 밝혀진 방 쪽을 겨냥했다.

"당신의 과거를 이제 와서 내가 어쩌지 못하니까요."

차례

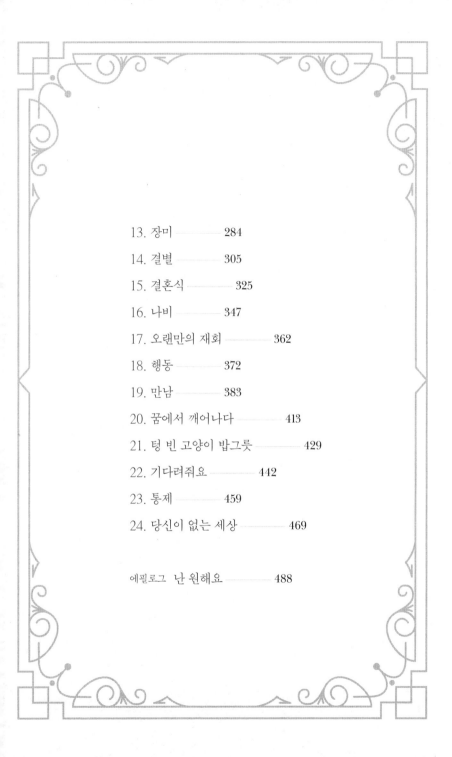

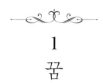

1
꿈

루추는 아침 일찍 눈을 떴다. 창밖 목련나무 가지에는 밤새 수많은 꽃봉오리들이 맺혀 있었다. 그 모습이 붓끝을 연상케 했다. 이불 속에 움츠린 채 눈은 나뭇가지를 향하고 있었지만 머릿속에는 확실치 않은 장면들이 무수히 스쳐갔다. 꽃은 아직 피지 않았고 그녀는 아직 시간이 많았다.

순간 머릿속 화면들이 일그러지며 형태가 변하더니 수많은 빛이 되어 눈앞을 떠다녔다. 갑자기 머리가 깨질 듯 아파오며 눈가가 빨개지더니 급기야 눈물까지 맺혔다. 루추가 아픔을 참으려고 몸을 잔뜩 움츠리고 있을 때 창을 두드리는 소리가 났다. 이어서 격자창문이 열리더니 장검 위에 올라 탄 샤오롄의 모습이 나타났다.

그가 침대 앞까지 날아 들어오자 발아래 있던 장검의 그림자가 순식간에 사라졌다. 샤오롄은 루추를 품에 안고 검지손가락으로 그녀의 미간을 가볍게 눌렀다. 서늘한 느낌이 머릿속으로 전달되며 두통은 금세 진정되었다. 루추는 안도의 한숨을 길게 내뿜었다.

"또 악몽을 꿨어요?"

샤오롄의 물음에 루추가 고개를 희미하게 끄덕였다.

"빛이 멀리서……."

소용없었다. 아무리 노력해도 머릿속 장면은 빠르게 흐려져버렸다. 루추는 초점 없는 눈으로 샤오롄을 바라보았다.

"늘 같아요. 기억이 나지 않네요."

꿈에서 겪은 일은 기억나지 않았지만 사랑하는 사람이 깊은 나락으로 떨어지는 모습을 지켜보면서 아무것도 할 수 없다는 분노와 슬픔은 오래도록 잊혀지지 않았다.

작년 말 회사에서 마련해 준 아파트로 이사 온 루추는 샤오롄과 위아래층에 사는 이웃이 되었다. 몇 백 미터 떨어진 가까운 곳에 회사가 있어서 매일 걸어서 10분이면 출퇴근이 가능했다. 하루하루가 편안하게 지나갔고 생활 속 작은 기쁨들이 그녀의 평범한 일상에 활력소가 되었다. 항구에 맛있는 빵집이 새로 문을 열었다든가, 삼림공원에서 풀숲에 묻힌 작은 오솔길을 발견하는 기쁨이 있었다. 삼림공원에 도착하면 사람들이 없는 곳에서 샤오롄의 장검을 함께 타고 다녔다. 경치가 아름다운 곳에서 가져온 간식을 먹으며 두세 시간 걷는 것이 그들에게는 가장 행복한 데이트였다.

행복한 시간의 절정은 춘절 연휴기간에 찾아왔다. 샤오렌이 루추의 집을 방문하겠다고 나선 것이다. 처음에는 루추도 걱정이 되었다. 어머니에게 알리고 나서는 온 가족의 신경도 덩달아 곤두섰다. 그러나 막상 집에 도착해보니 루추의 예상과는 달리 샤오렌은 너무나 자연스럽게 행동했다. 그는 루추의 가족과 함께 식사를 하고 텔레비전을 보며, 루추 아버지와 시사에 대해 토론하기도 했다. 어머니를 모시고 명절 장을 보러 다니는가 하면 춘절 당일에는 가족들과 친척집 세배에 동참하기도 했다. 어디를 가나 그는 예절바른 행동으로 친척 어른들의 칭찬을 한 몸에 받았다. 잘생긴 외모와 귀티 나는 행동은 또래 지인들의 부러움을 샀으며 거리에서는 사람들의 눈길을 끌었다. 떠나기 전날 루추는 고등학교 동창 모임에 샤오렌과 동행했는데, 잘생긴 남자친구 덕분에 부러운 시선을 느끼며 허영심을 만족할 수 있었다.

그런데 춘절 휴가가 끝난 후 갑자기 시작된 악몽으로 평온했던 루추의 생활은 급속도로 바뀌었다. 악몽의 원인은 불분명했으며, 횟수도 들쭉날쭉했다. 일주일에 한 번만 꿈을 꿀 때도 있고 몇날 며칠을 끊이지 않고 꾸기도 했다. 그녀는 꿈을 꿀 때마다 빠져나오려고 발버둥 치지만 좀처럼 잠에서 깰 수 없었다. 이상한 일은 눈을 뜨자마자 꿈의 내용이 하나도 생각나지 않았다.

요즘 들어 악몽은 더 극성을 부렸다. 루추는 샤오렌의 몸에 기대 잠깐 휴식을 취한 후 그에게 물었다.

"무슨 소리를 들은 거예요?"

그는 바로 위층에 살고 있으며, 천장 하나를 사이에 두고 있으니 밝은 청력으로 그녀의 동정을 하나도 빠짐없이 들을 수 있을 것이다. 그의 능력은 평소 루추를 불편하게 만든 것도 사실이지만, 악몽이 시작되면서는 오히려 안도감을 느끼게 해주었다.

샤오롄은 눈을 아래로 향하며 대답했다.

"어제와 비슷해요. 루추 씨가 내 이름을 불렀죠. 때로는 겁에 질린 듯 억눌린 비명을 지르기도 했어요."

그의 목소리는 침울하게 가라앉아 있었으나 루추는 유심히 듣지 않았다. 그녀가 중얼거리듯 말했다.

"어제와 비슷하다고요? 그렇다면 내가 계속 같은 꿈을 꾼다는 말인가요?"

"그럴 가능성이 있죠."

샤오롄이 잠시 말을 멈추더니 갑자기 물었다.

"혹시 검로(劍廬)에서 취안선, 펑랑과 내가 싸우는 꿈을 꾼 거 아니에요?"

그의 목소리에 강한 자책이 묻어났다. 루추가 멈칫하다가 이내 고개를 저었다.

"그럴 리가 있나요?"

샤오롄이 그녀의 손을 잡았다.

"추추, 당신은 무슨 꿈을 꾸는지 전혀 기억하지 못하잖아요."

"하지만 꿈속에서 느낀 기분은 확실히 기억해요."

루추가 손을 빼서 샤오롄의 손을 잡으며 다급히 말했다.

"난 내 자신을 알아요. 검로 장면이었다면 그런 반응을 보였을

리가 없어요."

반박은 하지 않았으나 샤오롄의 얼굴에는 수긍하지 못하겠다는 기색이 역력했다. 그런 그의 모습에 루추가 풀죽은 목소리로 물었다.

"날 못 믿는 거예요?"

샤오롄이 그녀를 품에 안은 채 작은 소리로 말했다.

"물론 믿죠. 하지만 인간의 잠재의식을 무시할 수는 없어요."

그의 말도 일리가 있었으나 루추를 설득하기에는 부족했다. 루추는 그의 어깨에 머리를 묻고 그대로 있었다. 이윽고 그녀가 입을 열었다.

"샤오롄, 지금부터 내가 하는 말을 듣기만 해요. 어떤 말도 하지 않았으면 좋겠어요."

그녀의 말은 다분히 강압적이었다. 그러나 애교가 잔뜩 묻은 그녀의 태도에 샤오롄의 입꼬리가 올라갔다.

"알았으니 어서 말해 봐요."

"아무래도 내가 꿈을 꾸는 것이 아니라 꿈이 나를 찾아오는 것 같아요."

이렇게 말한 루추가 샤오롄에게서 몸을 떼고 진지하게 말을 이어갔다.

"지금 막 생각났는데 꿈속에서 바다에서 나는 비린내가 났어요. 전에는 꿈을 꿔도 냄새를 느끼지 못했는데 참 이상해요."

샤오롄이 무슨 말을 하려다 말고 그녀를 바라보았다. 루추가 한숨을 쉬더니 양모이불을 껴안고 체념한 듯이 말했다.

"이제 내 말은 끝났어요. 혹시 할 말이 있으면 지금 해요."

"음······. 추추, 사실 나는 당신이 아주 예리하다는 말을 하려고 했어요."

루추의 의혹에 찬 시선을 받으며 샤오렌은 그녀의 머리칼을 부드럽게 쓰다듬었다.

"우리 형수님이 심리학자인데, 그분 말에 따르면 꿈은 사람의 뇌에서 정보가 재구축되는 과정에서 생기는 부산물이라고 해요. 하지만 후각과 미각은 대뇌의 표피층과는 무관하기 때문에 꿈에서는 거의 나타나지 않는다고 하죠."

그가 잠시 말을 멈추고 뭔가 생각났다는 듯이 말했다.

"어쩌면 루추 씨가 맞을지도 몰라요. 그 꿈은 정말 문제가······."

"샤오렌 씨에게 형수가 있어요?"

루추가 놀란 얼굴로 몸을 앞으로 숙였다.

"인 팀장님이 결혼한 적이 있다는 말이군요. 왜 그동안 말해 주지 않았어요?"

"지난 30년 동안 별거중이라 말하기가 그랬던 거죠."

샤오렌이 루추의 눈을 들여다보며 회심의 표정을 지었다. 루추는 알겠다는 듯 고개를 끄덕였다. 그러나 호기심을 누르지 못하고 가까이 다가가 속삭이듯 물었다.

"그분들 정말 결혼했었나요?"

샤오렌이 고개를 끄덕였다.

"민국(民國) 정부가 발행한 증서도 있어요. '삼생석(三生石)에 좋은 인연을 새기고, 부부의 인연은 하나의 줄로 이어지네'라는 시구도 적혀 있던 걸요."

'정말 낭만적인 일이다.' 루추가 중얼거렸다.

"인 팀장님의 결혼사진을 본 것도 같아요. 민국의 신부였군요."

"두 사람이 다투다가 찢어버렸어요."

"말을 참 살풍경하게 하시네요."

"사실을 말하는 것뿐이에요."

오늘은 주말이라 출근을 할 필요가 없었다. 두 사람은 나란히
앉아 한동안 이야기를 나눴다. 루추가 입을 가리며 하품을 하더니
앓는 소리를 했다.

"너무 피곤해요."

루추는 아직도 눈이 약간 부어 있었고 메마른 입술은 갈라져 있
었다. 악몽으로 인한 고통이 여실히 드러나는 모습이었다. 샤오렌
이 걱정스런 눈으로 그녀를 바라보더니 한 가지 제안을 했다.

"궈예이에 가서 맛있는 브런치나 먹을까요?"

"궈예이에 브런치도 있어요?"

"올해부터 한다고 들었어요. 벤 형에게 특별히 알아봤죠."

루추가 이해할 수 없다는 듯 물었다.

"왜 그런 걸 알아보고 그래요?"

샤오렌은 생존을 위해 음식을 먹을 필요가 없을 뿐 아니라 먹는
것에도 관심이 없기에 하는 말이었다.

샤오롄이 손가락으로 그녀의 코를 톡 건드리며 대답했다.

"이사 오던 날 내가 말했죠. 학습능력은 떨어져도 열심히 배울 거라고요. 아무래도 루추 씨가 그 말을 이해하지 못했나 봐요. 내가 말하는 학습은 루추 씨 남자친구로서 할 일이었어요."

루추가 기분 좋게 웃으며 그의 품으로 파고들었다. 아침 바람이 서늘해 샤오롄은 양모이불로 루추를 감싸주었다. 이때 이불 속에 있던 책 한 권이 침대 위로 떨어졌다.

전승을 기록한 고서였다. 샤오롄은 그 책의 표지를 응시하다가 갑자기 물었다.

"악몽이 전승과 관련되는 건 아닐까요?"

"나도 그런 가능성을 생각해봤어요. 하지만 전승에 관한 꿈을 꾸면 잠에서 깬 후에 내용을 그대로 기억할 수 있었어요. 요즘 일어나는 상황과는 전혀 달라요."

루추가 그의 품에서 몸을 돌리더니 말을 이어갔다.

"게다가 전승의 목적이 경험과 지식을 전달하는 데 있는데 기억도 못하는 꿈이 무슨 소용이 있겠어요?"

샤오롄이 잠시 깊은 생각에 잠겼다가 이윽고 물었다.

"최근 금제(禁制)를 풀 방법을 연구하고 있었어요?"

금제는 줄곧 그들 사이의 갈등을 불러오는 화두였다. 몇 번의 말다툼 끝에 루추는 그에게 금제에 관한 얘기를 꺼내지 않으리라 마음먹었다. 하지만 오늘은 예외였다. 그녀는 이불로 몸을 감싸고는 애교를 부리며 화제를 돌리려고 했다.

"그냥 책을 가끔 들여다보는 정도에요. 이제 옷을 갈아입어야 하니 자리 좀 비켜줄래요?"

"무슨 책이죠? 새로운 전승이라도 열었나요?"

샤오롄이 나갈 생각을 하지 않고 물었다.

"아니에요. 전승이 무슨 고양이 통조림처럼 아무 때나 열 수 있는 건 줄 알아요?"

루추가 방문을 가리키며 말했다.

"어서 나가요. 나 배고파 죽겠어요."

샤오롄은 그제야 마음을 놓고 일어나 그녀의 이마에 가볍게 입을 맞췄다. 자연스럽고 우아한 동작에 가려 두드러지지 않지만, 사실 그는 그녀와 일정한 거리를 유지하느라 애쓰고 있었다. 루추가 그의 가슴 쪽을 힐끗 쳐다보니 심장 부위를 에워싼 쇠사슬이 여전히 옅은 금빛으로 번쩍이고 있었다.

이 쇠사슬이 상징하는 금제가 사라지지 않는 한 그는 자신의 감정을 조절해서 초능력을 과도하게 사용하지 않아야 한다. 그녀와 신체접촉을 할 때는 더욱 조심해야 했다. 검혼(劍魂)이 지배하는 그의 몸의 경계가 어디까지인지를 아무도 알 수 없었다. 그러나 일단 그 경계를 넘으면 혹독한 대가를 치러야 한다. 그것이 죽음일 수도 있었다. 샤오롄의 죽음이 아닌 루추의 죽음이었다. 그것도 샤오롄 자신의 손으로 직접 실행해야 했다. 그런데도 두 사람은 함께 하기로 했다. 이는 두 사람이 공동으로 내린 결정이었다.

아침의 상쾌한 바람이 불어와 얇은 망사 커튼이 흔들렸다. 기온이 차츰 올라가고 제비 한 마리가 지저귀며 창문 옆을 날아갔다. 날씨가 좋아진 덕분인지, 악몽에서 깨자마자 사랑하는 그를 볼 수

있어서인지는 몰라도 루추는 마음 깊은 곳에서 온몸으로 따뜻함
이 퍼지는 것을 느꼈다. 샤오렌이 검에 올라타고 방문을 빠져나가
는 모습을 바라보며 루추는 베개 위에 머리를 올려놓고 눈을 감았
다. 하나, 둘, 셋을 센 후 이불을 박차고 나와 옷장 서랍을 열고 스
웨터를 꺼냈다.

15분 후 외출준비를 마친 루추는 정성들여 고른 외출복으로 갈
아입었다. 경쾌한 소리를 내며 침실 계단을 절반쯤 내려가자 샤오
렌이 팔짱을 낀 채 벽에 걸린 족자를 바라보며 깊은 생각에 잠겨
있는 모습이 보였다.

이 그림은 샤덩덩이 선물해 주었다. 어느 날 루추의 집을 찾은
샤덩덩이 벽에 아무 장식도 걸려 있지 않은 것을 보고 고향집의
소장품 중에서 골라서 보내준 그림이었다. 《청명상하도淸明上河圖》
와 유사한 옛날 풍경화를 선물하면서 이 그림에는 낙관이 없으며
그림체로 판단할 때 유명한 화가의 그림도 아니니 부담 가질 필요
가 없다는 말까지 덧붙였다.

그림은 번화한 시가지의 모습을 묘사하고 있었다. 집과 누각들
이 늘어서 있는 거리에는 각양각색의 사람들이 있었다. 호객하는
장사꾼, 가마를 타고 장막을 젖혀 밖을 내다보는 여인, 말을 타고
다리를 건너는 병사들이 보였다. 멀리 바닷물이 출렁거리고 바닷
가에는 빽빽하게 심은 방풍림 뒤로 높이 솟은 불탑이 있었다.

그림을 보호하기 위해 루추는 박물관에서 일하는 동료에게 부탁해 빛이 들지 않는 그늘진 벽에 그림을 걸었다. 그 옆에는 제습기까지 설치해 습도를 조절하고 정기적으로 먼지까지 제거하는 등 그림에 손상이 가지 않게 했다.

샤오렌의 심각한 표정을 본 루추는 가슴이 철렁해져 급히 그의 곁으로 다가갔다.

"그림에 문제가 있어요?"

"그냥 보는 거예요."

그가 손을 뻗어 그림 가장자리를 만지더니 말했다.

"조금 비뚤어졌네요. 어제 위치와 조금 달라졌어요."

동글동글 살찐 얼룩 고양이가 소파 밑에서 나와 그들에게 다가왔다. 루추의 발끝에 몸을 문지르다가 샤오렌 쪽으로 향했다. 이내 두 귀를 뒤로 붙이고 몸을 구부린 채 이빨을 드러내며 가르릉거렸다. 그러더니 벽에 붙여놓은 의자위로 뛰어올라 천진무구한 표정으로 루추를 바라보았다.

조금 전 뛰어오르면서 의자가 기우뚱하다가 족자의 아랫부분을 건드리는 바람에 그림은 다시 비뚤어졌다.

"차오바!"

루추가 앞으로 가서 고양이를 안아 올리며 화가 난다는 듯이 귀를 살짝 잡았다 놓았다.

"그럼 못써. 나쁜 고양이 같으니라고!"

3개월 전에 비해 차오바는 훌쩍 자랐다. 호랑이 같은 무늬가 점점 선명해지며 성묘(成貓)의 자태를 갖췄다. 그러나 몸집이 커지면서 샤오렌이 자신의 목숨을 살려주었다는 사실을 잊어버린 듯, 샤오렌이 루추와 함께 있는 모습을 보면 이빨을 드러내고 발톱을 세웠다. 그런데 루추가 없을 때는 샤오렌을 보는 순간 숨기 바빴으며 야옹 소리도 내지 않았다.

차오바가 고개를 들어 야옹 소리를 내는 것이 마치 항의라도 하는 듯했다. 샤오렌이 거들었다.

"차오바 탓 하지 말아요. 동물들은 대부분 나를 보면 피해요. 내 몸에서 나는 금속 냄새가 위험신호로 느껴지나 봐요."

"모든 동물이 샤오렌 씨를 보면 본능적으로 피한다고요?"

루추가 이렇게 묻고는 곧 이어 고개를 가로저었다.

"그건 아닐 거예요. 내가 당신을 처음 만났을 때는 얼마나 친근한 느낌이었는데……, 그건 내가 복원사였기 때문이었나?"

샤오렌이 고개를 가로저었다.

"처음부터 복원사로 태어난 사람은 없으니까요. 훈련을 받으면서 두려움이 없어지죠. 그건 본능을 억제한 것에 불과해요. 솔직히 말해 내가 친근하다는 말은 처음 들어봐요. 제대로 기억하는 거 맞죠?"

"물론이죠."

그걸 어떻게 잘못 기억할 수 있단 말인가? 루추는 조금도 주저하지 않고 대답했다.

샤오렌이 루추를 응시하며 말했다.

"선천적으로 그런지는 나도 모르겠어요."

그의 말투는 진지했으나 눈빛은 지극히 온화해서 루추는 그의 말을 '우리는 천상 어울리는 한 쌍'이라는 속삭임으로 받아들였다.
샤오롄을 바라보며 기분 좋게 웃던 루추는 차오바가 또 의자에 뛰
어오르는 모습을 발견했다. 그녀는 차오바를 얼른 안아들고는 샤
오롄에게 말했다.

"잠시만요."

그녀가 단호하게 말하는 바람에 샤오롄은 저도 모르게 한 발 뒤
로 물러났다. 루추는 차오바를 안고 족자 앞으로 가더니 같은 말투
로 차오바의 귀에 대고 말했다.

"이 말썽쟁이야. 예술품을 감상할 줄 알아야지. 그렇게 함부로
부닥치면 되겠어?"

차오바는 영문을 모르고 몸을 뒤틀어 빠져나가려고 했다.

"그렇게 훈육하면 효과가 있어요?"

"그러기를 바라는 거죠."

루추가 허리를 숙여 고양이를 놓아주고는 의자 등받이를 붙잡
고 말했다.

"그러기 전에 의자를 다른 곳에 옮겨놓는 게 좋겠어요."

샤오롄은 루추의 진지한 뒷모습을 보며 앞으로 나섰다.

"내가 도와줄게요."

"그래요. 사실 나도 들 수는 있어요."

그가 의자를 식탁 옆으로 옮겨놓는 모습을 지켜보던 루추는 고양
이에게 먹이를 주고 물도 갈아주었다. 그녀의 움직임이 경쾌했다.

지난 며칠간 비가 계속되다가 모처럼 날이 개니 많은 사람들이 밖으로 몰려나왔다. 샤오롄이 차를 몰고 나선 지 얼마 되지 않아 나들이 나온 차량들로 길이 막히기 시작했다. 창밖에는 언제부터인지 옅은 안개가 피어올라 도시 전체가 뿌옇게 보였다. 루추가 공기를 통하게 하려고 창문을 내렸더니 안개가 아니라 새로 돋는 잎에서 떨어진 솜털이 사방으로 날려 그렇게 보인 것이었다.

길 가던 사람들과 자전거를 탄 사람들 대부분이 마스크를 쓰고 있었다. 루추도 금세 코가 간지러워졌다. 그녀는 바로 창문을 닫고 샤오롄 쪽으로 고개를 돌렸다.

"샤오롄 씨도 알레르기 있어요?"

샤오롄이 웃으며 고개를 저었고 호기심이 생긴 루추가 또 물었다.

"그럼 꿈은 꿔요?"

이 질문은 그를 곤혹스럽게 했다. 샤오롄은 잠시 머뭇거리다 대답했다.

"우린 잠을 자지 않아요. 그러니까 그 질문이 상처를 심하게 입어 본체의 모습으로 돌아가 의식을 잃은 순간이냐고 묻는다면 대답은 그렇지 않다는 거예요."

"그렇다면 입정(入定)에 들어갈 때는요?"

입정은 그들만의 휴식방식으로 인간의 모습이 사라지고 의식이 본체로 돌아가는 것을 말한다.

샤오렌이 잠시 침묵하다가 대답했다.

"그런 상황에서는 이따금 어떤 장면의 기억이 스쳐가곤 해요."

"기억은 꿈이 아니에요."

루추는 샤오렌이 그 둘을 왜 같은 것으로 취급하는지 알 수 없었다.

"사실과 다른 왜곡된 기억이죠. 어떤 얼굴은 크게 확대되고 동작이 반복되면서 우리 능력으로 자세히 관찰할 수 없을 정도로 확실히 드러나죠. 시간이 흐른 후 그때의 사람들은 이미 존재하지 않고 그런 일이 정말 발생했는지, 혹시 상상에서만 존재했는지 의심이 들게 돼요."

여기까지 말한 샤오렌이 잠시 멈추고는 말투를 경쾌하게 하려고 애쓰며 덧붙였다.

"내 기억력은 다른 사람보다 못해서 수백 년 전의 일을 어쩌다 회상하면 마치 꿈을 꾸는 것 같아요."

"이해해요."

루추가 입술을 깨물며 낮은 소리로 덧붙였다.

"미안해요."

"뭐가요?"

샤오렌이 고개를 돌려 그녀를 응시했다.

"당신을 너무 힘들게 해서요."

루추는 사실 그 이유를 확실히 몰랐다. 그러나 자신에게는 크게 와 닿지 않는 문제가 정작 그를 곤혹스럽게 한다는 것을 직감적으로 느꼈다.

그가 잠시 입을 다물고 있다가 그녀의 아명을 작은 소리로 불렀다.

"추추!"

"네."

마치 선생님이 출석을 부를 때 대답하듯 루추가 오른손을 번쩍 들고 대답했다.

"사귀는 사람이 평범한 사람이라면 그래도 미안하다고 할 건가요?"

그렇지 않을 것이다. 상대가 평범한 사람이라면 이런 문제로 미안해할 필요가 없다. 그러나 자신에게는 별 것 아니라도 상대에게는 중요한 일이 있다. 그리고 사랑하기에 미안하다는 말쯤은 얼마든지 할 수 있다. 그러나 샤오렌은 그녀가 미안해하는 것이 마음에 걸렸다. 루추의 얼굴에 순간 어두운 그림자가 스쳤으나 샤오렌은 모르는 척했다. 그가 루추의 볼을 어루만지며 말했다.

"다음부터는 우리 둘의 차이 때문에 미안하다는 말 하지 말아요. 그러면 내가 더 힘들어지니까요. 꿈에 관해서는 너무 오래전 일이라 과거 일을 잊어버린 것뿐이에요."

그의 말투가 너무나 부드러워서 루추는 순순히 고개를 끄덕였다. 더 따지는 것은 무의미했다. 두 사람이 함께하다 보면 언젠가 그도 알 것이다. 그녀는 오늘이 결코 요원한 옛날이 되지 않으리라는 것을 믿었다.

샤오렌의 차가 귀예이호텔의 주차장에서 멈추고 루추가 데스크 쪽으로 걸음을 옮겼다. 그때 바닥까지 드리운 통 유리창을 통해 정원의 모습이 보였다. 연못 옆에는 10여 마리의 물새가 큰 키에 호리호리한 몸매의 남자를 둘러싸고 먹을 것을 보채고 있었다. 그 가운데는 색깔이 화려한 원앙도 섞여 있어 떠들썩한 장면을 연출했다. 남자는 30세 정도 되는 나이에 어깨까지 머리를 기르고 얼굴 전체에 수염이 가득했다. 그는 종이봉투에서 빵부스러기를 느릿느릿 꺼내 새들에게 줬다. 때때로 머리를 긁적이는 모습에서 고뇌하는 가난한 예술가의 면모가 엿보였다.

봄이라고는 하지만 아직은 추운 날씨에도 남자는 캐릭터가 그려진 라운드 넥 티셔츠 차림이었다. 얇은 겉옷하나 걸치지 않은 모습이 아무래도 이상했다. 루추가 그를 자꾸 쳐다보자 그 남자도 이를 느꼈는지 고개를 들어 그녀를 쳐다보았다. 두 사람의 눈이 마주치자 남자가 갑자기 이를 드러내며 웃었다. 그의 표정은 우호적이면서도 호기심을 띠고 있었다. 마치 그녀가 누구인지 궁금하다는 눈빛이었다.

루추는 당황하여 그를 향해 예의 있는 미소로 화답했다. 그 순간 샤오렌이 갑자기 그녀의 오른손을 꼭 쥐는 것을 느꼈다.

"저 사람은 자기 정체를 드러내는 걸 자제하고 있어요. 그래서 새들이 두려워하지 않고 같은 종족으로 대하는 거죠."

샤오렌이 표정 변화 없이 담담한 어조로 말했다. 저 남자도 고대 기물이 인간의 모습으로 화한 화형자(化形者)라는 의미였다.

"저 사람을 알아요?"

"친구라고는 할 수 없죠."

샤오롄의 의미심장한 말에 루추는 갑자기 경계심이 생겼다. 그녀는 샤오롄에게 가까이 다가가면서도 그 남자 쪽을 다시 힐끗 쳐다보았다. 그는 때마침 기지개를 켜고 있었는데 갈색으로 그을린 복근이 드러났다. 몸매는 단단했지만 얼굴은 순진한 것이 전혀 해로울 것 같지 않은 모습이었다. 하긴 친구가 아니라고 했지 적이라고 하지도 않았다.

벤중이 데스크에서 나오더니 남자 쪽을 바라보며 언짢은 기색을 했다.

"저 사람은 숙박비 대신 일을 하겠다고 하더니 한 달이 넘게 있으면서 테이블 한 번 닦지 않는다니까요. 망할 녀석!"

마지막 말에 힘을 주는 바람에 남자의 귀에도 들렸다. 그러나 그는 아무렇지 않게 손을 흔들었다.

"벤중 씨, 다 들려요!"

그러더니 빵부스러기를 계속 꺼내서 새들에게 먹였다. 벤중이 눈을 흘기고는 루추 쪽으로 고개를 돌렸다.

"오늘은 메뉴를 전천후 영국식 조찬으로 통일했는데 괜찮겠어요?

루추는 먹는 것에 까다롭지 않은 편이어서 일단 고개를 끄덕였다.

"그런데 메뉴가 왜 한 가지에요?"

"주방장이 그만뒀거든요."

벤중이 두 손을 펴 보이며 어쩔 수 없다는 표정으로 말했다.

"새 주방장을 못 구하면 식당은 접고 숙소만 운영할까도 생각중
이에요."

"그러기에는 너무 아까워요."

"그러게 말입니다. 그래서 100년 동안 세상에 나오지 않던 사람
을 설득하는 중이에요."

이때 벤중의 핸드폰 문자 도착음이 울렸다. 그가 두 줄을 읽더
니 "바빠서 실례할게요." 한마디를 남기고 주방 쪽으로 사라졌다.

"100년이면……."

루추가 눈을 반짝이며 샤오롄에게 물었다.

"벤 형이 주방장을 구하는데 성공하면 우리는 100년 전의 메뉴
를 먹을 수 있겠네요."

"난 음식 맛을 구별하지 못해서……. 미안해요."

"뭐가 미안해요? 샤오롄 씨와 음식에 관해 논하려 한 내 잘못
이죠."

샤오롄이 할 말을 찾지 못했다. 루추는 조금 전의 일에 소심한
복수를 한 것 같아서 통쾌했다. 어쨌든 연인간의 다툼은 의견이 맞
지 않아도 달콤한 법이다. 종업원이 오더니 그들에게 자리를 안내
하고 따뜻한 차와 핸드메이드 빵을 내왔다. 이어서 후식으로 블루
베리와 초콜릿 컵케이크 중 어떤 것으로 주문할지를 물었다.

귀예이호텔은 계절마다 장식을 조금씩 바꾼다. 오늘은 테이블

에 새하얀 데이지 꽃이 놓여 있었는데, 민트그린 테이블보와 색상의 대비를 이루면서 전체적으로 산뜻하고 자연스러운 공간을 연출했다. 음식은 금세 나왔다. 큰 접시에 소시지, 베이컨과 으깬 감자, 달걀 프라이가 함께 담겨 있었는데, 이전의 정교한 음식과 비교하면 큰 차이가 났다. 맛은 예전처럼 풍부하지는 않았지만 그렇게 나쁘지도 않았다. 주방 식구들이 메인 셰프가 없는 틈을 메우기 위해 노력한 것을 알 수 있었다.

그들은 창가에 앉았는데 아까 새에게 모이를 주던 남자는 보이지 않았다. 물새들은 어디론가 날아가고 참새 한 무리가 날아와 바닥의 틈새에서 먹을 것을 찾고 있었다. 연못 옆에는 튤립과 히아신스를 심어 자주색과 흰색 사이로 햇빛이 쏟아져 정원 전체가 생기에 넘쳤다.

종업원이 다시 들어와 찻주전자에 뜨거운 물을 보충하고 있을 때 샤오롄이 갑자기 고개를 들어 입구를 바라보았다. 루추도 그를 따라 고개를 돌리자 흰 스웨터에 푸른색 반바지, 검은 스타킹을 신고 여학생 차림을 한 징충환이 작은 여행용 가방을 끌고 천천히 들어왔다.

루추가 재빨리 고개를 숙였다. 너무 서두르는 바람에 코가 접시에 있던 으깬 감자에 닿을 뻔했다. 하지만 그런 노력도 소용없이 징충환은 실내를 한 바퀴 돌아보더니 곧바로 그들을 향해 걸어왔다. 의자를 끌어당겨 앉은 그녀는 샤오롄에게 "하이!"라고 말하고는 시선을 루추에게 돌렸다.

"오늘 많은 사람들이 내 모습을 촬영했어요."

"애니메이션 전시회였어요?"

루추가 이렇게 물으면서 눈을 자기도 모르게 피했다.

"이번에는 규모가 꽤 컸어요. 해외 팀도 많이 참가했고요. 어떤 외국인들이 〈천공의 성 라퓨타〉를 코스프레한 걸 봤는데 원작보다 더 대단했어요. 그런데 루추 씨, 요즘 날 피하는 건 아니죠?"

징충환은 천진난만한 표정으로 물었지만 말투는 날카롭기 그지 없었다.

루추가 어색하게 웃으며 대답했다.

"그건 충환 씨 본체의 녹을 제거할 방법을 찾지 못해서 그래요."

"아, 그거 참 이상하군요. 나는 훨씬 나아진 것 같은데요."

징충환이 한쪽 얼굴을 보여주며 말했다.

"요즘들어 치통이 거의 없어졌어요. 아무 처리도 하지 않았단 말이죠?"

"거울면 손상을 우려해서 회주석(灰朱錫) 가루만 닦아낸 후 펠트 천으로 원을 그려주며 닦아냈어요. 이건 《회남자淮南子》에도 기록된 전통 구리거울 연마방법이에요. 하지만 거울마다 시료에 대한 반응은 조금씩 달라요. 딩딩언니의 경우는 회주석 가루에 전혀 반응을 보이지 않아서……."

여기까지 말한 루추는 자신도 흥분이 되어서 몸을 앞으로 기울이고 진지하게 물었다.

"그런데 충환 씨는 효과가 있었단 말이죠?"

"괜찮았어요. 앞으로도 부탁해요. 근본적 치유 방법이 없다면 임시방편도 괜찮아요."

징충환이 손을 흔들며 흰자와 검은 눈동자가 분명한 눈으로 두 사람을 한 번 훑어본 후 키득댔다.

"샤오렌이 사는 아래층으로 이사한 후 잠을 못 잔 거예요? 다크서클이 짙어졌어요."

지난주에 회사 동료들도 그녀의 다크서클을 걱정해주었지만, 징충환처럼 지레짐작하는 말은 하지 않았다. 샤오렌이 미간을 찌푸리며 무슨 말을 하려고 하자 루추가 선수를 쳤다.

"악몽을 꿔서 그래요."

"무슨 악몽을요?"

루추는 꿈에 대해 간단히 설명했고 징충환은 손으로 턱을 받치며 흥미롭다는 듯 말했다.

"꿈의 내용은 나도 볼 수 없지만 잠재의식 속 가장 큰 두려움이 뭔지 알고 싶다면 도움을 줄 수도 있어요."

"어떻게요?"

루추가 영문을 모르겠다는 듯이 물었다.

"충환 씨의 초능력은 투시와 멀리 보는 거잖아요?"

"투시 맞아요."

징충환이 양손으로 따옴표 모양을 하더니 말을 계속했다.

"지금 나는 건강을 되찾았으니 능력도 당연히 강해졌을 거예요. 내 눈을 바라보면서 루추 씨의 내면을 들여다보면 그 정경이 보일 거예요. 얼마나 잘 비쳐질지는 루추 씨 마음에 달렸으니 진지하게 임해야 해요."

"그걸 봐야 소용없어요. 루추 씨의 악몽이 반드시 두려움에서 비롯된 것이 아닐 수도 있잖아요."

줄곧 잠자코 있던 샤오롄이 이렇게 말하더니 이번에는 루추를 바라보며 말을 이었다.

"게다가 사람이 두려워하는 것은 수시로 변할 수 있어요. 오늘 본 장면이 반드시 내일 두려움으로 변하리라는 법은 없으니까요."

"그냥 한번 해봐요. 아무것도 보지 못하면서 무슨 자격으로 비난하는 거죠?"

징충환이 입을 삐죽 내밀고 불만을 터뜨렸다. 루추가 샤오롄에게 말했다.

"알았어요. 그래도 한번 해볼래요."

"그럴 필요가 있을까요? 악몽이 그렇게 중요해요?"

"필요한지 아닌지는 나도 모르겠어요. 하지만 뭔지는 알고 싶어요."

샤오롄도 더는 말리지 않았다. 루추가 징충환에게 물었다.

"언제 진행할까요?"

"언제라도 상관없어요. 위험하거나 후유증 같은 것도 없어요. 하지만 그래도 겁이 난다면 시간을 정하죠. 3분이나 5분 하는 식으로요. 그 시간이 되면 우리가 깨워줄게요."

"3분으로 할게요."

샤오롄이 루추의 손을 잡고 말했다.

"뭘 보든 내게 말해 준다고 약속해요. 함께 헤쳐나가요."

자신의 악몽도 아니면서 샤오롄이 루추보다 더 신중하게 대하고 있었다. 루추가 샤오롄의 손을 잡고 알았다고 대답했지만 속으

꿈 31

로는 대수롭지 않게 생각했다. 그녀는 샤오렌이 뭘 걱정하는지 알고 있었다. 하지만 샤오렌이 자제력을 잃고 자신을 공격한 사건이 루추 내면의 가장 큰 공포인지는 확신할 수 없었다.

그녀가 홍차를 반 잔 정도 마시고는 몇 번이나 심호흡을 하며 용기를 냈다. 징충환의 검은 눈동자를 들여다보며 '마음 깊은 곳의 두려움을 들여다보게 해주세요.'라는 말을 계속 되뇌었다. 몽롱한 빛무리가 그녀를 둘러싸더니 주변 소리가 조수 밀려가듯 서서히 멀어졌다. 빛무리가 사라진 후 루추는 지금 살고 있는 아파트 텔레비전 앞에 자신이 서 있는 것을 발견했다.

공간 배치는 현실세계와 같으나 여러 곳에 변화가 있었다. 칠을 한 흰 벽에 지저분한 물때가 끼고, 작년 말 새로 사들인 식탁과 의자는 낡은 모습이었다. 그 위에 덮인 식탁보에는 여러 번 기운 흔적이 있고 소파 옆에는 어머니의 성화에 작년에 사들인 관절에 좋다는 전기 히터가 놓여 있었다. 가장 변화가 큰 곳은 주방이었다. 각종 부엌살림과 식기들이 전부 바뀌었다. 싱크대 위에는 유리병이 있었고 그 안에는 그녀가 좋아하는 핸드메이드 과자들이 잔뜩 들어 있었다.

누가 봐도 아늑한 보금자리인 이곳에서 두려움이라고는 찾아볼 수 없었다. 이때 고양이 소리가 낮게 울려 퍼졌다. 루추가 한 걸음에 베란다로 가니 목제의 고양이 낙원은 여전한데 상태는 많이 낡아 있었다. 털에 광택을 잃은 늙은 고양이 한 마리가 낡은 스웨터를 입고 숨을 몰아쉬고 있었다. 눈가에는 눈물 자국이 있고 동공이 점점 커지는 것이 조금씩 죽어가는 모습이었다.

"차오바!?"

루추가 뛰어가 차오바를 어루만지며 한 손으로는 핸드폰을 꺼내 동물병원에 전화를 하려고 했다. 그러나 전화기를 드는 순간 그녀는 자신의 손도 변해 있는 것을 발견했다. 피부는 수많은 흉터와 반점으로 덮여 있고 손가락 마디는 굵어져 있었다. 어떤 손가락은 손톱이 갈라지고 오래된 상처가 덧나 일회용 밴드가 붙어 있었다. 세월의 흔적이 보이는 그 손을 부끄러워할 필요는 없으나 분명 자신의 것은 아니었다. 루추는 차오바를 내려놓고 천천히 몸을 일으켜 사방을 다시 둘러보았다. 벽에는 두세 장의 그림이 더 걸려 있었고, 바닥에는 작은 양탄자가 깔려 있었다. 식탁 위의 컵들은 제각각이었고 텔레비전을 마주보고 있는 소파는 일인용이었다.

그녀가 이 아파트에서 오랫동안 고양이와 둘이서만 살아온 것이 분명했다. 거실에는 거울이 하나 있었다. 루추는 침실이 있는 2층으로 올라가 옷장을 열었다. 옷장에 붙은 거울 속에는 여전히 날씬한 중년여인이 서 있었다. 이지적이고 차가운 표정은 지금의 자기 모습과 비슷했지만 전혀 다른 사람이었다. 그녀는 평소에 거울을 잘 보지 않았으며, 자신의 모습을 찬찬히 살펴볼 기회가 없었다. 거울 속 여자는 피부상태가 괜찮은 편이었다. 얼굴살도 그대로여서 나이 들어 보이지 않았다. 그러나 머리가 절반은 하얗게 세 있었다. 이는 유전적 요인이 크다. 엄마 말로는 아빠가 젊은 시절부터 흰머리가 많았다고 한다.

그녀는 팔을 뻗어 거울을 만져보았다. 그러다 갑자기 차오바가 걱정되어 급히 아래층으로 내려갔다. 차오바는 같은 자리에 아까와 같은 자세로 누워 있었다. 그러나 털로 보송보송한 배가 더 이상 움직이지 않았다. 이미 숨이 끊어진 것이다. 루추는 차오바를 안고 바닥에 앉았다. 석양이 실내를 비추며 창밖에서는 차 소리와 사람 소리가 간간히 들려왔다. 품에 안은 작은 몸은 아직 체온이 남아 있었으나 그녀의 마음은 조금씩 식어갔다.

샤오렌은 어디 있을까? 그녀는 한 세기의 시간은 앉아 있는 것 같았다. 이때 귓가에서 "시간 됐어요!"라고 외치는 소리가 들렸고, 루추는 힘들게 겨우 두 눈을 떴다. 가장 먼저 눈에 들어온 장면은 눈을 찌르는 듯한 창밖의 햇빛이었다. 루추는 반사적으로 손을 들어 눈을 가렸다. 자신의 옆에서 걱정스런 표정으로 앉아 있는 샤오렌의 모습이 보였다.

"뭘 봤어요? 얼굴이 담담한 걸 보니 두려운 것은 아니었나 보네."

징충환이 다가와 물었다.

마흔 살의 자신을 봤으며, 혈혈단신으로 20년 동안 함께한 늙은 고양이와 살다가 고양이가 죽어서 체온이 서서히 식어가더라는 말을 그들에게 해야 할까? 루추가 천천히 입을 열었다.

"차오바가 죽은 걸 봤어요."

"차오바가 누구죠?"

"내가 키우는 고양이에요."

"가장 큰 두려움이 키우던 고양이의 죽음이었다는 말이에요? 루추 씨는 복 받은 인생이네요."

징충환이 맥 빠진 소리로 말했다. 루추는 눈을 아래로 향하며 아무 말도 하지 않았다. 샤오렌이 무거운 목소리로 물었다.

"다른 일은 없었어요? 누가 루추 씨 집에 침입했다든가 하는 거요."

루추가 고개를 가로젓더니 똑바로 앉으려고 애쓰며 대답했다.

"없었어요. 다만 시간이 흘러서…… 20년 후의 나를 봤어요."

"그것뿐이에요?"

샤오렌이 미간을 찌푸리며 곤혹스러운 표정을 지었다. 잠시 뜸을 들이던 그가 물었다.

"날 봤어요?"

"못 봤어요."

루추는 샤오렌의 눈을 들여다보며 그가 자신의 마음을 정말 모르고 있구나, 라고 생각했다. 그래도 상관없다. 그동안 생사를 넘나드는 전쟁을 그토록 많이 겪은 그가 루추의 평범하기 짝이 없는 두려움을 이해하기란 어려울 것이다.

가슴속부터 서늘해지는 것을 느끼면서 루추는 옷을 여미며 낮은 소리로 말했다.

"나의 미래에 당신이 없어요. 그리고 이것이 내 마음 깊은 곳의 두려움이에요."

2
구름과 연기

귀예이에서 식사를 마친 루추는 옛 시가지를 걷자는 샤오롄의
제의를 거절하고 바로 집으로 돌아왔다. 집에 들어서자마자 차오
바를 안고 한바탕 눈물부터 흘렸다. 그러고는 햄과 파인애플 피자
대자 한판을 주문하여 텔레비전으로 영화를 보았다. 그러다 배고
프면 피자 한쪽을 먹으며 멍한 하루를 보냈다.

그녀의 미래는 정말 두려운 것일까? 차오바는 20년을 살았으니
고양이 치고는 장수한 셈이다. 그녀가 이곳에서 살고 있다는 것은
여전히 위링(雨令)에서 일을 계속한다는 의미다. 위링은 위조품을
취급하지 않으며 위링의 복원실도 실력 없는 복원사를 채용하지
않는다. 바꿔 말하면 20년 후의 그녀는 어릴 때부터 꿈꿔온 모습
으로 살고 있는 것이다. 거울 속 자신은 이미 중년이었지만 세월의

흔적이 거의 묻어나지 않는 모습이었다. 이는 자신의 삶이 굴곡지지 않았다는 의미도 된다. 눈 밑의 쓸쓸함은 어떤 면에서는 깊은 사랑의 경험을 말해 주고 있다.

어느 날 그가 자신을 떠나갈지도 모른다는 것이 그녀의 두려움이었다. 루추가 가까스로 안정을 찾고 나니 시간은 이미 한밤중이었다. 그녀는 주방으로 들어갔다. 바닥에 작은 그릇들이 여러 개 펼쳐져 있었으며 공기에는 비린내가 섞여 있었다. 36시간 동안 그녀는 다양한 맛의 고양이 통조림을 6개나 개봉했던 것이다. 차오바는 그릇마다 담긴 먹이를 몇 입만 먹고 그녀에게 달려와 새 통조림을 열어달라고 재촉했다.

"이제 안 돼. 너무 욕심 부리면 못써."

그녀는 차오바를 안고 달랬다. 그리고는 바닥을 청소하기 시작했다. 그날 밤 그녀는 눈을 감자마자 잠이 들어 중간에 한 번도 깨지 않았다. 다시 눈을 떴을 때는 날이 밝아 있었다.

알람소리는 아직 울리지 않았다. 더 누워 있으려던 루추의 눈에 조각상처럼 미동도 없이 창틀에 앉아 있는 샤오렌의 모습이 보였다. 새벽의 어스름한 기운이 그의 전신을 휘감고 있었다. 창밖에는 연분홍의 꽃잎이 바람에 휘날렸다.

"굿모닝! 목련화가 피었어요."

그가 살짝 웃음기 띤 얼굴로 말했다. 가벼운 자태의 그에게서는 보는 사람을 숨 막히게 하는 날카로운 칼의 기운이 느껴지지 않았다. 마치 그림자처럼 흐릿하여 햇빛이 조금만 더 강하면 사라져버릴 구름과 연기처럼 보였다. 토요일 오후부터 주말 내내 루추는 깊은 생각에 빠져 있느라 샤오롄과 만나지 않았다. 그런데 그의 이런 모습을 보니 가슴이 철렁했다. 루추는 몸을 일으켜 그에게 물었다.

"나 잠꼬대 하지 않았어요?"

샤오롄이 고개를 가로저었다. 루추가 어찌할 바를 모르고 다시 물었다.

"그런데 아침부터 무슨 일이죠?"

샤오롄이 담담하게 그녀를 바라보며 말했다.

"난 죽지 않아요."

그에게 늙는다는 것은 감당할 필요가 없는 한계였다. 루추가 눈을 아래로 향하며 "그렇군요." 한마디를 한 후 이불에서 빠져나온 실 한 가닥을 하염없이 바라보았다. 샤오롄이 말을 이었다.

"난 당신을 위해 많은 것을 해줄 수 있어요. 최소한 검은 머리 파뿌리될 때까지 당신 곁을 떠나지 않을 거예요."

"백년해로가 그렇게 쉬운 일인 줄 아세요?"

루추가 발끈해서 고개를 들자 샤오롄의 백지장 같이 창백한 얼굴이 보였다. 그의 피부는 새벽빛을 받아 투명하게 빛났다. 눈동자에 푸른 불꽃이 이글거리는 것이 위태로운 모습이었다. 샤오롄이 그녀의 눈을 마주 보며 목소리를 약간 높였다.

"당신은 더 좋은 가정과 아이들에 둘러싸여 풍부하고도 아늑한 일생을 보내야 해요."

"그게 무슨 뜻이죠?"

루추가 그의 말을 막았다. 샤오롄은 살짝 웃음기 띤 얼굴로 대답했다.

"한 번 했던 약속은 아무리 시간이 지나도, 세상이 아무리 변해도 절대 변하지 않는다는 걸 말하고 싶었어요. 난 당신을 평생 지켜줄 거예요. 당신 가족과 당신의…… 아이들까지도."

루추는 화를 누르며 그의 말을 끝까지 들었다. 그리고는 그를 쏘아보며 물었다.

"날더러 다른 남자와 결혼하라고 직접 말하지 그래요?"

샤오렌이 입을 벌렸으나 목구멍에 뭔가 걸린 듯 아무 말도 하지 못했다. 그가 숨을 헐떡였다. 눈 밑이 고통으로 일그러졌다. 샤오렌은 오랫동안 살았지만 이런 상황을 해결한 경험이 없었을 것이다. 어쩌면 그도 사랑이라는 감정 앞에서 그녀처럼 무지하여 방황하는 것이 아닐까? 이런 생각이 들자 루추는 그를 괴롭히려던 마음이 사라지고 입술을 깨물었다.

"당신이 이른 아침부터 내게 온 것은 지난 이틀간 내 마음 깊은 곳의 두려움을 보았기 때문이죠?"

샤오렌이 애매한 표정으로 대답했다.

"그럴지도……. 하지만 방금 한 말은 즉흥적으로 한 건 아니에요."

결국 헤어지려는 생각은 늘 품고 있다는 소리였다. 이른 아침의 바람이 갑자기 차가워졌다. 루추는 이불을 들어 몸을 감싸고는 침대 끝을 가리켰다.

"이쪽으로 앉을래요? 밖이 너무 밝아져서 당신 쪽을 바라보려니 눈이 아파요. 샤오렌이 묵묵히 걸어와 침대 끝에 걸터앉았다. 루추가 고개를 돌려 그를 바라보다가 갑자기 말했다.

"당신은 내 첫 번째 남자친구예요."

샤오렌이 멈칫하자 루추가 눈을 찡긋하며 "첫사랑이라고요."라고 덧붙였다. 그녀의 입가에 잠시 미소가 나타났다가는 이내 사라졌다. 샤오렌이 더듬거리며 말했다.

"몰랐네요. 그런 말을 한 적이 없었잖아요."

"뭐 좋은 거라고 말하겠어요. 스물두 살에 첫사랑을 한다는 게 자랑도 아니잖아요!"

루추가 그를 쏘아보며 뻣뻣하게 대답했다. 샤오렌은 웃음을 참지 못했고, 눈동자에 어른거리던 불꽃이 순식간에 사라졌다. 루추가 양반다리로 앉으면서 말했다.

"그게 중요한 게 아니에요. 내 말은 그전에 아무도 날 좋아하지 않았고, 난 외로웠다는 거예요. 난 다만 마음을 그렇게 쉽게 주지 않았고, 연애를 위한 연애는 하기 싫었어요. 그래서 그동안 남자친구를 사귀지 않았다고요. 알아들었어요?"

"알아들었어요."

그가 눈썹을 움직이며 웃음 띤 표정으로 대답했다. 이런 반응에 짜증이 났지만 오늘 아침에는 마음을 넓게 가지기로 했다. 그녀는 샤오렌을 아랑곳하지 않고 혼잣말을 했다.

"충환 씨가 알려줬듯이 내 두려움은 나이 들어서 고양이만 기르며 곁에 아무도 없을 거라는 데 있어요. 그러니까 이 두려움은 당신과는 전혀 관계가 없고, 당신은 내 마음 속 응어리를 풀어줄 수 없어요. 자신의 두려움은 자신만이 이겨낼 수 있다고 생각해요. 미래에 대한 두려움을 이유로 우리 관계를 부정한다면 그건 정말 바보짓이에요. 내가 본 것은 그저 막연한 두려움에 불과해요. 그때

가서 그런 일이 일어난다는 법도 없고요."

루추는 한 마디 한 마디 천천히 말했고, 샤오렌의 표정도 점점 밝아졌다. 루추의 말이 끝나자 그는 그녀의 머리카락을 쓰다듬으며 탄식하듯 말했다.

"난 정말 바보네요."

"오늘 아침에 한 말 중 반박할 수 없는 두 번째 말이네요."

루추가 굳은 표정으로 말했다.

"첫 번째는 뭐였죠?"

"굿모닝이었어요."

말을 끝낸 후 루추가 참지 못하고 웃음을 터뜨렸다. 샤오렌도 덩달아 입꼬리가 올라갔다.

"사랑하는 사람과는 맺어지지 않고 사랑하지 않는 사람과 맺어지는 것이 세상사예요. 결국 사랑하지 않는 사람과 함께하면……, 오히려 편안한 인생을 보낼 수 있다는 말 들어봤어요?"

"들어보긴 했는데 생각해 보진 않았어요."

루추가 고개를 갸웃하며 덧붙였다.

"결혼에 관한 가치관 같네요. 어떻게 해서 관심을 갖게 되었어요?"

샤오렌에게는 결혼에 대한 압박이 없었다. 그는 잠시 목을 가다듬고는 대답했다.

"그냥 누가 했던 말이 생각났을 뿐이에요."

"그게 누구죠?"

루추가 의심스런 표정으로 물었다."

"유물 복원사였어요."

샤오렌이 이렇게 대답한 후 잠시 뜸을 들였다가 평온한 말투로 덧붙였다.

"수당(隋唐) 시대의 일이에요."

여자의 육감으로 그 복원사가 틀림없이 여자였으리라고 루추는 짐작했다. 이미 오래전 일이지만 질투가 난 루추는 샤오렌을 주먹으로 한 대 때렸다.

"그렇게 오래전 일을 여전히 기억하고 있군요."

"알다시피 당신 남자친구는 골동품이잖아요."

샤오렌이 미소 지으며 그녀를 안았다. 어디선가 낭랑한 종소리가 울려 퍼졌다. 어제 루추가 맞춰놓은 알람이었다. 루추가 서랍을 열고 핸드폰을 꺼내자 샤오렌이 미간을 찌푸렸다.

"벤 형이 자신의 본체로 녹음한 걸 루추 씨 핸드폰 벨소리로 준 거예요?"

"그래요. 멋지죠?"

루추가 득의양양하며 핸드폰을 흔들었다.

"내가 클라리넷으로 녹음해 주면 안 되겠어요?"

샤오렌이 이렇게 말하는 순간 잠시 사라졌던 그의 존재감이 다시 돌아왔다. 무심한 듯하나 거부할 수 없는 기세였다. 루추는 거절하고 싶지 않았지만 그렇게 쉽게 용서해 주기도 싫었다. 그래서 짐짓 정색한 얼굴로 말했다.

"먼저 녹음을 해봐요. 사용 여부는 내 기분에 따라 결정할게요."

샤오렌이 몸을 일으켜 그녀의 앞으로 왔다. 허리를 숙여 그녀의 이마에 자신의 이마를 갖다 대고는 작은 소리로 말했다.

"이제 화 풀고 날 용서해요."

"용서할게요. 하지만 화는 풀지 못하겠어요."

그녀가 이렇게 대답하며 동시에 머리를 들어 자신의 뺨으로 그를 어루만졌다. 입술이 그의 귓불을 스쳤다. 금제 때문에 두 사람은 아주 가까이 갈 수 없었다. 이 정도 거리만으로도 안전선을 위협하고 있었다. 그의 귓가를 스치는 순간 루추의 뛰는 가슴이 더 가까이 가서는 안 된다고 경고했다. 그가 고개를 돌려 차가운 숨결로 그녀의 뜨거운 살결을 어루만졌다. 동시에 팔을 뻗어 그녀의 허리에 두르고 그녀가 멀어지지 못하게 했다. 그렇게 한참을 둘은 떨어지지 않았다. 이윽고 샤오렌이 루추를 놓아주며 입을 열었다.

"입구에서 봐요. 회사까지 같이 걸어갈 거죠?"

"좋아요."

루추가 흔쾌히 대답했다. 샤오렌이 몸을 돌려 창문으로 나가려는 순간 루추가 등 뒤에서 그를 불렀다.

"샤오렌!"

그가 돌아보니 루추가 침대에 앉아 있었다. 기분이 좋아 보였다. 그녀는 기세등등하게 말했다.

"그래도 당신이 날더러 다른 사람을 만나라고 하지 않아 다행이에요. 그랬다면 다시는 당신을 안 보려고 했어요."

오늘따라 그녀의 눈이 별처럼 빛났다. 그를 바라보는 눈빛은 처음 만난 날과 조금도 다르지 않았다. 자신을 유일무이한 존재로 바라보면서도 별종으로 여기지 않는 그 눈빛이었다. 조금 전 대화를 나누고 이런 눈빛으로 응시하는 그녀를 보니 샤오렌은 어느 때보다 편안한 기분이었다. 자신의 의식으로 몸의 기운을 통제할 수 있었고 검을 자유자재로 쓸 수 있는 상태가 되었다. 물론 지금은 검을 휘두를 필요가 없었다. 그가 미소를 지었다.

"이제 자제력을 잃을 걱정은 할 필요가 없어졌어요."

이 말을 마친 그는 몸을 돌려 창밖으로 뛰어나갔고, 루추는 베개를 들어 던지려는 시늉만 했다. 샤오렌은 그녀의 시야에서 이미 사라진 후였다.

30분 후 광샤빌딩의 엘리베이터가 2층에서 멈췄다. 문이 열리자 루추는 샤오렌을 쏘아보았다. 그의 '미안해요.' 하는 입 모양을 모른 채 하고 엘리베이터에서 내렸다. 탕비실 앞에서 그녀가 걸음을 멈췄다. 등 뒤에서 엘리베이터 문이 닫히는 소리가 들렸다. 루추는 얼굴을 한 번 문지르고 심호흡을 했다. 표정에는 망연함이 배어나왔다. 그녀는 전에 없는 강한 모습으로 위장하고 있었지만 조금만 틈을 보이고 두려움을 비치면 샤오렌이 그녀 곁을 떠나 멀리 갈 것만 같았다. 그냥 이렇게 둘 수는 없었다. 뭔가 조치를 취해야 했다. 두려움은 끝없이 밀려올 것이고, 그녀는 이런 생활을 지속할 수 없었다. 그녀는 머리를 크게 흔들고는 주머니에서 핸드폰을 꺼내 쟝자무가 보내온 메시지를 다시 읽었다. 그리고는 두창펑 주임의 사무실로 향했다.

출근시간까지는 아직 5분이 남아 있었다. 2층 사무실에는 대부분 출근해 있었고, 아침을 먹느라 분주한 사람도 있고 컴퓨터를 켜고 벌써 일을 시작한 사람도 있었다. 이때 처음 보는 여자가 두리번거리며 두 주임 사무실 부근에 서 있었다. 사람을 기다리는 눈치였다. 루추가 다가가 쳐다보자 여자도 이쪽을 마주보았다. 이어서 예의를 갖춰 악수를 청하며 자기소개를 했다. "안녕하세요. 쌍비신(桑碧心)이라고 합니다. 이번에 새로 들어온 직물 복원사입니다."

며칠 전부터 창사부가 복원실에 사람이 오기로 했다는 말을 했던 터였다. 루추도 걸음을 멈추고 새로 들어온 동료와 악수를 나누고 인사를 했다. 쌍비신은 키가 작고 앞머리를 가지런히 자른 것이 모범생 분위기를 풍겼다. 손은 건조하면서도 따뜻했다. 두 사람이 몇 마디 나누기도 전에 등 뒤에서 쑹웨란의 목소리가 들려왔다.

"쌍비신 씨 일찍 오셨네요?"

요즘 사랑에 빠진 쑹웨란은 멋 내기에 신경을 많이 썼다. 오늘은 무릎까지 오는 니트 원피스에 넓은 벨트를 하고 있었다. 풍만한 몸매가 더욱 돋보이며 섹시해 보이는 차림이었다. 그녀가 두 사람 사이에 서더니 먼저 쌍비신에게 말했다.

"먼저 수속부터 하고 잠시 후 주임님을 함께 뵈러 가요."

이번에는 루추에게 물었다.

"오늘은 웬일로 2층부터 왔어요?"

루추가 두창펑의 사무실을 가리키며 대답했다.

"진행상황을 보고하러 왔어요."

"얼마 전에 보고하지 않았어요?"

쑹웨란이 이렇게 묻더니 루추의 대답을 기다리지 않고 덧붙였다.

"그럼 루추 씨 먼저 보고하고 나서 쌍비신 씨가 들어가면 되겠네요. 보고 끝나면 내게 알려줘요."

말을 마친 쑹웨란이 활기찬 걸음으로 쌍비신과 함께 사무실로 들어갔다. 루추는 반쯤 열린 두창펑 사무실 앞으로 가서 문을 세 번 두드렸다. 안에서 들어오라는 소리가 들렸다. 루추는 뭔가 켕기는 태도로 착실하게 상황 보고부터 했다. 두창펑은 오늘따라 고민이 있는 얼굴이었다. 그녀의 말을 귀담아 듣지 않으면서도 그만 나가보라는 말도 하지 않았다. 루추는 징충환의 본체 세척 상황과 지난 달 복원실에 들여온 100여 개의 청동조각들을 종류별로 분류하여 책자로 만들었다고 보고했다. 인간의 모습으로 분한 청동조각이 없음을 확인했다는 말과 함께 이제 녹슨 부분을 처리할 준비에 들어갔다는 말까지 덧붙였다.

"같은 곳에서 출토된 청동기라도 부식의 형태가 다 다르기 때문에 시료에 대한 반응도 차이가 있어요. 세척과정에서 실수라도 할까 봐 손을 대지 못하고 있어요. 전승에도 이런 분야의 자료가 없으니 경험 많은 사부님을 모셔야 할 것 같아요."

루추가 잠시 말을 멈춘 후 질문했다.

"춘절이 지나면 친(秦)사부님이 오실 거라고 하지 않으셨어요?"

작년 말 부상을 입고 병원에 입원했을 때 회사에서 마침내 실력 있는 복원사를 구했다는 말을 들었다. 인청잉은 그 복원사도 전승이 있다는 암시를 했던 터였다. 그런데 몇 달이 지나도록 소식이 없었다.

"초빙 방식을 놓고 의견차이가 있었어요. 이제 일단락 지었으니 곧 오셔서 루추 씨를 지도해서 딩딩의 귀를 고쳐줄 겁니다."

두창펑은 여기까지 말하고는 오른손으로 책상을 두 번 두드렸다. 뭔가 풀리지 않는 일이 있을 때 자주하는 그의 버릇이었다. 루추는 한동안 샤딩딩의 모습을 본 적이 없음을 상기했다.

"딩딩언니는 좀 어때요?"

"별로 좋지 않아요."

두창펑이 애써 미소를 지으며 말했다.

"뭘 예언했는지는 모르는데 춘절 이후 기회만 있으면 미친 듯이 그림을 그려대네요. 초능력을 지나치게 사용하면 부상이 더 빨리 악화된다고 말려도 소용없어요. 그렇게 고집을 부리는 모습은 처음이에요."

두창펑이 여기까지 말하고는 잠시 멈추더니 미안한 표정으로 루추에게 말했다.

"친사부는 우리 쪽에서 사람을 급히 구하는 것을 알고 출근체크를 하지 않는 조건을 내세웠어요. 딩딩의 병세를 호전시킬 수 있다면 복원실의 다른 일은 굳이 하지 않아도 된다는 것으로 결정했어요."

루추는 그동안 새로운 사부에 대한 환상을 품고 있었다. 그에게 배우고 고민을 털어놓으며 전승에 대해 물어볼 것이 많았다. 그러나 새로 모시는 사부는 루추가 기대한 모습과는 거리가 멀었다. 그녀가 잠시 멈칫하다가 그래도 기대를 품고 물었다.

"회사에서 다른 복원사를 찾으면 되잖아요?"

"우리 청동기 분야는 조건이 까다롭다는 걸 루추 씨도 알잖아요. 적당한 사람을 찾기가 힘들어요. 이렇게 합시다. 딩딩의 부상을 치료한 후에는 인맥을 동원해서 루추 씨를 외국으로 연수 보내줄게요. 루추 씨를 지도해 줄 좋은 사부가 틀림없이 있을 거예요."

상사가 이렇게까지 말하니 루추는 의혹을 누를 수밖에 없었다. 그녀가 인사를 하고 나가려는 순간 두창평이 서랍에서 박하 잎이 그려진 납작한 박스를 꺼내더니 사탕 하나를 입에 넣었다. 그러고 보니 두창평 사무실에 어느새 담배 냄새가 말끔히 사라졌다.

"주임님 담배 끊으셨어요?"

루추의 물음에 두창평이 무심하게 대답했다.

"춘절이 지나면서 우리 건물 전체가 금연 건물로 지정되었어요. 담배에 중독된 것도 아니니 이참에 끊어버리려고요. 다만 입에 뭔가 물고 있던 습관을 버릴 수 없어서 사탕으로 대신하는 거죠. 박하초콜릿인데 하나 줄까요?"

두창평이 이 말과 함께 사탕을 이쪽으로 던졌다. 루추가 허둥지둥 받아들었다.

"주임님 저 다음 주 목요일 오후에 반차를 쓸까 하는데요."

"그렇게 해요."

두창평이 흔쾌히 대답했다. 루추가 고개를 들어 위를 한 번 힐끗 보고는 소리 낮춰 말을 이었다.

"금제를 풀 단서를 찾은 것 같아요."

두창평이 얼떨결에 천장 쪽을 쳐다보다가 갑자기 정신이 드는지 언짢게 손을 저었다.

"웬일로 뜬금없는 진행상황을 보고하나 했네······. 걱정하지 말아요. 10층이나 떨어져 있으니 들리지 않을 거예요."

그렇다면 다행이다 싶어서 루추는 안도의 한숨을 내쉬었다.

"그러면 앞으로 복원실 장비를 빌려서 연구를 좀 해도 될까요?"

지난번에는 퇴근 후 몰래 숨어들어가 소련검(霄練劍)을 복원했다. 두창펑이 신중한 눈빛으로 루추를 바라보더니 물었다.

"자신이 뭘 하려는지 알죠? 위험성에 대해서는 생각해 봤나요?"

"모든 혁신에는 위험이 따르는 법이죠. 샤오렌 말만 듣고 그러지 마세요."

루추가 천장을 올려다보며 작은 소리로 항변했다.

"샤오렌은 너무 소극적이고 루추 씨는 너무 성급하니 둘 다 문제라니까요."

두창펑의 말에 결사반대는 하지 않겠다는 태도가 비쳤으므로 루추는 탐색하듯이 물었다.

"제가 연구에 착수하기 전에 먼저 보고하면 문제가 없겠죠?"

두창펑은 아무 말도 하지 않았다. 루추가 다시 용기를 냈다.

"저도 목숨을 귀하게 여기니 절대 모험은 하지 않을 거예요. 주임님도 아시잖아요."

"그런 말이 루추 씨 입에서 나오면 설득력이 떨어진다고 생각하지 않나요? 하지만 어쩔 수 없네요. 한번 시도해 봐요. 하지만 무슨 일을 하든 내게 먼저 보고해서 승인을 받아야 해요."

제약이 많기는 하지만, 그래도 이 정도면 허락이 떨어진 셈이어서 루추는 기뻐하며 고맙다고 인사했다. 두창펑은 몇 가지를 더 당부한 후 말했다.

"당분간 하던 일을 접어두고 취안선을 복원해요. 너무 정교하게 하지 말고 검신에 묻은 녹을 제거하는 정도로만 하세요. 다 마치면 고급 비단함에 넣어서 팔 수 있게 준비해요."

판다고? 루추가 화들짝 놀랐다.

"취안선의 본체 견신도(犬神刀)를 팔 생각이세요?"

"지금 흥정하는 중이에요."

견신도를 평범한 골동품으로 취급하는 말투에 루추는 잠시 할 말을 잃었다.

"그건 인신매매나 마찬가지잖아요?"

그녀의 말이 우스웠는지 두창평은 허허 웃으며 득의에 차서 말했다.

"뭐 그렇게 볼 수도 있겠네요. 하지만 이건 칼을 판매하는 거라고요."

"하지만 견신도는 사람으로 화할 수 있잖아요. 게다가 그가 사람일 때 살인죄를 지었으니 종신형을 받아야 마땅하고요."

이렇게 말하고 보니 루추는 저도 모르게 격앙되었다. 두창평이 느긋한 말투로 물었다.

"루추 씨는 그가 벌을 받지 않았으니 불공평하다는 건가요?"

"확실히 불공평하죠."

"취안선이 살인했다는 증거가 없으니 저자가 깨어난 후 법에 고소해 봐야 증거부족으로 무죄석방될 거예요."

두창평은 초콜릿을 입에 털어 넣고 두 번 정도 씹은 후 다시 물었다.

"루추 씨는 사적인 수단으로 단죄해야 한다고 생각하고, 견신도를 꺼내 두 동강을 내야 한다는 말인가요?"

그의 물음에 루추는 입술을 깨물면서 내키지 않는 투로 말했다.

"만일 견신도를 사간 사람이 수리하면 어떻게 되죠?"

두창펑이 별 수 없다는 듯 말했다.

"그건 걱정하지 않아도 돼요. 팔리더라도 상대방이 그자를 100년간은 깨어나지 못하게 하기로 약속했으니까요."

"겨우 100년이요?"

루추는 여전히 징벌이 너무 약하다고 생각했다. 두창펑이 그녀의 말뜻을 오해하고는 큰 소리로 웃었다. 그러더니 손을 뻗어 허공을 가리키며 말했다.

"100년 사는 걸로는 부족해요? 인생은 길어야 100년이랍니다."

결코 악의로 하는 말이 아니었으나 루추에게는 무척 슬프게 들렸다. 두창펑의 말이 맞다. 100년 후 그녀는 이미 흙으로 돌아갔을 것이고, 그는 여전히 존재할 것이다. 그는 자신을 얼마나 길게 기억할 수 있을까? 루추는 입을 다물고 두창펑이 당부하는 말을 들었다. 그의 사무실을 나와서는 바로 15층의 일터로 향했다.

바쁜 오전 일과를 마치고 정오가 되자 쉬팡이 복원실 문을 두드렸다.

"점심 먹으러 갑시다."

루추는 작업복을 벗어놓고 문을 나섰다. 아침에 만났던 쌍비신이 좡사부 뒤에 단정히 서 있다가 그녀를 보고는 목례를 했다. 상당히 얌전한 태도였다. 루추는 첫 출근한 날 두창평을 따라 복원실과 사무실로 인사를 다녔던 생각이 났다. 그래서 복원실 쪽을 가리키며 쌍비신에게 말했다.

"들어가 보실래요?"

"전에도 본 적이 있어요. 대학원 다닐 때 위링에서 한 학기동안 실습을 했거든요."

쌍비신이 덧니를 드러내며 웃었다.

"그런데 대학을 갓 졸업한 것처럼 보여요."

루추는 여기까지 말하고 갑자기 의기소침해졌다.

"그러니까 나는 여전히 복원실 막내라는 건가요?"

"입사한 지 1년도 안 돼서 후배를 부리려고 했나? 꿈 깨."

좡사부가 뒷짐을 쥔 채 이렇게 말해서 네 사람은 한바탕 웃었다. 일행은 웃으면서 엘리베이터에 올라 2층에서 내렸다. 쑹웨란과 합류한 후 식당의 큰 식탁 하나를 차지하고서 식사를 했다.

쉬팡과 좡사부는 작년 대영박물관에 파견되어 그곳 전문가들과 협업한 얘기를 했다. 그들은 돈황(敦煌) 장경동(藏經洞)에서 출토한 대형 자수 작품을 함께 복원하고 며칠 전에야 돌아왔다. 두 사람은 자수표면의 먼지를 제거하는 최근의 연구기술에 대해 토론했다. 이 기술은 손바닥보다 작은 특수 제작한 나일론 망으로 자수의 표면을 덮은 다음, 볼펜 크기의 진공먼지흡입기를 이용해 나일론 망을 누르면서 먼지를 흡입한다. 그렇게 하면 복원과정에서 연약한 실을 상하지 않게 하면서 먼지를 깨끗이 제거할 수 있다고 한다.

"이건 무슨 첨단기술도 아니야. 하지만 오랜 연구 끝에 개발된 방법이라 아주 유용해. 외국의 복원실은 기재관리 전담팀이 있거나 외부의 전문가에게 관리를 맡기고, 새로운 기계를 살 때도 전문가의 자문을 받지. 우리도 주임에게 말해 봐야 되는 거 아닌가?"

이렇게 말한 챵사부는 턱을 문지르며 두창펑에게 어떻게 하면 경비를 타낼 수 있을지를 궁리했다. 쉬팡이 핸드폰을 꺼내 세 여성에게 자수를 복원하기 전과 후의 사진을 보여주었고, 쌍비신에게는 미술을 전공했는데 어떻게 유물 복원과 인연을 맺게 되었는지를 물었다.

"얘기하자면 참 기묘해요."

쌍비신이 냅킨으로 입가를 닦더니 느긋하게 대답했다.

"하지만 인연이 있다 보니 자연스럽게 여기까지 왔네요."

"어째 듣기에 하늘이 정해 준 결혼 이야기처럼 들리네요."

쑹웨란이 말을 끊고 나섰다. 챵사부는 흥미를 느꼈는지 쌍비신에게 말했다.

"그렇게 심오한가? 누가 쌍비신 씨를 이곳으로 이끌었는지 궁금하군."

"사람이 아니라 물건이에요."

쌍비신이 잠시 말을 멈추더니 부끄러움과 자랑스러움이 섞인 말투로 설명을 이어갔다.

"엄밀히 따지면 출토된 고대 유적지에요."

쌍비신은 원래 미술대학에서 회화를 전공했다. 대학교 2학년 때 학교에서 멀지 않은 한 지역에서 대량의 고대 유적지가 발견되었고, 인력이 많이 필요하게 되었다. 쌍비신도 그 대열에 합류하였는데, 원래는 안목을 넓히는 것이 목적이었으나 돕다 보니 자신도 모르게 점점 빠져들었다는 것이다.

"고고학 발굴단이 처음 도착했을 때 지낼 곳이 없어서 부근 민가를 빌려서 발굴단 기지로 삼았대요. 단원들은 2층에서 잠을 자고 아침이면 나와 일하고 저녁에야 들어가는 생활이 반복되었죠. 몇 달이 지나니 강한 햇볕에 사람들의 피부는 검게 그을렸고, 고대 유적지는 깊게 묻혀 있어서 한두 달 파서는 아무것도 출토되지 않았어요. 현지 지역 사람들은 발굴단이 고고학이라는 명목으로 나쁜 짓을 하는 줄 알았고, 그들을 바라보는 눈길도 달라져버렸어요."

쌍비신이 여기까지 말한 후 차를 한 모금 마셨다. 쟝사부가 "맞아" 하고 맞장구를 쳤다.

"그 고대 유적마을은 출토될 때 뉴스에서 크게 다뤄서 나도 기억이 나. 쌍비신 씨가 참여했는지는 몰랐네."

쉬팡은 자신도 그 뉴스를 들은 적이 있다고 거들었다. 쏭웨란은 불만스런 표정으로 그 지역 출신인 자기는 까맣게 몰랐다며 쌍비신에게 어서 말해 달라고 재촉했다.

쌍비신이 목청을 가다듬고 말을 계속했다.

"고대 유적지는 아주 외진 곳에 있어서 먹을 것을 구하기도 어려웠어요. 발굴단 인력이 모두 발굴에 동원되어 식사를 담당하는 사람도 없었죠. 그래서 하루 세끼를 그 민가 여주인과 한 친척에게 부탁해서 해결하기로 했대요. 그런데 어느 날 큰 비가 와서 그들이 작업을 예정보다 일찍 마치고 돌아와 보니 두 여인이 식사준비를 하면서 자기들 이야기를 하고 있더랍니다. 한 사람은 그들이 도굴꾼 집단일 것이라고 짐작했고, 다른 한 사람은 경찰에 신고하자고 하더니 그럴 것 없이 밥에다 약을 타서 먹이자고 하더랍니다."

쌍비신은 여기까지 말하고는 닭다리를 한 입 베어 물었다. 다른 사람들은 젓가락을 내려놓고 그녀의 말을 기다렸다. 쑹웨란이 참지 못하고 재촉했다.

"그래서 어떻게 됐어요? 사고가 났나요?"

"그럴 리가 있나요!"

쌍비신이 닭다리를 씹으면서 얘기를 계속했다.

"당시 교수님도 계셨는데 발굴단의 보고를 받고 노발대발하셨죠. 그날 밤 미니버스를 대절해 모든 단원들을 부근의 현(縣)으로 데려가 맛있는 저녁을 실컷 먹게 해주셨대요. 다음 날 상부에 보고했더니 당장 주방장을 보내줘서 단원들의 식사를 전담하게 했고 관계자 외에는 아무도 들어오지 못하게 조치하는 것으로 그 일은 일단락이 났죠."

"밥에 약을 탄다는 아주머니는 어떻게 되었어요? 처벌받지 않았어요?"

쉬팡이 불만스럽게 물었다.

"말만 했지 행동으로는 옮기지 않았는데 어떻게 처벌해요?"

쑹웨란이 쉬팡에게 한마디 하고는 쌍비신에게 물었다.

"그 후에는 어떻게 되었어요? 위험한 일은 더 없었나요?"

"사건이야 많았고 하마터면 큰일 날 뻔한 적도 많아요. 그런데 정말 놀랄 일은 유적지를 출토한 후에 일어났어요."

쌍비신이 국을 한 모금 마셔 입안의 음식을 넘기고는 이야기를 계속했다.

"발굴단은 1년 반 동안 그곳에 머물면서 모든 유적지를 발굴했어요. 가장 먼저 출토된 것은 한 무더기의 자기 파편이었어요. 고고학계 전체가 놀랄 일이었죠. 그 자기 파편이 어느 시대의 것인지 맞춰보실래요?"

"내 기억으로는 남송 시대였나?"

좡사부가 중얼거렸다.

"초당(初唐)시대예요."

쌍비신이 그의 말을 단칼에 자르며 득의양양하게 말했다.

"그 유적지는 아주 큰 하나의 진(鎭)이었어요. 그 안에는 누각과 정자, 관영 주막까지 없는 게 없었어요. 돌다리 숫자만 해도 굉장했으니까요. 고고학 발굴단은 수만 개의 자기 파편을 찾아냈고, 나중에 다 맞춰보니 완전한 자기 수백 점이 나왔어요. 그중에는 그 고을의 가마에서 구워진 것도 있었고 복건(福建, 지금의 푸젠), 강소(江蘇, 지금의 장쑤) 지역의 것도 있었어요. 학자들은 미불(米芾, 송대 4대 서예가의 한 사람-역주)이 그 진의 감찰사로 취임한 기록을 고증해 냈어요. 상상이 안 되죠?"

쌍비신은 결정적인 부분을 이야기할 때는 흥분하여 자기도 모르게 허리를 꼿꼿하게 폈다. 대형 발굴작업에 참여한 경험을 자랑스럽게 생각하는 그녀의 태도를 느낄 수 있었다. 촹사부는 자신의 기억이 틀린 것에 기분이 상했는지 혀를 차며 말했다.

"초당이 뭐 대수로운가? 실크로드에서도 자기를 발굴했으니 그 정도는 아무것도 아니지."

"자기는 물론이고 청동기, 금기, 은기까지 없는 게 없었다니까요. 제가 사진 찍어둔 게 있어요."

쌍비신이 핸드폰을 꺼내 사진을 한 장씩 보여주었다. 고고학 발굴 현장의 사진은 겉으로 봐서는 대수로울 게 없었다. 특히 쌍비신이 촬영할 때는 발굴작업이 진행중이었기 때문에 정리가 안 되고 복잡해서 고대 유적지의 완전한 모양은 찾을 수 없었다. 바닥에는 사각형으로 표시가 되어 있었고, 그중 몇 개에서 크기가 다른 원형 구덩이가 있었는데 우물의 흔적으로 보였다. 그중 하나는 깊어서 안을 들여다볼 수 없었다. 아마도 우물 안에는 물이 있는 것 같은데 바닥이 어디로 통하게 되었는지는 알 수 없었다.

루추는 이런저런 생각을 하면서 한편으로는 쌍비신이 사각형 중 하나에 대해 설명하는 것을 들었다.

"이 집의 터는 수나라 말기에 지어졌는데 발굴된 것 중 가장 오래된 장작을 때는 자기 가마에요. 4개의 가마가 일렬로 있고 주변은 자기 파편들이 있었어요. 나는 발굴을 도우면서 유적을 손상할까 봐 도구를 쓰지 않고 장갑을 낀 손으로 천천히 팠어요. 오전 내내 일해도 몇 개 건지지 못했어요. 팔이 아파 들지도 못할 지경이었지만 보람이 컸답니다. 여기 보세요. 우물 옆의 바닥은 온통 청석(青石)을 깔아놓았죠."

루추는 들을수록 빠져들었다. 그녀는 고고학 발굴현장에 가본 적이 손에 꼽을 정도로 적었고 보고 들은 것도 많지 않았다. 그러나 쌍비신의 설명이 없어도 우물 옆 바닥에 청석이 깔린 것을 볼 수 있었다. 당시 정원의 보도(步道)였다. 가마와 가마 사이의 거리는 일정치 않았다. 그중 두 개의 사이가 꽤 멀리 떨어져 있었다. 이는 두 개의 요(窯) 사이에 원래 큰 나무 기둥이 있었기 때문이다.

"이곳을 본 적이 있는 것 같아요."

수십 장의 사진을 다 본 후 루추가 중얼거렸다.

"그럴 거예요. 발굴 당시 뉴스에 크게 보도되었고 인터넷에서도 많은 사람들이 사진을 공유했으니까요."

쌍비신이 핸드폰을 집어넣으며 대수롭지 않게 대꾸했다. 많은 영상들이 머릿속을 스쳐가며 자세히 볼 틈도 없이 사라졌다. 머리가 웅웅 울리며 아파왔다. 루추는 심호흡을 하며 주먹을 쥐고 손가락 마디로 관자놀이를 눌렀다. 옆에서는 쑹웨란이 쌍비신에게 묻는 소리가 들렸다.

"마을 사람들은 고고학 발굴단을 왜 도굴꾼으로 몰았을까요?"

"발굴 전까지 그 지역은 역사적으로 기록된 가장 이른 시기가 원말명초(元末明初)였으니까요. 지방지에 기재된 내용을 보면 청룡진(靑龍鎭)은 명나라 홍무(洪武) 연간에 건설되었으며, 장(莊)씨 성을 가진 사람이 이곳에서 황무지를 개간했다고 되어 있어요. 그리고 더 옛날로 거슬러 올라가면 사람이 살지 않았대요. 유적지를 발굴한 후 현지 사람들도 다들 놀랐죠. 조상들이 농사짓던 논밭 아래 그렇게 큰 천년의 고도가 묻혀 있을 줄은 꿈도 꿀 수 없는 일이었으니까요."

꿈이라고? 루추는 갑자기 진저리를 쳤다. 전신이 떨리기 시작했다. 그러나 아무도 그런 그녀를 주의 깊게 보지 않았다. 건너편에 앉은 쟝사부는 기회를 틈타 거드름을 피우며 쌍비신에게 말했다.

"그래서 바다가 뽕밭이 된다는 말이 있는 거 아니겠어?"

쌍비신도 출근 첫날부터 말이 많았음을 의식했는지 고분고분한 모습으로 돌아왔다. 그녀는 쟝사부의 말에 미소로 대답했다. 잠시 후 식사를 마친 일행은 식당을 빠져나갔다. 루추는 그 틈을 타서 쌍비신을 붙잡고 물었다.

"그 청룡고진(靑龍古鎭)은 어디 있어요?

"청룡고진이니까 당연히 칭룽현(靑龍縣)에 있죠."

당연한 걸 묻느냐는 식으로 대꾸하던 쌍비신은 루추의 망연한 표정을 보더니 자기 이마를 쳤다.

"루추 씨가 외지 사람이라는 걸 깜박했네요. 칭룽현은 쓰팡(四方)시 바로 옆이에요. 회사에서는 거리가 좀 있어서 차를 타면 두 시간 정도 걸릴 거예요."

쌍비신이 핸드폰 지도를 펼쳐놓고 루추에게 교통편을 알려준 후 물었다.

"어릴 때부터 고대 유물에 관심이 많았어요? 이 뉴스가 크게 보도될 때 루추 씨는 고등학생이었을 텐데 어떻게 그렇게 똑똑히 기억하죠?"

조각난 장면들이 루추의 머릿속을 빠르게 지나가며 가벼운 어지럼증을 느꼈다. 그녀가 천천히 대답했다.

"나도 최근에야 봤어요."

그녀의 말은 반은 맞고 반은 틀렸다. 왜냐하면 그녀가 본 장면은 고고학 발굴현장이 아니라 청룡고진이 한창 번성한 시기의 모습이기 때문이다. 그 상황을 알 길이 없는 쌍비신이 캐물었다.

"최근이라고요? 청룡고진이 또 뉴스에 나왔나요?"

"뉴스가 아니라 아마도 꿈에서 본 것 같아요."

3
호익도(虎翼刀)

3월의 마지막 근무일. 오전 10시 30분에 루추는 두창평의 전화 지시를 받고 옆방으로 갔다. 그리고는 긴 탁자 위에 놓인 우아하고 정교한 긴 낭갑(囊匣)을 열었다. 이 낭갑은 종이로 만든 상자로, 외관은 튼튼했으나 부드러운 무산지로 제작된 것이었다. 먼저 3장의 종이를 찹쌀풀로 붙여 한 층의 종이판을 만든 다음, 이를 적당히 잘라 7조각의 종이판을 다시 찹쌀풀로 이어 붙였다. 마지막으로 무거운 물건으로 두꺼운 종이판을 눌러 평평하게 만든다. 1년 동안 자연바람에 건조하며 모양을 만든 후 상자의 기본 재료로 사용하는 것이다.

낭갑은 원래 특정한 유물을 보관하기 위해 맞춤 제작한다. 부드러운 내부는 실크로 제작하여 유물을 부드럽게 감싸며, 덮개는 상자 몸체와 빈틈없이 맞아서 개미 한 마리 들어갈 수 없이 촘촘해야 한다. 그래야 방습, 방진, 방충의 효과를 낼 수 있다. 외층은 옛날 방식의 색채가 아름답고 구름무늬가 새겨진 고급 중국 비단으로 감싼다. 재단한 흔적이 전혀 보이지 않게 고수의 손길로 마무리한다. 여기에 수공으로 연마한 고색창연한 소뿔로 잠금장치를 한다. 이렇게 만들어진 낭갑은 문화적 가치와 함께 보호작용도 있어서 유물의 가장 완벽한 포장법이다.

이 낭갑은 그 자체로 예술품이며 전 과정을 수작업으로 정교하게 진행한다. 따라서 시간과 공이 많이 들어가며 이를 선뜻 전수하려는 장인은 극소수다. 루추는 완성품을 본 적은 있었으나 실제 제작하는 장인은 본 적이 없어서 위링과 오랫동안 일한 장인을 소개받았다. 그는 낭갑 제작에 있어서 특출한 인재였다. 취안선이 사람의 모습으로 화했을 때 루추는 그에게 큰 증오심을 품었다. 그러나 사람으로 화할 수 없는 본체의 모습을 마주하자 복원사로서의 사명감이 분노를 눌렀다. 루추는 춘절이 오기 전 쌍수도(雙手刀)를 보관할 낭갑 제작을 의뢰했고, 장인의 솜씨로 제작된 낭갑이 며칠 전에야 도착했다. 그런데 며칠 되지도 않아 밖으로 내보내야 하는 것이다.

비록 심정적으로는 견신도를 일반적인 유물로 볼 수 없었지만, 루추는 여전히 정신을 집중하여 쌍수도를 자세히 검사했다. 아무 문제가 없음을 확인한 후 낭갑을 들고 13층으로 향했다. 소회의실의 문은 반쯤 열려 있었고 아무 동정도 없었다. 루추는 예의를 갖춰 노크를 두 번 하고는 문을 밀고 들어갔다. 안에서는 "들어오세요." 하는 낯설고도 낮은 목소리가 들려왔다. 손님이 이미 도착했다고는 예상하지 못했던 루추는 주춤거리며 안으로 들어섰다. 키가 큰 남자가 그녀를 등지고 창 쪽을 향해 앉아 있었다. 그가 천천히 고개를 돌려 루추가 들고 있는 긴 상자에 시선을 고정했다. 그러더니 갑자기 피식 웃으며 말했다.

"뭘 이렇게 격식을 차렸어요? 난 찢어진 비닐봉지에 이 녀석을 넣어줘도 할 말이 없어요."

그가 다가오더니 루추를 향해 오른손을 내밀었다.

"안녕하세요. 장쉰(薑尋)이라고 합니다."

장쉰은 서른다섯에서 서른여섯 살 정도 되어 보였으며, 짙은 눈썹과 커다란 눈, 선명한 윤곽을 가진 호쾌한 생김새의 남자였다. 짙은 갈색의 얇은 사파리를 입고 있었다. 옷이 낡아서 전체적으로는 세파에 시달린 모습이었다. 그러나 그의 웃는 얼굴은 꽤 매력적이어서 사람의 마음을 무장해제하는 힘이 있었다. 마치 따사로운 햇볕처럼 마음속부터 따뜻해지는 느낌이었다.

루추는 남자와 악수를 하며 자기소개를 했다. 속으로는 이 사람이 바로 주임이 말한 칼의 새 주인이라고 생각했다. 그런데 웬일인지 그의 모습이 눈에 익었다. 그녀는 두창평이 일러준 대로 상자를 열어 딱딱한 말투로 소개했다.

"이 쌍수도는 견신도라고 합니다. 제작 연대는 상(商)나라로 거슬러 올라갑니다. 칼 등에는 띠 모양의 복잡한 문양이 새겨져 있고, 위에는 눈, 날개와 구름이 새겨져 있는데 그 의미는 불분명합니다."

그녀는 견신도에 대해 아는 것이 별로 없었으므로 설명할 내용도 많지 않아 여기서 멈춰야 했다. 장쉰이 갑자기 입을 열었다.

"아아! 좋은 시절 다 보내고 여기서 슬픈 시만 낭송하고 있구나."

루추가 영문을 몰라 당황했다. 장쉰이 기지개를 켰다가 손을 내리면서 오른손으로 허공을 쥐는 시늉을 했다. 차가운 빛을 발하는 큰 칼이 어느새 그의 손에 들려 있었다. 그 칼은 손잡이가 짧고 검신이 길며 무척 단단해 보였다. 곧게 뻗은 칼등은 마름모꼴 격자 문양으로 장식되어 있었고 끝 부분으로 갈수록 칼 콧등이 위로 들린 모습이었다. 칼등이 평평한 한나라 이후의 칼과 달리 강한 살상력을 갖췄음을 알 수 있었다.

장쉰이 칼을 루추의 앞으로 가져와 칼등 부근의 줄 문양을 보여주었다.

"나의 본체도 같은 문양으로 새겨졌어요. 발이 없는 매미 모양이에요. 당시 사람들은 매미에 신기한 힘이 있다고 믿었기 때문에 전사들이 죽어서 환생할 수 있게 해준다고 여겼죠. 사양하지 말고 가까이 와서 봐요."

그가 칼을 좀 더 앞으로 밀어놓아 그녀가 가까이서 볼 수 있게 했다. 루추는 화형자가 스스로 자신의 본체를 당당하게 노출하는 모습을 처음 보았다. 그래서 잠시 어떤 반응을 보여야 할지 몰라 망설이다가 그의 말에 따라 고개를 숙여 자세히 보았다. 그리고는 망연하게 말했다.

"별로 닮지 않았네요."

장쉰은 손에 든 칼을 흔들면서 참을성 있게 설명했다.

"그 녀석의 본체는 쌍수도에요. 그래서 그의 매미 문양은 대칭을 이루고 있죠. 이 두 자루를 붙여놓으면 가을의 매미라는 것을 알 수 있을 거예요."

"그게 가을 매미인지 어떻게 아세요?"

루추는 그가 미덥지 않았다.

"그냥 짐작한 거예요."

장쉰이 손바닥을 내보이며 태연하게 말했다.

"우린 둘 다 가을에 태어났거든요."

우리? 루추는 뭔가 이상하다고 생각했다. 그녀는 담담한 표정을 유지하려고 애쓰며 물었다.

"죄송하지만 취안선과는 어떤 관계인가요?"

"혈연관계는 없지만 인간으로 화한 후에는 나를 둘째 형이라고 불렀어요. 형이라는 이유로 이렇게 수습을 하러 온 겁니다."

장쉰이 복잡한 표정으로 턱을 어루만졌다. 그는 가볍게 말했지만 루추는 온몸의 털이 곤두서는 느낌이었다. 칼이 든 상자를 들고 한 걸음 뒤로 물러서 경계하는 눈빛으로 장쉰을 노려보았다.

"당신이 호익(虎翼)인가요?"

상고3도(上古三刀) 중 하나라는 호익도였다. 상대방은 담담히 고개를 끄덕였다. 루추가 한 발 더 물러서서 물었다.

"조금 전에는 왜 말하지 않았죠?"

장쉰이 멈칫하며 반문했다.

"무슨 오해를 하는 거예요? 본체의 호칭이야 다른 사람이 지어준 것이고, 화형자의 이름이 굳이 본체와 관련 있을 필요가 있나요? 내 이름은 장쉰이라고 했잖아요."

그는 매우 진지하게 말했으나 취안선이 사람을 속이는 능력이 있음을 아는 루추는 그의 말을 한 마디도 믿을 수 없었다. 그녀가 그의 말을 반박했다.

"그러나 사람들은 당신 동생을 취안선이라고 부르고 다른 이름은 들어보지 못했어요."

"음……. 사실은 다른 이름이 있어요."

장쉰이 머리를 긁적거리며 계속 해명했다.

"그것도 내가 지어준 거예요. 인간으로 화한 모습이 하얗고 깨끗해서 장샤오바이(薑小白)로 지어줬어요. 처음에는 그 이름을 좋아하더니 언제부터인가는 꺼리더라고요. 뭐가 마음에 들지 않았는지 모르겠어요."

"샤오바이라면 개 이름 아닌가요?"

루추가 무시하는 투로 물었다.

"춘추오패(春秋五霸)의 우두머리 제환공(齊桓公)의 이름이기도 하죠."

두창평의 목소리가 루추의 등 뒤에서 들렸다. 그는 왼손에 커피가 가득 찬 잔을, 오른손에는 파일을 들고 성큼성큼 들어왔다.

"그때만 해도 샤오바이는 귀족적 분위기를 풍기는 좋은 이름이었죠. 우리 집에 있는 린시야말로 기물의 이름이었고요. 외형만 보고 아무렇게나 지은 이름이죠."

두창평이 커피를 탁자 위에 놓고 장쉰에게 목례로 인사를 했다.

"아직 젊어서 식견이 짧으니 이해해 주십시오."

루추를 두고 한 말이었다. 회사에 입사한 후 루추는 주임으로부터 질책을 받은 적도 많았다. 그러나 이번에는 두창평이 겉으로는 자신을 질책하는 척하면서 그녀를 보호하려는 의도가 있음을 알수 있었다. 장쉰의 정체를 깨달은 루추가 재빨리 두창평의 뒤로 물러나 장쉰에게 정식으로 고개를 숙여 예를 표했다.

"장 선생님, 실례가 많았습니다."

말이 떨어지자마자 장쉰의 손에 있던 칼이 '슉!' 소리와 함께 루추의 앞으로 날아왔다. 그러더니 루추의 눈높이에서 칼자루가 위로가게 수직으로 섰다. 루추가 놀라 숨을 멈추자 장쉰이 검지손가락을 펴서 가볍게 흔들었다.

"그렇게 사과하면 내가 젊은 숙녀분에게 쩨쩨하게 구는 아저씨가 되어버리잖아요."

검지의 움직임에 따라 호익도가 루추의 앞에서 까딱까딱 움직였다. 장쉰이 손가락을 튕기자 칼은 그 자리에서 빙빙 돌았다. 무수한 인명을 살상한 살인병기가 아니라 흡사 마술사의 지팡이처럼 음악에 맞춰 춤을 추고 움직이며 사람을 즐겁게 했다.

루추는 눈을 깜박이며 그 장면을 바라보고 있었다. 마치 눈앞의 칼이 그녀의 반응을 기다리는 듯하여 작은 소리로 "OK"라고 말했다. 장쉰이 만족하여 손가락을 튕기니 칼은 감쪽같이 사라졌다. 그가 의자를 당겨 앉더니 두창평에게 서양식 손짓을 하며 유쾌하게 말했다.

"Long time no see."

"정말 오랜만이네요. 이번에는 만난 지 150년 정도 되었죠?"

두창평도 의자에 앉아 안부를 주고받았다.

"생각해 볼게요. 마지막에 만난 게⋯⋯."

장쉰은 잠시 멈추더니 물었다.

"1863년 금 캐러 가는 배에서 만났었나요?"

"맞아요. 다들 홍콩에서 배를 타서 두 달 만에 미주 대륙에 도착했으니까요. 그쪽 삼형제는 샌프란시스코에서 배를 내렸고, 우리 가족은 밴쿠버까지 갔었죠. 그후 어떻게 됐어요? 금은 좀 캤나요?"

두창평은 일상적인 대화를 나누듯 물었고, 그의 말투에는 과거에 대한 그리움이 묻어났다.

장쉰이 대답했다.

"말도 말아요. 운이 나빠서 금은 고사하고 구리도 못 캤어요. 샤오바이는 다른 사람의 꾐에 넘어가 철도공으로 팔려갈 뻔했어요. 그 아이는 머리가 나빠서인지 사기도 잘 당한다니까요. 그후 캘리포니아 주를 떠나 내륙으로 갔죠."

100년 전 해외로 떠돌던 경험을 장쉰은 가벼운 말투로 회고했지만 그 내용은 파란만장했다. 두창평도 오랫동안 미주 대륙에 머물다 아시아로 되돌아온 이야기를 했다. 두 사람의 분위기는 화기애애했으며 심지어 동병상련의 감정을 느끼기도 했다.

이야기가 어느 정도 마무리되자 두창평은 비로소 루추 쪽으로 고개를 돌렸다.

"믿어지지 않겠지만 모두 실제 일어났던 일이에요."

루추는 반신반의하던 표정을 서둘러 거뒀다. 두창평이 이번에는 장쉰에게 말했다.

"회포를 풀었으니 이제 본론으로 들어갈까요?"

"말씀하세요."

장쉰이 쓴 웃음을 지으며 대답했다. 두창평이 손을 탁자에 놓고 두 번 두드리더니 말했다.

"본론으로 들어가기 전에 한마디 묻겠습니다. 당시 배에서 그때 이후로 서로 상관하지 않기로 약속했었죠. 한쪽이 사람들에게 정체를 폭로하기 전에는 서로 공격하지 않기로 말입니다. 그 약속이 지금도 유효합니까?"

"당연히 유효하죠."

장쉰이 굳은 표정으로 대답했다.

"그렇다면 됐습니다."

두창평은 표정에 전혀 변화가 없었으나 그 순간 안도의 한숨을 쉬고 있었다. 평소에는 좀처럼 긴장하는 일이 없는 그였다. 장쉰이 그토록 다루기 힘든 상대란 말인가? 루추는 대놓고 물어볼 수도 없어서 귀를 쫑긋 세우고 두 사람의 협상을 지켜보았다.

두창평은 과거 이야기를 더는 꺼내지 않았다. 그리고는 파일을 펼쳐놓고 단도직입적으로 물었다.

"장샤오바이를 데려가는 값으로 얼마를 생각하십니까?"

장쉰이 지갑을 꺼내 돈을 세어보더니 솔직하게 말했다.

"300위안?"

루추는 저도 모르게 '풉' 소리를 내고 말았다. 두창평이 비웃는 어투로 말했다.

"선생이 협상하는 대상은 선생의 동생입니다. 지금 시중에서 웬

만한 부엌칼도 그 가격보다는 더 줘야 할 겁니다."

장쉰은 어깨를 들썩하더니 지갑째 탁자 위에 올려놓고 담담하게 말했다.

"이게 내가 가진 전부입니다. 죄송하지만 더 마련할 능력이 없습니다."

두창핑이 탁 소리가 나게 파일을 덮더니 팔짱을 끼고 장쉰을 차갑게 쏘아보았다. 분위기가 순식간에 얼어붙으며 당장이라도 무슨 일이 일어날 기세였다. 루추가 어찌할 바를 모르고 있을 때 두창핑의 담담한 목소리가 들렸다.

"그러죠 뭐."

장쉰이 눈썹을 치켜 올렸고, 두창핑은 파일철을 툭툭 치며 말을 이었다.

"몇 달 조사해 보니 평랑의 사건 외에도 장샤오바이가 국내에서 살인을 다섯 건이나 저질렀더군요. 죽은 사람들은 서로 관련이 없었고 평랑과도 관련이 없었습니다. 물론 살생을 좋아하는 성정을 배제할 수는 없지만 대상을 고른 것이 우연은 아니라는 생각입니다."

두창핑이 장쉰을 강하게 쏘아보더니 물었다.

"선생도 사건을 조사했을 테니 이렇게 하죠. 우리에게 확실한 상황을 설명해 주면 장샤오바이의 본체는 돌려드리겠습니다."

의자에 비스듬히 앉아 있던 장쉰이 이 말을 듣더니 서서히 자세를 고쳐 앉았다. 표정은 여전했으며 두 손도 여전히 주머니에 찔러 넣은 채였다. 그러나 두려워하지 않고 밀어붙인다는 강한 공격의 의지가 엿보였으며, 그 기세에 숨이 막힐 것 같았다. 두창평도 재빨리 공격태세로 전환했다. 그는 청동 마스크처럼 표정을 보이지 않으며 조금도 밀리지 않는 기세였다.

두 사람의 대치상태를 지켜보는 루추는 질식할 것 같은 압박감을 느꼈다. 그러나 자신도 약한 모습을 보일 수 없기에 입을 꾹 다물고 창백한 얼굴로 서 있었다. 장쉰이 그녀를 힐끗 쳐다보더니 공격태세를 거둬들이고 가볍게 탄식했다.

"샤오바이가 직접 나서서 총 7명을 살해했습니다. 그들은 서로 모르는 사이였고, 그중 두 사람은 유물과 관련이 있다고 볼 수 있습니다. 한 사람은 유물을 밀수하는 집단의 운전기사였고, 한 사람은 복원사였어요."

그가 루추에게 미안한 눈빛을 보내고는 두창평에게 말했다.

"그 7명의 자료를 드릴 수 있습니다. 다른 부분에 대해서는……, 당시 조사의 포커스를 샤오바이의 살인 동기에 두지 않았기에 쓸 만한 정보를 모으지 못했네요."

"정보가 정말 쓸모없거나, 아니면 선생이 밝히고 싶지 않은 사람과 연관되거나 둘 중 하나겠죠. 이를테면 장퉈(薑托)?"

두창평이 냉소적으로 물었다. 장쉰이 어깨를 한 번 들썩하더니 대답했다.

"노코멘트입니다."

협상이 깨질 상황을 직감한 두창평은 뭔가 생각난 듯 눈가에 웃음기를 띠고 캐물었다.

"그렇다면 선생이 중점적으로 조사한 건 뭡니까?"

장쉔이 하품을 하며 대답하려는 순간 두창평이 말했다.

"내가 맞춰볼게요. 선생은 피해자들을 일일이 찾아다니며 그 유족들에게 보상을 해줬잖아요."

"정말이에요?"

루추가 참지 못하고 끼어들었다.

두창평은 파일을 그녀에게 넘겨주며 말했다.

"직접 봐요."

파일철에는 총 8건의 보고서가 있었는데, 각 피해자의 가정 배경을 조사한 자료였다. 피해자의 유족들은 최근 보름 동안 거액의 보험금을 받았으며, 돈을 송금한 곳은 웨스트버지니아(West Virginia) 주에 있는 회사였다. 이 회사는 아시아에 지사가 없으며 전화를 해보니 모두 음성사서함으로 넘어갔다. 루추가 마지막 장을 살펴보니 이 보고서는 미국의 사설탐정이 쓴 영문보고서였다. 그가 직접 보험회사의 주소지로 차를 몰고가 폐 공장을 발견했고 조사결과 토지 소유자가 Jiang이라는 사실을 밝혀냈다. 장(薑)의 발음이 바로 'Jiang'이다.

루추는 말없이 문서철을 내려놓고 테이블 위의 얇은 지갑을 바라보았다. 이윽고 장쉔의 얼굴로 시선을 옮겨 그에게 조용히 물었다.

"왜 어떤 사람에게는 돈을 많이 주고 어떤 사람에게는 적게 줬어요?"

"내가 좋은 일을 했다고 인정하는 건가요?"

장쉔이 눈썹을 찡긋하며 웃음 띤 표정으로 물었다. 두 사람의 눈이 마주쳤다. 루추의 눈에 담긴 진심이 그의 마음을 움직였는지,

그가 한숨을 쉬며 천천히 말했다.

"돈을 가장 많이 준 집은 피해자의 부인으로 보험금을 받아서 해외여행을 다녔어요. 두 살배기 아이는 조부모에게 맡기고 집에 돌아올 생각은 하지 않고 혼자 즐긴 거죠. 하는 수 없이 조부모와 아이에게도 따로 돈을 줘야 해서 지급액이 많아진 거예요."

"그러니까 보상을 하기 위해 후속조사까지 했다는 거죠?"

"별로 오래하지도 못했어요. 게다가 아무리 돈으로 보상해도 자식의 성장을 함께하지 못하는 부모의 안타까움을 대신할 수는 없었죠."

장쉰이 고개를 저으며 말을 이었다.

"양심상 부끄럽지 않기 위해 한 일입니다."

그의 말투는 담담했으며 표정에도 변화가 없었다. 말을 마치고 눈가에 어두운 그림자가 스쳤을 뿐이다. 루추는 장쉰이 인간의 생사와 이별에 무덤덤할 거라고 생각했다. 그런데 뜻밖에도 이렇게 신경을 쓴 것이다. 그녀가 정중하게 말했다.

"고맙습니다."

"루추 씨와는 상관없는 일이잖아요."

장쉰이 두 손을 내보이며 털털한 웃음을 지었다. 그가 두창평에게 말했다.

"이것까지 조사를 했으니 양해를 좀 해주세요. 지금 내 수중에는 한 푼도 없지만 돈은 다시 벌 수 있으니 나중에라도 꼭 갚겠습니다. 못 믿겠으면 이 회사 창문에 내가 '몸을 팔아 동생 장례를 치러줌'이라고 써 붙이기라도 할게요."

어딘가 빈정대는 말투였으나 루추는 그 보고서를 보고나서 그에게서 경박함을 찾아볼 수 없었다. 피해자 가족에게 배상한 돈이면 장샤오바이의 죄를 속죄받기에 충분했을 터다. 그러나 그는 그 돈을 피해자 가족들에게 다 써버리고 빈손으로 찾아온 것이다.

루추에게 결정권이 있다면 장쉰의 말을 들어줄 것 같았다. 그러나 주도권을 쥔 사람은 그녀가 아니었다. 루추는 두창평을 바라보았다. 그가 초콜릿을 입에 넣고 씹다가 갑자기 물었다.

"방금 '직접 나섰다'고 했는데 샤오바이가 참여만 하고 직접 나서지 않는 조건도 있었나 봐요?"

장쉰이 묵묵부답이다가 한참 후에야 입을 열었다.

"그쪽에서 알다시피 샤오바이는 변신할 수 있는 능력이 있습니다. 그 아이가 갔던 곳에서 폐쇄회로 화면에 찍힌 사람들은 하루이틀 전에 이미 납치되었거나 심지어 살해되어 야산 같은 곳에 유기됐어요."

그가 미간을 찌푸리며 계속 말을 이어갔다.

"그러나 시체가 유기된 몇 곳을 가봤는데 샤오바이의 칼의 기운은 느낄 수 없었어요. 즉 정작 살인을 한 장본인은 다른 사람이라는 결론입니다."

"'사람'이라고요?"

두창평이 곤혹스러운 표정으로 되물었다.

"그래요. 현대 과학기술을 장악한 용의주도한 자의 소행입니다. 증거는 없지만 살인방식이 우리와는 다르더군요."

"쉬팡 선배의 여자 후배는요?"

루추가 갑자기 끼어들었다.

"박물관 직원인데 살해되었어요. 상황도 방금 말씀하신 것과 같고요. 박물관 CCTV에 찍힌 사람도 장샤오바이가 변신한 것 같아요."

장쉰이 잠시 생각하다가 물었다.

"20세 초반의 여성이죠?"

"맞아요."

"샤오바이는 그 여성을 죽이지 않았어요. 하지만 그 여자분 상황이 뭔가 이상해요. 아침식사를 파는 상점에 들어간 후 나오는 모습이 없거든요."

장쉰이 갑자기 말을 멈추더니 의견을 구하는 표정으로 두창평을 쳐다보았다. 두창평은 탁자를 손으로 두 번 두드리더니 루추에게 물었다.

"오늘 아침에 할 일 없어요?"

열심히 듣고 있던 루추가 그의 물음에 잠시 멈칫했다.

"할 일이야 있죠. 하지만……."

"그럼 어서 가서 일해요. 여긴 됐으니까."

두창평은 손을 저으며 어서 나가라는 시늉을 했다. 그러나 루추는 더 듣고 싶어서 그의 말을 못 들은 척하고 들고 있던 낭갑을 들어올렸다.

"장 선생님께 장샤오바이의 상황을 알려드려야 해요."

"알려줄 필요 없어요. 청동 전승자이시니 어련히 알아서 복원하셨겠죠. 좀 연약해 보이기는 하지만요."

장쉰이 그녀에게 미소 지으며 이렇게 말했다.

"만나서 반가웠어요. 다음에 봅시다."

두 사람 다 이렇게 말하니 루추는 어쩔 수 없이 물러날 수밖에 없었다. 그녀는 낭갑을 탁자위에 놓고 두창평에게 말했다.

"그럼 이만 나가보겠습니다."

그리고 장쉰에게도 인사를 했다.

"만나서 반가웠습니다."

"저도요."

장쉰도 미소로 화답했다. 루추는 무표정하게 몸을 돌려 나왔다. 문을 닫자마자 안에서는 유쾌한 웃음소리가 흘러나왔다.

4
유물

다음 날 정오, 루추는 꽃집에서 배달해 온 꽃다발을 들고 길을 나섰다. 버스 정류장을 10미터 남겨놓고는 굉음을 내며 떠나는 버스 꽁무니를 바라보았다. 텅 빈 버스는 빠른 속도로 금세 시야에서 멀어졌다. 핸드폰을 꺼내 시간표를 확인하니 다음 버스는 30분 후에나 도착한다고 되어 있었다. 시간에 맞춰서 도착했는데도 버스가 미리 출발해 버린 것이다. 인생이 원래 그런 것이다. 자신이 잘못하지 않아도 다른 사람의 행동으로 인한 피해를 보는 일이 있다.

기다렸다가 다음 버스를 타면 자무와 약속한 시간에 도착하기 힘들 것 같았다. 거리가 멀어서 요금이 많이 나오겠지만 어쩔 수 없이 택시를 타기로 했다. 루추가 핸드폰 앱을 찾아 목적지를 입력하고 있을 때였다. 반쯤 낡은 트럭이 정류장을 지나가나 싶더니 몇 미터 앞에서 멈췄다. 그러더니 슬금슬금 후진하여 루추의 앞에 서는 것이었다.

짐칸에는 빈 대나무 바구니 몇 개가 놓여 있었고 그중 한 개에는 채소 이파리 몇 가닥이 걸려 있었다. 루추가 영문을 몰라 쳐다보자 트럭의 창문이 서서히 내려졌다. 운전석에 앉은 사람은 장쉰이었다. 그는 선글라스를 벗으며 이쪽을 쳐다보았다. 루추의 손에 들린 꽃을 보며 호기심 어린 눈으로 물었다.

"어디 가세요?"

"…… 샤청구(下城區)요."

"마침 가는 길인데 태워드릴까요?"

루추가 그의 눈을 3초간 응시한 후 참지 못하고 물었다.

"빈털터리라고 하지 않았어요?"

그런데 어떻게 차를 몰고 다니느냐는 말이었다.

"전문용어로는 파산이라고 하죠. 이 차로 말할 것 같으면……."

장쉰이 고개를 내밀고 차체를 내려다보더니 탄식하는 소리로 말했다.

"볜중에게 빌렸어요. 그 대신 청과물 도매시장에서 채소를 실어다 주죠. 기름값은 일한 것으로 충당하기로 했으니 서로 원원인 셈이죠."

그의 말은 현실적이면서도 애잔하게 들렸다. 그러나 그것 때문에 경계심을 늦출 수는 없었다. 루추의 주저하는 기색에 장쉰이 말을 이었다.

"타세요. 배상할 사람 명단의 마지막 사람은 루추 씨예요. 필요한 것이 있으면 언제라도 말해요. 칼산을 오르고 불바다에 뛰어들라고 해도 무조건 들어드릴게요."

"그럴 필요 없어요."

루추가 조수석에 타서 문을 닫은 후 말했다.

"하지만 몇 가지 질문에 대답해 주시면 배상을 받은 걸로 하죠."

"이거 골치 아프게 생겼네요."

장쉰이 턱을 어루만지며 말을 이었다.

"전 칼산을 오르고 불바다에 뛰어드는 게 더 좋은데요."

"배상이라고 하셨으니 내가 원하는 기준으로 해주셔야죠. 그게 아니라면 성의가 없는 겁니다. 내 말이 틀려요?"

루추가 이렇게 쏘아붙인 후 그의 반응을 기다리지도 않고 이어서 말했다.

"첫 번째 질문, 혈연관계가 없다는 말은 선생님과 취안선의 본체가 같은 운성에서 만들어지지 않았다는 의미인가요?"

"정확하시네요. 다음 질문 해주세요."

장쉰이 가속 페달을 밟으며 차를 출발시켰다. 루추는 그의 측면을 바라보며 물었다.

"전에 우리 어디서 본 적이 있죠?"

"귀예이?"

장쉰이 다시 턱을 쓰다듬으며 반문했다. 그제야 연못 옆에서 기지개를 켜던 털복숭이 아저씨의 모습이 떠올랐다.

"아! 그렇군요. 수염은 어떻게 한 거죠?"

"깎아버렸죠. 사죄하러 가는데 깔끔한 모습으로 가야할 것 같아서요. 그런데 질문이 이런 것 밖에 없어요?"

"외모가 갑자기 바뀌니 그렇죠. 벤 형한테는 도대체 얼마나 빚을 진 거예요?"

"젊은 숙녀분이 어쩌면 입만 벌리면 돈 얘기일까요? 돈 냄새가 진동하네."

"돈 얘기를 하지 않는다고 그쪽이 빚진 사실이 없어지는 것도 아니잖아요. 가만……. 돈 냄새는 내가 아니라 그쪽에서 나요. 원래가 청동이니 말이에요."

장쉰과의 대화는 부담이 없었다. 두 사람이 이야기를 나누는 동안 트럭은 어느새 회사가 있는 창산구(蒼山區)를 벗어나 도시 순환도로에 접어들어 남쪽을 향하고 있었다.

한동안 잠자코 있던 루추가 무심한 말투로 물었다.

"화형자들 간에도 사람들처럼 결혼한 사례가 있어요?"

장쉰이 루추 쪽을 바라보며 반문했다.

"없다고 하면 루추 씨의 어떤 결정에 영향을 미치나요?"

"그건……, 아니에요."

"그렇다면 다행이네요. 그건 알아서 뭐하려고요?"

그의 말이 맞다, 루추는 입을 다물고 차창을 열었다. 장쉰의 운전 스타일은 과감한 편이어서 효율적이고 점잖은 샤오롄의 운전스타일과는 딴판이었다. 그러나 어쨌든 빠르면서도 안정적이었다.

차는 어느새 쓰팡시에서 강을 끼고 있는 지역으로 들어섰다. 루추는 이 일대에 와본 적이 없었다. 표지판을 보니 자무가 다니는 대학이 근방에 있었다. 길가의 건물은 고풍스럽고 우아했다. 정원의 꽃들이 듬성듬성 심어져 있고 행인들의 발걸음도 번화가 사람들에 비해 여유가 있었다. 따듯한 햇볕이 내리쬐고 간간히 불어오는 바람은 그지없이 쾌적했다.

고즈넉하고 아름다운 분위기에 취해 루추는 조용히 차창밖 풍경을 바라보았다. 이때 뭔가 깨달았다는 듯한 장쉰의 목소리가 분위기를 깼다.

"혹시 인청잉을 좋아해요?"

"아니라고요!"

루추가 짜증스럽게 대꾸했다.

"왜 그렇게 생각하죠? 내가 인청잉과 어울린다고 생각해요?"

자신의 실수를 깨달은 장쉰이 헛기침을 하며 변명했다.

"옛날 같은 배에 탔을 때가 생각 나서 그랬어요. 모든 여자들이 인청잉을 보고 잘생겼다고 했거든요. 하지만 그건 청나라 때 미의 기준이니까 신경 쓰지 마세요."

루추가 마지못해 "네" 하고 대답했다.

장쉰이 말을 이어갔다.

"화형자 간에 결혼한 사례가 있긴 해요. 하지만 아주 극소수이고 대부분 특수한 사례에 속하죠."

"정말요?"

루추가 눈을 동그랗게 떴다. 입술을 깨물며 작은 소리로 말했다.

"사실은 샤오롄과 사귀는 사이예요."

"샤오롄과요?"

장쉰의 표정과 말투에는 변화가 없었지만 루추는 그의 눈에 놀라움이 스쳐가는 것을 보았다. 왜 저런 반응이지? 샤오롄의 성격은 냉담하지만 사람들과 지내는 데 문제가 없다. 그와 사귀는 게 뭐가 이상하단 말인가?

장쉰이 샤오롄의 과거를 알고 있단 말인가? 금제에 관한 일도 알고 있을까? 루추의 가슴이 갑자기 빠르게 뛰기 시작했다. 그녀에 대한 장쉰의 태도가 호의적이지만 샤오롄은 그들 사이를 친구가 아니라고 했다. 그래서 루추는 더 많은 이야기를 하지 않기로 했다.

그녀가 잠시 생각하다 모호하게 대답했다.

"하지만 샤오롄은 우리 사이에 미래가 없다고 생각해요."

그녀가 어떻게 하면 화제를 자연스럽게 금제로 돌릴 수 있을까 생각하고 있을 때 장쉰이 말했다.

"그거야 당연하죠. 그렇게 참혹한 배신을 당했으니 말이에요. 나라면 다시는 사랑 같은 걸 믿지 않을 것 같아요."

"네? 그게 무슨 뜻이죠?"

루추가 그를 똑바로 응시하며 물었다. 장쉰도 그녀의 시선을 맞받아서 응시하다가 갑자기 깨달았다는 듯 화들짝 놀라서 물었다.

"모르고 있었어요?"

루추가 뻣뻣하게 고개를 저었다.

"그렇다면 계속 모르는 걸로 하죠. 그게 루추 씨에게도 좋을 것 같아요."

"하지만 지금 알았잖아요? 빨리 얘기나 해요."

장쉰의 말에 루추가 다급하게 독촉했다.

"천 년 전에 일어난 일인데 말할 게 뭐 있겠어요. 게다가 그 자신이 빠져 나오지 못하는 상황이니까요. 혹시 지금이라도 빠져 나왔다면 이미 아문 상처를 굳이 건드릴 필요는 더욱 없죠. 내가 직접 본 일도 아니고 전해 들은 것에 불과해요. 당시 샤오롄과는 물과 기름처럼 겉도는 사이였으니까요. 괜히 말했다가 루추 씨 속만 상할 거예요."

이렇게까지 말하니 루추는 더 이상 물어볼 엄두를 낼 수 없었다. 그의 말에 일리가 있다고 생각하면서도 조금 전 들은 이야기가 귓전을 계속 맴돌았다.

그녀는 심란해져서 고개를 들었다.

"샤오롄과는 왜 물과 기름처럼 겉도는 사이가 되었어요?"

장쉰이 아득한 눈길로 앞을 주시하며 추억에 젖은 말투로 대답했다.

"정치적인 입장 차이가 있었어요. 사람들과 지내는 방식을 두고 견해가 달랐던 거죠."

예상과 다른 대답에 루추는 당황했다.

"난 또 성격이 맞지 않아서 그런 줄 알았죠."

"세상이 이렇게 큰데 성격이 맞지 않아 어울리지 않고 서로 배척하는 일이야 흔하죠."

입 꼬리를 올리며 이렇게 말한 그가 잠시 말을 멈췄다가 계속했다.

"옛날에 왕조가 바뀔 때마다 우리는 그중 한쪽을 지지했어요. 수당이 교차할 무렵에는 샤오롄이 농서(隴西) 이(李)씨 편에 섰고 우리는……, 그만하죠."

당나라 황실의 시조가 농서 이씨다. 루추가 알겠다는 듯 말했다.

"선생님 편이 졌네요."

"양쪽이 다 진거죠."

장쉰이 담담하게 대답했다.

이야기를 나누는 사이에 차는 성도(省道)로 접어들었다. 새로 포장한 것을 보니 최근에 도로를 확장한 모양이다. 길가에 심어놓은 앵두나무에 꽃이 활짝 피어서 분홍색 운무가 깔린 듯 낭만적 풍경을 연출했다. 그러나 가까이 가보니 자전거 전용도로에 가득 찬 자전거 행렬이 차도를 침범하는 바람에 자동차들의 경적소리로 일대는 아수라장이었다.

장쉰은 차선을 안쪽으로 바꾼 후 전방을 바라보며 말했다.

"얘기하자니 우습군요. 당시에는 그저 싸우고 죽이는 게 일이었어요. 지금 이렇게 변할 줄은 생각지도 못했죠."

"어떻게 변한 건데요?"

루추가 양쪽을 살피며 물었다.

"인류의 과학기술이 이렇게 빠르게 발전하리라고는 예상 못했어요?"

장쉰이 소리 내서 웃으며 고개를 가로저었다.

"마지막으로 기물이 사람으로 화한 것이 당나라 때인걸요."

루추가 어리둥절해서 물었다.

"왜요?"

"그건 모르죠."

장쉰이 미소 지으며 느긋하게 말했다.

"어쩌다 생겨나니 그 생겨난 연유를 모르고 어디로 갈지도 모른다오."

이유는 모르지만 화형자들이 더는 생기지 않았다는 이야기인가? 루추는 장쉰의 말 후반부를 이해할 수 없었으나 그 안에 담긴 망연함은 느낄 수 있었다. 잠자코 있던 그녀가 작은 소리로 물었다.

"그러니까 양쪽이 서로 평화롭게 지내면서 사람들에게 정체를 드러내지 않기로 약정을 맺은 거네요?"

"100퍼센트 맞지는 않아요. 솔직히 말해서 우리는 새로운 종족이 늘어나는지에 대해서는 관심이 없어요. 다만 계속 싸우다 보니 이 세상에서 상대만이 자신을 알아주는 존재라는 사실을 발견한 거죠. 그토록 저항했던 대상은 운명 자체임을 인식한 후로는 더 싸울 의미를 잃어버렸어요."

말을 마친 장쉰이 루추를 힐끗 쳐다보며 물었다.

"우리는 죽지 않고 영원히 사는데 루추 씨는 그럴 수 없잖아요? 그런 걸 생각하면 어떤 느낌이에요?"

사실을 얘기한 것뿐이지만 배려 없이 던지는 질문에 루추는 적잖이 불쾌했다.

"지구상에 생명력이 강해서 절대로 멸종하지 않는 종류가 또 있어요. 그게 뭔지 아세요?"

"알아요. 바퀴벌레죠."

그가 대답을 해놓고 껄껄 웃었다. 루추도 소리 내서 웃었다. 잠시 후 장쉰이 말했다.

"음악 들을래요?"

"좋아요."

장쉰이 버튼을 누르니 기타 소리가 울려 퍼지고 루추도 아는 노래가 흘러나왔다.

생명은 숲보다 오래가고 산맥보다 젊으며, 바람처럼 자유롭게 생겨난다네. 마을의 오솔길이여 나를 집에 데려다 주오.

장쉰이 따라 부르기 시작했다. 그의 목소리는 첼로처럼 낮고도 부드러웠다. 고향을 그리워하는 가사와 어울려 사람을 도취하게 했다. 루추는 그의 노래를 다 듣고 나서 비로소 입을 열었다.

"이 노래에서 여자가 화음 넣는 부분 제가 부를 수 있어요."

"그렇다면 같이 부릅시다."

장쉰이 반복 버튼을 누르자 경쾌한 선율이 다시 울려 퍼졌다.

집에서 빚은 독한 술을 마시고 눈물이 눈앞을 흐리게 하네. 고향의 오솔길이여, 나를 귀속할 곳으로 데려다 주오.

두 사람은 차 안이 노래방이라도 된 듯 신나게 노래를 불렀고, 이는 굉장히 새로운 경험이었다. 루추는 노래에 자신이 없어서 절반 정도 부르다 멈추자 장쉰도 따라서 멈췄다. 노래는 다음 곡으로 넘어가며 가족을 잃고 눈물을 흘릴 수도 없는 비통함, 천진무구한 달콤함과 성장, 딛고 있는 땅에 대한 애정 등을 노래했다.

두 사람은 음악에 심취하며 듣다가 간혹 한두 마디 대화를 주고

받았다. 루추는 장쉰이 100년 전 출국한 후 줄곧 외국에서 살았으며, 어쩌다 한 번씩 귀국한 것이 전부임을 알게 되었다. 마지막으로 출국한 것이 무려 20년 전이었다. 그러나 장쉰은 자신의 과거에 대해 매우 짧게 언급했고, 때로는 남의 이야기처럼 말하기도 했다. 어쩌면 너무 오래전 일이라 기억이 흐려진 것인지도 모른다. 기억도 오래되면 현실감이 옅어지는 법이다.

앨범 한 장을 다 듣고 나니 차는 어느새 멋진 산이 둘러싸인 곳으로 접어들었다. 장쉰은 분수대 앞에서 차를 멈추더니 건물에 적인 '쓰팡시 안셴묘원(安賢墓園)'이라고 적힌 푯말을 올려다보았다.

"여기 맞아요?"

"네, 고마워요."

장쉰이 낡은 구식 핸드폰을 꺼내 들었다.

"연락처를 교환합시다. 나는 궈예이에서 한동안 지낼 계획이에요. 앞으로 도움이 필요하면 언제든지 연락하세요."

루추도 흔쾌히 전화번호를 교환한 후 차에서 내렸다. 그녀가 차창 밖에서 발뒤꿈치를 들어 말했다.

"혹시 부상이라도 당하면 연락하세요. 지금은 복원 능력이 형편없지만 앞으로 나아질 거예요."

"그럼 그때까지 기다릴게요."

장쉰이 장난스럽게 웃으며 창밖으로 주먹을 내밀었다.

"약속한 거죠?"

외국에서 유행하는 장쉰의 인사 동작에 루추도 어색하게 주먹을 갖다 댔다.

두 사람이 작별인사를 나눈 후, 쟝쉰은 선글라스를 고쳐 쓰고 분수대를 서서히 돌아 큰 길로 빠져나갔다. 루추는 쟝자무에게 문자메시지를 보내 도착했음을 알리고 그가 어디 있는지 물었다. 쟝자무가 바로 답장을 보내왔다. 일행이 이미 묘원 안에 있으며, 마중 나올 테니 입구에서 기다리라는 내용이었다. 루추는 분수대 옆을 오가며 그를 기다렸다. 몇 분 후 눈에 익은 실루엣이 묘원 안에서 성큼성큼 걸어오는 모습이 보였다.

쟝자무는 최근 반년 동안 급속히 성숙해졌다. 루추는 그와 만날 때마다 학생다운 풋풋함이 점점 사라지는 것을 느꼈다. 그는 걸핏하면 무게를 잡으며 루추와 거리를 유지했다. 그래도 관대한 기질은 여전해서 도움의 손길을 내미는 데 인색하지 않았다. 오늘도 그런 일의 연장선상에 있었다.

약간의 미안함을 느끼며 루추가 그에게 다가갔다.

"나 늦은 건 아니죠?"

"우리가 일찍 도착했어요. 교수님이 문에서 루추 씨를 기다리자고 했는데 양(楊) 여사님이 남편 분에게 할 말이 있다고 먼저 들어가자고 해서요."

쟝자무가 양 여사 얘기를 꺼내자 루추는 갑자기 긴장되었다. 그녀가 들고 온 꽃을 자무에게 보여주며 물었다.

"꽃집에서는 애도를 전하는 데 적합하다고 흰 국화를 추천했어요. 자무 씨 생각은 어때요?"

춘절이 지난 후 그녀가 수소문하던 고서가 마침내 모습을 드러냈다. 양쥐안쥐안(楊娟娟) 여사가 남편의 유지에 따라 학교에 기부했던 책의 일부를 돌려달라고 요구했고, 학교 측은 우여곡절 끝에 그녀가 원하는 책을 찾아 돌려주었다. 그 얘기를 전해 들은 루추는 고서를 다시 볼 수 없다는 생각에 의기소침해졌었다. 그런데 자무의 지도교수 예윈첸(葉雲謙)이 루추의 사정을 듣고 자신이 나서서 양쥐안쥐안을 설득했다. 교수가 어떻게 설득했는지는 모르지만 어쨌든 양 여사는 고서를 루추에게 빌려주는 데 동의했다. 하지만 전제조건을 내걸었다. 루추가 직접 그녀의 남편 묘소에 찾아가 망자를 위로하라는 것이었다.

인터넷 평에는 이 묘원이 풍수가 좋고 경치도 훌륭해서 쓰팡의 유명한 서화가와 항전 영웅도 이곳에 묻혔다고 한다. 루추는 으스스한 기분이 들었지만 샤오롄의 금제를 해제해야 한다는 생각에 양 여사의 조건을 받아들였다. 게다가 예 교수가 다른 학생들과 함께 조문을 와주기로 한 덕분에 껄끄러운 상황은 면할 수 있었다.

챵자무가 그녀의 손에 들린 꽃을 바라보며 말했다.

"이건 흰 국화가 아니라 데이지 꽃이네요."

루추가 꽃을 들여다보며 의심스럽다는 듯 말했다.

"국화 종류면 되는 거 아니에요?"

"데이지 꽃은 영원한 우정을 상징해요."

"아! 그렇군요."

루추는 잠시 생각해 보고 꽃을 자무에게 주었다.

"이건 자무 씨 줄게요. 혹시 몰라 다른 것도 준비했거든요."

그녀는 백팩에서 흰 종이로 접은 학을 꺼내들고 발끝을 들고 석판이 깔린 길을 걸었다. 몇 걸음을 걷다가 뭔가 이상해서 돌아보니 쫑자무가 그 자리에서 움직이지 않고 있었다. 손에 든 꽃을 내려다보며 무슨 의미인지 모르겠다는 표정이었다. 루추가 어리둥절하여 천천히 되돌아갔다. 쫑자무가 그녀를 쳐다보며 물었다.

"이제 날 피하지 않는다는 의미예요?"

"우정은 영원하니까요."

루추의 대답에 쫑자무가 푸핫 웃음을 터뜨렸다. 손에 든 꽃을 좌우로 흔들더니 말했다.

"좋아요. 받을게요."

그러더니 루추의 얼굴을 살폈다.

"괜찮은 거예요?"

아직 악몽의 원인을 밝히지 못했다. 루추는 생각 끝에 쫑자무에게는 알리지 않기로 했다. 그녀가 정신을 가다듬고 대답했다.

"아주 좋아요."

그리고는 잠시 뜸을 들였다가 덧붙였다.

"고마워요. 그동안 줄곧 잘해 줘서."

아무래도 전과 같은 우정을 기대할 수는 없을 것이다. 그러나 루추는 그가 자신에게 해준 모든 것이 고마웠다. 처음 이곳에 왔을 때 모든 것이 낯설 때도 그는 도움의 손길을 내밀었다. 루추는 밝은 웃음으로 화답하며 한 손에는 꽃을 들고 한 손은 바지 주머니에 찌른 채 쿨하게 앞으로 걸어갔다.

"정말 못 견딜 때가 오면 참지 말아요. 내게 연락하기 곤란하면 우리 누나한테라도 얘기해요. 누나와는 계속 연락하는 거 알고 있어요."

"그럴게요."

두 사람은 나란히 묘역으로 들어갔다. 이 묘원은 산을 끼고 있어서 시야가 확 트였다. 산골짜기에서 내려온 시냇물이 구불구불 흐르고, 그 옆에는 작고 정교한 정자와 누대가 있었다. 아름다운 경치가 묘지의 음산한 기운을 조금은 상쇄해 주었다.

쭝자무는 걸으면서 루추에게 그간의 사정을 알려줬다. 양쥐안쥐안 남편 저우인(鄒因)의 살해 용의자는 체포되었고, 경찰은 용의자가 유물을 훔쳐려고 침입했다가 집안에 있던 저우인과 맞닥뜨리는 바람에 우발적으로 살해했다는 결론을 내렸다. 양쥐안쥐안이 큰 충격을 받았으니 그녀를 자극할 수 있는 민감한 화제는 피할 것을 예 교수가 특별히 당부했다는 말까지 덧붙였다.

"교수님의 전언인데 양 여사가 책을 빌리는 목적을 물으면 그냥 그쪽에 취미가 있어서라고 대답하래요. 유물 복원사라고 하면 이상한 상상을 할 수도 있으니 말이예요."

쭝자무가 잠시 멈췄다가 말을 이었다.

"하지만 내 개인적 의견은 그냥 루추 씨 생각대로 말했으면 해요. 너무 많은 것을 고려할 필요는 없어요. 어쨌든 교수님이 현장 분위기를 조절할 테니까요. 양 여사의 정서가 불안하다고 하지만 내가 보기에는 교수님의 말과는 달라요."

"그분이 누군데 다들 알고 있는 거죠?"

"우리 연구센터에 실험실을 새로 설치했는데, 저우인 선생 회사에서 실험기기를 해외에서 도입하는 일을 맡았어요. 그런데 기기가 도착하기도 전에 저우인 선생은 세상을 떠났고, 부인인 양 여사가 남은 일을 처리해서 기기들이 무사히 통관할 수 있었어요. 기기를 설치하고 나서도 자주 방문했죠. 그때마다 교수님뿐 아니라 학생들과도 이야기를 나누고 밥을 사주기도 했어요. 이번에도 루추 씨를 보겠다고…….''

쫭자무가 여기까지 말하고는 이상하다는 표정을 지었다. 루추는 어리둥절하여 물었다.

"그분 어디가 이상해요?"

"다른 사람들도 남편을 잃고 나서 그렇게 자주 외출하고 사교활동을 하나요?"

"그럴 수 있어요. 아는 아주머니는 남편이 돌아가신 후 부근 커뮤니티에서 운영하는 강좌를 세 과목이나 등록했고, 거기에다 꽃꽂이까지 따로 배우는걸요. 그분 말이 시간이 나면 자꾸 남편 생각이 나서 괴롭대요."

"그렇겠네요."

쫭자무의 눈에 깊은 생각이 스쳤다.

"그러니까 그 아주머니가 생각을 다른 곳으로 분산해서 슬픔을 잊으려고 노력한다는 거죠?"

인간 행위의 배후를 분석하는 것은 루추의 전문 분야가 아니었다. 그녀는 "그렇다고 봐야죠."라고 얼버무리고는 물었다.

"그리고는요?"

쫭자무가 그녀를 쳐다보더니 갑자기 웃었다.

"그리고는…… 이제 좀 머릿속이 정리가 되네요. 도와줘서 고마워요. 그리고 루추 씨가 변함없이 낙관적이고 희망적인 모습이어서 고마워요."

도대체 정리할 일이 무엇이었기에 고맙다고 하는 걸까? 루추가 반발하려는 순간 자무가 말을 이었다.

"아 참! 우리 처음 만났을 때 금속의 생명에 관해 얘기했었죠? 검이 사람의 모습으로 화할 수 있다는 말도 했고요."

그걸 어떻게 잊는단 말인가!

루추는 재빨리 고개를 끄덕이고 긴장한 눈빛으로 쾅자무를 바라보았다. 그는 어깨를 한 번 으쓱하고는 말을 계속했다.

"교수님이 고대 금속 파편을 어디서 구했는지 모르겠는데, 새로 설치한 실험실의 목표 중 하나는 그 샘플들을 분석하는 거예요. 그 안에 어떤 생명의 징조가 담겨 있는지 연구하는 거죠."

샤오롄의 일과는 관련이 없는 것 같아서 루추는 안심이 되었다. 그녀가 쾅자무의 흥미 잃은 얼굴을 보며 물었다.

"그 샘플 분석하는 일이 싫은가 봐요?"

"싫은 정도까지는 아니지만……."

쾅자무는 뭔가 말하려다 말고 하던 얘기를 계속했다.

"그 실험실은 의학대학과 협력하여 인체실험을 하려고 해요. 현재 캠퍼스 내에서 실험대상자를 적극적으로 모집하고 있어요. 이건…… 내가 생각하는 물리학과 거리가 멀어요."

그가 걸음을 멈추고 진지하게 말했다.

"아무래도 교수님과는 지향점이 다른 것 같아서 박사 과정은 다른 학교로 옮길까 고려하고 있어요."

"박사 과정을 밟기로 결정했어요?"

루추가 눈을 반짝이며 그의 말을 끊고 물었다.

"아직은 아니에요."

쫭자무가 급히 부인했다.

"고려하는 단계일 뿐이에요. 절대 우리 누나에게는 말하지 말아요. 누나가 알면 엄마도 알게 될 거고, 엄마가 알면 온 세상에 공표하는 셈이니까요. 아이고! 왜 그 얘기를 꺼냈을까!"

"알았어요. 절대 배신하지 않겠다고 약속할게요."

루추가 깔깔 웃으며 손을 들어 맹세하는 시늉을 했고, 딱딱했던 분위기는 눈 녹듯이 사라졌다.

두 사람은 대화를 나누며 수목장 구역으로 들어갔다. 이곳은 묘비가 없고 눈에 들어오는 것은 온통 푸른 나무들이었다. 심은 지 얼마 되지 않아 주변에는 반쯤 시든 꽃다발과 화환으로 둘러싸인 나무들이 있는가 하면, 어떤 나무들은 제법 자라 그늘을 만들어주기도 했다. 어쨌든 나무들은 하나같이 잘 다듬어져 있었다.

쫭자무가 사람 키 높이의 나무 옆으로 루추를 안내했다. 5명의 방문객이 나무 앞에 서 있고, 그 뒤에 서 있는 3명은 20대 초반의 젊은 남자들이었다. 맨 오른쪽은 쫭밍의 약혼자 저우쓰위안이었다. 그는 검은 양복을 입고 무료한 표정으로 고개를 바닥으로 향하고 있었다. 나머지 2명은 저우쓰위안보다 몸매가 호리호리했다. 그중 키가 더 크고 각진 얼굴형의 남자는 때마침 하품을 하고 있었다. 다른 한 명은 덥수룩한 앞머리에 갈색으로 레이어드 염색을 했으며 수재 스타일의 안경을 쓰고 있었다. 장소가 장소인지라 점 잖은 차림을 했지만, 한눈에 봐도 외모를 중요시하는 스타일임을 알 수 있었다.

세 사람의 앞에는 중간 키 정도에 학자풍의 남자가 근엄한 표정 으로 서 있었다. 나이는 사오십 대 정도로 보였다. 쾅자무가 그 남 자에게 다가가더니 루추를 소개했다.

"교수님 이쪽은 전에 말씀드린 잉루추 씨입니다. 루추 씨, 이분 은 제 지도교수 예원첸 교수님입니다."

루추가 예 교수에게 허리를 숙여 인사했다.

"교수님 안녕하세요."

"안녕하세요."

예 교수도 루추에게 목례를 하더니 아무 말 하지 않았다. 학자 의 분위기가 농후한 그는 사람들과 교제하는 데는 서투른 과학자 같았다. 루추는 무슨 말을 해야 할지 몰랐다. 심지어 묘원에서 미 소를 지어도 되는지 알 수 없었다. 그녀는 예 교수에게 다시 목례 를 하고 맨 앞에 서 있는 여자에게 향했다. 예 교수가 가볍게 기침 을 하면서 말했다.

"이분은 양쥐안쥐안 여사님이십니다."

고서의 주인이자 예 교수 친구의 부인이다. 양쥐안쥐안은 나이 가 40세 초반으로 보였으며 실크 소재의 짙은 회색 정장을 입고 반짝거리는 진주목걸이를 하고 있었다. 그녀는 멍하니 나무를 바 라보고 있다가 자신의 이름이 불리자 그제야 루추 쪽으로 고개를 돌렸다. 양쥐안쥐안은 옅은 화장에 미인형 얼굴이었다. 약간 차가운 눈초리는 의심과 경계를 품고 있었으나 초점이 또렷했다. 남편을 잃고 정신적으로 충격을 받은 부인의 모습과는 거리가 멀었다.

루추는 용기를 내서 인사를 했다.

"양 여사님, 애도를 표합니다."

"제일 슬픈 시기는 이미 지나간 걸요."

양쥐안쥐안이 눈빛을 거두며 바닥에 놓인 붉은 장미 다발을 가리켰다.

"세심하기도 해라. 종이학을 꽃 옆에 놓으면 되겠네요."

그녀의 말투는 냉랭했지만 적의가 느껴지지는 않았다. 그렇다고 호의적이라고도 할 수 없었다. 루추는 종이학을 장미꽃 옆에 놓았다. 새하얀 종이학과 새빨간 장미꽃을 함께 놓으니 햇빛 아래 색의 대비가 유난히 두드러졌다.

양쥐안쥐안은 종이학을 한참동안 바라보다가 루추에게 고개를 돌렸다.

"우리는 향을 피우지 않으니 그냥 허리를 굽혀 절하는 것으로 예를 대신하면 돼요."

루추가 양쥐안쥐안 옆에 서서 나무를 향해 진심을 다해 절을 했다. 그녀가 아직 몸을 일으키기 전에 옆에서 핸드폰 문자메시지 도착 알람이 울렸다. 양쥐안쥐안이 주머니에서 핸드폰을 꺼내더니 고개를 숙여 몇 줄을 읽은 후 고개를 들었다. 그러더니 나무를 향해 말했다.

"후빈로(湖濱路)에 있는 집을 팔았어요. 돈은 당신 어머니 계좌로 방금 입금되었어요. 두 달 후에는 출국해서 바람이나 쐬고 오려고 해요. 귀국하면 당신 보러 올게요."

양쥐안쥐안은 담담하게 말했지만 예 교수가 이마를 찌푸리며 그녀에게 다가가더니 낮은 소리로 말했다.

"저우인이 양 여사에게 남겨준 집인데 그걸 팔면 앞으로 어디서 지내려고 그래요?"

"시내에 방 두 개에 거실 하나가 딸린 작은 아파트를 마련했어요. 한 사람이 살기에는 넉넉해요."

양 여사가 담담하게 대답했다.

"그럴 필요까진 없잖아요. 저우인 어머니는 변호사가 상대하면 돼요. 그 노인네 돈도 많으면서 욕심이 끝이 없네. 저우인이 남긴 재산도 다 주고 겨우 그 집 한 채 남았는데……."

"됐어요. 원첸 씨"

양 여사가 부드러운 목소리로 예 교수의 말을 중단시켰다.

"저우인 앞에서 그런 말 하지 마세요. 이 사람이 얼마나 상심하겠어요."

예 교수가 무슨 말을 하려다가 멈칫하더니 결국 고개를 끄덕였다.

"하긴 추억이 너무 많은 집이니 떠나는 게 나을지도 모르겠네요. 도울 일이 있으면 언제라도 말해요. 혼자서 감당하려 하지 말고요."

"그럴게요. 도움이 필요하면 반드시 예 교수님을 찾을게요. 내가 얼굴 두껍다는 거 모르는 분도 아니니까요."

양 여사가 목소리를 한껏 낮춰서 말을 마치더니 갑자기 휘청거렸다. 금방이라도 쓰러질 것 같아서 루추가 재빨리 그녀를 부축했다. 양 여사는 루추의 몸에 기댄 채 나무 쪽을 향해 말했다.

"이분이 잉루추 씨예요. 당신이 소장한 책을 잠시 빌려줄 거예요. 책이 손상되지 않게 내가 잘 지켜볼 테니 걱정 말아요."

이 말을 하는 그녀의 목소리는 온화했으며 평온한 표정이었다. 루추의 팔을 잡고 있는 손가락에도 힘이 들어갔다 마치 뭔가를 꼭 붙잡고 놓치지 않으려는 것 같았다. 두 사람은 다른 사람을 등지고 있었는데, 루추는 팔에 닭살이 오른 듯 거북했지만 감히 뿌리칠 수 없어서 뻣뻣한 막대기처럼 서 있어야 했다.

다행히 양 여사는 말을 마친 후 루추를 놓아주었고, 보자기에 싼 고서를 그녀에게 건네주었다.

"잘 보관해 주세요. 훼손하지 말고요."

루추는 안도의 한숨을 쉬며 재빨리 책을 받아들고 연신 고맙다는 말을 했다. 양 여사가 그녀의 얼굴을 바라보며 갑자기 낮은 소리로 말했다.

"젊음이 좋군요. 안 그래요?"

"네?"

어리둥절한 루추를 뒤로하고 양 여사는 몸을 돌려 뒤에 서 있는 일행에게 목례를 했다.

"이렇게 와줘서 고마워요. 나중에 식사 대접 할게요."

"그럴 필요 없어요. 무엇보다 건강이 중요하니 푹 쉬어요."

예 교수가 선수를 쳐서 이렇게 말하더니 물었다.

"이제 돌아갈까요?"

양 여사가 피로한 얼굴로 고개를 끄덕였다. 예 교수가 그녀의 옆으로 가더니 집을 판 얘기를 다시 꺼냈다. 그러느라 두 사람은 일행과 떨어져서 저 만치 앞서갔다. 7명은 두 무리로 나뉘어 묘원을 나섰다.

고인을 기리는 장소이기는 했지만 5명의 젊은이는 고인과 별 관계가 없는 사이라 조금 전의 침체된 분위기에서 벗어나 즐겁게 얘기를 나눴다. 각진 얼굴형의 남자는 이름이 선차오(沈超)이며 염색을 한 남학생은 마쓰위안(馬思源)이었다. 모두 예 교수의 대학원 제자들이었다. 두 사람의 졸업논문 주제도 비슷해서 자주 실험에도 함께 참여한다고 했다. 기숙사도 같은 방을 쓰는 룸메이트였다. 선차오는 호기심이 많아서 말끝마다 루추에게 고서 이야기를 꺼냈으며, 마쓰위안은 세련된 외모의 소유자였으나 뼛속까지 어쩔 수 없는 공대생의 면모를 드러냈다. 그는 연구과제에 관한 화제만 나오면 흥분해서 실험을 어떻게 하는지 루추에게 소개했다.

주차장에 가까이 오자 선차오가 갑자기 걸음을 빨리하며 앞서 가던 예 교수에게 말했다.

"교수님, 저는 여기 할아버지 묘소에 가봐야 해서 먼저 가십시오."

선차오는 사투리가 심해서 처음에 루추는 잘 알아듣지 못했다. 예원첸이 갑자기 걸음을 멈추고 선차오에게 경직된 말투로 물었다.

"자네 할아버지도 여기에 모셨나?"

예원첸은 사투리를 거의 쓰지 않으나 유심히 들으면 그가 선차오와 비슷한 말투를 쓰는 것을 알 수 있었다. 좡자무의 시선이 두 사람 사이를 부지런히 오갔으나 선차오는 이에 신경 쓸 틈이 없이 경직된 얼굴로 그렇다고 대답했다.

예원첸의 목울대가 위아래로 움직였다.

"할아버지 존함이 어떻게 되시나?"

"선보원(沈伯文)이십니다."

선차오가 머리를 긁적거리며 덧붙여서 말했다.

"잠깐만 뵙고 오면 되니 오늘 저녁의 독서회에는 절대 늦지 않을 겁니다."

예원첸이 알았다는 투로 대답하고 다시 물었다.

"할아버지가 돌아가셨을 때 연세가 어떻게 되셨지? 병환으로 돌아가셨나, 아니면 사고사였나?"

선차오가 어리둥절하여 잠시 머뭇거리다가 대답했다.

"55세 때 심부전으로……."

"55세인 분이 어떻게 갑자기 심부전이 생겼을까?"

선차오가 말을 마치기도 전에 예원첸이 언성을 높여 물었다. 그의 말투는 몹시 엄격했다. 너무 다급하게 다그치듯 묻는 소리에 모두의 눈길이 그에게 집중되었다. 양 여사만 한쪽에서 꼼짝하지 않고 서 있었다.

선차오는 사실대로 대답했다.

"처음에는 무슨 병인지 몰라서 한동안 제대로 된 치료를 하지 못하고 세월을 보냈죠. 그러다가 루게릭병으로 밝혀졌습니다. 이 병은 지금도 희귀병으로 당시에는 어찌할 바를 모르고 며칠을 끌다가 그렇게 가셨습니다. 교수님께서 우리 할아버지를 아세요?"

예원첸은 선차오의 물음에는 대답하지 않고 한참을 멍하니 서 있었다. 그러더니 겨우 입을 열었다.

"어서 할아버지를 뵈러 가게. 천천히 와도 좋으니 잘……, 보살펴드리게."

그러더니 창자무 일행에게 당부했다.

"나는 먼저 갈 테니 자네들은 남아서 선차오를 도와주게. 오늘 독서회는 두 시간 늦게 시작하겠네."

말을 마친 그는 문을 향해 급히 걸어가다가 양 여사가 부르는 소리를 듣고 그제야 걸음을 늦췄다.

이렇게 해서 묘원에 남겨진 젊은이들은 서로 얼굴만 바라보고 있었다. 선차오가 먼저 입을 열었다.

"뭘 보살피라는 거지?"

"뭘 물어? 성묘를 대충대충 하지 말고 극진히 모시라는 소리지."

저우쓰위안이 선차오의 머리를 툭 치면서 이렇게 말하고는 물었다.

"고향이 쓰팡시가 아닌 걸로 알고 있는데 할아버지가 뭐 하시던 분인데 여기에 모셨지?"

성격 좋은 선차오는 머리를 한 대 맞고도 화를 내지 않고 대답했다.

"할아버지는 물리를 연구한 과학연구원이셨어. 박사학위를 취득한 후 바로 모교로 돌아와 교수로 지내셨지. 쓰팡시에서 30년을 사셨으니 이곳이 제2의 고향인 셈이야."

"할아버지가 선배님이시겠네?"

마쓰위안이 물었다. 선차오가 고개를 끄덕이며 가슴을 앞으로 내밀며 자랑스럽게 말했다.

"할아버지 세 분이 모두 내 선배셨어. 한 분은 의학을 공부하셨는데 일찍 돌아가셨고, 다른 한 분은 화학을 전공하셨어. 유일하게 박사학위를 따고도 학문의 길을 가지 않으셨지. 나중에 미국에 있는 큰 제약회사에서 근무하시다가 몇 년 전 퇴직하셨어."

"와! 삼부자가 동문이셨네!"

마스위안이 농담을 섞어 말했다. 예 교수가 입을 연 이후 줄곧 침묵을 지키고 있던 쾅자무가 이번에는 갑자기 선차오에게 물었다.

"네 고향이 리수이(麗水) 맞지?"

선차오가 고개를 끄덕였다.

"우리 고향에 놀러가려고?"

"그건 나중에 얘기하고……, 예 교수님 고향은 어디지?"

이렇게 간단한 질문에 다들 대답을 하지 못하고 서로 바라보기만 했다. 쾅자무도 더 캐묻지 않았다. 선차오가 할아버지 묘로 가는 길을 찾지 못해서 일행은 입구의 지도를 보며 찾아보기로 했다. 쾅자무가 루추를 향해 손에 든 꽃을 가리키며 말했다.

"이 꽃을 선차오 할아버지 묘소에 바칠까 봐요."

선차오가 보더니 꽃이 싱싱해서 이파리에 벌레까지 있다고 칭찬했다. 마쓰위안이 꽃을 받아들고 이파리의 벌레를 찾아냈다. 루추는 백팩에서 날개가 살짝 구겨진 종이학을 꺼내 선차오에게 건넸다.

"이것도 할아버지 묘소에 바치세요. 명복을 빕니다."

선차오가 받아들고 날개를 잡아당겨 폈다.

"고맙습니다. 우리와 함께 학교로 가시죠?"

묘원의 지세가 높아서 루추는 고개를 돌려 산 아래를 내려다보았다. 광활한 땅이 넓게 펼쳐져 있었다. 시간은 3시 반이었고, 태양이 하늘에 비스듬히 걸려 있었다. 멀리 바다에서 물결이 햇빛을 받아 반짝였다. 끝없이 펼쳐진 바다와 하늘이 맞닿아 있었다.

그녀가 이곳에 오기 전에 지도를 찾아보니 청룡고진이 있는 청룡현이 묘원에서 멀지 않은 곳에 있었다. 루추가 바다 방향을 가리키며 물었다.

"저쪽이 청룡현인가요?"

선차오가 고개를 돌려 바라보더니 말했다.

"택시로 가면 30분이면 도착할 거예요. 삭면(索麵, 길게 뽑은 가는 국수-역주) 사러 가세요?"

삭면이 뭔지 모르는 루추는 대답을 할 수 없었다. 선차오가 기분 좋게 지갑에서 백 위안짜리 두 장을 꺼내 루추에게 건넸다.

"요리 솜씨가 좋다고 들었는데 몇 봉지 더 사오세요. 나중에 자무에게 끓여주실 때 저도 불러주시면 더 완벽하고요."

"완벽한 소리 하고 계시네!"

좡자무가 마침내 참지 못하고 우정을 상징하는 (게다가 벌레도 있는) 데이지 꽃다발로 선차오의 머리를 한 대 쳤다.

5
반신반의

"삭면이요? 역사적으로 오래되었죠. 전에는 청나라에서 전해진 걸로 알고 있었는데 이번에 고고학 발굴을 통해 당나라 시대부터 있었다는 사실이 밝혀졌어요. 청룡고진에 가세요? 아주 유명해졌어요. 당시에는 천하 웅진(雄鎭)으로 조공품을 전문적으로 제작하는 곳이었어요. 그래서 시가지 전체가 공방이었죠. 삭면도 조공품으로 만든 거랍니다. 당태종이 생일잔치에서 먹는 장수면이 바로 삭면이었지요. 유럽까지 수출될 정도였어요. 삭면 사시려면 100년 된 노포를 소개해 드릴게요."

세계 어느 곳을 가나 현지의 택시기사들로부터 그곳 이야기를 듣는 것은 즐거운 경험이다. 택시에 오른 후 루추가 가장 전통적인 삭면 파는 곳을 물었을 뿐인데 기사의 대답이 청산유수로 흘러나왔다. 천 년 전 작은 마을이 세워진 유래부터 이야기는 계속되었다.

그녀가 흥미진진하게 듣고 나서 물었다.

"청룡고진 외에 청룡현에 갈 만한 곳이 어디인가요?"

나이 든 운전기사는 잠시 고민하는 눈치더니 이렇게 말했다.

"사실 어딜 가나 다 좋아요. 낮에는 여기저기 돌아다녀도 되는데 밤에는 좀 위험해요. 여자분 혼자 다닐 때는 대로변으로만 다니고 골목으로는 들어가지 말아요."

루추가 별 생각 없이 감사하다고 말하고 고개를 돌려 창밖을 쳐다본 후 물었다.

"삭면이 천 년 전부터 유럽에 수출되었다고 하셨는데 당시 항구가 청룡고진에서 멀지 않았나 보죠?"

꿈속에서 코끝에 감돌던 바닷물 냄새는 항구와 관련이 있는 걸까?

운전기사는 허허 소리와 함께 앞쪽을 자랑스럽게 가리켰다.

"멀지 않은 정도가 아니라 바로 이곳이에요. 천 년 전 남방 최대 항구가 바로 우리 청룡진이랍니다."

"하지만 청룡진은 바다에 면해 있지 않잖아요."

"그건 지금이고 천 년 전의 청룡진은 항구였어요. 불탑에 불을 켜두고 밤이 되면 등대를 겸했지요. 훗날 하천의 흐름이 바뀌면서 마을 전체가 묻혀버렸어요. 그 후 수백 년 넘게 버려졌다가 개간한 거랍니다.

택시 기사는 무심히 말하고 있었지만 루추는 놀라서 가슴이 마구 뛰었다.

"그렇다면 진에 살던 사람들은 어떻게 되었는데요?"

"역사에는 특별히 언급되어 있지 않지만 대부분 죽거나 다쳤겠죠. 옛날에는 큰 강이 범람하면 수천, 수만 명의 백성들이 집을 잃고 죽거나 다쳤는데 마을 하나 잠겼다고 대수였겠어요?"

택시기사는 별것 아니라는 듯 이렇게 말하다가 루추가 경직되어 아무 말 하지 않는 모습을 보더니 누런 이를 드러내고 웃었다.

"세상사가 다 그런 거라오. 어느 시대에나 10년이면 강산도 변한다고 하지 않소? 하늘이 하는 일을 인력으로 어찌 막겠어요? 다 왔습니다."

차는 이미 좁은 길로 접어들었다. 사방은 황무지이고 그 사이로 듬성듬성 채소밭이 보였다. 멀지 않은 앞쪽에 10여 채의 집이 옹기종기 모여 있었는데 가장 높은 건물이 3층 정도 되었다. 어떤 집은 창문도 망가진 채로 있어서 전체적으로 쇄락해가는 모습이었다.

택시기사가 차를 빈터에 세우더니 앞에 보이는 작은 건물 한 채를 가리켰다.

"저곳이 사무실이에요. 들어가면 가이드가 진북사(鎭北寺) 유적지를 안내해 줄 거예요. 지궁(地宮)은 빼놓지 않고 꼭 보세요. 발굴이 끝나서 장차 지궁을 메워 전시관으로 만든다는 말이 있거든요. 이번 기회를 놓치면 보기 힘들지도 몰라요."

루추가 출발 전 자료를 찾아보니 고진의 유적지 중 가장 유명한 곳이 고진의 북쪽에 위치한 진북사였다. 그녀가 택시비를 내고 내리자 뒤쪽으로 10여 미터 떨어진 곳에 아치형 석교가 보였다. 그것을 보는 순간 머릿속을 스쳐가는 장면이 있었다. 등 뒤에 활통을 찬 무리의 병사들이 소리를 죽이고는 은밀하고 빠르게 석교를 지나 시가지 쪽으로 질주했다. 멀리 구름을 뚫을 듯 높이 솟은 불탑이 밤중에도 온화한 빛을 발산하고 있었다.

빛이 멀리서 발산했다? 루추가 석교를 가리키며 물었다.

"이곳도 유적지에 속하나요?"

그녀 머릿속에 떠오른 장면 속 석교는 눈앞의 석교보다 훨씬 탁 트이고 넓었지만, 석교와 진북사 간의 방위는 완전히 일치했다. 우연의 일치가 아니고 그녀의 꿈속 장면이 실제로 존재했던 과거라면 이 다리도 유적지에 속할 것이다.

택시기사가 눈을 가늘게 뜨고 석교를 바라보더니 고개를 가로저었다.

"이건 발굴된 다리가 아니에요. 사람들이 함부로 밟고 다니는 걸 보니 유적지는 아닌 것 같아요."

이 말도 일리가 있었다. 루추가 정신을 가다듬고 물었다.

"대로변이 전부 당나라 때 공방의 유적이라고 하셨는데 그것도 이 부근인가요?"

택시기사가 뒤쪽 공터를 가리키며 대답했다.

"아마 저 일대일 거예요. 하지만 출토된 유물은 전부 운반해가고 발굴기지만 남아 있어서 볼 건 없어요."

"관광객에게 개방하나요?"

"그건 잘 모르겠네요."

택시기사는 이렇게 말하고 차를 돌려 빠르게 떠나갔다. 루추는 심호흡을 한 후 앞쪽의 아치형 석교를 향해 걸어갔다. 석교는 무척 작았으며 아치도 높지 않았다. 양쪽에 벽돌로 쌓은 낡은 난간에는 아무런 무늬도 없었다. 루추는 다리를 건너갔다가 되돌아오기를 두세 번 반복했다. 그런데 뭔가 이상하다는 느낌이 들어서 아예 다리 아래로 내려가서 방금 머리에 떠오른 영상의 방향을 생각해 보았다.

불탑은 그녀의 뒤쪽에 있었고 고개를 드니 병마가 석교를 건너 거리 쪽으로 갔다. 잠깐, 고개를 들었다고? 이는 석교가 그녀의 눈보다 높이 있다는 의미다. 그녀는 어디에 서 있었기에 그런 시각이 나왔을까? 강변일까 다리 밑일까? 다리 옆에는 수변으로 내려갈 수 있는 계단이 있었다. 과거에는 부근 주민들이 물을 긷고 빨래를 하기 위해 반드시 거치는 길이었을 것이다. 하루에도 여러 번 오가느라 돌계단의 가장자리가 닳아서 무너진 곳도 있었다. 그러나 지금은 오가는 사람이 없으니 이끼가 두껍게 자라 있었다. 돌계단 양쪽에는 난간이 없었기 때문에 루추는 조심스럽게 내려갔다. 받침돌 옆에 서서 고개를 들자 갑자기 머릿속의 전승이 열리며 불분명한 목소리가 들렸다.

'사탑은 이미 지어졌다.'

그녀가 소련검을 개봉한 이후 전승에서는 새로운 소식을 주지 않았다. 루추는 숨을 죽이고 정신을 집중하여 소리를 들었다. 그러나 그 말까지만 하고 다음 내용으로 넘어가지 않았다. 어떻게 된 것일까? 루추는 의식을 전승의 땅으로 잠입시켜 그곳을 한 바퀴 돌았다. 모든 것은 전과 다름이 없었다. 새로운 대문은 열리지 않왔고, 자신을 인도해 주던 목소리는 들려오지 않았다. 그녀는 어쩔 수 없이 전승을 떠나 현실세계로 돌아와 계속 사방을 둘러보았다.

강변의 정경은 조금도 익숙한 느낌을 주지 않았다. 루추는 좀 더 살펴본 후 눈길을 거두고 위로 올라갈 준비를 했다. 이때 받침 돌 바닥의 장방형 회색 벽돌에 눈길이 머물렀다. 벽돌 위에는 불분 명한 문양이 새겨진 것 같았다. 이 벽돌은 아주 오래된 것으로, 다 리의 바닥면을 덮는 석재와는 동일한 연대의 것이 아니었다. 루추 는 갑자기 긴장하며 스웨터의 소매를 걷고 손을 뻗어 벽돌면의 회 색 먼지를 만졌다. 그녀의 움직임에 따라 무늬가 조금씩 모습을 드 러내더니 가로, 세로, 빗살, 점, 삐침의 문양이 나타났다. 자획(字 畵) 사이의 길이가 적당하고 글씨의 두께가 알맞은 것이 영락없는 당나라 초기 구양순(歐陽詢)의 서체였다. 장식문양이 아니라 정교 하고 단아한 해서체(楷書體)였다.

루추의 가슴이 갑자기 빠르게 뛰었지만 먼지를 닦는 동작은 오 히려 점점 가볍고 부드러워졌다. 스웨터 소매에 거무스름한 먼지 보푸라기가 맺히기 시작할 때, 벽돌 표면의 글자 한 줄이 드러났 다. '육인안과 그 처 맹십낭이 8만4천개의 벽돌을 기부했음(陸仁安 並妻孟十娘舍八萬四千片, 육인안병처맹십낭사팔만사천편)'이라고 적혀 있었다. 머릿속에서 전승이 갑자기 다시 목소리를 전하기 시작했 다. 낯선 여자가 냉담하고 심지어 내키지 않는 목소리로 입을 열 었다.

'사탑이 이미 지어졌으나 선남선녀가 여전히 나서서 기부를 했 다. 이에 주지스님은 길을 닦아 부두에서 지궁 입구까지 직접 오가

는 통로를 제공했다.'

루추가 손을 내려놓고 놀란 눈으로 머리 위의 글씨가 새겨진 벽돌을 올려다보았다. 이 다리도 전승의 기록에 존재한다는 말인가? 그러나 전승의 목적은 장인들의 공예를 전수하는 데 있지 않던가? 이 다리가 청동기 복원과 무슨 연관이 있다는 말인가? 게다가 왜 전처럼 그녀가 직접 실제 장면에 들어가 학습하게 하지 않고 뜬금없는 말만 던져준단 말인가? 무수한 의문이 머릿속을 맴돌았다. 그러나 어쨌든 오랫동안 그녀를 괴롭히던 악몽이 청룡고진, 그리고 전승과 복잡하게 얽혀 있음을 확인할 수 있었다.

그녀는 받침대 아래의 이곳저곳을 살펴보다가 문자가 새겨진 벽돌을 여러 개 찾아냈다. 벽돌을 하나씩 찾을 때마다 전승의 여자는 조금 전의 말을 되풀이했다. 그밖에 다른 단서나 설명은 없었다. 해가 점점 기우는 것을 보고 이곳에 계속 머무는 것도 방법이 아니다 싶어서 루추는 쑤셔오는 어깨를 문지르며 돌계단을 따라 강변으로 돌아왔다.

그녀의 오른쪽은 진북사 유적지였다. 철책과 노란색 선으로 공터를 돌아가며 둘러쳐 있었는데 면적이 상당히 컸다. 미니버스 한 대가 안내소 앞에 서더니 관광객들이 잇달아 내려 입장할 준비를 했다. 오른쪽 앞의 멀지 않은 곳이 택시기사가 말한 시가지 공방들이 있는 유적지였다. 한눈에 봐도 면적이 진북사보다 작았으며, 주변에는 세워진 차량이 한 대도 없었고 관광객의 그림자를 찾을 수도 없었다. 남은 시간이 많지 않아서 한군데만 둘러보기로 했다. 그중 어느 쪽을 선택해야 하나? 석교는 두 개의 발굴 현장의 중간에 위치하고 있었다. 방금 머리를 스쳐간 장면에서 그녀는 불탑을 바라보고 있었다. 그러나 그 기세등등한 병마는 불탑을 뒤로 하고 공방이 있는 방향으로 전진하고 있었다. 루추는 잠시 망설인 끝에 강변으로 난 도로를 따라 빠른 걸음으로 공방 유적지로 향했다.

이곳의 발굴지역은 5개의 큰 구역으로 나눠져 있고, 총면적은 최소한 500~600평 정도로 짐작되었다. 규모가 가장 큰 곳은 발굴에서 제외된 듯하며, 다른 구역들은 모두 두부모처럼 사각형으로 분할되어 표준 고고학 탐방 방식을 따르고 있었다.

루추가 발굴지역 울타리 밖에서 안을 바라보니 바닥이 2~3미터 깊이로 파였으며 위에는 흰 분필로 표시한 선들이 여전히 남아 있었다. 고고학 발굴단이 천 년 전 이곳의 실제 면모를 밝혀낸 노력이 엿보였다. 사방을 둘러봐도 사람이 없었으며, 어떤 표시나 차단선도 없었다. 루추는 망설이지 않고 가장 가까운 계단을 통해 사각형으로 표시한 첫 번째 지역으로 들어갔다. 이곳의 바닥은 평평한 편이었다. 중앙에 구멍 3개가 뚫리고 검게 탄화한 나무 말뚝의 흔적이 아직도 남아 있었다. 당시 주춧돌 기둥이 있던 자리였던 것이 분명하다. 구멍 부근에는 청석 벽돌이 깔려 있었으나 산산조각이 나 있어서 원래의 모습을 찾을 수 없었다.

전체적으로 볼 때, 이곳의 정경은 쌍비신의 사진과 큰 차이가 없었다. 사진을 볼 때도 공간 배치가 눈에 익다고 생각했는데, 발굴지역에 들어선 후 그 생각은 점점 강렬해졌다. 그녀는 틀림없이 이곳에 온 적이 있었다. 다리 밑에서의 경험을 떠올린 루추는 손으로 조각난 바닥 벽돌을 문지르기 시작했다.

그 순간 마치 영상을 되돌린 것처럼 푸른 벽돌이 발아래에서 완전한 모습으로 복원되었다. 기둥이 위로 우뚝 솟고 머리 위에 지붕이 만들어졌으며, 검은 기와가 지붕을 덮어 햇빛을 가렸다. 사방에서 사람들의 그림자가 끊임없이 흔들리다가 빠르게 실체로 변했다. 그들은 저마다 바쁘게 움직이기 시작하면서 번성한 시가지의 모습이 재현되었다. 바짓단을 걷어올린 여자가 큰 대야에 담긴 진흙을 밟고 있고, 머리에 수건을 두른 기술자가 탁자 앞에 앉아 도자기를 빚고 있었다. 벽을 따라 늘어선 나무 선반에는 층마다 빚어놓은 각종 그릇들이 진열되어 있었다. 웃통을 벗은 남자는 6~7개의 찻잔이 놓인 긴 목판을 어깨에 메고 있었다. 그는 빚어놓은 그릇들에 유약을 칠하기 위해 목판을 부지런히 옆방으로 옮기는 중이었다.

전승지에서 그녀는 같은 VR 장면을 체험했지만 규모와 리얼함은 그때와 비교할 수 없을 정도로 생생했다. 루추는 눈을 크게 뜨고 입을 벌린 채 바로 옆에서 사람들이 드나드는 모습, 때로는 멈춰 서서 말을 나누는 모습을 지켜보았다. 고대의 중국어는 알아들을 수 없었지만 그들의 표정을 통해 선생님이 게으름 피우는 학생을 질책하는 모습, 젊은 남녀가 일이 바쁜데도 틈만 나면 둘이 눈길을 주고받고 장난을 치는 모습을 알 수 있었다.

한 가지 상념이 전광석화처럼 머리를 스쳤다. 이는 교육이 아니라 천 년 전의 세상이 전승복제를 통해 다시 한번 처음부터 재현되는 것이었다. 한참이 지나서야 루추는 놀란 가슴을 진정시키고 한 걸음을 내디디고 완성품이 놓인 나무 선반 앞으로 걸어갔다. 선반 위에는 흰 백자 주전자 한 개가 놓여 있었다. 그 형태가 안정적이며 시원시원했으며 유색은 눈처럼 희고 영롱했다. 주전자 주둥이는 쪽빛의 점들이 뿌려져 있어 현대 추상예술의 분위기가 풍겼다.

공방의 규모는 크지 않았으나 공법은 매우 정교했으며, 색깔 사용이 대담하고 자유분방하여 실험적인 색채가 농후했다. 대량생산하는 작업장이 아니라 고대예술의 창작공방에 가까웠다.

도자기는 그녀의 전문분야가 아니었지만 아름다움을 사랑하는 마음은 누구나 마찬가지이다. 루추는 자기도 모르게 손을 뻗어 주전자를 만지려고 했다. 그러나 그녀의 손은 그 주전자를 투과하여 허공에서 멈췄다. 눈앞의 영상은 보기만 할 뿐 만질 수는 없었다. 전승은 여전히 침묵을 지키고 있었다. 루추는 아예 묻지도 않고 마음을 가라앉히고 감상하기 시작했다. 몇 분 후 공간 전체가 스크린처럼 번쩍하고 요동을 치더니 모든 사람이 순식간에 원래의 위치로 돌아갔다. 그러더니 조금 전의 행동과 대화를 처음부터 다시 보여주었다.

같은 화면이 두 차례 반복되고 나서 루추는 감상할 생각을 내려놓고 눈을 크게 뜨고 단서를 찾기 시작했다. 한참을 찾았으나 아무것도 발견하지 못하고 멍하니 원래의 자리로 돌아와 다음 작업장으로 들어갔다. 두 번째 탐방지는 바닥 벽돌 외에 어떤 유적도 없었다. 구조로 볼 때 집과 집 사이의 정원으로 판단되었다. 루추는 한 바퀴를 돌아보았으나 아무런 영상도 발견하지 못해서 아예 위로 올라가 다음 지역으로 들어갔다.

이렇게 해서 그녀는 4개의 사각형 발굴지를 모두 돌아보았다. 첫 번째를 제외하고는 어떤 영상도 볼 수 없었다. 그녀는 숨이 차서 가장 큰 발굴지로 들어갔다. 가장 안쪽 모서리에 푸른 벽돌로 쌓은 원형 우물이 있었다. 그 위에는 네모 반듯한 회색 석판이 덮어져 있었다. 갑자기 불안감이 몰려왔다. 우물 옆으로 다가간 루추는 잠시 주저하다가 석판을 들어내고 조심스럽게 안쪽을 살펴보았다. 시간이 천 년이나 흐르면서 하천 바닥은 퇴적하여 배가 다닐 수는 없지만 지하의 수맥은 아직 끊어지지 않았다. 이 오래된 우물은 물이 있을 뿐 아니라 거울같이 깨끗하여 그녀의 얼굴이 자세히 비칠 정도였다.

마치 나방이 불에 뛰어들 듯 루추는 허리를 굽혀 차디찬 우물물을 손으로 만졌다. 다음 순간 그녀는 커다란 목조 건물 안에 있었다. 머리 위는 하늘이 아니라 격자 모양의 천장이었고 발밑은 청석 벽돌을 이어붙인 마름모꼴이 이어졌다. 멀지 않은 곳에는 우람한 나무기둥이 우뚝 솟아 있었다. 연잎이 빈틈없이 새겨진 석질의 주춧돌이 유난히 눈길을 끄는 것으로 보아 이 집은 지어진 지 얼마 되지 않았음을 알 수 있었다. 문들은 튼튼하고 서까래는 산뜻하면서도 웅장했다. 전체적으로 과감하고 호탕한 당나라 건축풍을 보이고 있었다.

우물은 여전히 그 자리에 있었다. 그녀도 허리를 굽힌 자세 그대로였다. 그러나 이 변화가 너무 빨라서 루추는 균형을 잃고 휘청거리며 두 걸음 뒤로 물러나 결국 요란한 소리를 내며 넘어졌다. 그나마 손을 바닥에 짚어 참혹한 상황은 피할 수 있었다.

그녀는 숨을 헐떡이며 의혹에 차서 바닥 벽돌의 무늬를 문질렀다. 그가 문지른 것은 실물이었을까? 손끝에 차갑고 딱딱하며 약간 거친 촉감이 전해졌다. 루추는 호기심에 한 번 더 문질렀다. 속으로는 촉각을 감지할 수 있어서 전승의 땅이 또 진화했다고 감탄했다.

이때 한 남자가 경쾌한 걸음걸이로 걸어오는 모습이 보였다. 그는 둥근 옷깃의 검은 두루마기에 짙은 청색의 갈포 두건을 쓰고 한 손에는 검을 들었다. 문을 들어선 후 루추의 곁을 지나가면서 그녀를 보지 못한 듯 곧장 우물 옆으로 갔다. 그는 바닥에 떨어진 커다란 목련화를 집어들고 미간을 살짝 찡그리며 사방을 둘러보았다.

피처럼 붉은 목련화 꽃잎은 노란색 꽃술과 조화를 이루며 은은한 빛 아래 유난히 선명했다. 조금 전까지만 해도 우물 옆에는 저 꽃이 없었다. 언제 갑자기 나타난 것인지 알 수 없었다. 그러나 루추는 그것을 이상하게 생각할 겨를이 없었다. 눈앞에 나타난 남자의 뚜렷한 윤곽과 눈매를 바라보며 루추는 머릿속이 하얗게 변했다.

남자는 샤오롄이었다. 그러나 그녀가 알고 있는 샤오롄이 아니었다. 얼굴 생김새는 그녀가 아는 샤오롄과 똑같다. 그러나 눈앞의 남자는 당당하고 의기양양한 모습이었다. 손에 채찍만 들려주면 당장이라도 휘두르며 세상을 호령할 기세였다. 찬란하게 빛나는 그의 당당한 모습에 눈을 뗄 수 없을 정도였다. 자신이 아는 온통

적막함과 쓸쓸한 분위기로 가득한 그의 모습과는 딴판이었다.

그는 꽃향기를 한 번 맡고 바닥에 버리더니 우물 주변을 성큼성큼 걸어 다녔다. 문 쪽을 자주 쳐다보는 것으로 보아 누군가를 기다리는 눈치였다. 루추는 몸을 일으켜 낯설고도 친숙한 샤오롄 곁으로 다가가 작은 소리로 그를 불렀다.

"샤오롄!"

뜻밖에도 그는 고개를 돌려 루추가 있는 방향을 쳐다보았다. 그 눈빛에는 호기심이 서려 있었으며 젊음과 생기가 넘쳤다. 그러나 다음 순간 한 여자의 날카로운 목소리가 루추의 귓전에 울렸다.

"꺼져!"

등 뒤에서 누군가 두 손으로 힘껏 미는 바람에 루추는 몸이 앞으로 쏠리며 하마터면 우물에 빠질 뻔했다. 그녀의 움직임과 함께 발밑의 청석 벽돌은 홀연히 사라지고 사방은 순식간에 텅 빈 발굴 현장으로 돌아왔다. 붉은 모란화의 영상이 우물 옆에서 번쩍하며 사라지고 모든 것이 정적을 되찾았다.

정말 기이한 일이었다. 루추는 무서워할 틈도 없이 재빨리 핸드폰을 꺼내 단축키를 눌렀다. 벨소리가 세 번 정도 울린 후 익숙한 목소리가 들렸다. 그는 부드러운 목소리로 말했다.

"추추, 두 형이 그러는데 반차를 냈다면서요? 무슨 일이라도 있어요? 혹시 몸이 불편한가요?"

"샤오롄, 당신 맞죠?"

루추가 눈을 감고 중얼거렸다. 평소와 다른 목소리에 샤오롄이 놀라서 물었다.

"나 맞아요. 무슨 일 있어요?"

"전 괜찮아요."

그에게 알려서는 안 된다고 생각하면서도 루추는 이를 억누를 수 없었다. 그녀는 떨리는 목소리로 말했다.

"지금 청룡고진에 와 있어요. 방금 우물 옆에서 당신을 봤어요. 그리고 목련화도……."

"어서 그곳을 빠져나가요. 당장!"

샤오렌이 그녀의 말을 막고 외쳤다.

이렇게 단호한 말투로 그녀에게 말한 적은 처음이었다. 루추는 허둥지둥 그 현장을 빠져나와 무조건 앞으로 달렸다. 석교 근처까지 가서야 멈췄다. 전화도 아직 끊지 않은 상태였다. 숨이 턱까지 찬 루추가 핸드폰을 귀에 대고 기침을 섞어가며 물었다.

"왜 빠져나가라고 하죠? 어떤 곳이기에?"

"계속 이동해요. 혼자 있으면 안 돼요. 가능하면 사람이 많은 버스를 타고 빨리 고진을 빠져나가야 해요."

여전히 단호한 목소리였다. 때마침 한 무리의 관광객이 안내소 문을 나와 버스에 탈 준비를 하고 있었다. 루추가 다가가 더듬거리며 인솔자에게 빈자리가 있느냐고 묻고는, 차비를 낼 테니 여행객들과 쓰팡까지 가게 해달라고 부탁했다. 인솔자는 나이가 지긋한 사람이었다. 그는 심한 사투리로 대답했다.

"빈자리는 있는데 우리는 먼저 칭룽현 시내에서 식사부터 할 거예요. 일단 시내로 함께 갔다가 그곳에서 다른 차로 갈아타는 게 어때요?"

　루추가 그 말에 대답을 하기도 전에 핸드폰 저쪽에서 샤오렌의 말이 들렸다.

　"그렇게 해요. 내가 칭룽현으로 갈게요."

　그는 잠시 말을 멈췄다가 이었다.

　"바로 그 우물 옆에서 습격을 당해서 내 몸에 금제를 심게 된 거예요."

6
사랑은 상처가 되고

중형 버스의 차창 밖으로 해가 뉘엿뉘엿 지고 있었다. 멀리 보이는 수평선으로 해가 잠기면서 바닷물을 붉게 물들이고 있었다. 석양은 휘황찬란했지만 불길함을 예고하는 듯 섬뜩한 모습이었다.

차안의 관광객들은 그런 분위기와는 전혀 상관이 없었다. 핸드폰을 꺼내 사진을 찍는 사람도 있고 서로 이야기를 나누기도 했다. 아예 좌석을 뒤로 돌려놓고 뒷자리 사람들과 두 사람씩 한 편이 되어 포커판을 벌이는 사람들도 있었다. 분위기는 유쾌하고 평화로웠다. 루추는 옆 자리 아주머니가 건네준 해바라기씨 한웅큼을 받아들었다. 고맙다는 말을 하고 고개를 숙여 그중 하나를 입안에 넣고 천천히 씹었다.

10분 전 샤오렌이 한 말이 귓전에 맴돌았다. 그는 수당이 교체

되는 시기에 청룡진에서 한동안 지냈고, 한 도검 복원사와 좋은 친구 사이가 되었다고 했다. 어느 날 복원사가 긴히 할 말이 있으니 깊은 밤 공방에서 만나자고 했다. 샤오롄은 약속한 대로 우물 옆에서 기다렸는데 복원사와 이야기를 나누고 있을 때 한 무리의 병마가 갑자기 처마 끝에 나타나 그 복원사를 활로 쏘아 죽이려고 했다.

샤오롄은 복원사의 탈출을 도왔으나 자신은 그들이 파놓은 함정에 빠져 도중에 의식을 잃었다. 깨어났을 때는 이미 당나라 후반기로 황소(黃巢)의 군대가 광주(廣州)를 점령하고 대학살을 자행하고 있었다. 수백 년이 지나서야 그는 가족의 손에 이끌려 강남에서 더 남쪽으로 내려간 영남일대로 갔고, 본체의 손잡이에는 여러 갈래의 금실로 엮은 금제가 달려 있었다.

"청잉의 말에 따르면 내가 며칠 동안 보이지 않았는데 바람이라도 쐬러 나간 줄 알았대요. 그런데 어느 날 나의 본체가 비틀거리며 집으로 날아와 모두들 혼비백산했고, 그날 밤으로 청룡진을 떠났어요. 큰형은 내가 의식을 잃은 후 검의 혼이 본체를 통제하여 금제를 심었다고 말했어요. 그나마 금제가 심어진 순간 내가 탈출했기 때문에 금제가 나를 완전히 통제할 수 없었을 거랍니다. 물론 적잖은 후유증은 남았죠."

조금만 때가 늦었으면 사람으로 화하더라도 총기를 잃고 다른 사람에게 조종당하는 꼭두각시가 되었을 것이다. 이토록 경악스러운 지난날을 그는 두세 마디로 요약해서 설명해 주었고 조금도 격앙되지 않았다. 루추는 그의 말을 들으며 입술을 깨물었다. 온몸이 떨리고 눈가가 빨개졌다.

샤오렌이 말을 마치자 그녀는 그를 금제로부터 구해줘야겠다는 결심을 굳혔다.

"회사에서 차를 몰고 오면 두세 시간 정도 걸리니 내가 버스를 타고 갈게요."

"괜찮아요. 사람이 없는 곳에 차를 세워 놓고 본체를 타고 이동하면 금방 도착할 거예요. 어쩌면 내가 먼저 도착할 수도 있겠네요. 다만 손을 쓸 수 없으니 도중에 연락이 안 될 거예요. 그래봐야 몇 분이겠지만요."

샤오렌이 가벼운 말투로 이렇게 말했다.

"그러면 되겠네요. 좋은 생각이에요."

잠시 후 샤오렌을 볼 수 있다는 생각에 루추는 마음이 놓였다.

"나도 당신 검을 함께 타고 돌아갈 수 있죠?"

"그럼요. 이제 고소공포증이 없어졌나 봐요?"

그가 놀리는 말투로 물었다. 루추는 여전히 고소공포증이 있었지만 검이 반드시 높은 곳을 나는 것은 아니다.

"징충환이 그러는데 샤오렌 당신은 땅에 거의 붙어서 비행할 수도 있다고 하던데요. 혹시 바퀴를 달면 킥보드로 위장할 수 있지 않을까요?"

샤오렌은 말문이 막혔다.

"그렇게 비행에 관심이 많은데 왜 평소에 말하지 않았어요?"

"평소에는 일하느라 바빴고 회사에서는 사람들이 있으니 함부로 내색할 수 없었잖아요!"

루추가 날카롭게 반박했다.

샤오렌이 낮게 웃으며 그녀에게 당부했다.

"청룡고진만 벗어나면 아무 일 없을 거예요. 피곤할 테니 그동안 차안에서 눈 좀 붙여요."

"하나도 피곤하지 않아요."

청룡고진에서 겪은 일로 놀란 가슴이 진정되자 실마리를 찾았다는 흥분이 몸 안에서 꿈틀거리기 시작했다. 루추는 창밖을 바라보며 손바닥으로 햇빛을 가렸다. 몇 시간 동안 살펴보느라 어깨가 끊어질 듯이 아파왔으며, 다섯 손가락을 펴는 동작만으로도 은근히 쑤셔왔다. 그러나 정신만은 어느 때보다 명료했으며 머리도 평상시보다 유연하게 돌아갔다.

그녀가 주먹을 쥐고 말했다.

"샤오렌 씨, 그동안 꾼 꿈이 천 년 전의 청룡진 장면이라는 걸 100퍼센트 확신해요."

"과연 그렇군요."

샤오렌이 낮은 음성으로 응수했다. 루추는 고뇌하며 말을 이었다.

"하지만 무슨 이유일까요? 전승이 내게 기술을 가르치려면 신호가 명확치 않더라도 악몽으로 변해서는 안 되는 거잖아요. 틀림없이 뭔가 문제가 생긴 거예요. 음……. 샤오렌 씨 몸에 있는 금제가 천 년 전 청룡진에서 만들어진 건 아닐까요?"

샤오렌이 잠시 침묵하다가 대답했다.

"일단 그쪽으로 갈 테니 만나서 얘기해요."

"좋아요."

루추가 기분 좋게 대답했다.

"기다릴게요."

～

버스는 저녁 6시 반에 한 식당 앞에서 정차했다. 루추는 일행의
맨 뒤에서 하차했다. 아직 발이 땅에 닿기도 전에 약간 떨어진 곳
에 자신을 기다리는 샤오렌의 모습이 보였다. 두 손을 청바지 주머
니에 넣고 그녀 쪽을 바라보고 있었다.

그제야 마음이 놓인 그녀는 웃으며 그를 향해 달려갔다. 두 손
으로 그의 몸을 감싸고 나직하게 말했다.

"정말 보고 싶었어요."

"그래서 이렇게 왔잖아요."

샤오렌의 입꼬리가 올라가며 한 손으로 그녀의 허리를 감고 한
손으로는 머리카락을 가볍게 어루만졌다. 그의 동작은 가볍고 부
드러웠으며 마치 소중한 보물을 만지는 것 같았다. 눈가에도 웃음
기가 스쳤다. 그러나 왠지 모르게 루추는 샤오렌이 그다지 기분이
좋지 않다는 것을 직감했다. 아마도 청룽진에서의 좋지 않은 기억
때문일 것이다. 그건 중요하지 않다. 금제를 풀 수만 있다면 지난
일은 그야말로 과거가 되고 그는 영향을 받지 않을 것이다. 그들도
함께 오래할 수 있을 것이다. 평생을 함께할 수도 있고, 그렇지 않
을 수도 있다.

행복한 기대를 안고 루추는 샤오렌의 손을 잡고 거리를 휘적휘
적 걸었다. 기분이 좋으니 입맛도 살아났다. 진열대에서 붉은 윤기

를 뿜어내는 족발이든 시럽을 묻힌 찹쌀떡이든, 작은 식당 앞에 점원이 호객하면서 외쳐대는 고채(菰菜)순 고기볶음이든, 보는 것마다 듣는 것마다 맛있어 보였다. 그녀는 거리를 한 바퀴 다 돌고도 뭘 먹을지 결정을 하지 못하고 있었다. 샤오렌이 골목 안에 산채어편면(酸菜魚片麵, 백김치와 생선을 넣은 국수)을 전문으로 하는 작은 식당을 찾아냈고, 두 사람은 그 안으로 들어갔다.

식당은 상당히 낡아보였다. 벽에 붙은 가격표의 글씨는 거의 보이지 않을 정도로 색이 바랬으며, 오래된 나무 식탁과 의자는 삐걱거렸다. 그러나 주방 쪽에서 풍겨오는 맛있는 냄새는 너무 유혹적이었다. 루추는 이 식당의 대표 메뉴인 산채어편면 국수를 주문했다. 샤오렌이 구석으로 가더니 긴 걸상 위에 놓인 사발 하나를 들고 왔다. 그러더니 낡은 항아리에서 국물을 퍼 담았다. 그가 그릇을 들고 식탁으로 돌아와 앉자 향긋한 술냄새가 풍겼다. 루추가 호기심 어린 얼굴로 사발 안에 담긴 황금색 액체의 냄새를 맡았다.

"이건 술이네요. 이 집에 와본 적 있어요?"

내부구조에 익숙한 듯 주인에게 묻지도 않고 알아서 술을 퍼오는 그의 모습에 루추가 이렇게 물었다.

"이 집에서 직접 빚은 황주예요. 3년 동안 숙성한 겁니다."

샤오렌이 한 모금 마시더니 루추 쪽을 향해 코끝으로 가볍게 그녀의 옆얼굴을 문질렀다.

"당신이 알코올 과민증이 있는 것이 안타깝네요. 그렇지 않았다면 내가 당신을 취하도록 술을 권했을 텐데."

오늘 따라 그의 눈빛이 유난히 빛났다. 말을 할 때 입에서는 옅은 술 냄새가 풍겼다. 루추는 이 작은 친밀한 동작에도 얼굴이 달아올라 샤오롄이 자기 물음에 대답하지 않은 것도 잊었다.

이때 나이 지긋한 주인아주머니가 국수를 내왔다. 그녀는 정신 없이 몇 입을 먹다가 불현듯 차안에서 느꼈던 의혹이 생각났다.

"금제와 관련해서 막후의 주모자를 찾아냈어요?"

그녀가 아는 인한광은 진상을 파헤치지 않고 묻어둘 성격이 아니며 주모자를 그냥 둘 성격도 아니다. 샤오롄이 담담하게 대답했다.

"찾을 필요 없어요. 당시 나는 가장 왕성한 상태였기 때문에 나를 다치게 할 수 있는 자는 장퉈 밖에 없어요. 장쉰도 조력자 노릇을 해서 한 발에 적중할 수 있었죠."

"정말요?"

루추는 눈을 크게 뜨고 울분을 터뜨렸다.

"장쉰에게 물어봤을 때 전혀 언급하지 않았어요. 그저 서로 정치적 입장이 달라 불과 물처럼 섞이지 않았을 뿐이라고 하더라고요. 그럼 그자가 거짓말을 했단 말인가요?"

"그자가 그렇게 말했어요?"

샤오롄이 어리둥절해하며 중얼거리다가 고개를 저었다.

"벌써 많은 세월이 흘렀고 그자가 거짓말을 할 필요도 없었을 거예요. 다만 이상한 것은……, 당시 정세가 너무 복잡했는데 그자가 왜 그렇게 뭉뚱그려 말하는 걸까요?"

"샤오롄 씨를 습격한 일이 체면을 구긴다고 생각한 거겠죠."

루추가 이렇게 짐작했다. 샤오롄은 계속 고개를 저었다.

"장쉰의 얼굴은 쇠보다 두꺼워요. 체면 구긴다는 생각을 하기란 쉽지 않죠."

호익도가 그녀 앞에서 서커스처럼 재롱을 부리던 생각을 하니 루추는 피식 웃음이 나왔다.

"그냥 체면도 모르는 자라고 말해도 돼요."

"그것도 천부적인 재능이라고 할 수 있어요. 나는 도저히 따라 할 수 없더군요."

샤오롄이 얼굴을 펴며 이렇게 말하는 바람에 루추는 배꼽을 잡고 웃었다.

작은 식당에서 식사하며 이야기를 나누는 느낌은 정말 좋았다. 루추는 한참 웃고 난 후 고개를 갸웃하며 물었다.

"장튀가 바로 용아도(龍牙刀)인가요?"

상고3도(上古三刀) 중 우두머리였다. 샤오롄이 고개를 끄덕였다.

"그 삼형제 중 가장 강력한 전투력을 가진 자는 장쉰이고, 장튀는 무력은 강하지 않으나 단기적으로 영혼을 통제하는 초능력이 있어요. 의지력이 약한 사람은 여기에 넘어가 스스로 자신을 죽일 수도 있어요. 당시 나도 순간적으로 전의를 잃었는데 나중에는 아무것도 기억할 수가 없었어요."

"정말 무서운 초능력이네요. 사람에게도 효과가 있어요?"

루추가 이렇게 물으면서도 한편으로는 중요한 일을 잊고 있다는 생각이 들었다. 그 중요한 일이 뭐였을까?

"장튀의 초능력은 모든 생물에 효과가 있어요."

샤오롄이 잠시 말을 멈췄다가 계속했다.

"루추 씨도 알겠지만 우리의 초능력은 크게 몇 가지로 나눌 수 있어요. 신체 에너지의 감지능력을 강화하는 능력, 자연의 힘을 이용하는 능력, 주변을 투시할 수 있는 능력이 있고, 영혼을 통제하는 능력은 완전히 다른 유형이죠. 장뒤가 바로 이 분야의 최고 실력자에요."

"샤오롄 씨처럼 여러 개의 검을 나타나게 하는 분신술은 어떤 유형이죠?"

루추가 눈을 깜박이더니 "복제 유형이라고 해야 하나?" 하고 말했다.

"프린터 복사기 유형에 날 포함시켜줘서 고마워요."

샤오롄이 웃음을 금치 못하더니 덧붙여 말했다.

"나의 초능력은 상대적으로 드물어요. 오래 전에 한 번 본적이 있는데 그때는 막 깨어난 직후라 멍한 상태여서 뭐가 뭔지 몰랐어요."

"잠깐만요!"

루추가 갑자기 그의 말을 막았다.

"전에 분명히 말한 적이 있어요. 내 분위기가 당신에게 금제를 심은 그 사람과 닮았다고요. 아! 이제 알겠네. 장뒤가 사람과 손잡고 당신을 해하려 했고, 그 사람이 바로 당신과 만나기로 약속한 그 복원사죠?"

샤오롄의 눈동자에 푸른 불꽃이 몇 번 꿈틀거렸다. 그가 담담하게 대답했다.

"어쩌면 그럴 수도 있죠. 하지만 내 눈으로 직접 보지 않았으니 단정할 수 없어요."

"하지만 그 사람은 당신의 친한 친구였는데⋯⋯."

여기까지 말한 루추는 그제야 깨달았다. 친구에게 배신당한 사례는 어느 시대에나 볼 수 있다. 한 번 배신당한 쪽은 다시는 인성에 대한 신뢰를 회복할 수 없다. 처음 만났을 때 샤오렌이 그녀를 배척하는 태도를 보였던 것도 그의 마음속 갈등을 내비친 것이리라. 루추는 샤오렌의 차갑고도 단단한 손등 위에 자신의 손을 올리며 말했다.

"다 지난 일이에요. 그러니 이제는 슬퍼하지 말아요."

"슬퍼하지 않아요."

샤오렌이 대답했다.

"게다가 그 일에는 내 잘못도 있어요."

"샤오렌 씨가 뭘 잘못했는데요? 습관적인 자책은 건강에 해로워요."

어떤 일에 처음 보이는 반응이 가장 솔직한 법이다. 무조건 자신의 편을 들어주는 루추의 모습에 샤오렌은 어리둥절하면서도 입가에는 자신도 모르게 웃음이 배어나왔다. 그는 정신을 가다듬고 입을 열었다.

"나는 그녀가 아주 어릴 때부터 알았어요. 그녀는 자라서 결혼을 했고 남편과 자식까지 있었죠. 당시 두창핑 형의 충고를 듣고 그녀를 만나지 말았어야 했어요. 하지만 그녀가 고단하고 짧은 인생이니 모처럼 만나자고 하는 말에 그만 믿어버린 거죠."

여기까지 말한 그는 고개를 저었다.

"마땅히 거절해야 했어요. 시간이 지나면 아픔도 무뎌질 거고, 상처가 완전히 아문 후에는 과거의 만남을 회상하며 흡족하게 지낼 수 있었겠죠. 떠나야 할 때 떠나지 못했으니 큰 잘못을 한 겁니다."

루추는 이런 식의 논조를 샤오롄으로부터 여러 번 들었고, 들을 때마다 짜증이 났다. 그러나 오늘은 예외였다. 그녀는 영문 모를 뜨거움을 누르며 그의 말에 반박했다.

"그렇지 않아요. 당신의 말대로 하면 아무와도 교제할 수 없어요. 다른 사람에게 걸림돌이 되어서도 안 되고요. 그래야 헤어질 때 괴롭지 않을 테니까요. 헤어지지 않으면 언젠가는 상대방에게 이용당할까 봐 걱정되겠죠."

샤오롄이 고개를 저었으나 그녀의 말에 반박하지 않았다. 그의 표정에는 쓸쓸함이 묻어났다. 루추는 이 말을 해놓고 후회했다. 틀린 말은 아니지만 지금은 관점을 놓고 논쟁할 때가 아니기 때문이다. 그녀가 샤오롄의 손을 잡고 무슨 말이라도 해서 분위기를 전환하려고 했다. 그러나 적당한 말이 떠오르지 않아 그를 지긋이 바라보기만 했다.

샤오롄이 사발에 담긴 술을 절반 정도 마시더니 문양이 거의 희미해져가는 청화자기 사발을 흔들며 천천히 말했다.

"책임이 어느 쪽에 있든 내가 깨어났을 때 그녀는 이미 한줌 흙이 되어 있었으니 인생이 무상하죠."

그가 말해 준 것만으로도 좋았다. 루추는 안도의 한숨을 내쉬며 말했다.

"그래도 시간이 가장 공평해요."

지난 과거사를 듣자니 그녀는 속이 상했지만 복수심 같은 것에는 관심이 없었다. 당시의 감정적 갈등을 듣고 나니 한시라도 빨리 금제를 풀어줘야겠다는 생각이 더 강해졌다. 그래야 샤오렌이 과거의 그림자에서 완전히 벗어나 자신을 되찾을 것이다. 이렇게 결심한 그녀는 국수를 크게 한입 먹은 후 눈을 반짝거리며 물었다.

"이곳에서 금제가 심어졌다면 그것을 풀 열쇠도 현장에 있지 않을까요?"

샤오렌이 그릇을 이리저리 돌리다가 고개를 들고 담담히 반문했다.

"반차까지 내고 이곳에 오면서 어떻게 나한테 같이 가자는 소리를 안 했어요?"

민감한 질문을 받고 루추는 가슴이 덜컹했다. 그래서 서둘러 해명했다.

"그게 아니에요. 원래 이곳에 올 생각은 없었는데 근처에 온 김에 들러본 것뿐이에요."

묘원에 가서 책을 받아온 일은 쏙 빼고 말한 것이다. 샤오렌의 상태를 보니 굳이 말할 필요가 없다고 생각했다. 하지만 거짓말을 할 수도 없어서 그녀는 잠시 궁리 끝에 이렇게 말했다.

"챵자무와 약속이 있었어요."

말해 놓고 보니 이게 더 나쁜 것 같다. 그를 속이고 챵자무와 데이트를 한 것이 되어버렸다! 루추는 30초 전으로 시간을 되돌리고 싶었지만 이미 엎어진 물이었다. 그녀는 하는 수 없이 뻔뻔스럽게 나가기로 했다.

"도움 받아야 할 일이 있었어요."

다행히 샤오렌은 더 캐묻지 않았다. 그는 그릇을 들고는 가장자리의 이가 빠진 부분을 들여다보며 낮은 소리로 말했다.

"추추, 한 가지만 대답해 줄 수 있어요?"

"무슨 일인데요?"

두 사람이 안 지도 반년이 넘었는데 그는 이런 식으로 말한 적이 없었다. 루추가 흔쾌히 대답한 후 궁금한 마음을 안고 다음 말을 기다렸다. 샤오렌이 그릇을 한 바퀴 돌리더니 그녀를 정면으로 바라보며 천천히 말했다.

"앞으로는 청룡고진에 절대 오지 않겠다고 약속해 줘요."

루추의 입가에 번지던 웃음이 그대로 굳어버렸다. 그녀가 젓가락을 내려놓고 물었다.

"왜요?"

"금제에 관한 일을 함부로 건드리지 않겠다고 약속했잖아요."

"하지만 청룡고진은 금제와 관련이 있을 뿐 아니라 내 악몽과도 관련이 있어요. 또 거슬러 올라가면 나의 전승과도 연관되고요. 오면서 계속 생각했는데 금제를 풀 열쇠는 전승 안에 숨겨져 있다는 생각이 들었어요. 다만 내가 그것을 열 능력이 없을 뿐이죠. 안 그래요?"

"그럴지도 모르죠."

"다른 사실을 알고 있는 거 아니에요?"

"증거가 없으니 안다고 단정할 수 없어요."

탐색하는 듯한 루추의 물음에 샤오렌이 무거운 음성으로 대답했다.

"추추, 내가 말했죠. 전승은 무척 위험한 거예요."

"전승이 우리를 구했어요."

그녀가 항변했다.

"그건 지난번 일이에요. 이번에는 무슨 일을 당할지 알 수 없어요."

샤오렌은 조금도 물러서지 않았다.

두 사람의 눈이 마주쳤다. 루추가 갑자기 뭔가 떠오른 듯 급히 물었다.

"사건이 벌어진 현장에서 전승을 열 기회를 쉽게 찾을 수 있지 않을까요?"

"난 모르겠어요."

샤오렌이 단호하고 빠르게 대답했다.

"현장까지 추적한 복원사들의 집념은 무척 강해요. 그런 예를 한두 번 목격한 게 아니에요. 루추 씨가 천신만고 끝에 찾은 기회지만 전승에 들어선 후 그 안에 갇혀서 산 채로 죽을 수도 있어요."

잠시 멈춘 그가 한 마디 덧붙였다.

"차라리 금제가 심어진 채로 계속 살아갈망정 루추 씨가 돌아올 수 없는 길로 빠지게 둘 수는 없어요."

그의 말은 진지했다. 다른 때라면 루추는 달콤함에 취했을 것이다. 그러나 오늘밤 그녀는 감동에 겨워하면서도 의혹이 생겼다. 그의 말이 끝나자 루추는 샤오렌을 정면으로 마주보며 조용히 반문했다.

"내가 악몽을 꾸기 시작하면서부터 당신은 그 악몽이 전승과 연관된다는 사실을 알았죠?"

"의혹을 가졌을 뿐이에요. 오늘에야 그걸 완전히 확인한 거고요."

"왜 진작 말해 주지 않았어요?"

"말했죠. 그런데 루추 씨가 반박했잖아요."

그의 말은 사실이었다. 그러나 당시 그가 핵심을 피하며 대충 얼버무렸다는 의심이 들었다. 더 화가 나는 것은 그가 지금까지 정확한 말을 피하고 그녀가 따지고 들자 어쩔 수 없이 털어놓았다는 사실이다. 루추는 노여움에 어찌할 바를 몰랐다.

"좋아요. 이제는 악몽이 전승의 문제에서 비롯되었다는 사실이 증명되었는데 내가 청룡고진에 발을 들여놓지 않으면 악몽이 나를 놓아주지 않을 거예요. 이제 내가 어떻게 하면 좋겠어요? 전승을 포기할까요?"

"그게 가장 확실한 방법이에요."

그가 루추의 손을 잡고 부드럽게 타일렀다.

"당신 부모님이 모든 사실을 아신다면 어떻게 생각하실까요? 루추 씨에게 어떤 선택을 하라고 하실까요? 내가 그렇게 말하는 이유를 루추 씨도 이해할 거예요."

지난번 고향집을 함께 방문했을 때 부모님을 내세워 루추를 설득하는 방법을 배운 건가? 루추는 화가 머리끝까지 나서 턱을 치켜들고 샤오렌을 노려보았다.

"우리 아빠가 당신의 정체에 의심을 품지 않은 것이 아니에요.

하지만 아무것도 묻지 않으시고 결정권을 내게 넘기셨어요. 이는 아빠가 나를 존중하기 때문이에요. 당신은 어떻죠? 복원사인 나에게 전승을 포기하라고 하는 당신이 나를 존중한 적이나 있어요?"

루추가 울분을 터뜨리며 손을 뿌리치려고 했다. 그러나 샤오렌은 힘을 더 주며 그녀의 손을 더 꼭 잡았다. 그리고 낮은 소리로 말했다.

"추추, 화내지 말아요. 나만 생각했다면 그럴 필요가 없어요."

"그럴 필요가 있는지 아닌지는 당신과 관계없어요!"

그녀가 언성을 높여 이렇게 말하고는 그게 아니다 싶었는지 목소리를 낮춰 애걸하듯이 물었다.

"당신은 한 번이라도 모험을 할 수 없나요? 나를 위해서라도 말이에요."

샤오렌이 세차게 고개를 저었다. 그는 루추의 얼굴을 두 손으로 받쳐들고는 말했다.

"내가 모험을 할 수 없는 건 바로 당신 때문이에요."

샤오렌의 손은 언제나처럼 차가웠지만 그의 말은 너무도 따뜻했다. 그래서 루추는 모든 것을 포기하고 그의 말에 고개를 끄덕이고 싶었다. 오늘 아무 일도 일어나지 않은 걸로 간주하고 말이다. 하지만 여기서 물러서면 이다음에 그가 뭘 더 요구할지 알 수 없다. 그는 늘 시간이 너무 짧으며, 그녀의 시간이 소중하므로 잘 살아야 한다고 강조했다. 하지만 주어진 시간이 짧기에 충동적으로 뒤도 돌아보지 않는 편이 낫다는 사실을 그는 모른다. 그녀는 그와 함께하는 시간을 연장하려고 노력한 것뿐이다. 이는 잘못이 아니며 잘못일 수도 없다. 서로 양보하지 않으면 감정만 상한다는 것을 잘 알고 있다. 루추는 입술을 깨물면서 짐짓 애교를 섞어서 물었다.

"내가 들어주지 않으면 어쩔 건데요?"

샤오렌의 눈에 어두운 그림자가 스쳤다. 그는 쓴웃음을 지으며 대답했다.

"그럼 또 방법을 찾아볼 수밖에요."

루추가 그를 따라 웃으며 일부러 장난스럽게 혀를 내밀었다.

"그 방법이 뭔지 두고 볼게요."

샤오렌은 대답 없이 그릇을 들고 술을 한 모금 마셨다. 그들의 대화는 여기서 일단락이 났다. 그러나 루추는 그가 포기하지 않을 거라는 걸 잘 알고 있었다. 그녀도 포기하지 않을 것이다.

국수집을 나서면서 루추는 뭔가 석연치 않은 기분이었다. 그녀는 무심히 앞으로 걸어갔다. 어떤 골목 입구에 다다랐을 때 갑자기 차가운 밤바람이 그녀의 후드티를 뚫고 들어왔다. 갑작스런 추위에 그녀는 몸을 떨었다. 그제야 겉옷을 두고 온 것을 알았다. 핸드폰도 겉옷 주머니에 넣어두었다.

그녀가 샤오렌의 옷소매를 잡아당기며 말했다.

"겉옷을 식당에 두고 나왔나 봐요."

"내가 다녀올 테니 여기서 기다려요."

그는 자신의 청회색 대님 재킷을 벗어 루추의 몸에 걸쳐주고는 성큼성큼 오던 길을 돌아갔다.

밤바람이 또 불어왔다. 루추는 손으로 샤오롄의 재킷을 꼭 여미고는 무료하게 주변을 둘러보았다. 그녀가 서 있는 옆 골목 입구에 두 걸음만 들어가면 고시 합격떡을 파는 작은 가게가 있었다. 따끈따끈하고 폭신한 쌀가루에 땅콩과 깨를 넣고 버무린 떡이었다. 그 향내가 코를 찌르니 유혹을 견디기 어려웠다.

'두 개만 사야겠다. 동전이 있을 텐데.'

루추는 이렇게 생각하며 백팩을 벗어 고개를 숙여 동전을 찾았다. 이때 등 뒤에서 갑자기 검은 그림자가 나타나 단번에 백팩을 낚아채서는 골목 안쪽으로 뛰어갔다. 그림자는 순식간에 루추의 시야에서 사라졌다.

"강도야! 강도야!"

루추가 반응을 하기도 전에 떡가게의 젊은 여종업원이 외치기 시작했다. 그러면서 한편으로는 핸드폰을 꺼내며 루추에게 말했다.

"걱정 말아요. 내가 경찰에 신고해 줄게요."

"고맙습니다."

루추가 바지 주머니에 있는 지갑을 만져보고는 다행이라고 생각하는 찰나 갑자기 떠오르는 것이 있었다.

"책!"

백팩에는 천신만고 끝에 손에 넣은 고서가 있었다. 그녀는 강도가 달아난 방향으로 급히 쫓아갔다. 골목 안의 가로등은 드문드문 있었고 도처에 막힌 골목이어서 잘 보이지 않았다. 다행히 골목을 헤맨 지 얼마 되지 않아 강도의 뒷모습이 보였다. 그는 반은 뛰고 반은 걷고 있었다. 수시로 고개를 돌려 뒤를 살피는 것이 아무도 쫓아오지 않으니 더 뛸 필요가 없다고 생각하는 것 같았다.

그의 목적이 돈에 있다면 협상의 여지가 있다고 생각했다. 루추는 지갑에서 모든 지폐를 꺼내 손에 들고 흔들며 그자가 있는 방향에 대고 외쳤다.

"내 가방에는 돈이 없고 책만 있어요. 가방을 돌려주면 가진 돈을 다 줄게요!"

강도는 대답은 하지 않고 걸음을 멈추고 뒤를 돌아보았다. 몸이 깡마르고 볼이 움푹 패여 살점 하나 없는 얼굴이었다. 피골이 상접한 것이 언뜻 보면 좀비를 연상케 했다.

루추는 그 사람의 모습에 흠칫 놀랐다. 이때 경박스러운 옷차림과 헤어스타일의 남자 3명이 안쪽 어두운 곳에서 뛰어나왔다. 그중 한 명은 상반신을 노출하고 어깨 근육이 튀어나왔으며 그 위는 온통 문신으로 뒤덮여 있었다. 루추는 문신한 남자의 손에 번쩍거리는 과도가 들린 것을 보고 한 걸음 물러났다. 돈과 지갑을 모두 바닥에 던지고는 침착하게 말했다.

"다 드릴게요. 경찰에 신고를 했으니 곧 도착할 거예요. 이거 갖고 어서 피하세요."

문신한 남자가 한 걸음 앞으로 오더니 돈을 발로 짓밟았다. 그녀를 향해 칼을 흔들더니 교활하게 웃었다.

"착하기도 하지. 힘이 덜 들게 생겼군."

그들이 원한 것이 돈에 그치지 않는단 말인가? 평소 사회면의 강력사건들이 뇌리를 스치며 루추는 한 걸음 더 뒤로 물러났다. 그리고 온 힘을 다해 소리를 질렀다.

"불이야! 불이야!"

주변 집에서 갑자기 소동이 전해지더니 사람들의 목소리와 발자국 소리가 동시에 들려왔다. 루추는 이때다 싶어서 전력을 다해 골목 입구로 뛰기 시작했다. 그러나 몇 걸음 못가서 후드 티의 모자가 그들의 손에 잡혔다. 다음 순간 문신을 한 남자는 손으로 그녀의 목을 눌러 잡고 어두운 곳으로 끌고 갔다.

목을 조르는 극심한 통증이 몰려왔다. 그녀는 급박한 숨만 헐떡일 뿐 아무 소리를 낼 수가 없었다. 문신한 남자는 그것으로 부족했던지 팔꿈치로 가격했다. 루추는 눈앞이 점점 흐려졌다. 그녀가 의식을 잃어가고 있을 때 그림자 하나가 허공에서 순식간에 내려오더니 문신한 남자의 얼굴을 발로 차면서 차가운 큰 손으로 그녀를 받아 품에 안았다.

"샤오롄……."

루추는 익숙한 금속 냄새를 맡으며 안심하고 눈을 감았다. 다른 한쪽에는 팔뚝에 교룡 문신을 한 황성(黃昇)이 자신의 생애 처음으로 큰 충격을 받았다. 그는 사람을 수없이 납치해 봤지만 한 번도 주모자가 된 적이 없었고 옆에서 도와주는 역할만 했다. 그러다보니 돌아오는 돈도 많지 않았다. 오늘 이 여자는 운이 나빠서 자신들에게 걸려들었다고 생각했다. 게다가 가진 돈도 얼마 없다. 그가 루추의 목을 조를 때는 그녀를 어디에 팔아넘길까 생각하고 있었다. 돈보다는 뒤탈이 없어야 하기 때문이었다. 그런데 갑자기 나타난 남자에게 발로 차이고 전신주에 부딪쳤다가 바닥의 쓰레기통 속으로 처박힐 줄 누가 알았겠는가! 황성은 정신을 못 차리고 똑바로 서려고 애썼다. 모든 일이 눈 깜짝할 새에 일어났으므로 남은 3명은 아직 상황을 파악하지 못하고 샤오렌까지 납치하겠다며 공격자세를 취했다. 샤오렌은 그들에게는 눈길도 주지 않고 루추의 이마에 입을 맞췄다.

"조금만 참아요. 곧 당신을 데리고 이곳을 떠날 테니."

그는 말을 마치자마자 루추를 자신의 뒤로 밀어놓고 천천히 앞으로 걸어갔다. 이제 막 일어선 황승은 공격자세를 갖추기도 전에 샤오렌의 차가운 두 눈과 마주쳤다. 그 순간 황승은 경악했다. 모골이 송연해진다는 말이 어울릴 것이다. 눈앞의 남자는 분명히 천천히 걷고 있는데 눈 깜짝할 새에 자신의 앞에 서 있었다. 결국 칼을 뽑을 틈도 없이 빼앗기고 다시 쓰레기통에 처박히고 말았다.

이 모든 것이 몇십 초 안에 일어났고 샤오렌의 두 눈에는 조금도 두려움이 없었다. 심지어 아무 감정도 없이 혐오를 드러내며 그와 그의 형제들을 개미만큼이나 미미한 존재로 보는 것 같았다. 그가 쓰러진 후 샤오렌은 재빨리 몸을 돌려 뒤쪽에서 습격해 오던 한 명도 쓰레기통에 메다꽂았다. 남은 2명은 달아나지는 않았으나 눈앞의 상황에 겁을 먹고 서로 쳐다보며 감히 덤벼들 생각을 못했다.

루추는 이런 것을 살필 겨를이 없이 벽에 기대 숨을 헐떡이고 있었다. 아직도 아픔이 가시지 않은 목을 잡고 몸을 굽혀 두 걸음 앞에 떨어진 재킷을 집으려고 했다. 이때 그녀의 뒤에서 한 사람이 나타나 작은 칼을 그녀의 목에 댔다.

"천천히 일어나. 엉뚱한 짓 하지 말고."

칼을 든 사람은 처음 그녀의 백팩을 낚아채 갔던 그 남자였다. 그는 깡말랐지만 기운은 셌다. 닭발 같은 비쩍 마른 손으로 칼을 들고 그녀를 위협하며 한 손에는 그녀의 백팩을 들고 샤오롄을 향해 소리쳤다.

"두 손 들고 몸을 돌려! 허튼짓 할 생각은 말고. 그랬다가는 이 여자는 죽는다. 나 살인 경험도 있어!"

그의 말은 흉악했지만 목소리는 떨렸다. 루추의 목을 겨눈 칼도 덩달아 심하게 떨렸다. 샤오롄은 잠시 주춤하더니 정말 두 손을 천천히 올렸다. 그러자 뒷걸음질 치던 두 명도 다시 칼을 들고 샤오롄에게 접근했다.

루추가 고개를 숙여서 보니, 자신을 위협하는 남자는 발가락이 드러나는 샌들을 신고 있었고, 그녀는 바닥이 두꺼운 운동화를 신고 있었다. 제대로 밟으면 악당에게 단 1초라도 고통을 줄 수 있을 것 같았다. 샤오롄의 솜씨라면 그 시간에 충분히 제압할 수 있다. 루추가 조용히 발을 들어 밟으려는 순간이었다. 샤오롄의 오른손이 살짝 움직이더니 검은 장검 두 자루가 눈 깜짝할 새에 그녀와 샤오롄 사이에 나타났다. 검은 사람 키 높이의 허공에 떠서 엄청나게 빠른 속도로 두 악당을 향해 날아갔다. 검은 바람을 일으키며 그녀의 귓전을 스쳐가더니 건너편의 장검이 방향을 바꿔 샤오롄 뒤에 있는 자의 머리를 칼자루로 호되게 가격했다. 같은 시각 그녀 뒤에 서 있던 자가 둔탁한 신음과 함께 그녀의 다리 옆으로 쓰러졌다. 루추는 뛰어올라 한 발로 악당을 찼다. 샤오롄이 검을 불러

들여 그 위에 올라타고는 순식간에 그녀 앞으로 날아왔다.

그가 루추의 손을 잡고 다급히 물었다.

"괜찮아요?"

"아무 일 없어요. 당신은요?"

그도 아무 일 없을 것이다. 하지만 루추는 그의 입으로 직접 말하는 것을 듣고 싶었다. 목에 차가운 감각이 전해졌다. 루추가 잡힌 손을 빼서 그의 손을 잡고 한 손으로는 목을 만졌다. 샤오롄의 얼굴이 갑자기 창백해졌다. 어리둥절한 루추가 주먹을 펴보니 손가락에 핏자국이 몇 줄 나 있었다. 어두운 가로등 아래서는 눈에 띄지 않던 핏자국이었다. 루추는 악당의 손이 떨리면서 그녀의 목에 상처를 냈다고 생각했다. 그런데 작은 상처치고는 그것을 바라보는 샤오롄의 얼굴색이 이상하리만치 창백했다. 루추가 이유를 물으려는 순간 허공에 떠 있는 소련검이 보였다. 놀랍게도 칼끝에서도 피가 뚝뚝 떨어지고 있었다.

"추추……."

그는 손을 뻗어 그녀를 잡으려다 갑자기 아래로 떨어뜨렸다. 멍한 눈빛에 놀라움과 공포가 담겨 있었다. 피 몇 방울로 세상 전체가 무너지기라도 한 듯했다. 루추는 무슨 말이라도 해야 한다고 생각했다. 그렇지 않으면 그는 미쳐버릴 것이고, 그녀도 미쳐버릴 것이다. 그녀가 그의 손을 잡고 말했다.

"여길 어서 떠나요. 곧 경찰이 올 텐데 설명하려면 골치 아프잖아요."

그는 루추의 말이 들리지 않은 듯 멍한 눈으로 그녀의 상처를 바라보더니 중얼거렸다.

"내가 당신을 다치게 했어요."

"그냥 사고였을 뿐이에요."

이렇게 작은 찰과상은 검의 바람이 일으키면서 생겼을 것이다. 검신은 애초에 그녀의 몸에 닿지도 않았다.

"내 검은 절대 사고를 일으키지 않아요."

샤오롄이 이렇게 대답했다. 그의 말투는 차가웠으며 두 눈에는 푸른 불꽃이 일어났다. 이어서 급박한 사이렌 소리가 멀리서 울리더니 점점 가까워졌다. 경찰이 온 것이다.

청룡진의 경찰은 이 사건을 크게 주시했다. 차량 두 대에 7~8명의 경찰이 현장에 도착하여 루추, 샤오롄과 땅바닥에 쓰러진 일당을 모두 파출소로 데려갔다. 사건 기록을 담당하는 경찰관은 지난 6개월간 여러 건의 납치 및 인신매매 사건이 발생했는데 범행수법이 이 4명의 것과 같다고 했다. 그중 한 명이 피해자의 물건을 빼앗아 골목으로 달아나서 유인하며 남은 일당은 어두운 곳에 숨어 있다가 가담하는 식이다. 특히 혼자 다니는 여자나 어린 아이를 상대로 악랄한 범죄를 벌인다고 했다.

"4명이었어요?"

루추가 멍해져서 말했다.

"제 기억에는 왜 5명인 것 같죠?"

"아이고! 한 명은 도주했나 보네요. 달아난 사람이 누군지 확인해 보세요."

복잡한 확인을 거쳐 루추는 몸에 문신을 한 남자가 보이지 않는다고 말했다. 샤오렌이 나타나 그녀의 상태를 확인할 때 달아난 모양이었다.

30대 초반의 여경이 루추의 백팩을 들고 왔다. 그녀는 그 안에서 거의 다 마신 물 한 병과 고서를 꺼내 보여주었다.

"물건이 다 있는지 확인해 보세요. 이상이 없으면 여기에 사인하고 없어진 물건이 있으면 적어 넣으세요."

루추가 얼른 몸을 일으켰다. 그러나 샤오렌의 동작이 한발 빨랐다. 그는 화살처럼 테이블 앞으로 다가가 고개를 숙이고 고서를 뒤적거렸다. 그러더니 믿을 수 없다는 표정으로 루추를 바라보았다.

"이 책 때문에 골목으로 쫓아간 거였어요?"

루추가 체념한 듯이 고개를 끄덕였다. 샤오렌 쪽은 쳐다볼 엄두도 내지 못하고 쓴웃음으로 여경에게 설명했다.

"이 책은 한 권밖에 없는 고서라서요. 저는 유물 복원사입니다."

여경이 그제야 놀라며 말했다.

"그러면 그렇지. 명품백도 아니고 안에는 동전밖에 없는데 왜 그렇게 목숨을 걸고 쫓아갔나 했어요. 다음에 이런 일이 생기면 경찰에 신고하고 그 자리에서 경찰을 기다려야 해요. 절대 함부로 행동해서는 안 됩니다. 유물도 중요하지만 목숨에 비하겠어요? 다행히 남자친구가 실력이 좋아서 1대 5로 당해낸 거죠. 무술을 전문적으로 배웠나 봐요?"

여경은 신이 나서 샤오렌의 어깨에 손을 대보았다.

"보기보다 훨씬 단단하네요."

여경이 그의 몸에 손을 가져다 대는 순간 루추의 심장이 걷잡을 수 없이 뛰기 시작했다. 다행히 샤오렌의 차갑고 단단한 피부는 여경의 의심을 받지 않았다. 경찰의 업무 절차가 마침내 끝나고 그들은 길을 나설 수 있었다. 시간이 꽤 흘러 샤오렌의 차로 돌아오니 이미 한밤중이었다.

샤오렌의 분위기가 심상치 않았다. 그는 경찰서에서 질문에 대답할 때도 서류로만 했고 눈에서는 불꽃이 계속 번쩍였다. 그러다 고서를 본 후에는 아예 입을 일자로 다물어버렸다. 굳은 얼굴은 루추를 온몸으로 거부하고 있었다. 루추는 그에게 말을 걸어보려고 했으나 경색국면을 풀 마땅한 말이 떠오르지 않았다. 그녀는 조수석에 앉아 샤오렌이 말없이 시동을 걸어 출발하는 모습을 바라보다가 입을 열었다.

"미안해요."

"뭐가요?"

그의 말투는 무뚝뚝했다. 루추는 여경이 만져보았던 그의 어깨를 가리키며 말했다.

"나 때문에 곤욕을 치르게 해서요."

"나이 든 분이잖아요."

샤오렌이 입가를 씰룩했으나 눈에는 전혀 웃음기가 없었다. 차는 밤바람이 부는 산길을 질주했다. 크게 커브를 돈 후 그가 갑자기 물었다.

"날 모르는 게 나았을 거라고 생각해 본 적은 없어요?"

진지한 말투에 풀죽은 목소리로 보아 그는 이미 그렇게 생각하는 듯했다. 루추의 가슴이 덜컹 내려앉았다. 그녀는 입술을 깨물며 대답했다.

"생각해 본 적 있어요."

담담한 대답에 이번에는 샤오롄이 오히려 놀랐다. 그는 그녀를 쳐다보았고 그녀도 고개를 돌려 그를 바라보았다.

"당연히 있죠. 심지어 엄마가 나를 낳지 말았어야 한다고 엄마에게 말한 적도 있는 걸요."

샤오롄이 놀란 얼굴을 하자 루추가 그를 바라보며 웃었다.

"초등학교 5학년 때의 일이에요. 엄마랑 지금은 생각나지도 않은 어떤 일로 크게 다퉜거든요. 엄마가 먼저 날 낳은 걸 후회한다고 하시기에 나도 말대꾸를 한 거예요. 물론 엄마 아빠께 크게 혼났지만요. 아버지는 당신 부인에게 그렇게 말하는 걸 용납할 수 없다고 하셨어요. 설사 그게 딸이라고 해도 말이에요."

루추가 어깨를 으쓱했다.

"나는 잘못을 인정하지 않았고, 방문을 걸어 잠그고는 아무리 두드려도 열어주지 않았어요."

샤오롄이 무슨 말을 하려다 입을 다물더니 한참만에야 다시 입을 열었다.

"어머니와는 사이가 좋아 보여요. 마치 자매처럼 전화로 한 시간씩 이야기도 하고 맛있는 음식이 있으면 나눠 먹기도 하잖아요."

그가 하려던 말은 그게 지금 상황과 무슨 상관이 있느냐는 것이었다. 루추는 그를 보고 웃으려고 하다가 다시 입을 굳게 다물어버린 샤오렌의 모습을 발견하고는 차창을 스쳐가는 나무 그림자들을 보며 이렇게 말했다.

"어릴 때 건강이 좋지 않아서 그날 밤 갑자기 열이 났어요. 뼈마디가 떨어져나갈 듯 아팠죠. 엄마는 놀라서 나를 안고 응급실로 뛰어가셨어요. 인턴 의사가 제 증상이 뎅기열과 유사하다고 하자 엄마는 저를 안고 펑펑 우셨어요. 샤오렌 씨가 조금 전 내게 물었을 때 그 장면이 갑자기 스쳐가더라고요."

"그건 왜죠?"

낮게 가라앉은 그의 목소리에 정말 이해할 수 없다는 곤혹스러움이 묻어났다.

"왜냐하면…… 사랑하니까요."

"무슨 뜻이에요?"

그가 집요하게 캐물었다.

오늘밤 하늘에는 별도 달도 없었다. 루추는 칠흑같이 어두운 밤하늘을 올려다보며 느릿느릿 말했다.

"사랑은 아픔이 따르죠. 때로는 가슴이 벅차게 행복하지만 때로는 견딜 수 없는 고통을 느끼기도 하니까요. 당신을 만난 걸 수만번 후회해 보기도 했어요. 하지만 그 순간으로 돌아가더라도 나는 구시가지를 걸어갈 것이고 당신의 클라리넷 소리를 듣겠죠. 그리고 당신에게 내 소개를 하고 메시지를 보내 내 이름을 말했겠죠."

여기까지 말하고 루추는 고개를 돌려 샤오렌의 옆얼굴을 응시했다.

"이제 당신 물음에 대한 대답이 되었나요?"

그는 아무 말 없이 차를 길옆 공터에 세웠다. 그러더니 몸을 돌려 그녀를 바라보았다. 두 사람의 시선이 마주쳤다. 그의 표정은 이제 편안했고 종교적인 경건함이 감도는 그의 검은 눈동자는 뜨거운 열정을 품고 그녀를 바라보았다. 그의 눈길에 루추가 불안함을 느끼는 순간 샤오렌이 그녀를 껴안았다. 그러더니 그녀의 귓가에 대고 낮게 말했다.

"사랑해요."

샤오렌의 입에서 사랑한다는 말이 나온 건 처음이었다. 루추는 놀란 나머지 외마디 소리를 지르려다 꾹 참았다. 자신도 두 팔을 벌려 그를 마주 안고 복잡하고도 기쁜 마음으로 계속 중얼거렸다.

"나도 사랑해요."

그는 그녀를 꼭 끌어안고 사랑한다는 말을 몇 번이고 반복하고 나서야 그녀를 놓아주었다. 그리고는 다시 운전을 시작했다.

먼 훗날, 루추가 이날 밤을 회상할 수 있게 되었을 때 샤오렌이 당시 무슨 생각을 했는지 물었다. 그는 이렇게 대답했다.

"오래할 수 없으니 사랑에는 아픔이 따른다는 생각을 했죠."

7
돌연사

　경찰서에서 조사를 받고 온 다음 날 아침이었다. 날이 어스름하게 밝아올 때쯤 루추는 깊은 잠에서 깨어났다. 이날은 꿈을 꾸지 않았는데 누군가 방안에 있다는 느낌이 들었다. 그녀가 눈을 뜨자 창문은 잠들기 전 모습 그대로였다. 창문 틈 사이로 커튼이 바람에 크게 한 번 펄럭였다. 차오바가 몸을 움츠리며 그녀의 베개 옆으로 오더니 동그란 금빛 눈을 크게 뜨고 창밖을 바라보았다.

　"뭘 보는 거니?"

　차오바를 쓰다듬으며 그녀도 고개를 들어 창밖을 내다보았다. 그러나 아무것도 보이지 않았다. 루추는 아예 옷을 걸치고 침대를 빠져나왔다. 어제 가져온 고서를 들고 스탠드를 켜고는 장갑을 끼었다. 그리고 책상 앞에 앉아 한 장 한 장 넘겼다. 작년에 전승을 열 수 있게 도움을 받았던 그 고서에 비하면 이 책은 내용이 허술한 편이었다. 특히 금제에 관한 페이지는 누군가에 의해 심하게 훼손되어 글씨가 거의 뭉개져 알아볼 수가 없었다. 루추는 책을 몇 번이나 살펴보다가 그 페이지를 들고 빛을 투과하며 내용을 유추하려고 애썼다. 그러나 눈만 시려올 뿐 아무 소득도 없었다. 어느새 출근할 시간이 가까워져서 그녀는 책을 백팩에 넣었다. 회사에 가져가서 전문가에게 자문해 볼 생각이었다.

15층은 오늘따라 무척 떠들썩했다. 그녀가 복원실에 들어간 지 얼마 되지 않아 두창평이 건장한 경호원 2명과 함께 들어오더니 육중한 자단목함을 카트에 싣고 들어왔다. 개인소장가가 오랫동안 소장한 고서의 복원을 의뢰한 것이라고 했다. 방직품 복원실은 이 책들을 복원하기 위해 집기를 재배치했다. 이렇게 거창하게 맞이하는 것을 보아 국보급의 유물임에 틀림없었다.

하지만 이는 어디까지나 다른 팀의 업무였으므로 루추는 특별히 관심을 두지 않았다. 그녀는 두창평에게 아침 회의 보고를 마친 후 징충환의 본체 거울과 부드러운 천을 들고 나와 천천히 연마하기 시작했다. 요즈음 연마는 그녀의 매일 일과가 되었다. 그녀는 거울면을 시계처럼 12구역으로 나누고 해당되는 시간마다 작은 라벨을 붙였다. 매일 한 번씩 세 구역을 연마한 후 끝난 곳은 라벨을 떼어냈다. 일주일이면 한 바퀴를 다 돌게 되고 그러면 다시 처음부터 같은 식으로 반복했다. 이렇게 함으로써 놓친 부분이 없게끔 했다. 징충환은 자신의 고풍스러운 본체에 알록달록한 라벨이 붙어 있는 것이 불만이었다. 루추는 인터넷에서 교정기를 낀 여자의 사진을 찾아 그녀 앞에 내밀며 의미심장하게 말했다.

"이 사진을 보세요. 먼저 뚱뚱하게 살을 찌우고 다이어트를 하듯이 이런 시간을 견뎌야 더욱 아름다워질 수 있다고요."

"우린 아무리 먹어도 살찔 걱정은 없어요. 들어갈 곳은 들어가고 나올 곳은 나왔거든요."

징충환이 그녀를 무시하는 눈길로 쏘아보았다. 루추는 자기 가슴을 한번 내려다보고는 호기심 어린 말투로 물었다.

"그럼 선천적인 불량은 어떻게 하죠?"

"화형자가 될 수 있는 기물은 모두 완벽해요. 완벽하지 않은 기물은 우리와 원료가 같더라도 애초에 화형자가 될 기회가 없어요."

그녀가 의기양양하게 대답했다. 루추가 의외라는 듯 물었다.

"그건 왜죠?"

"그 이유는 모르지만 어쨌든 그렇다는 건 알아요."

"선천적으로 알고 있는 지식인가요?"

"그런 셈이죠. 그 이유를 알아봤자 허풍떠는 데나 쓰겠죠."

징충환은 이 문제를 깊게 얘기하고 싶지 않은 눈치였다. 그녀는 루추를 향해 손을 흔들며 말했다.

"그럼 계속 내 대신 교정기 잘 끼고 있어요. 당분간은 본체를 보러오지 않아야겠어요. 볼 때마다 마음이 아프니까요."

징충환이 경쾌한 걸음으로 복원실을 나갔다. 루추는 멍하니 거울을 한참동안 바라보다가 연마를 계속했다. 오전 내내 그녀는 징충환의 거울을 연마하고 보고서를 한 장 쓴 것이 전부였다. 정오가 가까워져서야 루추는 핸드폰을 꺼내 샤오렌으로부터 소식이 없나 살펴보고는 실망한 기색으로 핸드폰을 내려놓았다.

그녀는 어릴 때부터 사람에 집착하지 않는 성격이었다. 아파트로 이사한 후 6개월 동안 늘 혼자 행동했다. 샤오롄으로부터 출근하자는 연락이 오면 응했지만, 자신이 먼저 연락을 하는 편은 아니었다. 그러나 마음 깊은 곳에서 커다란 공포심을 마주한 후부터는 달라졌다. 모든 것이 상상에 불과하다고 스스로 되뇌면서도 모든 일에 의심부터 하는 버릇이 생겼다. 짧은 연락 두절에도 큰 상실감이 느껴졌다. 겨우 반나절밖에 되지 않았음에도 마음이 편치 않았다. 이렇게는 안 되겠다는 생각이 들었다. 루추는 혼자 감당하는 습관을 들여야 한다고 스스로 다짐했다. 설사 사랑하는 사람이 없어도 그녀에게는 함께 싸울 동지가 있지 않은가!

점심시간이 되었으므로 루추는 옆 사무실의 문을 두드렸다. 쌍비신이 문을 열더니 눈이 휘둥그레져서 물었다.

"어쩐 일이에요?"

루추가 안쪽으로 고개를 빼들고 살펴보니 챵사부와 쉬팡 모두 안에 있었다. 자단목함이 한쪽으로 치워져 있고 방 가운데에 놓인 큰 작업 테이블에는 뭔가 잔뜩 올려져 있었다. 그밖에 그녀가 본 적 없는 병과 깡통들이 벽을 따라 일렬로 늘어서 있었는데, 염색용 안료로 짐작되었다. 그동안 복원사들은 모여서 직원식당으로 가는 것이 습관이 되었다. 따라서 시간이 되어 노크하면 알아서 일어나 나왔다. 특별히 용건을 말할 필요가 없었다. 그런데 오늘 방직품 복원실의 상황은 달랐다. 루추가 작은 소리로 쌍비신에게 물었다.

"오늘은 점심 안 먹어요?"

"벌써 점심때가 된 거예요?"

쌍비신이 눈을 비비며 중얼거렸다.

"시간이 이렇게 된 지 몰랐어요. 배고프지 않아요."

"식사하러 가자. 어떻게 밥도 먹지 않고 일하려고 그래? 배고프지 않아도 먹자고."

장사부가 이렇게 말하며 일어나더니 쉬팡에게 말했다.

"같이 한술 뜨고 바람도 좀 쐬고 오자. 업무를 어떻게 배분할지도 이야기하고 말이야."

그가 문 쪽으로 오더니 루추에게 말했다.

"들어와서 보겠어? 금가루로 쓴 《대장경》인데 불교신자들이 그러는데 직접 보면 복이 온대."

루추는 종교에 개방적인 태도를 갖고 있었기에 기분 좋게 대답했다. 안으로 들어가자마자 눈앞이 환해졌다. 복원실 중앙에는 긴테이블을 붙여 커다란 작업대로 사용하고 있었다. 그 위에는 많은 유물들이 놓여 있었는데, 그 중 가장 안쪽에 있는 붉은 칠에 금박을 입힌 목판이 눈에 띄었다. 목판의 양끝에는 오색 비단실이 감겨 있었다. 길고도 얇은 커다란 목함은 테이블의 거의 절반을 차지하고 있었는데, 바닥에는 검은색에 가까운 짙은 남색의 종이가 깔리고 양 끝단에는 불상이 그려져 있었다. 중간에는 금가루로 쓴 글씨 3줄이 있었다. 루추가 한 번도 본 적이 없는 글씨였다. 불상과 글자의 가장자리는 커다란 천연진주, 산호, 터키석 등 여러 가지 색의 보석이 박혀 있어 화려함과 아름다움의 극치를 이뤘다.

루추는 테이블 가장자리를 따라 한 바퀴 돌며 유물을 감상한 뒤원위치로 돌아왔다. 그리고는 자신 없는 말투로 물었다.

"이게 전부 책이에요?"

서적은 당연히 종이로 만들 필요가 없다. 선진(先秦)시대의 죽간(竹簡)부터 마왕퇴(馬王堆)에서 출토된 백서(帛書)에 이르기까지 각각 고서적의 예술을 상징했다. 그러나 테이블 위의 유물 장식공예는 정교함이 상상을 초월하는 수준이어서 어떤 면에서는 주객이 전도되어 책 자체의 내용을 압도할 정도였다.

"물론이에요. 하지만 그건 일부에 지나지 않아요. 이 대장경은 두께와 크기가 얼마나 대단한지 옮기다가 팔이 끊어지는 줄 알았다니까요."

쉬팡이 의자에 웅크리고 앉아 피곤에 절은 모습으로 이렇게 말했다.

"다리는 부러지지 않았으니 그만 일어나 손 씻고 밥 먹으러 가지."

쟝사부가 쉬팡에게 이렇게 말하고는 수건으로 손을 닦았다. 이어서 루추에게 설명했다.

"이 유물들은 청나라 황후가 읽던 대장경인데 수백 냥의 황금이 들어갔고 종교분야에서는 상당히 높은 위상을 갖고 있어. 라마 교도들은 이 대장경을 향해 예를 갖추지."

대학 다닐 때 교수님이 종교경전의 장정개념은 일반서적과 크게 다르다고 한 말씀이 생각났다. 루추는 크게 깨닫는 바가 있어서 탁자 주변을 한 바퀴 돌며 다시 한번 감상했다. 이때 방직품 문양 안에 '卍(만)'자가 끊임없이 이어져 있는 것을 발견했다. 고대 병기에서는 본 적이 없었다.

그녀가 가까이 다가가 자세히 보자 쌍비신이 옆에서 말했다.

"만자는 끊임이 없어요."

"그건 왜요?"

쌍비신이 옷감위의 '卍(만)'자 도안을 가리키며 설명했다.

"이 도안이 바로 만자문양이에요. 끝없이 계속 이어지죠. 그래서 '만자는 끊임이 없다'고 해요. 이런 옷감을 직조할 때는 각별히 신경을 써야 하죠. 만자문양은 당나라 때부터 인도에서 전해졌다는 말이 있어요. 불가에서 말하는 32대인상(三十二大人相) 중 하나죠."

챵사부가 그녀의 말을 받아 이번에 복원할 유물은 불경이니 정성을 기울일 것을 당부했다. 보통은 이 기간에 목욕재계를 하는데, 자신은 그것까지는 요구하지 않겠으나 출퇴근 때는 최소한 경전에 예를 갖춤으로써 존중의 뜻을 표시해야 한다고 말했다. 일행은 챵사부의 인솔하에 각자 합장을 하고 테이블 위의 경전을 향해 가볍게 목례를 올렸다. 복원실을 나선 일행은 엘리베이터를 타고 내려가는 도중에 쑹웨란과 합류했다.

식사를 하는 도중 기력을 회복한 쌍비신이 루추에게 설명을 계속했다. 이 불경은 전형적인 범협장(梵夾裝, 다라(多羅) 나무 잎이나 종이에 경문을 쓰고 겹겹이 쌓아 구멍을 뚫고 끈으로 묶은 책—역주)으로, 인도의 패엽경(貝葉經, 패다라(貝多羅) 잎에 바늘로 새긴 불경—역주)에서 비롯된 거라고 한다. 방금 루추가 본 것 가운데 커다란 목함은 사실 하나의 경서라고 한다. 목함 안에는 경문 전체를 기록한 경엽(經葉)과 이를 보호하기 위한 각종 부속품이 들어 있다. 이번 복원의 중점은 경서의 모든 직물로, 안팎의 3겹으로 된 무늬 없는 황색 비단, 그리고 무늬 없는 황색 면직과 무늬가 있는 비단으로 된 경의(經衣), 오색 경렴(經簾), 경렴을 묶은 오색끈이다.

여기까지 말하자 쉬팡이 끼어들었고, 쌍비신과 어떤 원료로 천을 염색할지 논의하기 시작했다. 고증에 따르면 당시 직물을 선명한 인디고 블루로 염색하기 위해 염료 안에 양의 뇌를 넣었다고 한다. 쌍비신은 고증에 따른 원료를 구해야 하며, 시장에서 구하기 어려우면 도살장에서 양을 잡아야 한다고 주장했다. 쉬팡은 이에 반대하며 광석에 식물을 추가해도 훌륭한 염료를 만들 수 있으며, 동물성원료를 사용하면 벌레가 쉽게 생긴다고 우려했다.

두 사람이 의견차를 좁히지 않고 실랑이를 하는 동안 쉬팡 옆자리에 앉은 쑹웨란은 밥을 한 숟갈 뜨더니 갑자기 루추에게 차갑게 물었다.

"복원사들은 다들 저래요?"

최근 샤딩딩이 장기 휴가중이어서 두창평은 그녀의 일까지 맡아서 하느라 야근까지 해야 했다. 쑹웨란도 덩달아 늘어난 업무로 스트레스가 쌓여 폭발하기 직전이었다. 루추는 쑹웨란을 자극한 부분이 양의 뇌인지 쉬팡의 무관심인지 알 수 없었다. 그래서 눈을 깜박이며 대답했다.

"과학적으로 논증하는 장인정신이라고나 할까요?"

"그것도 때와 장소를 가려야지. 다른 사람 식사하는 건 생각 안 해요?"

쑹웨란은 루추에게 말하고 있었지만 눈은 쉬팡을 노려보고 있었다. 루추는 목을 움츠리며 연인 사이의 분쟁에 끼어들지 않으려고 했다. 좡사부가 잔기침을 하면서 쉬팡과 쌍비신을 언짢은 눈길로 쳐다보았다.

"싸울 게 뭐가 있나? 이번 복원은 외부에서 고서적을 복원하는 사부와 협력할 것이니 염색한 색은 경문의 안쪽 면에 맞춰야 경전의 완전성을 유지할 수 있어. 두 사람이 결정한다고 되는 게 아니야."

분위기가 갑자기 조용해졌다. 루추는 갑자기 생각났다는 듯이 좡사부에게 물었다.

"저에게 복원해야 하는 고서 한 권이 있는데 적당한 고서적 복원사를 소개해 주실 수 있을까요?"

"무슨 책인데?"

좡사부의 물음에 루추는 백팩에서 어제 받아온 고서를 꺼내서 건넸다. 좡사부가 주머니에서 장갑을 꺼내 끼더니 책을 받아들었다. 그는 사람이 없는 다른 식탁으로 자리를 옮겨 책을 받쳐 들고 한 장씩 넘겼다. 한참 후 그가 책을 덮고 자리로 돌아왔다.

"책의 상태가 괜찮아서 예방적 처리만 하면 될 거 같아. 다만 표지에 문제가 심각해서 복원이 필요해."

루추가 그의 손에 든 책의 겉표지를 바라보며 영문을 알 수 없다는 듯이 물었다.

"제가 보기에는 괜찮은데요."

"어딜 봤기에 괜찮다는 거지? 이 표지는 나중에 덧붙인 거고, 내 말은 원본의 표지가 문제라는 건데."

쾅사부는 복잡한 표정으로 책을 싸고 있던 겉표지에서 책을 꺼냈다. 루추가 보니 고서의 원래 표지는 직물로 제작되었고 위에도 불경의 장정과 유사한 끝없는 만자 문양이 있었다. 모서리는 심하게 닳았으며 어떤 부분의 천은 헤져서 안쪽의 하얀 천이 그대로 보였다.

확실히 복원이 필요해 보였다. 그러나 루추가 더 중요하게 생각하는 부분은 내용이었다. 그녀는 금제가 있는 페이지를 펼쳐서 글자가 지워진 흔적을 가리켰다.

"이 페이지는 글자를 알아볼 수 없게 훼손되었어요. 가능하다면……."

"가능하다니, 뭘 말하는 거지?"

쾅사부가 그녀의 말을 가로막고 영문을 모르겠다는 표정으로 물었다.

"루추 씨는 모르나? 고적의 복원 원칙은 낡은 그대로 복원하는 거야. 글자가 없어진 부분을 메워 넣어서는 안 돼. 내용 부분은 복원사가 건드릴 수 없는 영역이거든."

루추는 그 사실을 몰랐다. 그녀는 놀라서 황급히 물었다.

"그러면 지워진 부분은 어떻게 해야 하나요?"

"그대로 둬야지. 어떻게 하다니?"

쾅사부가 꾸짖는 투로 설교했다.

"생각해 봐. 글씨가 빠지고 지워진 부분은 고증할 방법이 없어. 자칫하면 후세에 잘못된 정보를 줄 수 있기 때문이지. 그래서 그냥 둘 수밖에 없어. 앞으로 더 기술이 발달하면 그때 가서 생각해 봐야지."

상황은 루추의 예상과는 전혀 다른 쪽으로 가고 있었다. 그녀가 뾰로통하니 아무 말도 하지 않자 좡사부는 자신의 말이 심했다고 생각했는지 한 마디를 더했다.

"이 책으로 말할 것 같으면 상황은 참담하지만 사실 복원이 불가능한 건 아니야. 이거 급한 거야?"

루추가 망연히 고개를 저었다.

"그럼 이렇게 합시다. 이 책은 우리가 보관하고 있다가 천천히 복원해 볼게. 완벽하게 할 수 있을 거야."

"고맙습니다."

금제가 기재된 고서만 찾으면 최소한의 실마리라도 찾을 줄 알았다. 그렇게 고생하면서 구해 왔는데 중요한 부분이 훼손되었으니 다시 원점으로 돌아온 것이다. 루추는 큰 충격을 받았다. 그녀는 무슨 맛인지도 모르고 식사를 마친 후 일행을 따라 식당을 나왔다. 엘리베이터 문이 열리자 인청잉이 튼튼하게 생긴 목제 잔을 들고 사람들 사이에 서 있었다. 그 모습이 그야말로 군계일학이었다. 그가 일행을 향해 인사를 하고는 단도직입적으로 루추에게 물었다.

"10분만 시간 내줄 수 있어요?"

"물론이죠."

"그럼 밖으로 나갈까요? 내가 음료수 대접할게요."

"좋아요."

루추가 이렇게 대답하자 주변의 수많은 눈들이 자신을 향하는 것이 느껴졌다. 샤오렌이 회사에서 아웃사이더이더라면, 인한광은 위링 내에서 차가운 '남신'이었고 인청잉은 광샤빌딩 전체를 통틀어 여직원들의 눈길을 가장 많이 받는 '국민남편'에 속했다. 그의 인기는 잘생긴 외모에서만 비롯된 것이 아니었다. 그는 행동 하나하나가 신사적이었다. 여성들에게 엘리베이터를 먼저 타도록 배려하고 뒤늦게 오는 사람을 발견하면 열림 버튼을 눌러 기다려주었다. 그런 행동은 한두 번에 그치지 않고 시종일관 유지되었다. 루추는 그가 임신부의 무거운 짐을 들고 같은 건물에 있는 다른 회사 사무실까지 들어주는 모습을 목격한 적도 있다.

그러나 입사한 지 반년이 넘도록 13층 사람들의 실제 신분을 알고 나서도 루추는 인청잉과 단독으로 만난 적이 없었다. 그에 관해 아는 것이 너무 없다는 생각이 들었다. 그런데 뜬금없이 음료수를 같이 마시자고 한 것이다. 무슨 용건으로 따로 보자는 걸까?

루추는 작은 의문을 안고 인청잉과 광샤빌딩을 나와 골목 안에 새로 오픈한 작은 음료수 전문점으로 들어갔다. 인청잉도 샤오렌처럼 팔다리가 긴 모델 몸매의 소유자였다. 그의 보폭이 웬만한 사람의 1.5배로 컸다. 다른 점이 있다면 샤오렌은 걸을 때 그녀와 보조를 맞춰준다는 것이었다. 인청잉은 평소에 여성을 배려하고 그녀에게도 잘해 주었다. 그러나 지금은 옆에서 걷는 그녀를 조금도 신경쓰지 않았다. 루추는 그와 두세 걸음 뒤떨어져서 가게로 들어갔다. 인청잉은 부끄러움으로 빨개져서 눈을 반짝이는 여자 종업원에게 텀블러를 건네며 음료수를 주문했다. 그제야 루추의 존재가 생각났다는 듯이 고개를 돌려 물었다.

"어떤 음료수로 하실래요?"

루추가 앞으로 나서서 바쁘게 음료수를 만드는 종업원에게 말했다.

"홍차아이스크림 주세요. 추억의 맛이죠."

그녀가 다니던 고등학교 옆에 음료수 가게가 있었는데 가장 대표적으로 내세우는 상품이 큰 컵에 홍차를 넣고 하얀 바닐라 아이스크림을 얹어주는 홍차아이스크림이었다. 가격이 비싸서 루추는 자주 마시지 못했지만 그 맛은 절대 잊을 수 없었다. 유혹을 이기지 못하고 이번에도 한잔을 주문한 루추는 주문한 음료가 나오자 조심스럽게 한 모금을 마셨다. 뜻밖에도 맛이 상당히 좋았다. 아이스크림은 부드러우면서도 너무 달지 않아서 얼그레이 홍차와 어울리는 맛이었다. 그동안 보여준 인청잉의 괴이한 입맛과는 하늘과 땅 차이였다. 그러면서도 추억속의 맛과 약간은 닮아 있었다.

그녀가 크게 한 모금을 마시고는 인청잉에게 물었다.

"선배님도 이거 좋아하세요?"

"그냥 먹어본 거예요. 서로 관계없는 두 가지 재료를 함께 섞은 것에 대한 연구에 흥미가 있거든요. 이제 가볼까요?"

두 사람은 나란히 가게를 나왔다. 인청잉은 이번에는 걷는 속도를 늦췄다. 가게에서 몇 미터 떨어진 곳까지 걸어가더니 그가 입을 열었다.

"어젯밤 루추 씨를 습격했던 일당 중 한 명이 오늘 아침 유치장에서 사망했대요."

"어떻게 그럴 수 있죠?"

"사인은 심부전이랍니다. 하지만 사망 사건 자체가 중요한 게 아니에요."

인청잉이 이렇게 말한 후 핸드폰을 꺼내 루추에게 보여주었다.

"이 사람 맞죠?"

사진 속의 사람은 눈에 초점이 없고 눈 밑이 푹 꺼졌으며 피골이 상접할 정도로 마른 모습이었다. 바로 어젯밤 그녀의 백팩을 낚아챘던 그 남자였다. 루추는 이 사람에 대한 인상이 뚜렷하여 고개를 크게 끄덕였다.

"바로 이 사람이에요."

그녀가 잠시 후 걱정을 누르지 못하고 물었다.

"혹시 샤오롄에게 귀찮은 일이 생기는 건 아니겠죠?"

"그럴 리가 없어요. 법의의 검시결과 최근 과로가 심해서 심부전증이 발생했고 어젯밤 일과는 무관한 것으로 나왔어요. 게다가 이자가 평소에 얼마나 악랄하게 굴었는지 가족들이 사체 인수를 거부한다니 다른 걱정은 할 필요가 없어요. 문제는……. 이 사람도 알아보겠어요?"

인청잉이 이번에는 다른 사진을 루추에게 보여주었다. 이 남자는 약간 살집이 있고 웃통을 벗고 있었으며 얼굴 전체가 흉악한 인상이었다. 루추가 사진을 보며 이해할 수 없다는 듯 말했다.

"이상하네요. 본 기억은 없는데 눈에 익은 얼굴이에요."

"자세히 보고 잘 생각해 봐요. 어젯밤 말고 그 전에 어딘가에서 본 적이 있어요?"

인청잉이 재차 물었다. 루추는 평소에 사람 얼굴을 알아보는 데 자신이 있었다. 그런데 사진을 아무리 들여다봐도 좀처럼 기억이 나지 않았다.

"본 적이 없어요. 최소한 최근 1년 동안에는 본 적이 없네요."

인청잉이 핸드폰을 받아들었다.

"방금 본 건 사망자의 두달 전 사진이에요."

"말도 안 돼요!"

이렇게 말을 해놓고 루추는 갑자기 한 가지 가능성이 떠올랐다.

"마약을 했나요?"

"전혀 아니에요. 검시보고서에 따르면 그의 체내에서는 마약은 물론이고 다른 약물 성분이 전혀 검출되지 않았어요."

"하지만 사인이 심부전이라고 하셨잖아요. 그 자신도 발견을 못 했으니 약을 복용하지 않았겠죠."

"최소한 그런 병력은 없어요. 혹시 발견했는데 병원에 가지 않았을 수도 있죠. 그래서 내가 조사하는 중이에요. 하지만 심장병이든 몸이 지나치게 말라서이든 과로로 인한 증상이라는 거죠. 그자는 어쨌든 과로로 죽었어요."

마지막 말을 할 때 인청잉의 어조에는 조롱이 섞여 있었다. 루추는 그를 바라보며 전혀 이해할 수 없다는 투로 반복해 말했다.

"그가 과로사라고요?"

"그렇다니까요. 어젯밤 루추 씨가 당한 강도사건을 제외하고도 그자는 지난 한 달 동안 총 20여 건의 범죄를 저질렀어요. 절도, 인신매매, 강도 살인……, 저지르지 않은 범죄가 없어요. 그러다가 결국 과로로 죽은 거죠. 도둑계의 모범 노동자인 셈이죠."

루추가 멍하니 있다가 팔 전체에 돋은 소름을 만지며 중얼거렸다.

"돈이 너무 필요하면 이것저것 따지지 않고 나설 수도 있다는 생각이 들어요. 하지만 그의 행위는……. 아무래도 너무 이상해요."

"그래도 인류의 이상한 행동으로 순위를 매긴다면 이자의 행동은 100위 안에도 들 수 없을 거예요. 다만……."

인청잉이 여기까지 말한 후 고개를 한 번 가로 젓더니 말을 계속했다.

"3개월 전 이자는 너무 게을러서 일도 나가지 않겠다고 하는 바람에 부모에게 쫓겨났대요."

"집에서 쫓겨난 후 완전히 변신해서 나쁜 짓을 하는 일중독자가 되었단 말이에요?"

루추도 이렇게 말하고는 고개를 저었다. 그녀가 말을 이었다.

"너무 이상해요. 무슨 사이비 종교 단체에 세뇌된 건 아닐까요?"

"세뇌라……."

인청잉이 잠시 생각에 잠기더니 이렇게 말했다.

"일단 그건 나중에 얘기해요. 그 사람에게 잡혔을 때 기운이 특별히 세다거나, 보통 사람과 다르다는 느낌 없었어요?"

닭발같이 깡마른 손을 덜덜 떨며 그녀의 목에 칼을 겨누던 장면이 스쳐갔다.

"기운이 세다는 느낌은 없었어요. 손을 계속 떨고 있던 걸로 봐서는 그런 짓을 한 경험이 많지 않은 것 같았어요."

"하지만 의식은 명료했겠죠. 그 사람 눈빛이 혹시 누군가에게 조종당하는 것 같지 않았어요?"

인청잉이 이렇게 물었다. 그는 지금 뭘 의심하는 걸까? 루추는 샤오롄이 영혼의 초능력에 대해 말한 것이 생각났다. 그녀가 찬 공기를 한 번 들여마시며 목소리를 최대한 낮춰 물었다.

"혹시 장튀를 의심하세요?"

"아니에요. 뭘 그렇게 긴장해요?"

인청잉이 지나치게 긴장한 루추가 우습다는 듯이 말했다.

"장튀의 초능력은 생물을 조종해서 살고 싶은 욕구를 상실하게 만드는 데 있어요. 그래서 손을 놓고 아무것도 하지 않는 거죠. 멀쩡한 사람을 조종해서 범죄를 저지르게는 할 수 없어요. 사실상 초능력을 써서 사람의 본성을 바꿀 수는 없어요. 자아의식을 유지하면서도 남의 지배를 받는다는 것은 완전히 모순적이죠."

그는 비록 이렇게 말했으나 잘생긴 양 눈썹이 살짝 씰룩거렸다. 어떤 일로 고민을 하는 모양이었다. 삼형제 중 샤오롄이 가장 감정을 억누르고 감정을 눈에 잘 드러내지 않는 편이었다. 얼굴에서도 표정이 드러나지 않았지만, 인청잉은 그와 정반대였다. 그는 감정에 솔직했고 이를 드러내는 것을 주저하지 않았다.

루추가 그의 표정을 보고서 참지 못하고 물었다.

"이 사건으로 연상되는 게 있죠?"

"대충은요."

인청잉이 이렇게 대답한 후 루추가 더 캐묻기도 전에 덧붙였다.

본체가 같은 운성에서 나오지 않은 한 우리는 누가 화형자이고 누가 아닌지 잘 몰라요. 그래서 이론적으로는 사람들 속에 섞여 살면 속일 수도 있죠. 하지만 실제로는 너무 오랜 시간을 살아왔기 때문에 행동 패턴이 현대인과는 차이가 있어요. 어제 루추 씨가 당한 사건에서도 확실치는 않지만 그쪽일 거라는 느낌이 와요."

"그 사람은 이미 죽었다고 했잖아요?"

"그 사람이 아니고 어제 사건을 저지른 자들도 아니에요."

인청잉이 코를 만지며 이렇게 말했다.

"그렇다면 누구란 말인가요?"

루추는 점점 알쏭달쏭해졌다.

"좋은 질문이에요."

두 사람은 마주보았고 인청잉이 우습다는 듯 대답했다.

"그렇게 쳐다보지 말아요. 추리는 내 분야가 아니니까."

루추가 눈을 깜박거리며 생각하다가 물었다.

"인 팀장님은 뭐라고 하세요?"

인한광은 시종일관 그녀를 무시하는 태도를 보였지만 그의 추리능력과 논리의 치밀함에 관해서는 루추도 크게 신뢰하고 있었다. 인청잉이 한 마디로 다 설명할 수 없다는 표정으로 대답했다.

"형은 내가 그렇게 할 일이 없으면 린시나 훈련시키래요. 우편함에 있는 우편물을 거실 탁자에 물어다놓는 훈련요."

고향집의 청동 기린 린시는 인간으로 화하는 데 실패해서 사람의 모습이 되지 못했을 뿐 아니라 아이큐도 낮았다. 몇천 년 동안 몇 마디의 말밖에 못 알아듣고 습관적인 동작을 되풀이하는 것이 대형견과 유사했다. 인한광은 인청잉이 린시의 훈련에 너무 많은 시간을 쓰는 것을 못마땅해 했다. 그런데 이렇게 말하는 걸 보면 인청잉의 촉을 믿지 않는 듯하다.

인한광의 반응에 루추는 크게 안심이 되었다. 하지만 그녀는 린시를 좋아해서 자신도 한마디 거들었다.

"린시는 공을 물고 올 수 있어요. 편지를 물어오는 것쯤은 문제없을 거예요."

"진작부터 할 줄 알아요. 하지만 편지를 물어다가 내게 돌려주지 않는다는 게 문제죠."

그가 잠시 말을 멈췄다가 이었다.

"어쨌든 루추 씨도 조심해요."

이야기를 나누다보니 어느새 광샤빌딩의 문앞이었다. 루추는 큰 걸음으로 계단을 올라가서는 진지한 표정으로 말했다.

"고맙습니다. 선배님도 조심하세요."

배후에 어떤 일이 있는지는 모르지만 이 정도의 범죄자들로는 그들에게 어떤 타격도 미치지 않을 것이다. 오히려 자신들에게 치명적인 위협이 될 것이다. 인청잉이 이 사건을 주목하는 것은 그녀를 걱정하기 때문이었다. 그녀는 입술을 한 번 깨물고는 작은 소리로 말했다.

"이번 일을 샤오렌 씨에게 알렸어요?"

"물론이죠. 아침 일찍 알렸더니 조사하러 나갔어요. 루추 씨와 관련된 일이라면 절대 가만히 있지 않을 애니까요."

인청잉이 텀블러를 기울여 마지막 한 모금까지 마신 후 이렇게 대답했다. 알고 보니 아침에 샤오렌을 만나지 못한 것은 이런 이유 때문이었다. 루추는 이렇게 보살핌을 받아본 적이 없었기 때문에 굳이 그럴 필요가 없다는 느낌이 들었다. 그러나 한편으로는 마음 한켠이 달콤해지면서 자신도 모르게 미소가 지어졌다.

그녀는 입꼬리를 살짝 올린 채 인청잉에게 말했다.

"알았어요. 무슨 일이 있으면 연락드릴게요. 선배님도 알아낸 게 있으면 제게 알려주시겠어요?"

"이번 일과 관련된 것이 아니더라도 이상한 사람, 사건, 물건 등이 있으면 우리에게 신속히 알리고 상의하세요. 샤오렌이 능력은 있지만 인성 방면에는 좀 둔하거든요. 어떤 상황이 생기면 그 녀석보다는 루추 씨의 직감을 더 믿어요."

인청잉이 루추를 주시하며 이렇게 말했다. 그의 표정은 엄숙했다. 루추는 알았다고 대답하고는 샤오렌을 떠올리며 이렇게 말했다.

"때로는 제가 샤오렌을 보호해야겠다는 생각도 든다니까요."

이 말에 인청잉이 큰 소리로 한바탕 웃었다.

"우리는 복원이 필요하지 보호는 필요 없어요. 핵심을 혼동하지 마세요."

그것도 맞는 말이어서 루추는 반박하지 않고 15층으로 올라갔다.

오후 세 시 정각, 루추는 하던 일을 멈추고 작업복을 벗고 복원실을 나섰다. 경쾌한 발걸음으로 엘리베이터에 올라 13층으로 향했다. 입구에서 징충환과 인사를 나누고 회의실로 들어갔다. 긴 직사각형의 회의실은 작은 페르시아 융단을 이용해 두 구역으로 나누었다. 현대적인 디자인의 베이지 색 소파가 놓이고 벽에는 연꽃을 표현한 수묵화가 걸려 있었다. 공간은 크지 않았지만 가슴이 탁 트이는 배치였다.

두창평과 전통 중국식 복장을 한 60세 정도로 보이는 노신사가 더 안쪽 구역의 긴 소파에 앉아 있고, 인한광과 인청잉은 문 쪽의 일인용 소파에 앉아 있었다. 루추가 들어가자 인한광이 대뜸 물었다.

"청룡진에서 누가 우물 속으로 밀었다면서요?"

누가 그렇게 과장되게 말했는지 알 수 없었다. 루추는 서둘러 정정했다.

"어떤 힘이 나를 민 건 맞지만 그 우물은 무척 작아서 한 사람이 빠질 공간도 되지 않았어요."

"그 우물에 많은 사람이 빠져 죽었어요. 어른, 그것도 스무 살이 넘는 장정으로요."

인한광이 그녀를 쏘아보며 말을 계속했다.

"루추 씨를 민 그 사람은 당시 사람으로 붐비고 배가 수시로 드나들던 천하의 웅진 청룡진이 이제는 황무지가 되었다는 사실을 모를 거예요."

"사람이라고요? 그곳은 고적 발굴 현장이라서 한 사람도 없었는데 누가 나를 밀어요?"

"죽은 사람이죠."

인한광이 굳은 표정으로 대답했다. 모골이 송연해진 루추는 숨을 크게 들이마시고는 작은 소리로 물었다.

"팀장님 말씀은 청룡고진에 귀신이 있다는 거예요?"

루추의 반문에 인한광은 말문이 막혔다. 경멸하는 듯한 루추의 눈빛에 그는 주먹으로 자기 이마를 치더니 이렇게 말했다.

"아직까지는 발견하지 못했죠. 내가 졌습니다."

발견하다니, 뭘 발견한다는 말인가? 청룡고진에서 본 정경이 그녀의 눈앞을 스쳤다. 루추는 믿을 수 없다는 듯이 물었다.

"아! 그러니까 팀장님의 말씀은 전승이 내 앞에서 그 정경을 보여주었고 그 안에서 누군가 나를 밀었다는 거죠?"

"그것 말고 다른 가능성은 없어요."

인한광이 무뚝뚝하게 대꾸했다.

"말도 안 돼요!"

루추가 고개를 저으며 급히 말했다.

"전승 안의 모든 장면은 실체가 없는 허상이에요. 진정한 의미의 사람이 없다고요. 그들은 반복적으로 플레이되는 기억의 영상에 불과해서 사고하거나 반응할 수도 없어요."

목소리가 갑자기 잦아들며 루추는 자신이 틀렸음을 인식했다. 전승의 상황은 대부분 그녀가 말한 대로이다. 그러나 예외도 있었다. 예를 들어, 그녀가 처음 전승에 진입했을 때는 바로 삼검(三劍)이 잠겨 있는 차가운 연못으로 떠밀렸다. 하마터면 물속에서 숨이 막혀 죽을 뻔했다. 검로에서 평랑을 상대할 때는 소련검의 개봉을 직접 손으로 시연해줬다. 그 여자는 루추와 소통했을 뿐 아니라 그녀가 꿈과 깨어난 상태의 중간쯤에서 당시의 검 주조사 가족이 마지막으로 거처한 곳을 볼 수 있게 해주었다.

누가 밀었을까? 전승에서 본 그 여자였을까? 그런 것 같지는 않다. 그녀는 무척 호의적이었으며 음성도 이번 그 여자와는 달랐다.

"그러니까 어떤 복원사들은 세상을 떠난 후 전승 안에서 살아난다는 거죠? 소련검을 주조한 그 선배처럼 말이죠?"

루추의 물음에 인한광이 안경을 위로 올리며 신중하게 대답했다.

"인간의 생과 사는 경계를 짓기가 어려워요. 전승이 운행하는 규칙은 나도 이해하기 어렵고요."

루추는 규칙에는 흥미가 없어서 급하게 물었다.

"그럼 누가 저를 밀었을까요? 무슨 이유로?"

"불쑥 끼어들어서 미안합니다."

노신사의 약간 쉰 목소리가 옆의 소파에서 들려왔다. 루추가 고개를 돌려서 바라보다 그와 눈이 마주쳤다. 그는 루추를 위아래로 몇 번 훑어보다가 인한광에게 느릿느릿 말했다.

"추락하는 느낌이 오면 깨어납니다. 뒤에서 민 사람은 전승에 들어오는 것이 싫어서였을 겁니다. 해치려는 것이 아니고요."

"알겠습니다. 하지만 전승의 땅에서는 선과 악을 일반인의 기준으로 판단할 수 없지 않습니까?"

인한광은 서먹하면서도 예의바른 태도로 말했다. 늘 잘난 체 하던 인 팀장이 가르침을 구하는 태도를 보이는 것으로 보아 노신사는 대단한 존재인 것 같았다. 루추는 자기 소개하는 것도 잊고 노신사에게 물었다.

"누가 밀었는지는 나중에 따지더라도, 전승에서는 뭘 해도 잊어버리는 꿈을 꾸게 하나요?"

"그대에게 전승은 무엇이오?"

그는 루추의 물음에는 대답하지 않고 근엄한 표정으로 반문했다.

질문이 너무 추상적이라 루추는 잠시 말문이 막혀서 얼굴이 새빨개졌다.

"그러니까 전승은……."

"전승을 얻은 후에 스스로 전승이 무엇이며 어디서 왔고, 앞으로 어디로 갈지, 그리고 어떻게 자신과 연관이 되었는지를 묻지 않았단 말이오?"

"생각해 봤습니다. 하지만 답을 찾을 수 없었습니다. 그러나 나중에는 생각하는 걸 잊어버렸습니다."

마지막 말을 하면서 루추는 저도 모르게 고개를 숙였다. 노신사는 한숨을 쉬었다.

"그렇다면 이상할 것도 없네요. 일반적으로 스스로 훈련을 한다면 전승을 받고 늦어도 반년 후에는 그게 꿈을 꾸는 건지, 아니면 꿈과 깨어남의 중간쯤에서 전승이 보내는 정보를 받는 건지 분별할 수 있죠. 하지만 머리를 쓰지 않으려는 복원사는 별개의 문제고요."

그 말이 너무 심해서 루추는 즉시 항변했다.

"머리를 안 쓰지는 않았어요. 일반적으로는 분별할 수 있어요. 다만 꿈의 상황이 특수해서……."

노신사는 루추의 해명은 듣지 않고 두창평을 향해 감정 없는 어투로 말했다.

"자네들이 새로 뽑았다는 전승자는 자질이 형편없는 것 같군."

"그 정도는 아닙니다. 계몽(啟蒙)이 너무 늦어서 아직은 깊이 있게 알지 못합니다. 좀 더 지나서 시야를 넓히면 자연스럽게 괜찮아질 겁니다."

두창평이 비굴하지도 거만하지도 않게 말하더니 이번에는 노신사를 가리키며 루추에게 말했다.

"이 분이 바로 전에 얘기했던 친(秦)사부님이에요. 이리 와서 차를 올려요. 앞으로 모르는 것이 있으면 직접 사부님께 가르침을 구하세요. 이제 청동복원팀은 두 분에게 맡길게요."

이분이 그렇게 기대하던 사부란 말인가? 아무래도 함께 지내기 힘든 타입인 것 같다. 비록 마음속으로는 실망했지만 루추는 벌떡 일어났다. 이와 동시에 징충환이 마술이라도 부린 듯 빠른 걸음으로 회의실로 들어왔다. 그녀의 손에는 홍목으로 만든 차 쟁반이 들려 있었는데 그 위에는 청화 문양의 덮개가 덮인 찻잔 하나가 올려져 있었다.

위링의 복원실은 스승과 제자 간에 엄격함을 요구하지는 않았지만 새로 들어온 후배가 같은 업계의 사부에게 차를 올리는 의식을 진행했다. 루추는 쌍비신이 좡사부에게 차를 올리는 모습을 본 적이 있어서 이 예의에 대해서는 기억이 생생했다. 그녀는 정신을 가다듬고 찻잔을 들고 절을 한 다음 친사부에게 차를 올렸다. 친사부는 굳은 얼굴로 차를 받아들더니 한 모금을 마셨다.

"나는 친관차오(秦觀潮)라고 한다. 청동의 전승자이며, 주 종목은 예기(禮器)다."

"친사부님께 인사 올립니다. 저는 잉루추입니다. 저도 청동의 전승자이며, 주 종목은……."

때로는 바보로 보이지 않으려고 할수록 오히려 그렇게 보일 때가 있다. 모든 사람의 미심쩍은 눈초리를 받으며 루추는 결국 고개를 숙여 바닥을 바라보며 작은 소리로 말했다.

"주 종목이 뭔지 모르겠습니다."

"처음 전승의 땅에 들어갔을 때 계약서를 작성했을 거다. 거기 적혀 있을 테니 가서 찾아봐라."

친관차오가 담담하게 말했다. 루추가 서둘러 자신의 의식을 전승의 땅으로 보냈다. 과연 해서체로 적힌 계약서가 있었다. 책 한 권 두께의 계약서에는 손도장이 찍혀 있고 모든 것이 갖춰져 있었다. 그녀가 한참을 뒤적거린 끝에 겨우 주 종목으로 짐작되는 글자를 찾아냈고, 서둘러 현실로 돌아온 그녀가 친관차오에게 대답했다.

"병기입니다."

"계몽자(啟蒙者)가 소련검인 까닭인가?"

친관차오가 물었다. 샤오롄은 그녀에게 유일한 위로가 되는 존재였다. 루추는 입꼬리를 올리고 고개를 끄덕인 후 친관차오가 가르침의 말을 해주기를 기대하고 있었다. 그런데 예상과는 달리 그는 고개를 돌리고 두창펑에게 말했다.

"주 종목이 다르니 내가 도울 수 있는 건 기초를 다지게 해주는 겁니다. 그래야 제구덩이를 스스로 파는 일은 면할 수 있지요."

인청잉이 체면불구하고 푸핫 웃음을 터뜨렸다. 루추는 자신이 나이 든 사람을 존경해야 한다고 스스로 타일렀고, 두창펑이 싸늘한 눈빛으로 둘을 노려보며 분위기를 수습하고 나서야 친관차오에게 예의를 갖춰서 말했다.

"번거롭게 해서 죄송합니다."

"괜찮습니다."

친관차오가 차를 한 모금 더 마시더니 루추에게 물었다.

"방금 복원실을 돌아보았는데 어째서 작업일지가 없나?"

"회사 규정상 인터넷으로 로그인하여 출근체크를 하게 되어 있습니다. 그래서 매일 출근체크하는 김에 클라우드에 진도를 기록해 둡니다."

루추가 이렇게 대답하고 핸드폰에서 작업일지를 찾아 건넸다. 친관차오가 한 단락을 보고는 핸드폰을 돌려주었다. 그리고는 가져온 가방에서 색이 바랜, 20여 년 전 중학생이 숙제할 때 쓰던 것과 비슷한 노트 한 권을 루추에게 건넸다.

"작업일지는 매일의 진도뿐 아니라 맞닥뜨리는 문제와 그 문제를 해결하기 위한 구상과 느낌까지 포함해야 한다. 유물 복원은 때로는 어려운 사건을 해결하는 것과 같다. 처음에는 두서가 없지만 계속 탐색하다 보면 언젠가는 미스터리가 풀리는 날이 오고 전승의 땅에 벽돌하나라도 보탤 수 있다. 이것은 내가 초기에 쓴 작업일지니 가져가서 참고해라. 양식은 그대로 사용해도 된다. 기억력에만 의존하지 말고 기록을 해놓아야 한다."

한 마디 한 마디 옳은 말이었기 때문에 루추는 말끝마다 고개를 끄덕였다. 그녀는 감사하다는 말과 함께 낡은 노트를 받았다.

"사부님의 말씀은 작업 시 느끼는 것도 이후 전승의 일부가 될 수 있다는 거지요?"

비슷한 얘기를 샤오롄과도 농담 삼아 한 적이 있었지만 그런 일이 실제로 있으리라고는 꿈에도 몰랐다.

"물론이지. 전승이란 세대를 이어 축적되는 것이어서 자네가 연마한 내공은 후세의 학습자료가 될 것이니 잘 기록해서 전승을 준비하도록 해라."

친관차오가 분명하게 대답하고는 물었다.

"복제품의 연마를 해본 적 있느냐?"

막 주조해 낸 청동기물에는 산화한 외피가 한겹 씌워져 있다. 이는 수공이나 기계로 연마해 내야 광택이 난다. 이 기술은 루추가 대학 실습 때 연습한 적이 있었다.

"해본 적 있습니다."

"작구(作舊)는?"

"아주 조금 배웠습니다."

루추가 자신 없이 대답했다. '작구'는 고대 청공기를 복제하는 핵심 공법으로, 청동기를 오래된 것처럼 보이게 하는 기술이다. 진위를 판별하기 어렵게 만들기 때문에 공력이 상당히 필요하다. 그러나 고대 도검의 복원에는 잘 사용되지 않는다. 고객들은 일반적으로 복원해 낸 칼이 머리카락을 대도 베어질 정도를 원하기 때문이다. 칼집은 어쩌다 작구처리를 해달라고 요구하는 고객도 있다.

그러나 검신에 녹이 슬면 안 되기 때문에 루추는 이 방면의 훈련을 거의 하지 않은 것이다. 위링에 들어온 후에도 그런 주문은 받지 않았다. 그동안 샤오롄의 금제를 풀어줄 방법만 모색하고 있었던지라 작구가 청동복원의 기본 공력임을 간과한 것이다.

몇 가지를 더 물은 후 친관차오의 말투는 부드러워졌으나 그녀가 훈련해야 할 사항들을 하나하나 지적했다. 루추는 고개를 숙이고 발끝만 바라보며 기가 죽었다. 지난 반년 동안 많은 일이 있었던 것은 사실이었다. 그러나 어찌되었든 그녀는 복원실에서 차분히 기본 공력을 쌓는다는 자신의 본분을 잊고 있었다. 목표에서 벗어난 것만으로도 이미 충분히 지적받을 일이다. 스스로 알아낼 길이 없다면 누군가 옆에서 일깨워줘야 한다. 이는 자신의 초심에도 부끄러운 일이다.

두창펑도 자신의 책임을 느끼고 있었기에 끼어들었다.

"루추 씨의 상황은 말씀드렸다시피 우리의 잘못이니 너무 나무라지 마십시오."

"나무라는 것이 아니라 앞으로 필요한 것이 뭔지 알아서 중점을 두고 진행하려는 겁니다."

친사부가 담담하게 말했다.

이때 도자기 깨지는 소리와 육중한 기물이 바닥에 떨어지는 소리가 옆방에서 들렸다. 두창펑의 안색이 변하더니 문밖으로 튀어나갔다. 다들 일어나서 회의실을 나왔다. 루추는 어찌할 바를 모르고 친사부의 뒤를 따라 샤딩딩의 사무실로 들어갔다. 책상 다리 부근에 여러 조각으로 깨진 푸른 자기 컵이 있었다. 나무로 된 캔버스가 옆으로 넘어져 있고 색연필이 사방에 떨어져 있었다. 샤딩딩은 캔버스 옆에 두 눈을 감고 쓰러져 있었다. 가슴이 전혀 움직이지 않는 것을 보니 숨을 쉬지 않는 듯했다. 조명등 불빛 아래 몸 전체가 투명해 보였다.

두창펑이 조심스럽게 그녀를 안아서 소파에 눕혔다. 친사부가 그녀의 상태를 살피더니 물었다.

"또 초능력을 사용했군요?"

두창펑이 바닥에 옆으로 넘어진 캔버스를 힐끗 보더니 한숨을 쉬며 말없이 고개만 끄덕였다. 친사부가 질책하는 목소리로 말했다.

"귀를 치료할 보조재료를 찾아내기 전까지는 건강에 조심하고 본체로 돌아가서 기다리라고 몇 번이나 말하지 않았습니까? 사람의 모습으로 있는 것만으로도 무리하는 일인데 거기에다 초능력까지 사용했으니 상태가 악화되는 겁니다. 죽으려고 용을 쓰는 것도 아니고 이게 뭡니까!"

다른 사람이 이토록 준엄한 태도로 두창펑에게 말하는 모습은 처음이었다. 그러나 두창펑은 불편한 표정을 비치지 않고 한숨만 쉬었다.

"딩딩이 깨어나면 잘 타일러 보겠습니다."

"의식을 잃는 것도 나쁘지 않네요. 어차피 깨어나 봐야 말도 안 들을 테니 말이오."

친사부가 차갑게 내뱉고는 가방 안에서 반쯤 낡은 노트를 꺼냈다. 그후로는 다른 사람을 아랑곳하지 않고 그 노트를 읽었다. 두창펑은 인한광, 인청잉과 상의한 끝에 샤딩딩을 고향집으로 옮기기로 했다. 인청잉이 샤딩딩을 안고 인한광과 사무실을 떠났다. 징충환이 빗자루와 쓰레받이를 가져와 실내를 청소하기 시작했다. 두창평은 팔짱을 긴 채 텅빈 소파를 바라보며 멍하니 있었다.

분위기는 비록 무거웠지만 사람이 다치고 의식을 잃은 여느 가족처럼 우왕좌왕하는 사람은 없었다. 루추는 자신이 끼어들 공간이 없어서 친사부 옆에 계속 서 있다가 소리 죽여 물었다.

"사부님 제가 할 수 있는 일이 뭘까요?"

친사부는 노트를 덮더니 그녀에게 물었다.

"진심으로 돕고 싶어?"

그의 말투에 루추에 대한 불신이 그대로 묻어나왔다. 자신이 친사부에 그토록 큰 편견을 심어준 이유를 알 수 없었다. 그러나 화를 누르고 대답했다.

"물론입니다."

"그렇다면 좋아."

친사부가 고개를 숙이며 물었다.

"반년 동안 전승의 땅에 들어가지 않고 새로운 기술을 배우지 않으며, 착실히 청동기 표면 연마만 하는 거야. 할 수 있겠나?"

놀란 루추는 말문이 막혔다. 친사부는 노트를 덮더니 말을 이었다.

"하루하루가 지나면 무엇을 하든 축적이 되고, 그러다 보면 결정적 순간에 진짜 내공이 나오는 거다."

그가 두창평을 돌아보며 말을 계속했다.

"나는 형주정(荊州鼎)을 몇 번 더 봐야 복원방안을 정할 수 있을 것 같습니다. 전에 본체를 보관한 곳이 바로 이 건물이라고 하셨죠?"

"14층입니다. 위링의 소속이 아니라 제 개인 명의의 창고입니다."

"잘됐군요. 같이 가서 문제가 도대체 뭔지 찾아봅시다."

친사부가 한마디로 결정을 내리고는 루추를 힐끗 쳐다보았다.

"같이 갈 텐가?"

루추는 문득 제정신이 돌아와 얼른 그러겠다고 대답했다. 그녀의 표정에는 불안감이 스쳤다. 친사부는 한숨을 쉬며 의미심장하게 말했다.

"전승은 결코 딱딱한 도구가 아니다. 세대를 거쳐서 장인들이 평생의 직업으로 삼아 심혈을 기울인 결정체야. 바로 그런 이유로 전승은 지혜의 보고임과 동시에 인간의 마음이 응집된 존재라는 거다. 모든 풍파도 그래서 일어나는 것이고. 당분간 전승에 들어가지 말라고 한 것은 학습을 방해하려는 것이 아니다. 먼저 자신의 기본을 닦고 일희일비하지 않게 되었을 때 들어가야 잘못된 길로 가서 본연을 잃어버리는 사태를 막을 수 있다."

친사부는 선생님이 학생을 가르치는 전형적인 말투로 이 말을 했다. 루추는 무의식적으로 고개를 끄덕이고는 답했다.

"저는 사실 잘 몰라요. 하지만……."

그녀가 잠시 말을 멈췄다가 계속했다.

"지금부터 저는 전승에 들어가지 않겠습니다."

반년이라고 했다. 그녀는 이 반년 동안 자신을 열심히 끌어올리기로 다짐했다. 친사부는 처음으로 웃음을 보였다.

"좋아. 이제 가서 형주정을 살펴보자. 그리고는 돌아가서 생각해 보고 내일부터는 어떻게 복원을 진행할지 얘기하자."

❧

　두창평이 청동팀의 두 사람과 함께 광샤빌딩 14층에 도착한 그 시각, 호리호리한 실루엣의 남자가 다른 엘리베이터에서 내려 샤딩딩의 사무실로 성큼성큼 걸어갔다. 실내는 이미 깨끗하게 치워졌고, 캔버스만 아직 바닥에 엎어져 있었다. 징충환이 가벼운 청소기를 들고 방안을 나간 직후였다. 그 사람은 캔버스를 똑바로 세우더니 밑에 눌려 있던 아트지를 내려놓고 창가의 햇빛에 비추며 이리저리 살펴보았다.

　연필로 스케치만 되어 있는 그림이어서 자세히 살펴보니 자루에 술이 달린 장검이 허공에서 무서운 힘으로 지상의 여자를 향해 내리꽂히고 있었다. 배경은 비어 있어서 사건 발생 시간과 장소를 알 수 없었다. 여자의 모습도 윤곽만 대충 거칠게 그려놓았다. 계란형 얼굴에 놀란 표정, 눈썹 사이의 모습으로 보아 루추임을 짐작할 수 있을 뿐이었다. 샤오렌은 이 그림을 한동안 바라보다가 사무실을 나갔다. 그는 곧바로 2층으로 가서 두창평의 사무실 문을 두드렸다. 아무 반응이 없자 그는 문 앞에서 잠시 망설이다가 바지주머니에서 편지 봉투 하나를 꺼내더니 바닥과 문 사이 틈에 끼워놓고는 그곳을 떠났다.

8
노래는 끝났다

깊은 밤, 하늘에는 휘영청 밝은 반달이 떠있다. 오늘따라 밝은 달빛은 창밖 목련나무 사이로 비치고 있다. 바닥에 비치는 그림자가 수시로 움직이는 것이 언제라도 누가 나타날 것만 같다. 루추는 담요를 덮고 침대에 웅크리고 있었다. 팔꿈치로 상반신을 받치고 대학 때 기말고사를 준비하던 열정으로 독서와 필기에 열중하고 있었다.

앞에 놓인 베개 위에는 두 권의 노트가 있었다. 한 권은 라벨도 떼지 않은 새것이고 다른 한 권은 오늘 친사부로부터 빌려온 것이다. 안에는 아름다운 만년필 글씨체로 빼곡히 적혀 있었다. 페이지마다 오른쪽 위에는 날짜 외에 절기도 적혀 있었다. 친사부의 말에 따르면 기후도 복원과정에 영향을 미치는 중요한 요소라고 한다.

오늘 퇴근 후 그녀는 복원실에 남아 친사부와 거의 한 시간 동안 이야기를 나눴다. 회사 문을 나설 때 클라우드에 작업일지를 쓰던 습관을 버리고 노트에 손으로 기록하기로 결심했다. 집으로 돌아오는 길에 슈퍼마켓에서 노트를 사왔다. 저녁식사를 끝내자마자 쓰기 시작했다. 처음에는 적응이 되지 않아서 글씨를 쓸 때 필획이 생각나지 않았다. 걸핏하면 인터넷에서 사전을 찾아야 했다. 한밤중이 되자 점점 적응이 되었다. 글씨도 잘 써지고 생각도 정리가 되었다.

그녀가 잠시 사전을 찾고 있을 때였다. 창문 커튼이 살짝 들리는가 싶더니 검은 장검이 유유히 그 틈 사이로 들어와 소리 없이 벽의 가장자리로 갔다. 다음 순간 샤오렌이 그녀 침대 발치에 갑자기 모습을 나타냈다. 그는 긴 바지 하나만 입고 손에는 셔츠를 들고 있었다. 그는 루추를 등지고 빠르게 셔츠를 입었다. 손은 단추에 올려놓고 끼울 준비를 하고 있었다. 등 뒤가 서늘해지며 갑자기 뒤를 돌아보니 루추가 담요를 안고 두 눈을 크게 뜨고 바라보고 있었다.

샤오렌이 민망한 얼굴로 설명했다.

"당신을 깨우지 않으려고……."

"깨우지 않았어요. 아직 자기 전인 걸요."

루추가 고개를 갸우뚱하며 그를 위아래로 살펴보았다.

"내 앞에서 변신하는 모습을 보여준 게 이번이 두 번째군요."

첫 번째는 반년 전 샤오렌이 평랑의 기습에 부상당한 본체를 복원했을 때 그의 비밀을 털어놓은 날이다. 그때를 생각하자 루추는 달콤함이 몰려왔다. 그녀의 기분이 얼굴에 그대로 드러났다. 샤오렌이 잠자코 있다가 시선을 창밖으로 돌리며 어색하게 말했다.

"필요한 때가 아니면 사람들 앞에서 모습을 바꾸지 않아요."

유심히 들었다면 그의 말투가 평소와 다르게 침울하다는 것을 발견했을 것이다. 그러나 루추는 여전히 달콤함에 빠져 있어서 이를 눈치채지 못했다.

그녀는 명랑하게 말했다.

"나는 사부의 기록을 정리하고 있었어요. 참! 한 가지 중요한 일을 말해 줄게요."

"나도 알려줄 말이 있어요."

샤오렌이 이렇게 말하며 "먼저 말해요."라고 했다.

그의 셔츠는 아직도 열려 있었고 옅은 갈색피부가 달빛아래 드러났다. 아름다운 복근 윤곽도 분명하게 보였다. 루추는 갑자기 얼굴이 달아오르는 것을 느끼며 시선을 아래로 두고 작은 소리로 물었다.

"처음 깨어날 때……, 그러니까 인간의 모습으로 화했을 때도 옷을 입지 않은 상태였나요?"

"그래요. 우리는 사람들과 달라서 이 세상에 올 때 알몸 상태랍니다."

그의 목소리가 잠겨 있었다. 루추는 잠시 안절부절하다가 서둘러 정신을 붙잡고는 물었다.

"하지만 지금 옷 입는 속도가 마치 마술처럼 빨라요. 아! 알겠다. 인간의 모습으로 화하는 순간 바로 바지 속으로 들어가는 거네요. 맞죠?"

정답을 맞춘 그녀가 흥분하여 그의 대답을 기다렸다. 두 사람의 시선이 마주치자 샤오렌의 표정이 어느새 온화해졌다. 그가 고개를 끄덕이며 대답했다.

"연습한 거예요. 처음 몇 년 동안은 그것 때문에 늘 허둥지둥했죠. 지금은 옷이 있는 위치를 봐두고 그곳으로 가서 변하는 순간 입을 수 있게 되었어요."

과연 자신의 짐작이 맞았다며 루추는 눈을 깜박이더니 재차 물었다.

"그래서 당신이 내 방에 옷을 가져다 둔 거였군요?"

샤오렌이 또 고개를 끄덕이며 약간은 민망한 듯이 말했다.

"만일의 경우를 대비해서……. 당신이 민망할까 봐 그런 거예요."

"난 괜찮아요. 사실 처음 당신이 변신하는 모습을 봤을 때 물어보고 싶었어요. 하지만 그때는 너무 많은 일이 있었고 그후에도 너무 많은 일이 벌어지는 바람에 계속 미뤄둔 거죠. 미루는 병은 인생을 망친다니까요……."

루추는 여기까지 말하고는 자신이 쓸데없는 소리를 하고 있다는 게 느껴져 입을 다물었다. 부끄러우면서도 기분 좋게 그의 손을 잡아끌었다.

"이리 와서 노트 같이 읽어볼래요?"

샤오렌은 잠시 머뭇거리다가 체념한 듯 그녀의 손을 잡았다.

"조심해요. 내 손이 아주 차가우니까요."

"알고 있어요."

루추가 완전히 상관없다는 표정으로 그와 손가락 깍지를 꼈다.

"오늘 친사부에게 반년 동안 절대 전승에 들어가지 않겠다고 맹세했어요. 그러니 안심해요."

그녀가 잠시 말을 멈추고는 물었다.

"반년이에요. 반년만 지나면 우리 함께 금제를 풀기 위해 노력해 봐요. 알았죠?"

그녀의 두 눈이 반짝거렸다. 바람이 불지 않는 밤에 모든 별이 기쁨으로 반짝이는 듯했다. 그의 갑작스런 방문에 그녀는 조금도 거부감이 없었다.

그녀의 이런 눈빛을 마주하는 샤오렌의 머릿속이 순간 하얘졌다. 정신을 차리고 나니 이미 그녀의 작은 손을 꼭 잡고 침대 위로 뛰어든 후였다. 제어력을 잃은 건가? 그가 화들짝 놀랐다. 눈동자에는 어느새 두 개의 푸른 불꽃이 살아나고 있었다. 루추는 같은 자세를 유지한 채 그에게 기대 호기심 어린 눈으로 그를 바라보았다. 조금의 경계심도 없었으며 방비하는 마음도 없었다. 이렇게 지낼 수는 없는 노릇이다. 샤오렌이 마음을 가다듬자 푸른 불꽃도 사그라들었다. 그가 루추를 바라보며 흔들림 없이 말했다.

"다시 말해 봐요."

예상치 못한 반응에 루추는 그의 손을 흔들며 물었다.

"기쁘지 않아요?"

"그럴 리가 있나요? 당신이 위험에서 벗어나서 너무 기뻐요."

얼굴에는 기쁜 표정이 보이지 않았지만 한 번도 거짓말을 하지 않았던 샤오렌이었기에 루추는 마음이 놓였다.

"맞다! 방금 전에 할 말 있다고 하지 않았어요?"

"저기⋯⋯."

오랫동안 준비한 대사가 갑자기 한 마디도 나오지 않았다. 샤오렌은 한참 만에 겨우 입을 뗐다.

"거실의 그림 말인데요. 딩딩누나가⋯⋯ 잘못 준 거예요."

그가 입을 떼기 어려워하는 모습이 이미 루추의 눈에 포착되었는데 뜻밖의 해명을 한 것이다. 그녀는 샤오렌의 고향 거실 벽에 걸려 있던 국보급 작품들을 떠올리며 경악했다. 자신에게 선물한 산수화는 화법이 정교하고 세밀하여 대가의 풍모가 엿보였는데, 그렇다면 지난 몇 달 동안 자신의 아파트 벽에 걸려 있던 그림이 마원(馬遠)이 낙관 찍는 걸 잊었다는 작품이란 말인가?

그녀가 샤오렌을 밀치며 말했다.

"그럼 어서 가져다 딩딩언니께 돌려드려요."

말은 자신이 꺼내놓고 루추가 이렇게 말하는 것을 들으니 샤오렌의 가슴이 어느새 쓰려왔다. 그는 알았다고 해놓고 이렇게 물었다.

"내가 다른 그림을 가져다줄게요. 어떤 그림 좋아해요? 산구, 화조, 아니면 명 선종(明宣宗)이 그린 고양이?"

샤오렌이 정말 귀중한 그림을 가져올까 봐 걱정된 루추가 얼른 고개를 저었다.

"사실 벽에 그림을 걸지 않아도 좋아요. 우리 고향 집 가봤죠? 벽에 아무런 그림도 없이 전부 사진이잖아요. 유치원 때부터 대학 졸업사진까지 다 걸려 있어요. 게다가 몇 년에 한 번씩 가족사진을 찍어서 걸어두죠. 어느 해인가는 황상에게 옷을 입혀서 함께 찍었어요. 본 기억이 나죠?"

레이스 치마를 입고 불만스러운 표정으로 사진이 찍힌 고양이, 그리고 유치원 제복에 학사모 차림으로 앞니 두 개가 빠진 채 웃고 있는 루추의 사진이 생각나서 샤오렌은 어느새 웃음이 나왔다.

"영원히 잊지 못할 거예요."

샤오렌이 재미있어 한다고 생각한 루추가 입을 삐죽거리며 진지하게 설명했다.

"그건 다 아버지 아이디어예요. 예술품은 눈에 드는 건 살 형편이 안 되고 싼 건 눈에 안든다고 하셨어요. 그러느니 가족사진을 걸어두면 보기도 좋다고……. 무슨 일이에요?"

샤오렌이 갑자기 그녀를 품에 꼭 안았다.

"아무 일도 아니에요. 가족사진이 좋죠. 이런 사진도 찍으면 좋고요."

그가 팔의 힘을 풀며 갑자기 명랑한 표정으로 그녀의 눈을 한참동안 응시했다. 뚫어지게 보는 것이 그녀의 모습을 가슴속에 새기려는 모습이었다.

루추는 그의 마지막 말을 이해하지 못해서 고개를 들고 물었다.

"어떤 사진요?"

"아무것도 아니에요. 먼저 자요. 난 당신과 있다가 잠시 후에 그림을 가지러 갈게요."

그가 부드러운 음성으로 말했다.

여기 있겠다고? 그녀의 옆에 누워서? 남자친구가 된 지 몇 달이

나 되었지만 이렇게 다정한 제의를 한 것은 이번이 처음이었다. 루추는 갈피를 잡지 못하여 입술을 깨물었다. 원치 않은 것이 아니었지만 어떤 반응을 보여야 할지 몰랐다. 대답을 못하겠으면 하지 않으면 될 일이다. 그녀는 몸 전체를 담요 안에 밀어넣고 그를 바라보았다. 얼굴은 베개에 깊이 묻고 불분명하게 말했다.

"그럼 먼저 잘게요."

"잘 자요."

샤오렌도 누워서 팔을 뻗어 그녀를 품에 안았다. 두 사람이 밀착되어 있으니 루추는 자신의 심장이 너무 심하게 뛰는 것을 느꼈다. 그에게 분명히 들릴 것이다. 어떤 생각을 할까? 왜 오늘은 유난히 적극적이면서도 위축되는 모순적 분위기를 보이는지 알 수 없었다. 루추는 갑자기 두려움이 몰려왔다. 그녀는 살며시 눈을 떴다. 샤오렌이 두 눈을 감고 있는 모습이 보였다. 그의 짙고 긴 속눈썹이 가늘게 떨리다 멈췄다. 나비가 살며시 꽃잎에 내려앉은 모습을 연상시켰다. 그의 호흡이 길게 이어지는 것이 마치 찬바람이 그녀의 얼굴을 스치는 듯했다.

"샤오렌!"

그녀가 낮게 그를 불렀다. 그는 눈을 뜨지 않고 그녀를 좀 더 세게 껴안았다.

"네."

"당신 금세 떠나버리는 건 아니죠?"

"안 그럴 거예요."

그가 차가운 입술을 그녀의 입술에 살짝 댔다 떼며 말했다.

"난 영원히 떠나지 않을 거예요."

그가 할 것 같지 않았던 말이지만 그녀가 듣고 싶은 말이었다. 루추는 자기 귀를 의심하고 자기도 모르게 그에게 바짝 붙었다.

"정말이에요?"

"진심이에요."

샤오렌이 자세를 약간 바꾸며 루추를 자신의 품에 안정적으로 밀착시키더니 물었다.

"이번 달 말이 당신 생일인데 특별히 받고 싶은 선물 있어요?"

"고양이 통조림 두 개?"

그가 가볍게 웃으며 말했다.

"이미 작은 선물을 생각해뒀어요. 설계도를 계속 수정하는 중이라 그때까지 맞출 수 있을지 모르겠네요."

루추는 자신이 뭐라고 대답했는지 기억나지 않았다. 그저 행복한 기분으로 서서히 꿈결로 빠져들었을 뿐이다.

다음 날 아침 루추가 잠에서 깼을 때 샤오렌의 모습은 이미 보이지 않았다. 그림도 사라졌다. 루추가 1층 거실로 내려가니 차오바가 텅빈 벽을 향해 짖고 있었다. 마치 뭘 일러바치기라도 하는 모습이었다. 그녀는 차오바를 달래주고 고양이 통조림을 들고 왔다. 원터치 캔을 따는 순간 방심하다가 날카로운 모서리에 손을 베었다. 손가락에서 피가 뚝뚝 떨어졌다.

정말 이상한 일이다. 어젯밤 악몽을 꾸지 않았는데 왜 이렇게 심란한지 알 수 없었다. 차오바가 발밑에서 계속 보채는 통에 루추는 정신을 가다듬고 통조림을 고양이 밥그릇에 쏟아주었다. 그리고는 의논하는 투로 물었다.

"벽에다 고양이 스크래처를 걸어두는 게 어때?"

차오바가 그녀를 무시하듯 쳐다보고는 고개를 박고 먹이만 열심히 먹었다. 루추는 서둘러 출근 준비를 하고 문을 나섰다.

친사부는 그녀보다 한 시간쯤 늦게 복원실에 나타났다. 그는 루추가 어젯밤 완성한 필기를 들쳐보더니 몇 군데를 지적해 주고 다시 나갔다. 사부를 모신 첫날 루추는 오전 내내 거울 닦는 것과 작업일지 쓰는 연습만 했다.

점심시간이 되자 친사부가 복원실로 돌아왔다. 쫭사부가 쉬팡과 쌍비신을 대동하고 문을 두드렸다. 5명의 복원사팀은 함께 식당으로 향했다. 식사하는 동안에는 쫭사부가 쌍비신을 칭찬하는 얘기를 했고, 친사부 역시 그 말을 받아 루추를 칭찬했다. 처음 보았을 때 자신에게 위엄을 보이던 친사부가 다른 사람에게는 부드럽다는 사실을 알았다. 동시에 음식에도 꽤 까다로웠다. 루추는 식당의 음식이 그 정도면 괜찮다고 생각했지만 친사부는 적지 않은 문제를 지적했다. 그리고 기회가 되면 다 함께 밖에서 맛있는 음식을 먹자고 했다. 그는 시내의 유명한 음식점을 알고 있는데, 셰프 솜씨가 특히 가정식을 거의 국빈 만찬 수준으로 내놓는다고 했다.

"친사부가 사시는 거죠?"

쫭사부가 이때다 하고 못을 박았다.

"그럼요. 술이나 줄이시죠. 위도 안 좋다면서."

친사부도 이렇게 쏘아붙였다.

쾅사부는 고서화 표구 전문가 출신이었다. 고서화의 복원은 살얼음 위를 걷는 작업이어서 손끝을 조금만 삐끗해도 천년의 명작을 훼손할 수 있기에 스트레스가 무척 심했다. 위장병은 모든 고서화 복원사가 달고 사는 직업병이다. 말은 쏘아붙였지만 친사부는 쾅사부와 돈독한 우정을 드러냈다.

식사 후 친사부가 혼자 14층으로 가더니 다리가 3개 달린 청동 작(爵) 하나를 들고 왔다. 그는 작을 조심스럽게 탁자 위에 놓은 후 루추에게 말했다.

"앞으로 한 달 동안은 이 청동 작을 연마하도록 해라."

작의 가장자리에는 갈고리 모양의 작은 기둥 하나가 달려 있었고, 배 부분에는 단순한 동물 얼굴 문양이 있었다. 선이 날렵하고 형태는 순박했다.

루추가 고개를 갸웃하고 한참을 살핀 후 물었다.

"이 작은 어느 시대에 제작한 건가요?"

"한번 맞춰 봐."

"형태와 문양으로 보면 상나라 전기로 판단됩니다. 다만······."

루추도 뭔가 이상하다는 느낌을 뭐라고 표현해야 할지 몰랐다. 그녀는 잠시 머뭇거리다가 대답했다.

"너무 단정해요."

하나라와 상나라의 청동기에는 야성미가 있었다. 많지는 않지만 그녀도 체험한 적이 있었다. 친사부가 웃으며 말했다.

"잘 봤네. 이것은 송 휘종(徽宗)의 지시로 만든 방품(仿品)이야. 기술은 충분한데 운치가 부족하지."

그가 송대에 하상주 3대 청동기의 방제 역사를 설명했다. 루추는 설명을 들으면서 열심히 노트를 꺼내 '3월 20일 춘분: 송나라의 고대 작 방품을 연마하다.'라고 적었다.

비록 방품이지만 '작'은 참고가치가 충분했다. 루추는 자신의 노트에 추가했다. '자료를 찾아볼 것.《선화박고도宣和博古圖》'

잘 쓰는 글씨는 아니었지만 반듯하여 알아보기 쉽게 썼다. 글씨가 그 사람을 말해 준다고 한다. 친사부는 뜻밖이라는 듯 바라보더니 물었다.

"자네도《선화박고도》를 알아?"

이는 송 휘종이 직접 수집하여 북송 황실이 소장한 상대부터 당나라까지의 청동기 총 839점을 수록한 것이다. 모든 작품마다 청동기의 그림을 그리고 명문(銘文)을 기록하고 해석했으며, 크기와 용량, 무게 등을 기록했다. 또한 역사와 전설을 첨부하여 고증을 매우 정확하게 한 고대 금석학(金石學)의 중요한 저서다.

루추는 어색하게 고개를 끄덕이며 대답했다.

"아직 다 읽지는 못했어요. 하지만 전승 안에서 관청에서 대규모로 청동기를 방제한 공장을 본 적이 있는데 가히 장관이었습니다. 고증에 신경을 많이 써서 황제부터 학자, 장인에 이르기까지 조금도 소홀함이 없었어요. 하지만 그들은 왜 그렇게 공을 들여서 하상주 3대의 청동기를 방제했을까요?"

친사부는 그 말에는 대답하지 않고 그녀를 바라보며 담담히 말했다.

"훌륭하군. 전승이 자신의 입신양명의 근본임을 기억하고 화형자 녀석에게 홀려서 정신을 빼놓지 않았으니 말이야."

친사부가 자신을 가장 못마땅하게 생각하는 부분이 바로 이것이었음을 루추는 깨달았다. 샤오롄이 잘생긴 건 사실이지만, 사람을 홀리는 것과는 거리가 멀다. 사부는 그를 어떻게 저렇게 매력적인 요물로 표현할 수 있을까? 루추는 묻고 싶었지만 입이 떨어지지 않았다. 친사부도 더는 언급하지 않고 그녀에게 작을 작업대 중앙에 옮겨놓게 한 다음 연마하는 방법을 지도해 주었다.

오후 3시가 되자 루추는 연마 작업에 본격적으로 진입했다. 기계식 틀을 사용하지 않고 작은 줄과 사포, 목탄만으로 진행하는 완전한 수작업이었다. 한동안 기본 공력을 다지는 데 소홀히 하였더니 그녀는 한참을 헤맨 후에야 제대로 된 작업태세에 들어갈 수 있었다. 두 시간을 연마하고 나니 퇴근시간이 가까워졌다. 루추는 허리를 펴고 책상 위를 정리하려고 할 때 복원실의 전화벨이 갑자기 울렸다.

그녀가 전화를 받자 두창펑이 물었다.

"루추 씨? 지금 시간 돼요?"

평소 업무를 직접 지시하는 두창펑이 이렇게 묻는 일은 드물었다. 루추가 시간이 있다고 하자 두창펑이 말했다.

"그럼 내 사무실로 좀 와요. 긴히 할 이야기가 있어요."

"알았습니다. 정리해 놓고 바로 갈게요."

종일 바쁘게 일하느라 루추는 상당히 피곤했다. 5시 35분에 그녀는 주임의 사무실 책상 앞에 서 있었다. 겉으로는 정신을 집중하고 있었지만 마음은 이미 회사를 떠나 저녁식사로 뭘 먹을까 궁리하는 중이었다. 두창평은 먼저 친사부와 일하는 것이 어떠냐고 물으면서 그의 질책에 너무 마음 두지 말라며, 천천히 하다보면 적응될 거라고 격려해 주었다. 이어서 목청을 가다듬더니 매우 부자연스러운 말투로 입을 열었다.

"셋째가 회사를 그만뒀어요."

머리에서 갑자기 울리는 소리가 들리고 손발이 차가워졌다. 루추는 어지러워서 머리를 잡고 자신이 잘못 들었나 의심했다. 아니면 두 주임이 잘못 알고 있는 것은 아닐까 의심했다. 하지만 결국 그 말은 사실이었다. 두창평은 서랍에서 봉투 하나를 꺼내 책상 위에 놓고는 그녀에게 밀어놓았다.

"어젯밤에 이걸 놓고 갔어요. 딩딩이 쓰러져서 정신없이 보내다가 오늘 사무실로 돌아와서야 발견했어요."

루추가 뻣뻣하게 손을 내밀어 사직서를 들었다. 그 위에는 '개인 사정으로 오늘부터 현직을 사퇴하겠다.'는 내용과 함께 붓글씨로 '샤오렌'이라는 이름이 적혀 있었다. 날렵하고 힘 있는 글씨체는 틀림없이 그의 것이었다. 루추는 눈앞이 갑자기 흐려져서 똑바로 서 있으려고 애를 썼다. 그리고는 사직서를 가리키며 말했다.

"개인사정이라는 게 어떤 거죠?"

"오래된 문제에요. 그의 초능력 회복이 너무 빨라서 그걸 제어하지 못할까 봐 걱정하는 겁니다."

두창평의 말투는 평소와 약간 달랐다. 그는 진실을 말하고 있지 않았던 것이다. 루추는 그 점을 눈치챘지만, 진상이 뭔지는 중요하지 않았다. 그녀가 관심을 두는 일은 따로 있었다.

"회사를 그만두고 어디로 간다는 거죠?"

그녀의 목소리가 떨렸다. 자신의 입에서 나온 것이 아닌 듯 그 소리가 상당히 낯설게 들렸다.

"외국으로 갑니다."

두창펑의 눈도 흔들렸다.

"그동안 런던의 크리스티스(CHRISTIE'S)에서 일하는 걸 고려하고 있었어요."

"맞아요. 전에도 그런 말을 한 적이 있어요."

루추가 말하면서 무의식적으로 반걸음 물러났다. 눈의 초점을 맞추려고 애를 쓰며 두창펑을 바라보았다.

"그러면……. 이미 떠났나요?"

"아마 그랬을 거예요."

그러니까 모든 것을 자기 혼자 결정하고 그녀에게는 통보만 하고 있었다. 울고 싶으면서도 냉소가 나오려는 심정으로 루추의 표정이 이지러졌다. 두창펑이 그녀를 보면서 각별히 배려하는 목소리로 말했다.

"내일 휴가를 내고 좀 쉴래요?"

"괜찮아요."

그녀가 즉시 반응했다.

"할 일이 너무 많아서 휴가 낼 틈이 없어요."

그녀가 급히 말하느라 숨이 거칠어졌지만 자신은 느끼지 못했다.

"알았어요. 그럼 가보세요."

두창평의 말이 끝나자 루추는 거칠게 고개를 끄덕이고 몸을 돌렸다. 그러나 문까지 가서는 다시 돌아보며 물었다.

"언제쯤 돌아온다는 말은 없었나요?"

"안 했어요. 우리는 평소 서로 행적에 대해 묻지 않거든요."

두창평이 온화하게 대답했다.

"물론…… 물론 그러시겠죠."

루추가 두서없이 중얼거렸다.

"방해해서 죄송합니다."

그녀가 허리를 깊이 숙여 인사를 하고 몸을 돌렸다. 그러나 두 걸음도 못가 왼쪽 발이 오른쪽 발에 걸려 넘어질 뻔했다. 다행히 재빨리 벽을 잡았기에 바닥으로 넘어지지는 않았다. 그러나 몸을 일으킨 후 걷는 그녀의 모습은 정상이 아니었다. 균형을 잃고 비틀거리며, 하나하나의 동작은 방향을 분별하지 못하고 제멋대로 움직였다.

두창평이 그녀의 모습을 눈으로만 전송한 후 의자에 기대 다리를 꼬고 앉아 말했다.

"이제 갔으니 어서 문을 닫아라."

말이 떨어지자마자 옷장 문이 덜컹 열리며 검은 장검 한 자루가 허공으로 날아왔다. 검은 순식간에 사람의 모습으로 변하더니 두 다리를 옷장 앞의 바닥에 안정적으로 착지했다. 샤오롄이 서랍에서 티셔츠를 꺼내 입고 문을 걸어 잠갔다. 그리고는 소파에 앉아 낮은 소리로 말했다.

"고마워요, 두 형."

"별말을 다 하네."

두창평이 서랍을 열고 안에 있는 연필 소묘를 바라보다가 말했다.

"아무래도 직접 루추에게 이 그림을 보여줘야 할 것 같아. 피할 수만은 없잖아?"

"그런 다음에는요? 날마다 죽느니만 못한 어둠속에서 살게 하려고요?"

샤오롄이 잠긴 목소리로 물었다.

"너와 있겠다고 고집할 때는 그런 위험은 감수해야…… 알았어. 말 안할게."

샤오롄의 눈에 불꽃이 이는 모습을 본 두창평이 서둘러 입을 다물었다. 그가 잠시 생각하다가 입을 열었다.

"한광의 추측대로 네가 본체 검을 이용해 루추를 살해한다는 사건이 현실에서 발생하지 않고 전승에서만 발생한다면, 그 그림은 이미 발생한 적이 있는 사실이 아닐까?"

"그럴지도 모르죠. 형님은 루추가 악몽을 계속 꾸는 것이 이 장면이 아닐까 의심해요? 만약 꿈에서 기억하지 못한다면 그때마다 살해당하는 장면을 처음으로 당하는 걸 테니 예견의 그림에도 부합하는 거죠."

샤오롄이 잠시 말을 멈췄다가 무거운 목소리로 말했다.

"그래서 내가 더욱 떠나야 해요."

이렇게 갑작스럽게 떠나야 그 충격과 아픔에 그녀가 금제를 풀 생각을 빠르게 단념할 것이다. 세월이 흘러 그녀의 마음에 그의 존재가 조금씩 옅어진 후 전승에 다시 들어간다고 해도 위협을 받지는 않을 것이다.

두창평은 그의 생각에 동의하지 않았다.

"네가 남든 가든 그건 네가 결정할 일이야. 하지만 금제, 그리고 전승에 관련된 모든 일에 대해서는 솔직히 말하는 게 좋아. 루추는 전승자이니 모든 걸 알 자격이 있어. 우리의 추측까지 포함해서 말이야. 친사부도 전승에서 신중하게만 행동하면 목숨을 보전하는 것이 어렵지 않다고 했잖아."

"최씨는 일반적인 복원사가 아니에요."

샤오렌이 무거운 목소리로 말했다.

"루추 씨도 마찬가지야."

두창평이 손가락을 바꿔가며 책상을 두드리면서 목소리를 낮춰 말했다.

"천부적인 재능끼리 싸우면 승부는 미지수야."

"그래서 우리가 그녀의 목숨으로 도박을 하고 딩딩누나의 복원 확률을 놓고 도박을 하는 건가요?"

샤오렌의 말에 두창평이 책상을 두드리던 손을 멈췄다. 한참을 묵묵히 있던 그가 쓴웃음을 지으며 말했다.

"이길 수 없지."

"그러니까 원래 계획대로 해요. 소극적이지만 최소한 안전하니까요."

샤오렌이 단호하게 말했다.

"상대적으로 안전할 뿐이야."

두창펑이 서랍을 닫고 이마를 찌푸리더니 한참 후에 입을 열었다.

"이상해. 딩딩이 전승을 예견한 것을 한 번도 본적이 없어. 혹시 우리가 잘못 생각하는 것이 아닐까?"

샤오롄의 얼굴이 갑자기 창백해지며 눈빛은 오히려 날카로워졌다.

"착각한 거라면 그 그림이 장차 현실에서 발생할 거라는 얘기군요."

"정말 그렇다면……. 두 형, 그때 가서 나를 긴 잠에 들게 할 수 있어요?"

다시 밤이 찾아왔다. 루추는 침대에 누워 있었다. 잠이 오지 않았지만 이미 악몽을 꾸고 있는 것 같았다. 이번에는 다시는 깨지 못할 것만 같은 악몽이었다. '그래, 이건 꿈일 뿐이야. 현실일 리가 없어.'

천장 위에서 갑자기 발자국 소리가 들렸다. 루추는 벌떡 일어나 겉옷을 걸칠 틈도 없이 3층으로 올라갔다. 아무도 보이지 않았지만 루추는 샤오롄 집으로 미친 듯이 뛰어가 그 앞에서 멈췄다. 손이 갑자기 심하게 떨리고 있었지만 그런 것을 따질 때가 아니었다. 그녀는 마음을 굳게 먹고 문을 세게 두드렸다. 1~2분 후 이번에는 문에 대고 불러보았다.

"샤오렌?"

아무도 대답하지 않았다. 그녀는 목소리를 높여서 한 번 더 불러보았지만 이미 그가 없다는 것을 알고 있었다. 그녀는 샤오렌의 닫힌 문을 본 적이 없었다. 그는 청력이 좋아서 그녀가 위층으로 올라가기도 전에 이미 문을 열고 그녀를 기다리고 있었다. 문 앞에서 한참을 멍하니 있다가 비로소 자신의 집으로 돌아왔다. 온몸을 움츠리고는 양모이불 안에 고개를 파묻었다. 그녀는 울지 않았으며 꿈도 꾸지 않았다. 눈을 감고 잠이 들지 못한 채 날이 밝았다. 이튿날 아침. 샤오렌은 돌아오지 않았고, 핸드폰도 여전히 꺼진 채였다.

루추는 자신에게 아무것도 생각하지 말자고 다짐했다. 기계적으로 종일 연마작업을 하며 보냈다. 저녁에는 도시락을 사들고 집으로 돌아가 재미없는 예능 프로그램을 보면서 식사를 했다. 차오바를 안고 침대에 앉아 늦은 밤까지 기다렸다.

언젠가는 그가 자신을 떠나리라는 것을 알고 있었다. 그러나 갑자기 이런 방식으로 떠나리라고는 예상치 못했다. 한 마디 작별인사도 없이 말이다. 3일째 되는 날, 상황이 반전되었다. 그녀가 생각해 보니 그를 미워하는 것 같았다. 4일째 되는 날 아침에 집을 나서기 전, 이건 현실이 아니라고 자신을 진정시켰다. 저녁에 돌아와서는 인터넷에 접속해 기억을 삭제해 주는 뇌수술이 있는지 검색해 보았다.

그녀는 그를 잊으려는 것이다.

매일매일 기분이 아픔과 분노 사이를 오갔다. 마음은 점점 황폐하고 차가워졌다. 주말은 루추의 생일이었다. 창밍과 저우쓰위안이 자무와 함께 케이크를 사들고 그녀의 생일 파티를 해주기로 했다. 쌍비신, 쏭웨란과 쉬팡도 수제 연유샌드를 들고 방문하기로 했다. 양 팀은 거의 동시에 도착했고 작은 아파트 안은 사람들로 가득 찼다. 소파에 앉을 자리가 부족해서 사람들은 주방에서 의자와 등받이 없는 걸상을 가져와 앉았으며, 냉장고에서 사이다를 꺼내와 고양이를 돌아가며 안고 있기도 했다. 누군가는 자기 차례가 빨리 안 온다며, 한 사람이 너무 오랫동안 고양이를 차지한다고 불만을 터뜨리기도 했다. 다 같이 생일축하 노래를 부르고 떠들썩한 분위기에서 루추에게 소원을 빌고 촛불을 끄라고 말했다.

그 순간 위층에서 조율 안 된 음이 두세 개 들렸다. 루추는 맨발로 문을 뛰쳐나갔다. 그녀는 샤오렌의 아파트 열쇠를 가지고 있었지만 사용한 적은 없었다. 스물네 번째 생일날 처음 사용하게 된 것이다. 루추가 떨리는 손으로 열쇠를 꽂으려고 시도했고, 두세 번만에 겨우 성공하여 문을 열었다. 내부는 먼지가 쌓이는 것을 막기 위해 소파에 천을 덮어놓았다. 그녀가 비틀거리며 계단을 올라가 침실로 들어서자 내부는 텅 비어 있었다. 클라리넷 케이스와 악보는 보이지 않았으며, 손 가는 대로 아무렇게나 벗어놓은 코트도 없었다. 남은 거라고는 침대 하나뿐이었다.

하지만 방금 틀림없이 클라리넷 소리를 들었다. 루추가 입술을 떨며 그를 불렀다.

"샤오롄?"

그녀의 목소리가 텅 빈 집안에 울려 메아리로 돌아왔다. 그녀가 입을 크게 벌리고 더 큰 소리로 외쳤다.

"샤오롄!"

그가 다쳐서 소리를 듣고도 대답을 못하는 것이 아닐까? 그녀는 옷장을 열고 찾아보고 아래층으로 내려가 소파의 먼지덮개까지 들쳐보았다. 주방의 모든 서랍을 열고 장검이 들어 있을 만한 장소는 구석구석 뒤졌다. 위층과 아래층을 두 번 오갔으나 아무 소득이 없자 루추는 바닥에 꿇어앉아서 침대 밑을 들여다보았다. 가슴에 극심한 통증이 느껴지며 숨이 쉬어지지 않았다.

그녀는 뭐라도 해서 통증을 물리쳐야 했다. 그래! 이건 꿈이야. 꿈은 어쨌든 기억을 못하니까 현실까지는 넘보지 못할 거라고 생각했다. 그녀는 꿇어앉은 자세로 눈을 감고 금제를 생각하고 그를 생각했다.

가슴의 통증이 극에 달하여 오히려 무감각해졌다. 모르면 느끼지 못한다. 마치 심연에 빠져들 듯 그녀는 발버둥치는 것을 포기하고 어둠에 몸을 맡기고 계속 아래로 빠져들었다. 머리가 잠길 때까지 계속 빠져들었다.

친구들이 그녀를 찾으러 샤오롄의 아파트로 왔을 때 그녀는 이미 혼수상태에 빠져 있었다. 의사는 장기적인 수면부족으로 초래된 결과라며 링거를 맞아 수분을 보충하면 나아질 거라고 했다. 입원치료까지는 필요 없다고 했다.

4월 5일 청명

방정(方鼎) 조각 16개를 세척함. 변형이 심각하다. 두 조각은 모래와 녹으로 덮여 있어서 형태를 분간하기 어렵다. 다른 부위는 보존이 양호하다.

송 휘종의 소장품이다. 그는 고대 청동기 방제에 관심이 많은 황제로, 수도 개봉을 고대 청동기 방제 기지로 삼았다. 사부님은 복원을 마치면 나와 함께 이와 똑같은 모양의 방정을 방제할 예정이라고 말씀하였다. 바닥 부분에는 '개봉우령조(開封雨令造, 개봉 위링 제작)'라고 새겨 기념품으로 삼을 것이다.

그 자리에서 수금체(瘦金體, 송 휘종의 글씨체이면서 가늘고 힘찬 글씨로, 여기서는 샤오렌의 글씨체이기도 함-역주)가 연상되었다. 나쁜 습관이다. 어서 고쳐야 한다. 하지만 울지 않았으니 많이 발전했다.

4월 20일 곡우

파편 조각 표면의 흙을 제거했다. 그중 하나를 너무 과도하게 세척하다가 사부님께 혼났다. 주의력을 집중해야 한다. 잊는 법을 배워야 한다. 빠를수록 좋다.

5월 5일 입하

형주정 복원계획이 정식으로 출범했다. 주임은 여러 대의 컴퓨터를 연결하여 캡처한 후 3D 모델링을 했다. 스테레오 투영 기법으로 데이터를 분석했다. 이번에는 모처럼 내가 사부님께 조작법을 가르쳐드렸다. 사부님은 AI가 복원사의 일을 대체할 수 있을지 물으셨다.

대체한다면 그것도 괜찮을 것 같다. AI는 마음 아플 일이 없으니까 화형자와 지내는 데 적합하다.

6월 5일 망종

3D 모델링이 완성되었다. 대부분 구역은 판금기법으로 처리할 수 있다. 그러나 귀 부분의 부식이 너무 심각하고 태벽(胎壁)도 너무 두꺼우며 확장성과 탄성이 모두 떨어진다. 그래서 평가 후 우리는 줄로 떼어내어 분석한 후 다시 용접하여 붙이기로 했다.

이 공법이 성공한다면 형주정의 손상에 대해서는 70퍼센트 정도 분석이 끝난 것이다. 주임이 이 과정을 중시하기에 나는 전 과정을 옆에서 묵묵히 지켜보았다.

8월 7일 입추

컴퓨터 시뮬레이션 결과 복원 성공의 관건은 줄로 떼어내는 위치에 있다. 다음 단계에 접어들면서 주임이 한턱을 냈다. 예산은 무한대이니 마음껏 주문하라고 했다. 궈예이에 새로 온 메인 셰프의 솜씨는 훌륭하다. 특히 후식과 다과가 맛있다. 장썬은 한 번에

10개의 접시를 들고 서빙을 한다. 그가 미국에 있을 때 차이나타운에서 배운 솜씨라고 한다. 벤중이 보더니 서커스단 같다며 호텔의 품격을 떨어뜨린 벌로 보름치 월급을 차감할 거라고 한다. 내가 살아 있는 동안 그가 빚을 다 갚는 날을 볼 수 있을까?

　다들 마음 놓고 술을 마셨고, 끝날 무렵에는 나와 주임, 징충환만 취하지 않았다. 처음으로 알코올 알레르기가 있는 나의 체질이 원망스러웠다. 술을 마시고 취할 수 있는 것도 행복이다. 취하면 시름을 잊을 수 있다.

9
백로에 내리는 서리

시간은 흘러 9월이 되었다. 달력의 어떤 날짜에 빨간 동그라미를 쳐놓았다. 그 위에는 만난 지 1주년이라는 글씨가 쓰여 있었다. 처음 그것을 보았을 때는 짐짓 못 본 척 했으나 그 효과는 얼마 가지 못했다. 보슬비가 내리는 어느 날 아침, 빨간 동그라미를 보는 순간 루추는 그 달의 달력을 과감하게 찢어 구겨서 휴지통에 버렸다.

그녀가 작년 말 달력을 샀을 때 표시해 놓은 것으로, 시간이 되면 어떻게 축하할까 하는 생각을 했더랬다. 이제는 자신을 비웃는 짓이 되어버렸다.

직접 만든 샌드위치를 먹고 나서 루추는 8시 10분에 집을 나섰다. 3월 말의 생일날 그런 일이 있고 나서 그녀는 생활습관을 애써

서 조절했다. 핸드폰에는 알람을 잔뜩 설정해 놓고 매일 시간에 맞춰 일어나고 밥을 먹고 일을 하고 잠을 잤다. 반년 동안 건강에 아무 문제도 일어나지 않았으나 생활은 무미건조하고 따분해졌다. 마치 고인 물과 같은 생활이었다.

이렇게 지내는 것도 괜찮다는 생각이 들었다. 최소한 마음 아프지는 않을 테니 말이다. 다만 어쩌다 한밤중에 깨어나면 다시 잠들기 위해 천장을 바라보고 있으면 이 세상이 정말 존재하는지, 샤오렌은 그녀가 상상해 낸 인물은 아닌지 의심이 들었다. 심하게는 그녀 자신마저 존재하지 않는 것이 아닌지 의심스러웠다.

다행히 이런 상황은 최근 한두 달 사이에 거의 일어나지 않았다. 오늘 아침 루추의 기분은 무척 평온했다. 그녀는 날마다 지나는 길을 따라 1층으로 내려가 우편함을 열었다. 빨간색의 골판지로 만든 긴 상자가 들어 있었다. 안에는 '백년해로'라고 적힌 종이 공예가 들어 있었으며, 그 위를 같은 색으로 엮은 무명끈으로 몇 바퀴 두른 후 묶었다. 끈의 끝에는 기쁠 희를 두 개 붙인 희(囍)자 모양의 금속 장식이 달려 있어 작은 선물처럼 누군가 열어주기를 기다리고 있었다. 루추는 그 종이상자 안에서 원통형으로 말아놓은 크라프트지를 꺼냈다. 종이 윗부분에는 '잉루추 여사 앞'이라는 글씨가 적혀 있고, 결혼식을 알리는 시간과 장소, 신랑과 신부의 이름, 바쁘시겠지만 참석해 달라는 문구가 한 줄씩 차례대로 쓰여 있었다. 말미에는 영원히 이어지는 넝쿨식물 무늬를 손으로 그려 넣었다. 우아하면서도 축하 분위기를 물씬 풍기는 디자인이었다.

한참을 멍하니 있던 루추는 손에 든 것이 청첩장임을 그제야 인식했다. 쫭밍이 저우쓰완과 가을에 결혼해 10월의 신부가 된다는 것이다. 이 세상에 아직도 모험을 하려는 사람들이 있다. 왕자와 공주가 함께 영원히 행복하게 살았다는 전설을 믿는 사람이 있다니 마땅히 축하할 일이다. 축복하는 마음으로 루추는 핸드폰을 들었다. 먼저 쫭밍에게 축하한다는 메시지를 짧게 보냈다. 아무래도 뭔가 더 써야 한다는 생각이 들었지만 시간을 힐끗 보고는 서둘러 아파트 문을 나섰다.

아침 8시 30분 루추가 출근시간에 딱 맞춰 복원실로 들어섰다. 회사 규정에 따라 친사부는 출근 체크를 할 필요도, 심지어 사무실에 매일 올 필요도 없었다. 기한 내에 맡은 임무를 완수하면 그만이었다. 그러나 그의 생활 리듬은 일정했다. 늘 일정한 시간에 복원실에 나타났고 일정한 시간에 퇴근했다. 반년 동안 지내면서 루추도 그의 패턴에 적응이 되었다. 그녀는 먼저 작업일지를 정리하고 어제 마무리하지 못한 작업을 마저 끝냈다. 1시간 후 친사부는 정방형의 비단함이 든 작은 카트를 밀고 들어왔다.

"사부님 오셨습니까?"

그녀가 일어나서 인사를 하고 카트를 제 위치에 가져다 놓았다. 지난 6개월간 유일한 위로가 뭐냐고 묻는다면 연마기술이 마침내 손에 익었다는 걸 들 수 있다. 친사부도 그녀에 대한 편견을 버리고 사제간의 협력이 점점 궤도에 올랐다. 루추는 비록 반년 동안 전승의 땅에 들어가지 않았으나 자신이 현실생활에서 살아 있는 전승을 찾아냈다는 느낌이 들었다. 시야가 넓어졌으며 그전보다 더 깊고 넓게 배울 수 있었다.

친사부가 비단함을 열더니 말했다.

"두 주임의 창고를 뒤져 이걸 찾아냈어. 이걸 좀 봐. 본 적이 있지 않아?"

상자 안에 든 것은 특이한 모양의 삼족정(三足鼎)이었다. 배 부분이 12인분 전기밥솥 크기이며 형상은 약간 평평한 작은 향로 모양이었다. 바닥은 평평하고 허리 부분이 들어갔다. 정의 다리와 귀에는 입체적인 꼬리를 만 기룡(夔龍) 문양이 빼곡히 들어차 있었다. 마치 수백 마리의 뱀이 솥 위로 헤엄쳐 올라가는 듯 날카로운 꼬리가 가시처럼 세로로 서 있어서 손으로 만지면 찔릴 것 같았다. 솥의 내부는 명문이 새겨져 있었으며, 외부는 6줄의 긴 입체 조각으로 둘러져 있었다. 루추는 처음에는 그게 뭔지 알아보지 못했다. 한참을 연구한 끝에 각각의 한 줄은 사실 두 줄의 대형 기룡을 꼬아 놓은 것임을 알았다. 용의 앞발은 솥의 위쪽 가장자리를 붙잡고 있었으며, 뒷발로는 솥의 허리부분을 받치고 있었다. 언뜻 보아도 솥 안을 감시하고 있는 모습이었다. 몇 마리의 용은 혓바닥을 내밀고 있어 솥 안에 익고 있는 미식을 탐하고 있는 모습이었다.

기룡문양은 황실의 상징으로, 이 솥의 내력이 심상치 않음을 짐작할 수 있었다. 음산하고 괴이한 형태는 루추가 과거에 보았던 솥과는 크게 달랐다. 그녀는 자세히 관찰한 후 고개를 들어 솔직히 말했다.

"본 적이 없어요. 이게 어떻게 황실에서 주조한 거죠?"

"송나라에서 하나라 때 주조한 형명정(刑名鼎)을 방제했지. 조사해 보니 오른쪽 귀 부위에 난 상처가 형주정의 상처와 거의 비슷해. 먼저 이 솥으로 복원하면서 기록을 해보자고. 실험에 성공하면 동일한 방식으로 형주정의 복원계획에 적용하면 될 것 같아."

친사부는 여기까지 말하고는 필기하느라 여념이 없는 루추를 힐끗 쳐다보더니 입꼬리가 살짝 올라갔다.

"명심해. 앞으로 화형자의 본체를 복원할 때는 일반적인 청동기를 갖고 먼저 실험을 해야 해. 함부로 작업부터 착수하는 건 금물이야."

"알겠습니다. 여기 기록해 놓았어요."

루추가 기록하면서 물었다.

"부식된 부분의 보조원료 문제는 어떻게 할까요? 일반 청동기용 재료를 딩딩언니의 본체에는 사용할 수 없잖아요?"

"그건 두창핑이 걱정할 문제이니 우린 상관할 일이 아니야."

또 나왔다. 루추가 필기하던 손을 멈췄다. 반년을 함께 일하면서 그녀는 친사부가 유물과 그 배후의 역사문화를 대함에 있어서 열정이 가득 넘친다는 것을 느낄 수 있었다. 하지만 화형자를 대할 때는 그런 열정이 순식간에 사라지고 태도가 바뀌었다. 최선을 다하지 않는 것은 아니지만 감정 없이 냉정하고 객관적으로 대하는 것이 느껴졌다. 루추는 친사부가 그들에게서 상처받은 적이 있을 거라고 의심했다. 그러나 과거의 일은 전혀 언급하지 않는 그였기에 함부로 물어볼 수도 없었다.

필기를 마친 루추는 핸드폰으로 솥의 사진을 찍으면서 질문했다.

"하나라 때 정말 이 솥을 주조했을까요?"

"물론이야. 이것보다 훨씬 큰 것도 있었는데 전설 속의 신기(神器)이기도 하지."

친사부가 간단하게 대답했다. 비록 '신기'라는 말을 사용했지만 그의 말투는 그렇게 생각하지 않는다는 뉘앙스가 풍겼다. 그가 무심하게 설명하는 것을 들었기 때문에 자료 정리를 위해 질문을 계속했다.

"이 솥도 예기로 분류되겠죠? 어떤 장소에서 사용했어요? 종묘 제사?"

설마 샤딩딩처럼 중요한 약정이 기재된 신물(信物)은 아니겠지? 루추가 한참 기다려도 대답이 들리지 않자 고개를 들어보니 친사부가 복잡한 표정으로 말했다.

"이 솥은 비교적 특별해. 묘당에도 들어가기 때문에 전승에서는 예기로 분류되지만, 그래도 비고란에 이렇게 기재해 둬. '형명정의 최초 용도는…… 형구(刑具)였다.'"

"죄인을 처벌하는 형구라고요? 솥이 어떻게 형구로 사용될 수 있어요?"

루추가 어리둥절해 하자 친사부가 물었다.

"자네 백읍고(伯邑考)라고 들어봤나?"

어릴 때 본 텔레비전 드라마가 생각나서 루추는 얼떨떨하게 고개를 끄덕이며 반문했다.

"〈봉신방封神榜〉이요?"

"역사상 실제로 존재한 인물이지. 주(周) 문왕(文王)의 큰 아들이 었어."

친사부가 천천히 설명했다.

"당시 문왕은 상 주왕(紂王)에 의해 유리(羑裏)에 구금되어 있었지. 백읍고가 선물을 들고 주왕에게 아버지를 놓아줄 것을 호소했으나 주왕은 들어주지 않았고, 오히려 백읍고를 솥에 넣고 죽을 쒀서 문왕에게 먹게 했지."

그가 비단함 안에 든 솥을 가리키며 말을 계속 이어갔다.

"백읍고를 삶는 데 썼던 솥이 바로 형명정이라는 말이 전해 내려오고 있어."

'정확도거(鼎鑊刀鋸, 가마솥, 칼, 톱)'는 원래 상고시대부터 전해 내려오는 가혹한 형벌인데 전승에서는 형구라는 분류가 없기에 형명정을 예기에 분류하고 있어. 사실 나의 전승에도 기재되어 있지 않고 나의 사부님의 노트에 약간의 단서가 있었어."

"사부님의 사부님이면 저에게는 사조(師祖)님이네요."

루추는 호기심이 동했다.

"병기와 예기에 능한 고수였지."

친사부가 감탄했다.

"내가 이 업종에 처음 입문했을 때 예기는 '읍하고 사양하며 올라가되 내려온 뒤에 술을 마시니, 그 다툼이 군자답도다(揖讓而升, 下而飲. 其爭也君子).'라고만 알고 있었지. 사부님은 내가 너무 순진하다고 웃으시면서 병기의 살인이 흰 검으로 붉은 검을 치는 거라면 예기의 살인이야말로 사람이 사람을 잡아먹고 뼈를 뱉지도 않는 잔인한 것이라고 말씀하셨어.”

그가 말을 멈추고는 루추를 향해 손을 내저었다.

“아이고, 이런 말은 그만하자. 이런 것이 중요한 게 아니니까. 일이나 하자고!”

사제간에 나란히 작업복을 입고 방제한 형명정을 비단함에서 꺼내 작업대에 올려놓았다. 복원실의 일상적인 하루가 이렇게 전개되었다.

정오가 되어서야 루추는 일손을 멈췄다. 이때 문밖에서 노크소리가 났다. 문을 열어보니 쌍비신이 손에 크라프트지를 들고 서 있었다. 그녀가 목소리를 낮춰서 말했다.

“지금 시간 좀 있어요?”

그 크라프트지는 오늘 아침 자신이 받은 청첩장과 똑같았다. 루추는 고개를 끄덕이고 그녀와 함께 엘리베이터 옆의 창문 앞으로 갔다. 쌍비신은 목청을 가다듬더니 약간 긴장해서 입을 열었다.

“쫭밍이 다음 달 결혼하는 거 알고 있어요?”

“네, 오늘 청첩장 받았어요.”

쌍비신이 어색하게 웃으며 그녀를 향해 손에 든 종이를 흔들면서 말했다.

“나도 오늘 아침에야 받았어요. 하지만 자무 씨로부터 미리 소식을 들었어요.”

루추는 영문을 모른 채 “아 그래요?” 하며 쌍비신이 손에 든 종이를 계속 접는 모습을 지켜보았다. 바닥 쪽으로 눈을 향한 채 쌍비신이 물었다.

"그럼 루추 씨도 참석하겠네요?"

"그럼요. 학교 졸업 후 처음 참석하는 결혼식이네요."

루추가 감회에 젖어 이렇게 대답했다.

"나도 갈 거예요."

쌍비신이 바로 말을 받았다. 확고한 말투였다.

루추가 또 "네" 대답하고 짜증이 몰려왔다. 이때 쌍비신이 고개를 치켜들고 침을 꿀꺽 삼키더니 말했다.

"사실은 생일날 자무 씨와 처음 만났어요."

"그렇군요."

"루추 씨가 상상하는 그런 건 아니에요."

쌍비신이 다급하게 해명했다.

"그날 루추 씨가 위층에 올라갔을 때 우리는 루추 씨가 와서 케이크를 자를 때까지 기다릴 수가 없었어요. 저우쓰위안이 배가 고프다고 했거든요. 그래서 먼저 연유샌드를 뜯어서 먹었죠. 내게는 한 가지 습관이 있어요. 연유샌드를 먹을 때 두 쪽으로 뗀 다음 안에 든 크림을 먼저 먹고 나서 과자를 나중에 먹어요. 그렇게 먹으면 보기 흉하기 때문에 한쪽 구석에서 혼자 먹고 있었어요. 그런데 뜻밖에도 챵밍이 그걸 본 거예요. 그러더니 내가 먹는 습관이 자무 씨와 같다는 거예요."

단번에 여기까지 말하고 그녀는 자기도 모르게 눈을 반짝였다.

"그리고 우리는 재미있게 얘기를 나눴어요. 단맛, 짠맛, 실파를 넣은 것, 크랜배리 맛 등 연유샌드에 관한 이야기들을 말이에요. 그런데 참 이상한 감정이 들었어요. 이렇게 넓은 세상에서 나와 취향이 맞는 사람을 찾아낸 느낌이었어요."

그녀가 말을 멈추고 루추를 바라보더니 결사의 각오를 다지는 말투로 선언했다.

"자무 씨에게 결혼식에 같이 가자고 하려고요."

루추는 이 말을 자세히 듣지 못했다. 그래서 자신이 어쩌다 이렇게 둔해졌나 생각하는 중이었다. 아무래도 샤오렌이 떠날 때 그녀의 감지능력도 갖고 가버린 듯하다. 쌍비신이 말을 마치자 루추가 얼른 대답했다.

"그럼 잘 됐네요."

"정말 그래도 괜찮겠어요?"

쌍비신은 믿기지 않는다는 모습이었다. 루추는 슬그머니 짜증이 나는 것을 참고 대답했다.

"물론이에요. 나는 자무와 그저 친구일 뿐이에요. 나 상관하지 말고 직접 물어봐요."

쌍비신이 빠르게 말을 받았다.

"조금 있다 물어볼 거예요. 자무 씨는 그러자고 할 거예요. 루추 씨를 찾아온 것은 그냥 이 말을 해주고 싶어서예요. 사실……, 샤오렌 씨와 헤어진 지도 반년이 다 되어가네요."

"우리 안 헤어졌어요."

말이 뇌를 거치지 않고 나와버렸다. 루추는 쌍비신의 의혹에 찬 표정을 마주하며 억지로 말을 이었다.

"나는 두 사람 사이에 확실한 선언이 있어야 비로소 헤어진 거라고 생각해요."

쌍비신이 눈알을 굴리며 탐색하듯이 물었다.

"두 사람 아직 깔끔하게 끝난 거 아니었어요?"

"안 헤어졌……."

더는 설명하고 싶지 않아서 루추는 상대가 제발 멈춰주기를 기도했다. 그러나 쌍비신은 눈을 가늘게 뜨며 기습적인 질문을 했다.

"그럼 헤어지자는 말도 없이 떠나버렸어요?"

가슴이 다시 칼로 베인 듯했다. 그러나 이미 상처투성이 가슴은 그 아픔마저 둔하게 느껴졌으며 그렇게 못 견딜 정도는 아니었다.

루추가 "네" 하고 대답하고 무표정하게 그 자리에 서 있었다. 쌍비신이 그녀를 바라보는 눈빛에 동정이 묻어 있었다. 잠시 머뭇거리더니 이렇게 말했다.

"하지만 상식적으로 말하자면 그게 헤어진 거예요."

"알았어요. 알았다고요."

명치가 막힌 듯 숨이 쉬어지지 않았다. 루추는 심호흡을 하며 최대한 무표정한 얼굴을 유지하며 말했다.

"난 그를 기다리지 않아요. 다만 정신을 차릴 하나의 신호가 필요한 거예요."

"…… 알겠어요."

쌍비신이 루추에게 영혼 없는 웃음을 보이더니 말을 이었다.

"나도 바보였던 적이 있어요……. 그렇다고 내가 바보라고 생각하지는 않아요."

"당연하죠. 당연해요."

쌍비신이 연달아 '당연하다'는 말을 하고 잠시 생각하다가 입을 열었다.

"자무 씨와 약속을 잡아야겠어요. 그럼 가볼게요."

루추는 건성으로 고개를 끄덕이자, 쌍비신은 그녀의 위아래를 훑어보더니 더듬거리며 말했다.

"이런 말은 하지 말아야 하는데……. 결혼식에 갈 거라면 옷 한 벌 사 입어요. 돈이 넉넉하면 미리 미용실에도 좀 다녀오고요. 돈이 부족하더라도 최소한 화장은 하고 와요."

루추의 믿을 수 없다는 눈빛을 보며 쌍비신이 한 마디를 덧붙였다.

"그리고 이게 가장 중요한 건데요……. 혼자 가지 말고 동반할 파트너를 구해 봐요."

"어째서죠?"

루추의 눈이 커졌다.

"결혼식은 전 세계 독신 여성들에게 가장 비우호적인 장소예요. 그걸 모르는 건 아니겠죠?"

쌍비신의 핸드폰이 울려 대화가 중단되었다. 창사부가 찾는다면서 그녀가 황급히 자리를 떴다. 루추는 갑자기 기운이 빠져 그 자리에서 꼼짝하지 않았다. 한참만에야 그녀가 서서히 고개를 돌려 창밖을 바라보았다.

오늘따라 하늘이 무척 아름다웠다. 투명한 티파니 블루색을 띠었으며 버들강아지처럼 옅은 구름이 걸려 있어 몽환적이고 낭만적인 느낌이었다. 그러나 루추는 하늘을 감상할 기분이 아니었다. 해가 너무 밝아서 눈이 아프다는 생각만 하고 있었다. 그녀는 한 걸음 뒤로 물러나 벽에 기대 잠시 생각에 잠겼다. 이윽고 핸드폰을 꺼내 연락처를 한 페이지씩 넘기며 검색했다. 연락처에 적힌 사람은 극히 적은 수였으며 거의 반년 전에 입력한 사람들이다. 최근 반년 동안 두 명의 신입사원 외에 그녀는 새로운 친구를 한 명도 사귀지 않았다. 인간관계가 확장되지 않고 제로 상태에서 계속 제자리걸음만 한 것이다.

그녀는 자포자기 하는 심정으로 연락처를 처음부터 끝까지 두 번 넘겨보았다. 세 번째 넘기고 있을 때 익숙하면서도 낯선 이름에 시선이 멈췄다. 혼자 가느니 칼이라도 한 자루 차고 갈까 하는 생각이 들었다. 그녀는 할 말을 생각하며 낯선 번호를 눌렀다.

벨소리가 몇 번 울린 후 밝은 음성이 전화기 너머로 들렸다.

"헬로! 잉루추 친구인가요?"

이 호칭에 루추는 멈칫했다. 그러나 지난달 귀예이에서 회식을 두 번 했을 때 비록 장쉰과 대화를 오래 나누지는 않았지만 점점 친해졌다고 느꼈다. 그녀는 틀에 박힌 인사를 생략하고 단도직입적으로 물었다.

"여보세요! 장쉰 씨죠? 혹시 10월 중순에 시간 되면 저와 결혼식에 같이 가실래요? 장소는 멀지 않아요. 삼림공원에 있는 호텔이에요."

장쉰은 처음에는 아무런 반응이 없었다. 몇 초 지나서야 느릿느릿 물었다.

"그게 다예요?"

"그게 전부에요."

이렇게 대답해 놓고 루추는 얼른 한 마디를 덧붙였다.

"봉투는 내가 준비할게요."

말을 끝낸 루추는 입을 다물고 대답을 기다렸다. 속으로는 전혀 기대하지 않고 번거롭다는 생각밖에 없었다. 장쉰이 거절한다면 누구를 찾아야 할까? 전화기 너머에서 장쉰이 물었다.

"그러니까 루추 씨와 함께 결혼식만 가는 거란 말이죠?"

"그렇지 않으면요?"

"누구 혼내줄 사람 없어요? 못된 무리를 평정해 주거나, 아니면 은행의 금고를 지하통로를 뚫어 운반해 달라던가?"

마지막 말을 듣고 루추는 장쉰이 농담을 하고 있음을 알았다. 그녀의 입가가 살짝 올라가며 자조 섞인 말투로 대답했다.

"아니에요. 큰 인재를 그런 시시한 일에 부르기는 미안한 일이에요."

잠시 말을 멈췄다가 덧붙여 설명했다.

"난 그저 파트너가 필요할 뿐이에요. 남들 눈에 너무 불쌍해 보이지만 않게요. 그것뿐이에요."

사실대로 말하고 나니 루추는 그제야 가슴이 시려오는 것을 느꼈다. 챵밍에게는 미안하다고 하고 결혼식에 가지 않을까도 생각하고 있었다. 그때 장쉰이 말했다.

"미안해요."

"뭐가요?"

"난 웃기려고 한 건데 그것 때문에 루추 씨가 하는 수 없이 사실대로 말해 버렸네요."

그가 길게 탄식하며 말을 이었다.

"나의 고질병이에요. 웃기는 말을 할 때는 머리를 거치지 않고 막 나와버린다니까요."

"아니에요. 사실을 말하니까 좋은 걸요. 그래야 현실을 마주할 수 있고요."

루추가 말을 멈추고 잠시 생각한 후 다시 말했다.

"아무튼 전 사실대로 말했어요. 이제 어떻게 하실 거예요?"

"분부대로 임무를 맡겠습니다!"

장쉰이 짐짓 정색하며 대답했다.

"그날 보디가드가 되어드리고, 또 나의 잘생김으로 거기 온 남자들 99퍼센트를 눌러버리죠."

"뒤의 것은 됐어요."

"하지만 그 정도는 해야 사람들 앞에 체면이 서죠."

"난 체면 같은 거 필요 없어요. 그저 몇 시간 동안 평온하게 지내고 싶을 뿐이에요. 아무도 나의 존재에 신경 쓰지 않으면 가장 좋고요."

여기까지만 하자. 끝도 없이 감상에 빠질 필요는 없다. 루추는 숨을 깊이 들이쉬고 눈을 감으며 분명히 말했다.

"내 친구 결혼식이니 꼭 참석하고 싶어요. 하지만 혼자는 가기 싫어서 부탁하는 거예요. 그러니 부탁해요."

"문제없어요."

그녀는 한시름 놓은 듯 숨을 내쉬고 장쉰은 웃음기 띤 목소리로 말했다.

"그날 쓸 차를 한 대 빌리고 옷도 한 벌 사야겠어요. 그래야 루추 씨가 신경을 덜 쓰죠."

"고마워요."

작은 일이었으나 그의 배려에 루추도 마음이 따뜻해졌다. 장쉰이 담담하게 말했다.

"하지만 내가 돕겠다고 한 건 생사와 관련된 큰일이었어요. 이번 일은 너무 사소하니 도운 걸로 치지 않을게요."

전에 누군가도 그렇게 말했었다. 생사존망의 중요한 순간에 그녀를 보호해 줄 거라고 말이다. 루추는 갑자기 감정이 격앙되었다.

"내가 평생 그런 위기를 당하지 않으면요? 그런 일을 당하고도 구해 주는 걸 원치 않는다면요? 만일 오래 살고 싶지 않고 약속 같은 것도 필요 없어서 그저 사는 동안 하나의 기계처럼 살아간다면요? 감기에 걸렸을 때 누군가 따뜻한 물 한잔만 건네주면 족하다면요?"

말을 쏟아놓고 나서야 루추는 자신이 말이 많았음을 의식했다. 그것도 엉뚱한 상대에게 말이다. 민망해서 어찌할 바를 모르고 있을 때 장쉰이 여전히 웃음기 띤 목소리로 말했다.

"이해해요. 그렇다면 나도 한 가지 부탁 좀 해야겠네요."

"무슨 일인데요?"

루추가 잔뜩 긴장해서 물었다.

"결혼식 하루 전에 면도하라고 말해 줘요."

"그럴게요!"

루추는 숨이 찰 정도로 빠르게 대답하고는 말을 덧붙였다.

"이발하라는 말도 해드릴까요?"

지난 번 장쉔을 보았을 때 그는 다시 떠돌이 스타일로 돌아가 있었다. 비록 꾸미지 않는 모습도 멋있기는 했지만 결혼식에서는 깔끔한 모습이 사람들의 눈길을 끌지 않는다. 루추는 조용히 축복하고 싶은 마음에서 사람들의 눈에 조금도 띄고 싶지 않았다.

장쉔이 감회어린 말투로 대답했다.

"그것도 좋겠네요. 어차피 지금은 직업을 바꿨으니 과거의 스타일에 집착하면 안 되겠죠."

"그러니까 그 지저분한 모습은 직업 때문이었다는 말이에요? 전에 무슨 일을 했기에?"

"맞춰 봐요."

전혀 짐작이 가지 않았다.

"힌트를 주시죠."

"칼과 관련된 직업이에요. 하지만 옛날 칼 감정이나 골동품 매매 같은 뻔한 대답은 사양합니다."

갑작스런 비아냥거리는 말투에 루추는 잠시 말문이 막혔다.

"혹시 본체를 내다 팔았나요?"

"오! 그러고 보니 전문적으로 그런 일에 종사하는 경우도 있어요. 먼저 본체를 판 후 아무 기척도 없이 빠져나오는 겁니다. 더 악랄한 경우는 그 집 재산까지 몽땅 털어간다니까요. 하지만 우리는 줄곧 본분을 지켰고 절대 그런 짓에는 손대지 않았죠."

"본분이라는 말이 댁의 입에서 나오니 설득력이 떨어지네요."

"칼에 대한 편견을 좀 버려요, 아가씨. 우린 폭력의 미학을 사랑하지만 사기는 본성에 위배된답니다."

"말도 안 되는 궤변에 썰렁한 유머는 덤이고요?"

"유머는 전 세계를 정복할 수 있죠. 재주가 좀 부족하긴 하지만 절대 포기하지 않을 거예요."

"수고가 많으시네요."

장쉰과의 대화는 서로 비아냥거리는 무한반복의 늪에 빠져버렸 지만 루추는 그와 한참 얘기를 나누고 나서야 통화를 끝냈다. 전화 기를 집어넣고 한 걸음 앞으로 내딛으며 무심히 창밖을 힐끗 보았 다. 하늘은 여전히 푸르지만 강한 햇빛을 봐도 이제 눈이 아프지 않았다.

비는 오지 않을 것 같다. 그녀는 이렇게 생각하면서 오랫동안 자르지 않아 길어진 머리를 질끈 동여매고 경쾌한 발걸음으로 걸 었다.

그녀가 엘리베이터에 들어선 후, '무차별 응급센터'의 평량 본체 가 들어 있는 캐비닛 아래 서랍이 소리 없이 열렸다.

10
전승의 땅으로 걸음을 내딛다

9월 중순의 어느 날 오전, 두창평이 두 명의 건장한 경비원과 함께 위풍당당하게 15층으로 들어왔다. 6개월에 걸쳐 마침내 복원을 마친 장문불경이 반출되는 날이었다.

작업에 참여하지 않은 루추와 친사부까지 포함한 복원사 전원이 복원실 문 앞에 도열하여 그 장면을 지켜보았다. 엘리베이터 문이 닫히는 순간 쾅사부는 두 손으로 합장하며 가라앉은 목소리로 《능엄경楞嚴經》의 한 부분을 외웠다.

"약중생심, 억불염불, 현전당래, 필정견불(若衆生心, 憶佛念佛, 現前當來, 必定見佛, 중생의 마음은 본래 부처이기에 늘 잊지 않고 부처를 생각하면 금생이든 내생이든 부처를 볼 수 있으리라)."

다른 사람들도 합장으로 예를 갖췄다. 루추가 합장을 마치고 손을 내리자 쌍비신이 말을 걸었다.

"전에 맡긴 책을 복원하는 데 문제가 생겼어요."

"그냥 얘기해요. 최강 팀인 우리가 복원하는 데 문제가 생기다니요? 놀라운 기밀을 발견한 거죠."

쉬팡이 쌍비신의 머리를 한 대 쥐어박았다.

두 사람의 말에 루추가 어리둥절해져서 물었다.

"무슨 문제죠?"

순간 질문이 잘못되었다고 생각한 루추가 재빨리 한 마디를 덧붙였다.

"무슨 기밀인데요?"

친사부가 옆에서 듣고 있다가 관심을 보이며 끼어들었다.

"무슨 책을 말하는 건가?"

쌍비신이 뛰어와 쉬팡에게 반격하느라 대답할 겨를이 없었다. 루추가 재빨리 대답했다.

"청동병기 복원에 관한 고서입니다. 전승에 관한……."

전승이라는 단어는 차마 크게 말하지 못하고 입모양으로만 말했다. 이때 쫭사부가 때마침 루추 쪽으로 고개를 돌리는 바람에 그 모습을 다 보았다. 그가 의심스럽게 물었다.

"아니 그 팀은 사제간에 귓속말도 하고 그럽니까?"

"아닙니다. 내가 처음 회사에 들어왔을 때 루추와 약속한 말이 있거든요. 잡서를 보면 집중을 못하니 못 보게 했던 겁니다. 이제 6개월이 지났으니 금지를 풀어줄 때가 된 것 같네요. 이 책에 어떤 문제가 있는지 함께 살펴봅시다."

친사부가 태연하게 말하고는 방직물 복원실로 앞장서서 들어갔다. 루추와 다른 사람들도 그의 뒤를 따라 들어갔다. 쌍비신이 작업대 위에 올려놓은 투명한 방습상자를 눈높이로 들었다. 상자 안에 있는 고서를 가리키며 루추에게 물었다.

"봤어요? 안에 뭐가 들어 있어요."

쾅사부가 옆에서 보충설명을 했다.

"책표지에 실이 빠져 나온 부분이 보이지?"

루추가 가까이 가서 보니 실이 빠져 나온 부분이 약간 부풀어 있고 여러 겹의 천이 보였다.

"책 표지에 저렇게 여러 겹의 천이 들어가나요?"

"반드시 그렇지만은 않아요. 하지만 이 책의 천은 일부러 넣은 거예요. 잠시 기다려요. 내시경으로 보여줄게요."

쌍비신이 말하는 동안 쉬팡이 직경이 작은 의료용처럼 보이는 내시경을 가져왔다. 두 사람은 조심스럽게 고서를 방습상자에서 꺼낸 후 표지 안으로 내시경 호스를 조금씩 집어넣었다. 표지 내부 천 무늬가 스크린에 보이기 시작했다. 쾅사부가 영상을 보며 설명했다.

"이 책의 표지는 흔한 거지만 내부의 천이 특이합니다. 총 세 겹으로 되어 있는데 위아래 두 겹은 동일한 비단천을 잘라 만들었고, 중간에 있는 한 겹은 매우 얇은 백능(白綾, 흰비단)입니다. 이건 전에 복원한 적이 있는 천과 직조법이 같아요. 이 천은 원래 시험에서 부정행위를 할 때 사용되었어요. 청나라 향시에서 수재를 선발할 때 수험생들이 백능에 글씨를 써서 숨겨 들어가 시험장에서 베껴 쓰곤 했죠. 여기에도 글씨가 있네요⋯⋯. 오! 찾았어요."

내시경을 좌우로 이동하자 화면에 토템문양처럼 긴 형태의 무늬가 드러났다. 루추는 전혀 모르는 글자였다. 친사부가 다가가서 보더니 말했다.

"티베트 문자인가요?"

"아마 산스크리트어가 맞을 겁니다. 불경에 통용되는 언어죠."

쫭사부가 말을 계속했다.

"조금 전 반출한 경전들도 산스크리트어로 쓰였어요. 하지만 이 책은 본문을 한자로 쓰고 표지 안에는 산스크리트어로 썼다는 사실이 흥미롭군요."

루추는 짚이는 게 있었다. 청룡고진이 형성된 수당시대는 불경이 중국에 대량 유입되던 시기다. 흰 비단 위의 문자는 청룡고진과 관련이 있는 걸까?

심장 박동이 어느새 빨라졌다. 그녀가 물었다.

"그 부분을 떼어낼 수 있을까요?"

쫭사부가 진중한 말투로 대답했다.

"가능해. 그런 선례도 있지. 고궁박물관에서 강희(康熙)황제의 용장경(龍藏經)을 복원할 때 경서를 싼 표지의 견직물을 떼어냈더니 그 안에 이 책처럼 한 겹이 더 있었어. 그걸 해체하니 내부의 흰 비단에 수놓은 용문(龍紋) 일곱 개가 있었지."

"용문은 강희황제가 황제직을 물려준다는 밀조(密詔)가 아닌가요?"

쌍비신이 두 눈을 반짝이며 끼어들자 쫭사부가 그녀를 흘겨보왔다.

"드라마를 너무 많이 봤구먼."

쌍비신이 입을 삐죽 내밀고, 쉬팡이 머리를 긁적거리며 말했다.

"아무 의미 없이 용문포를 책표지에 끼워 넣었을 리가 없어요. 틀림없이 무슨 의미가 있을 거예요. 고궁박물관 측에서는 심층 조사를 하지 않았나요? 수를 놓은 자리 바로 아래 중요한 정보가 들어 있을 수도 있고요."

"당시 그렇게 짐작한 사람도 있었지만 손을 쓰지 못했네. 자칫하다가 훼손되면 복원이 불가능하니까 말이네."

쫭사부가 이렇게 말하며 바늘을 하나 꺼냈다.

"우리 업계 쪽 사람들은 바늘과 실을 수행으로 삼지. 하지만 이런 상황에서 실과 바늘은 진상을 조사하는 데 쓰이니 아주 재미있군."

쌍비신이 동의하며 고개를 끄덕였고, 쉬팡이 비커 하나를 들고 보조재료 염색문제를 토론하기 시작했다. 장면이 갑자기 유쾌한 사제지간의 대화로 전환되자 마음이 급해진 루추가 고서를 가리키며 쌍비신에게 물었다.

"이 안에 든 흰 비단을 언제 꺼낼 수 있어요?"

"급할 것 없어."

친사부가 나서서 말했다.

"먼저 책 주인의 동의를 구해야 해. 작업과정도 상세히 설명해야 하고."

책 주인의 존재를 까맣게 잊고 있던 루추가 그제야 알겠다며 고개를 크게 끄덕였고, 쌍사부가 웃으며 쌍비신에게 말했다.

"책 주인의 동의를 얻으면 자네가 이 책의 복원을 맡아서 해봐. 내가 지도해 주고 쉬팡이 감독하면 되니까."

쌍비신이 환호성을 질렀다. 그녀는 고서를 방습상자에 다시 집어넣고는 루추에게 넘겨주었다. 그리고는 기대에 찬 말투로 말했다.

"파이팅! 책 주인을 반드시 설득해 주세요. 성공하면 이 책은 입사 후 최초로 내가 메인 복원을 하는 유물이 될 거니까요."

"노력해 볼게요."

양 여사와 연락할 생각에 갑자기 걱정이 많아진 루추가 상자를 안고 중얼거렸다.

"얼마 전 출국했는데 지금은 어디 계시는지 모르겠네요."

"그럼 일단 메시지를 보내봐요."

쌍비신이 루추의 어깨를 두드리며 강경한 어투로 말했다.

"최대한 서둘러요. 좋은 소식 기다릴게요."

그날 밤 루추는 간단한 문자메시지를 양 여사에게 보냈다. 그러고 나서 30분이나 걸려 작성한 긴 결혼 축하메시지를 쌍밍과 저우쓰위안에게 보냈다. 또 부모님에게도 '전 잘 있어요. 몸도 마음도 건강하고 돈도 충분하니 걱정하지 마세요.'라는 문자 메시지를 보냈다. 이어서 쓰팡에서 일하는 게 어떠냐는 대학동기들의 질문에도 답변을 했다. 모든 메시지를 다 보내고 나서 그녀는 차오바를 안고 침대에 앉아 한동안 멍하니 있었다. 그러다 갑자기 침대에서 나온 그녀는 맨발로 콩콩 소리를 내며 거실 층으로 내려가 티테이블 위에 올려놓은 방습상자 안의 고서를 꺼내들었다.

침대로 돌아온 그녀는 움직일 생각이 없는 차오바를 안아 고양이 집에 넣어주고 책장 안에 있던 다른 방습상자 하나를 꺼내왔다. 상자 안에서 자무가 빌려준 고서를 꺼내 두 권을 베개 위에 나란히 놓고 책상다리를 하고 앉아 자세히 비교하기 시작했다. 두 권 모두 선장본으로, 책 표지는 평직 비단으로 제작되었다. 사방이 끊임없는 만자문양 외에 중앙에는 선명한 남색, 붉은색, 초록색, 밝은 황색과 순백색의 다섯 가지 색깔로 된 경선이 있고, 별, 구름, 공작, 학, 벽사(辟邪)와 범 문양이 새겨져 정교하게 디자인되어 있었다.

작년 그녀의 전승을 열어주는 데 도움을 준 그 고서의 표지에는 하얀 실로 '정성록(精誠錄)'이라는 제목이 수놓아져 있었다. 전고(典故)는 한나라 왕충(王充)의 '정성이 지극하면 쇠와 돌도 열 수 있다(精誠所至 金石爲開, 정성소지 금석위개)'에서 비롯되었다. 양 여사가 빌려준 책에도 '정성록'이라고 쓰여 있었는데 그 밑에 작은 글씨로 '보유(補遺)'라는 두 글자가 쓰여 있었다. 글자를 수놓는 방식은 같았다. 쫭사부의 추측에 따르면 이 두 권의 책은 제작연대와 제작자가 같을 것이다.

두 권을 나란히 놓고 자세히 관찰한 후, 루추는 보유본의 표지가 좀 더 두껍다는 사실을 발견했다. 그러나 말해 주지 않았다면 그 안에 한 겹이 더 있다는 사실을 상상하기는 어려웠을 것이다. 어떤 정보이기에 이토록 은밀하게 숨겨놓았단 말인가?

의문을 안고 보유본의 한 페이지씩 조사하던 그녀의 눈앞이 갑자기 흐려지며 몸이 자꾸만 아래로 가라앉았다. 이는 처음 전승을 열었을 때의 상황과 매우 유사했기 때문에 루추는 놀라지 않았다. 얼마 후 발밑에 단단한 바닥이 닿았고 주변이 점점 밝아지며 아치형 지붕을 한 구조물이 보였다.

분명히 그녀는 돌다리 아래 서 있었다. 둔중한 벽돌은 산뜻한 모습으로 이미 상당히 눈에 익었다. 루추가 안쪽으로 한 걸음 내딛고 고개를 들어 위쪽을 부지런히 살폈다. 청석벽돌 하나하나에 구양순의 반듯한 해서체로 '인안과 그 처 맹십낭이 8만 4천개의 벽돌을 기부했음.'이라는 글씨가 반듯하고 선명하며 빼곡하게 새겨져 있었다.

전승이 그녀를 이 석교가 막 지어진 시대로 데려온 것이다! 전승은 복원과 무관한 사물을 수록하지 않는다. 금제의 비밀은 틀림없이 이 청룡고진에 있을 것이다. 문제는 어디서부터 손을 대느냐는 것이었다. 전승은 결코 이를 가르쳐주지 않았다. 루추는 잠시 생각하다 돌계단을 따라 지상으로 올라가 보기로 했다. 전에는 전승의 땅에서 그녀가 어떤 기술을 학습하려면 문을 밀고 들어가면 곧장 복원현장으로 갈 수 있었다. 그녀는 그곳에서 관찰을 반복할 수 있었다. 처음 시작하기 전에는 가상현실처럼 보이는 영상을 한 번만 보면 역사의 배경과 복원사의 내력을 알 수 있었다. 이번처럼 문도 없고 제시도 해주지 않는 것은 처음이었다. 장면이 너무 광활해서 모든 것을 스스로 모색해야 했다.

6개월 전 악몽에 시달리던 경험을 떠올리자 루추는 어느새 경각심이 일었다. 지상으로 올라간 후 그녀는 성급하게 길을 찾지 않고 강둑 옆에 있는 커다란 버드나무 아래 서서 사방을 둘러보았다.

초승달이 밤하늘에 낮게 떠 있었다. 무수한 별과 달빛이 어울려 반짝였다. 그녀의 오른쪽은 전에 직접 보았던 고진 주변 황무지가 있던 자리였다. 지금은 폭이 넓은 강물이 도도히 흘러가고 있었으며 이 물은 멀지 않는 곳에서 바다로 흘러들어갔다. 바다와 하늘이 만나는 수평선이 끝없이 펼쳐지며 수많은 별이 넓게 펼쳐지고 달은 큰 강을 따라 흘렀다.

이 정경은 천 년이 지난 지금의 유적지와는 완전히 달랐다. 마치 그녀 집 벽에 걸려 있던 족자 속 풍경화 같았다. 다른 점은 그녀의 눈앞에 직접 펼쳐진 실제 풍경이 그림보다 수천, 수만 배 장관이라는 것이다. 그러나 천 년 후 바다가 육지로 변했으니 세상사 무상함이 새삼 느껴진다. 루추는 하늘과 바다를 한참 응시하다가 눈을 돌려 낯설고도 익숙한 이곳을 살펴보기 시작했다.

그녀가 있는 곳에서 세 걸음쯤 떨어진 다리 가장자리에 '만유제방(萬柳堤坊)'이라고 쓴 돌 팻말이 서 있었다. 강 건너편 둑을 따라 심어놓은 수양버들과 어울리는 이름이었다. 건너편은 많은 가옥들이 이어져 있었다. 대부분 2층 높이의 집으로, 푸른 벽돌에 검은 기와를 얹어 우아하면서도 번화한 분위기를 풍겼다.

가장 가까운 곳에 보이는 집은 차관(茶館)으로 사람들이 수시로 드나들었다. 안에는 머리에 천을 두르고 아랍 풍 옷을 입은 상인

두세 명이 보였다. 차관의 건너편은 술집이었는데 안에서는 아름다운 음악 소리가 울려 퍼졌다. 술집의 바로 옆은 아담한 부두가 있고, 검은 지붕을 덮은 오봉선(烏蓬船) 몇 척이 정박해 있었다. 검은 장막 사이로 등불이 아련하게 비치고 술 향기가 은은하게 풍겼다. 밤에 보는 강의 풍경은 부드럽고 몽환적이었다. 술 향기가 익숙하다는 생각이 들었다. 샤오렌이 국수집에서 마시던 황주와 비슷했다. 루추가 배가 있는 방향으로 두 걸음을 옮기다가 문득 걸음을 멈췄다.

이곳에 어떻게 들어올 수 있었는지 알 수 없지만, 이왕 왔으니 금제의 단서를 찾는 것이 급선무였다. 청룡고진이 이렇게 큰데 한 집 한 집 일일이 찾는 것은 시간낭비일 테고 행인을 붙잡고 물어보는 것은 불가능했다. 루추는 좌우를 살피며 궁리한 끝에 마침내 지난번 청룡고진을 탐색했던 경로를 따라 공방 유적 방향으로 가기로 했다.

마음 깊은 곳에서는 늘 당시의 샤오렌을 한 번 만나고 싶다는 생각이 고개를 들었다. 실제로 대화는 나눌 수 없겠지만 그의 과거 모습을 한 번 보는 것만으로도 위로가 될 것 같았다. 이런 생각으로 걷고 있던 그녀 앞에 20~30명의 말 탄 병사들이 나타났다. 그들은 소가 끄는 마차를 둘러싸고 서서히 석교 방향으로 가고 있었다. 이 병마는 왠지 눈에 익었다. 그녀는 길가로 몇 걸음 물러나 커다란 목련나무 아래 서서 검은 투구를 쓰고 완전무장을 한 기병들을 호기심 어린 눈으로 바라보았다.

당나라 시대의 갑옷은 그 형태가 이미 제대로 완비되어 후세의 것과 별 차이가 없었다. 이 병사들은 가슴과 등에 원형 구리 조각으로 된 호신경(護心鏡)을 붙이고 있었으며, 활과 화살통을 메고 허리에는 큰 칼을 차고 있었다. 말들까지 보호구를 두르고 있어서 언뜻 봐도 살기등등하고 기세가 하늘을 찌르는 것이 전투에 승리하고 돌아오는 모양새였다. 이들의 모습은 노래와 춤으로 평온한 마을의 모습과는 전혀 어울리지 않았다.

우마차가 흔들거리며 그녀의 앞까지 왔다. 그 안에는 두 사람이 있었다. 한 남자가 육중한 쇠사슬에 묶여 있었고, 그 옆에는 화려한 옷과 머리장식을 한 40세 초반의 부인이 앉아 있었다. 그녀는 머리에 붉은 모란꽃을 꽂고 남자의 몸에 반쯤 기대앉아 남자를 바라보았다. 그 모습은 말로 형언할 수 없이 괴이한 분위기를 자아냈다.

루추는 그 모란꽃을 보는 순간 가슴이 두근거리기 시작했다. 우마차가 그녀 곁을 스치며 지나치는 순간 크게 흔들리며 남자의 얼굴 한쪽이 드러났다. 루추는 차가운 숨을 들이쉬며 손으로 입을 막아 하마터면 터지려던 비명을 막았다.

그는 샤오롄이었다!

옷차림은 루추가 청룡고진 유적에서 본 그대로였으나 머리를 풀어헤치고 두 눈을 꼭 감고 있었다. 의식을 잃고 우마차의 움직임에 몸을 맡긴 모습이었다. 그의 흐트러진 모습을 한 번도 본 적이 없는 루추는 입술을 깨물며 낮은 목소리로 그를 불렀다.

"샤오렌!"

아무도 그녀의 소리를 듣지 못한 듯 계속 전진했다. 그러나 우마차 안의 부인이 갑자기 고개를 들더니 좌우를 살폈다. 그녀의 눈빛은 예리했으며 표정은 음울했다. 짙은 화장을 하고 있었으나 얼굴의 깊은 팔자주름은 숨길 수 없었다.

루추의 경험으로 보아 전승에서는 그녀를 도와 소련검을 개봉하게 했던 여인 외에, 다른 사람들은 반복되는 입체 영상처럼 행동을 되풀이했다. 때로는 전후의 행동에 약간의 차이는 있었지만 전체적으로 볼 때 그들은 루추의 존재를 인식하지 못했으며, 하물며 그녀와 소통한다는 것은 불가능한 일이었다. 그런데 이 부인의 모습은 너무 생생하면서도 기괴했다. 루추는 두려움을 느끼고 가까이 다가갈 엄두를 내지 못했다. 그녀는 큰 나무 뒤로 숨어 병마부대가 지나간 후 비로소 몸을 드러냈다. 그리고 거리를 두고 살금살금 뒤를 따라갔다.

병마는 우마차를 호송하여 서서히 석교 위로 올라갔다. 주위의 집으로 둘러싸인 작은 광장을 지나 계속 앞으로 갔다. 루추는 들키지 않게 조심하면서 그들을 따라갔다. 병사들은 관청과 학교, 창고 등 건물을 지나 마침내 막다른 길의 불이 켜진 높은 탑 앞까지 왔다. 탑의 전방에는 웅대한 사찰 건물이 있었다. 주황색의 벽에는 거침없는 필체로 '진북사'라는 세 글자가 쓰여 있었다.

빛은 먼 곳에 있다.

루추는 감전이라도 된 듯 그 자리에 굳어서 꼼짝하지 않았다.

유일하게 기억나는 꿈의 장면이 머리에 떠오르며 눈앞의 장면과 완벽하게 일치되었다. 게다가 비린내 나는 공기까지 이곳이 바로 악몽의 발생지역임을 알려주고 있었다. 그녀는 꿈에서 이곳에 온 적이 있었다. 곧 이어 발생할 일이 과거라는 것을 알면서도 뼈와 심장을 찌르는 아픔을 누를 길 없었다.

자신이 어떻게 할 수 있을까! 머릿속에 어렴풋이 답이 떠올랐다. 루추는 뒷일을 생각하지 않고 용기를 내서 우마차 앞으로 미친 듯 뛰어갔다. 그 부인의 독기 어린 눈빛을 무시하고 샤오롄의 옷자락을 붙잡고 애절하게 외쳤다.

"샤오롄!"

몇 번을 애타게 불러도 아무런 반응이 없었다. 잠시 후 우마차는 절에 들어서는 산문(山門) 앞에서 멈췄다. 병사들이 말에서 내리더니 숙련된 솜씨로 우마차를 바닥만 남겨두고 해체했다. 샤오롄은 여전히 꼼짝하지 않고 나무판에 묶여 있었다. 사병들은 그에게 다가가는 것이 금기시 되었는지 감히 그의 몸에 손을 대지 못했다. 그들은 나무판을 보강하여 하나의 들것으로 만든 후, 4명의 장정이 들것을 메고 절 안으로 들어갔다. 그 부인은 여우털이 달린 두꺼운 덮개를 정리하고는 득의양양하게 계단을 올랐다.

루추는 다급해서 어쩔 줄 모르고 팔을 계속 뻗으며 그들의 행동을 막으려고 했다. 그녀가 샤오롄 손의 쇠사슬을 풀어헤치는 등 무슨 행동을 해도 시간이 정지된 듯 모든 사람들이 멈춰 서 있었다. 그녀는 마음대로 행동했다. 그러나 그녀가 손을 떼는 순간 모든 것은 원상태로 돌아갔다. 그녀는 방관자에 불과했다. 이곳의 시간,

공간과 상관이 없었고, 그의 과거와도 아무런 교집합이 없었다.

유일한 예외는 그 부인이었다. 그녀가 루추를 바라보는 표정은 처음에는 질투와 의심으로 가득했다가 점점 탐색하고 증오하는 표정으로 바뀌더니 지금은 독을 품은 살기 어린 눈빛으로 루추를 노려보았다. 그러나 그녀의 표정이 아무리 변해도 눈을 크게 뜨고 노려보는 것 말고는 루추를 어쩌지 못하는 듯했다. 몇 번 그런 식이 반복되다 보니 루추도 안심이 되어 그 부인을 무시해 버렸다.

한참을 헤맨 끝에 루추는 지쳐서 바닥에 앉아 숨을 몰아쉬고 있었다. 다른 사람들은 그런 그녀를 아랑곳하지 않고 하던 행동을 계속했다. 거의 모든 사람이 사찰 안으로 들어가는 것을 보고 루추도 따라 들어갔다. 산문을 들어서니 내부의 모습이 눈앞에 펼쳐졌다. 커다란 지붕받침을 웅장한 둥근 기둥이 받치고 날개를 펼친 독수리 형상의 처마를 지탱하고 있었다. 대웅전만 완공되고 양옆의 불당은 절반 정도만 지어져서 전체 모습을 볼 수 없었지만 모든 부분에서 대당성세(大唐盛世)의 기백이 엿보였다.

병사들은 샤오롄을 메고 정원을 지나 대웅전으로 들어가려고 했다. 대웅전은 마치 작은 언덕을 인공적으로 쌓아놓은 것처럼 지반이 높아서 계단의 각도도 가파른 것이 거의 수직에 가까웠다. 그 부인은 병사 두 명이 든 가마에 타고 조금도 힘들지 않게 올라갔지만 루추는 엉금엉금 기다시피 가까스로 올라갔다. 그런데 그녀가 아직 숨을 고르기도 전에 부인이 대웅전 문 앞에서 그녀를 향해 기이하게 웃고 있었다.

"이것 봐라? 작은 생쥐 한 마리가 기어들어 왔네."

누구한테 말을 하는 걸까? 루추가 무의식적으로 뒤를 돌아보았으나 아무도 없었다. 부인은 이번에는 부드러운 음성으로 물었다.

"이왕 왔으니 돌아가지마. 알았지?"

부인은 루추에게 말을 하고 있었다. 루추가 화들짝 놀라 물었다.

"당신은 누구세요?"

부인이 득의만만하게 루추를 쳐다보다가 갑자기 몸을 돌려 문 안으로 들어갔다. 문이 쿵 소리와 함께 닫혔다. 루추가 급히 문을 밀었으나 작은 틈새도 보이지 않았다. 미친 듯이 문을 두드려도 소용이 없자 루추는 단념하고 마을로 돌아가 다른 단서를 찾아보기로 했다. 그녀가 돌아서는 순간 청룽진의 등불이 멀리서부터 꺼지기 시작해서 순식간에 전부 꺼져버렸다. 암흑이 대지 전체를 뒤덮고 진북사까지 덮칠 기세였다. 루추는 미친 듯이 뛰어갔다. 일단 진북사를 떠나야 한다고 생각했다. 그러나 어둠이 엄습하는 속도는 너무 빨라서 정원에 켜둔 석등도 하나씩 꺼지기 시작했다. 그녀가 계단을 내려가려고 하자 주위는 이미 손을 뻗어도 보이지 않을 정도로 캄캄했다.

루추는 그 자리에서 얼어붙은 듯 꼼짝할 수 없었다. 계단은 너무 가파르기 때문에 발 한 번 잘못 딛었다가는 3층 높이에서 바닥으로 굴러떨어질 것이다. 루추는 이곳이 전승의 땅이며, 자신의 진짜 몸은 침대에 누워 있다는 사실을 인식했다. 설령 이곳에서 다치더라도 현실세계로 돌아갈 수만 있다면 아무 일도 없을 것이다. 루추가 망설이면서 발을 떼려고 했으나 다시 움츠러들었다.

몸을 다치고도 이곳에 갇혀 있다면 어떻게 될까? 어떻게든 전승을 떠나야만 했다. 전에는 어떻게 했는지 기억을 더듬어보았다. 전에는 마음을 먹는 순간 전승을 벗어날 수 있었다. 때로는 정신이 집중되지 않아 학습효과가 떨어진다고 생각하면, 전승이 알아서 그녀를 현실로 보내주기도 했다. 따라서 전승을 빠져나오는 방법을 생각해 볼 필요도 없었던 것이다.

그러나 그녀가 알고 있던 것들이 이곳에서는 전혀 통하지 않았다. 루추는 계속 나가야 한다고 외쳤으나 소용이 없었다. 일부러 하품을 해봐도 소용없었다. 언제부터인지 등 뒤에서 계속 신음소리가 들려왔다. 마치 누군가 고문을 당하고 있는 것 같아서 그녀는 몹시 괴로웠다.

"추추, 추추?"

머리 위에서 자신을 부르는 소리가 들렸다. 샤오렌인 듯했다. 그러나 이 공간과 시간에서 샤오렌은 그녀를 모른다. 그렇다면 그 부인의 간계일 수도 있다.

루추가 고개를 들고 조심스럽게 물었다.

"샤오렌, 당신 어디 있어요?"

"추추, 일어나요."

머리 위의 목소리가 더 뚜렷해지며 초조하게 들렸다. 현실세계의 샤오렌인가? 루추는 갑자기 격정적으로 하늘을 향해 외쳤다.

"깨어나려면 어떻게 해야 하나요?"

상대가 마치 그녀의 질문을 들은 듯 대답했다.

"어서 깨어나요. 최씨가 날 통제하기 시작하면 늦어요."

"그 여자가 어떻게 당신을 통제해요? 금제를 심는 거예요?"

루추가 숨을 헐떡이며 물었다.

"최씨가 바로 방금 전에 본 그 부인이에요?"

이 질문에 대답이라도 하듯 뒤쪽의 문이 덜컥 열렸다. 루추가 돌아보니 불상 수십 존이 긴 불단 위에 앉아 있었다. 실내는 향과 초가 가득 했으며 그 기세가 웅장했다. 향촉의 불빛 아래 황금색의 술이 달린 검은 장검이 허공을 뚫고 날아 그녀를 향해 날아왔다.

전광석화처럼 빠르게 루추의 몸이 뒤로 젖혀지며 그 검의 공격을 피했다. 어깨가 서늘한 기운이 들며 그 순간 무게중심을 잃고 아래로 추락했다. 분명히 계단이 그렇게 높지 않았는데 끝없이 떨어지고 있었다. 불상은 그녀와 점점 거리가 멀어졌으며, 밝은 빛도 그녀와 점점 멀어졌다. 몸은 점점 무거워지고 피곤했다. 마치 언제라도 영원히 깨어나지 않고 행복하게 긴 잠에 빠질 것만 같았다. 루추의 의식이 점점 흐릿해질 때, 얼음처럼 차가운 입술이 그녀에게 입맞춤했다. 그 순간 루추는 추락하는 느낌이 그치고 눈을 크게 떴다.

몸의 아래는 어젯밤 교체한 베이지색 순면 침대커버가 깔려 있었고 은은한 섬유유연제 향기가 남아 있었다. 두 권의 고서도 여전히 베개 위에 있었고 방안은 아무도 왔다간 흔적이 없었다. 절망적이면서도 열정적이었던 키스는 마치 그녀가 환상으로 지어내어 자신을 구하려는 무기처럼 느껴졌다. 루추는 믿을 수 없었다. 그녀는 반쯤 열린 창으로 달려가 상반신을 내밀고 내다봤다. 이미 늦은 시간이라 길에는 인적이 없었다. 창백한 가로등만 축축한 바닥을 비추고 있었다. 비는 여전히 흩뿌리며 그녀의 얼굴에 떨어졌다.

그는 틀림없이 있었다. 그녀가 하는 말을 그는 전부 들었다.

"이건 일종의 징벌인가요?"

루추의 말은 슬픔에 젖어 있었다.

"우린 직접 만날 수 없나요? 최소한 작별인사라도 나눌 수 없나요? 샤오렌⋯⋯."

그의 이름을 낮게 부른 후 루추는 온몸의 힘이 다 빠져나가는 것을 느꼈다. 벽에 몸을 기대고 바닥에 앉아 무릎 사이로 얼굴을 묻었다.

그와 입맞춤했던 감촉은 여전히 그녀의 입술에 남아 있었다. 그녀는 정신을 놓은 듯 손을 올리고 집게손가락으로 자신의 입술을 만져보았다. 이때 어깨 쪽에 찌르는 통증이 느껴졌다. 미간을 찌푸리며 셔츠를 들어 살펴보니 어깨에 가늘고 긴 혈흔이 있었다. 그런데 육안으로 보이는 속도로 서서히 치유되는 중이었다. 상처가 즉시 봉합되는 병불혈인(兵不血刃)이었다. 전승에서 그녀를 공격한 것은 놀랍게도 소련검이었다! 말도 안 된다. 샤오렌이 왜 전승에서 자신을 공격했을까? 이때 침대 머리맡에 둔 핸드폰에서 문자 메시지 도착음이 울렸다. 루추가 손을 짚고 몸을 일으켜 핸드폰을 켜자 '나 이미 귀국했어요.'라는 글자가 나타났다.

시선을 아래로 움직이니 양쥐안쥐안이라는 서명이 있었다. 루추는 놀란 가슴을 진정시키고 정신을 집중하며 천천히 손가락을 이동했다. 어떻게 답장을 할지 적당한 말이 떠오르지 않았다. 이때 양 여사가 두 번째 문자 메시지를 보냈다. '책 복원에 관해서는 만나서 얘기합시다.'

곧이어 세 번째 문자가 도착했다.

'언제 시간 돼죠? 같이 식사해요. 내가 살게요.'

마지막 문자의 말미에 윙크하는 작은 원숭이 아이콘을 덧붙였다. 장난꾸러기의 친근한 모습은 양 여사의 이미지와는 영 딴판이었다.

11
실마리

루추가 전승에서 공격을 당한 다음 날 아침, 출근시간이 되려면 30분도 더 남아 있었다. 인청잉이 광샤빌딩으로 들어왔다. 그는 파일철을 들고 있었다. 사람의 그것과는 다른 큰 보폭으로 엘리베이터에서 나오더니 곧장 인한광의 사무실로 갔다.

"지난 반년간 쓰팡에서는 5명이 돌연사로 죽었어요. 그런데 이들이 죽기 전에 다 같은 증상을 보였어요."

인청잉이 파일철에서 사진 5장을 꺼내서 책상 위에 펼쳐놓았다. 사진 속의 사람들은 하나같이 볼이 움푹 패인 모습이 언뜻 보면 다섯 시체 모두 좀비라고 할 정도였다.

손가락 깍지를 끼고 뭔가 생각하던 인한광이 사진 쪽으로 시선을 돌리고 미간을 찌푸렸다.

"반년 전 루추를 공격한 자와 관련이 있어?"

"사인이 비슷해요. 게다가 석연치 않게 죽은 것까지요. 의사에게 물어보니 과로사한 사람은 몸이 이 정도로 살이 빠지지는 않는대요."

인청잉이 무거운 목소리로 말했다. 인한광이 앞으로 몸을 숙이며 사진을 자세히 살펴보았다.

"이 사진의 사람들 사인이 다 같다고?"

"완전히 같지는 않아요."

인청잉이 엄숙한 표정으로 말했다.

"5명 모두 죽기 한 달 전부터 갑자기 미친 듯이 일에 매달렸대요. 그 후 갑자기 살이 빠지면서 마지막에는 장기 기능 부전으로 사망했어요. 그러나 그 장기가 다 같진 않아요. 두 사람은 심장, 한 사람은 폐, 나머지 둘은 위장이었어요."

"부검 보고서의 결과는 어때?"

"부검 보고서가 없어요. 다들 병으로 자연사했기 때문에 사망자 가족이 사인을 의심해서 요구하지 않는 한 법률기관이 주도적으로 부검을 할 수 없어요."

"이렇게 이상한 병이고 연쇄적으로 사람이 죽었는데 병원에서 그 원인을 조사하지 않았다고?"

"사망자들이 각각 다른 지역에 살았고 병원도 다 달라요. 게다가 몸이 급속도로 쇠약해지니까 그제야 병원을 찾았고, 얼마 안 있어 치료 불가 판정을 내린 거죠. 내가 조사해 봤는데 요즘 의사들은 전공분야별로 고도의 분업이 되어 있어서 주치의는 환자가 죽

기 전 마지막 상황만을 근거로 사망진단서를 발급하더라고요. 인
과관계는 따지지 않아요. 그래서 의사들도 근본적인 원인은 모르
는 거고요."

　단숨에 여기까지 말한 인청잉은 의외로 시큰둥한 인한광의 표
정을 보고 말을 멈췄다.

　"사람들이 기괴하게 죽는 모습은 그동안 많이 봐왔지 않아?"

　"그게……, 그렇긴 하네요."

　인한광의 반문에 인청잉이 잠시 말문이 막혔다.

　"하지만 무슨 까닭인지 자꾸 신경이 가서요."

　그가 잠시 멈췄다가 말을 이었다.

　"겨우 30일 만에 정상인의 체형에서 기형적으로 마른 것을 보
면……. 혹시 외부의 어떤 힘이 그들의 정력을 흡수해서 말라죽게
만든 게 아닐까요?"

　인한광이 고개를 끄덕이며 뭔가 생각난 듯이 말했다.

　"합리적인 추론을 해보자면, 정력을 흡수당하면 인체의 가장 취
약한 장기가 먼저 손상되고, 그게 죽음을 초래하지. 다만 정력을
뽑아가는 방법이 사람에게만 적용되는지, 아니면 다른 생물의 몸
에도 적용되는지 모르겠어."

　"형님의 정의대로라면 우린 생물이라는 거죠?"

　인청잉이 눈을 가늘게 뜨며 물었다.

　"물론이지."

　인한광이 담담한 말투로 대답하더니 빠르게 물었다.

　"이 사람들 간에는 관계가 있어?"

인청잉이 고개를 저으며 약간 의기소침해져서 말했다.

"죽은 사람은 붕어빵 장사, 화물차 기사, 학교 청소부 같은 서민층이고 아는 사이도 아니에요. 저 사람들이 죽어서 이익을 보는 사람이 있는지 조사해 봤는데 특별히 나온 결과가 없어요. 유일한 공통점이라면 모두 쓰팡시에 산다는 겁니다. 사실 다른 지역에 가서 조사해 보지 않았으니 괴질이 다른 곳으로 퍼졌는지는 알 수 없어요."

"병원에서 신종 질병이나 슈퍼박테리아를 검출한 게 있어?"

"못 들어봤어요. 하지만 방금 생각난 건데 흑사병이 유럽에서 처음 돌기 시작했을 때 처음에는 산발적으로 몇 명에 불과하다가 갑자기 한 마을에서 다른 마을로 급속히 퍼져나갔대요."

인청잉의 말에 인한광이 회전의자를 돌리며 말했다.

"그것 같진 않아."

"뭐가 다른 데요?"

"질병의 전염과정이 완전히 다르지."

인한광이 이렇게 대답하고는 몸을 뒤로 눕혀 손깍지를 꼈다. 인청잉이 들어오기 전의 뭔가 생각하는 자세로 돌아갔다. 그러더니 이성적이고 객관적인 말투로 말했다.

"네가 조사한 이번 사망 사례들은 일종의 인체실험으로 일부러 통제한 결과에 더 가깝다고 생각해."

"형님 말은 누군가 이 사람들의 죽음을 초래했다는 거죠?"

인청잉이 한 걸음 앞으로 가서 속사포처럼 캐물었다.

"누가 그랬을까요? 어떻게 했으며, 그 목적이 뭘까요?"

인한광이 손바닥을 내보이며 말했다.

"하늘이 알겠지. 난 그저 상상해 볼 뿐이야. 인류의 사망과정을 관찰하는 것 자체가 일종의 수확이거든."

순수하게 사실에 입각해서 원인을 분석하는 말투였다. 과학자들이 연구할 때 나타나는 특유의 희열감을 내비쳤다. 마치 인명과 관련 없는 평범한 실험을 두고 하는 말 같았다.

인청잉이 인한광을 쳐다보다가 불쑥 물었다.

"이번 사건에 대해 얼마나 아세요?"

"너보다 많이 아는 것도 없어. 그것도 대부분 짐작이지."

인한광이 조금도 망설이지 않고 대답했다. 인한광은 형제들에게 거짓말을 한 적이 없어서 인청잉은 마음을 놓았다.

"형님은 이 사건이 화형자 중 누군가의 소행이라고 생각하세요?"

"의심은 하고 있어. 하지만 문제는 이 사건을 저지르는 자가 현대 인류사회, 특히 의료시스템에 대해 너무 잘 알고 있다는 데 있어."

여기까지 말하고 인한광이 자기도 모르게 고개를 가로 저으며 말했다.

"정말 잘 모르겠어. 우리들 중 누가 이렇게 고심을 해가며 연구를⋯⋯."

"컥!"

인청잉이 일부러 기침소리를 내며 인한광의 말을 막았다.

"형수님이 설마?"

"그 사람은 그 정도로 이성을 잃고 날뛰진 않아!"

인한광의 얼굴이 새카맣게 변했다.

인청잉이 입을 삐죽 내밀며 동의할 수 없다는 표시를 했다. 사무실을 나가려다 벽에 걸린 화이트보드에 빼곡하게 그려놓은 나선형 부호들을 보았다.

"이게 뭐죠?"

"유전자야."

"이런 걸 연구해서 뭐하시게요?"

"우리의 생명기원이 궁금해서……. 그리고 초능력이 진화할 수 있는지를 알아보려고 그래."

인한광의 성의 없는 설명에 인청잉은 눈썹을 한 번 씰룩했다.

"인류 유전자와 우리의 생명기원이 무슨 관련이 있다고……."

그가 갑자기 말을 멈췄다. 인한광도 이상하다는 표정으로 문 쪽을 돌아보았다. 문밖에서 예의바르면서도 다급한 노크소리가 났다. 루추의 목소리가 문밖에서 들렸다.

"인 팀장님 계세요?"

두 형제가 눈을 마주쳤다. 인한광이 잡지 두 권을 끌어당겨 책상 위에 펼쳐놓은 사진들을 재빨리 덮었다.

"들어와요."

그의 말이 끝나기도 전에 루추가 바람처럼 튕겨 들어오더니 대뜸 말했다.

"인 팀장님, 제 아파트에 걸려 있던 족자 그림이 당시 청룡진이에요?"

인청잉이 반문했다.

"루추 씨가 말하는 '당시'는 언제를 말하는 거죠? 그 그림은 당나라 중기의 작품이에요."

그제야 인청잉도 함께 있는 것을 안 루추가 고개를 끄덕이고는 다급히 말했다.

"샤오렌의 금제가 심어진 그 해군요."

"얼추 비슷해요. 최소한 거리상 방위는 일치해요."

인한광이 잠시 말을 멈췄다가 미안한 얼굴로 말했다.

"그 그림을 선물하자고 한 건 나였어요. 원래는 루추 씨가 금제를 풀 단서를 찾게 도움을 주려는 의도였는데 뜻하지 않게 악몽을 꾸게 했네요."

"제 악몽은 그 그림과 무관해요."

루추가 약간 거친 말투로 인한광의 말을 막고는 계속 이어갔다.

"어쩐지 샤오렌 씨가 떠나기 전 그 그림을 회수해 갔다 했더니……. 가만……, 샤오렌 씨가 처음에는 청룡고진이라는 걸 못 알아봤어요?"

"몰랐어요. 그 아이는 그곳에서 오래 있지도 않았는걸요."

인한광이 이렇게 대답했고, 인청잉이 옆에서 보충 설명을 해주었다.

"샤오렌은 당시의 일을 한 번도 꺼낸 적이 없어요. 내 생각에는 그곳에 간 걸 후회하는 것 같았어요."

"현실 도피가 그의 습관인 게 확실하네요."

루추가 도발적으로 말을 꺼내놓고는 금세 후회했다. 그녀는 입술을 깨물며 이번에는 인한광에게 물었다.

"그 그림은 지금 어디 있어요? 몇 가지 알아볼게 있어서 지도를 봐야 말씀드릴 수 있어요."

인한광이 군말 없이 서랍에서 족자를 꺼내 책상 위에 펼쳤다. 그리고 가라앉은 목소리로 말했다.

"얘기해 봐요. 당시 이곳의 대략적인 지형은 나도 기억하니까. 필요하다면 병력배치도를 그려줄 수도 있어요."

역시 팀장은 다르다고 생각하며 루추는 정신을 가다듬고 그림 속 탑 부근의 진북사를 가리켰다.

"우선 제가 어젯밤 전승에 진입한 후 바로 이곳에서 소련검의 공격을 받았어요."

옆에서 의자가 바닥에 떨어지는 소리가 났다. 두 형제의 안색이 새파래졌다. 인청잉이 루추에게 다급히 물었다.

"셋째가 검을 들고 루추 씨를 죽이려고 했어요?"

"샤오렌 씨는 못보고 검만 봤어요. 그때 이미 금제가 심어졌다는 짐작이 들어요."

"그러니까 그 애가 금제에 걸린 본체로 루추 씨를 죽이려고 한 거군요……. 정면에서 날아왔어요?"

인한광이 두 손을 책상 위에 올리고 몸을 앞으로 기울이며 물었다. 허공에서 휘날리던 금실이 루추의 눈앞을 스쳐갔다. 그녀가 힘주어 고개를 끄덕였다.

"맞아요. 바로 그거였어요."

그녀가 숨을 헐떡이며 말을 이었다.

"이제는 확실해졌어요. 반년 전의 악몽은 꿈이 아니라 전승에서 샤오렌 씨에게 금제가 심어진 과정을 본 거예요. 그걸 계속 되풀이

한 거죠. 깨어난 후 왜 아무것도 기억나지 않았는지는⋯⋯."

그녀가 잠시 말을 멈추더니 인한광에게 물었다.

"최씨가 바로 샤오렌 씨에게 금제를 심은 복원사죠?"

"그 여자 말고는 그럴 능력을 갖춘 사람이 없어요. 최씨는 일류 복원사였어요. 당시뿐 아니라 지금까지도요."

인한광이 재빨리 대답했다. 동시에 몸을 뒤로 젖혀 의자 등받이에 기댔다. 그의 얼굴에 한시름 놓은 것 같은 표정과 한편으로는 곤혹스러움이 동시에 나타났다. 방금 루추의 말을 통해 오래 묵은 문제를 해결함과 동시에 또 하나의 새로운 문제에 직면한 것 같았다.

루추는 인한광의 반응을 이해할 수 없었고 그럴 흥미도 없었다. 그녀가 그림을 가리키며 물었다.

"저는 최씨가 샤오렌을 진북사로 데려가는 걸 봤어요. 그리고 사찰 안에서 금제를 심었어요. 왜 하필이면 그런 장소를 택했을까요? 도구가 갖춰진 공방에서 직접 하는 게 더 편리할 것 같은데요?"

인한광이 미간을 찌푸리며 아무 말 하지 않았다. 인청잉이 옆에서 거들었다.

"그 여자는 불교 신자예요. 진북사는 그 당시 불사리(佛舍利)를 모신 지 얼마 되지 않았을 때고요. 아마 최씨는 떳떳치 못한 일을 불사리 옆에서 거행함으로써 자신을 보호할 수 있다고 여긴 것 같아요."

"최씨가 샤오렌을 단순히 검으로만 생각했다면 그의 몸에 금제를 심는 일이 왜 떳떳치 못하죠?"

그녀의 말투는 날카로웠다. 인청잉이 입을 살짝 벌렸다가 얼버무리며 대답했다.

"그 여자는 그때까지만 해도 샤오렌과 사이가 좋았어요. 샤오렌도 그 여자를 많이 도와줬고요."

"두 사람이 친구 사이였어요?"

루추가 무심한 듯 물었다.

"최씨에게는 친구가 없어요. 얼마나 이기적인지 천하 사람을 저버릴지언정 저 혼자 잘났다는 전형적인 인물이었어요."

인한광이 냉랭하게 대답했다. 최씨를 몹시 혐오한다는 것을 알 수 있었다. 그러나 당사자인 샤오렌이 그동안 최씨에 관한 험담을 한 번도 하지 않았다. 루추가 잠시 생각에 잠겼다가 물었다.

"최씨는 도대체 어떤 사람이었어요?"

인한광이 입을 오무리며 혐오하는 표정을 짓고, 인청잉은 미간을 찌푸리며 어디서부터 얘기를 시작해야 할지 모르겠다는 표정이었다. 루추가 다시 캐물으려는 순간 문 옆에서 징충환의 목소리가 들렸다.

"최씨를 이해하려고 하지 말아요. 그녀는 일등 사족(士族) 출신으로 청하(淸河) 최씨 명문가의 규수였어요. 루추 씨는 일반 서민에 월급을 타는 직장인이니, 두 사람을 같은 선상에 놓고 비교할 수가 없어요."

징충환이 따뜻한 커피 두 잔을 들고 들어와서 그중 한 잔을 루추에게 건넸다.

"이거 마시고 해요. 입술이 다 갈라졌네."

갈라진 입술 부분을 혀로 핥으니 따끔거렸다. 루추는 커피를 한 모금 마시고는 징충환에게 말했다.

"내가 최씨에 대해 알아야 대처할 수 있어요."

"뭘 대처해요?"

징충환이 반문하고는 말을 이었다.

"최씨는 열 살이 되기 전에 전승을 열었으니 진정한 천재 복원 사라고 할 수 있죠. 루추 씨를 무시하는 건 아니에요. 다만 비교하 자면 루추 씨는 뒤늦게 전승을 한 경우고요."

"알고 있어요!"

루추가 그녀의 말을 자르고는 주먹을 꼭 쥐고 냉정을 유지하려 고 노력하며 말했다.

"난 방법을 생각할 거예요. 최소한 난 혼자가 아니에요."

"네?"

징충환이 고개를 갸웃하며 의미를 알 수 없다는 표정을 지었다.

"아침에 친사부님께 문자를 보냈는데 제가 어떻게 할지 말씀해 주시겠대요."

말을 잠시 멈춘 루추가 갑자기 생각났다는 듯이 징충환에게 물 었다.

"충환 씨도 최씨를 알아요?"

"나는 최씨를 알지만 최씨는 날 몰라요."

징충환이 고개를 젖히고 커피를 한 모금 마신 후 말을 이었다.

"그 몇십 년간 내 본체에 녹이 심해서 사람 모습으로 화하지 못하고 본체 안에 있어야 했어요. 최씨는 사람들이 안 보는 틈을 타서 내 본체에 얼마나 분가루를 뿌려댔는지, 코도 없는데 재채기가 나올 뻔했지 뭐예요."

그녀의 묘사는 매우 사실적이었다. 분을 덕지덕지 바른 최씨의 얼굴이 떠오르며 루추는 저도 모르게 웃음이 나왔다.

"화장이 두껍기는 했어요."

"사람은 누구나 늙는 걸 싫어하지만 최씨는 유독 심했어요. 샤오렌을 오래 알고 지낸 후유증인 것 같아요."

그러더니 손바닥을 펴 보이며 말했다.

"내가 최씨에 대해 아는 건 여기까지예요."

그녀는 인한광의 뒤쪽 벽에 눈길을 주며 루추에게 말했다.

"친사부가 오늘은 일찍 나오셨네요. 5분 전에 엘리베이터를 탔으니 벌써 복원실에 도착하셨겠어요."

"그럼 얼른 가봐야겠네요. 사부님을 기다리게 해서는 안 되니까요."

루추가 몸을 일으키더니 그림을 가리키며 인한광에게 물었다.

"그림을 잠시 빌려가도 될까요?"

인한광이 족자를 말아서 건네주며 말했다.

"그냥 가져요. 더 필요한 거 있으면 언제라도 말해요."

"고맙습니다."

루추가 그들에게 손을 흔들고는 올 때와는 달리 경쾌한 걸음으로 사무실을 나갔다. 족자와 부딪치는 바람에 드러난 책상 위의 사망자 사진들에는 눈길도 주지 않았다.

루추가 탄 엘리베이터 문이 닫히자 징충환이 웃음기를 거두며 인한광에게 말했다.

"도와드리려고 그런 게 아니라 금제를 한시 바삐 제거하길 바라는 마음에서 그런 거예요. 그냥 뒀다가 나쁜 무리들에게 드러나기라도 하면 상상할 수 없는 일이 벌어질 거예요."

"고마워."

인한광이 웃으며 대답했다.

"하지만 껄끄러운 말이지만 해야겠어요. 거기 삼형제가 하는 모든 행동은 정말 짜증나요. 특히 샤오렌이 제일 심해요."

징충환이 이렇게 말하고는 차가운 눈길로 벽을 향해 말했다.

"감당할 수 없으면 놓아주면 될 일이에요. 천 년 전에 그렇게 당한 것도 싸지. 이제야 좀 나아졌는데 천 년이 지나 이제는 엉뚱한 사람을 다치게 하려는 건가요?"

벽 너머에서는 아무 반응이 없었다. 인한광이 웃음을 거두고는 벽에 대고 말했다.

"다 듣고 있었지? 예언했던 일이 이미 발생했으니 안심하고 떠나거라."

팔짱을 끼고 화이트보드의 유전자 기호를 바라보던 인청잉이 이 말을 듣고는 물었다.

"위협도 사라졌는데 셋째가 왜 떠나야 해요?"

"딩딩누나가 없으니 다음 위협은 어디서 나타날지 모르는 거다."

인한광이 무표정하게 대답했다.

"형님의 논리대로라면 딩딩누나가 없으니 우리는 아예 본체로 돌아가 쉬는 게 낫겠네요."

인청잉이 가차없이 반박했다.

"형제간에 벽을 사이에 둔 싸움이군."

징충환이 고소하다는 웃음을 지었다.

"어서 계속 싸우세요. 이긴 사람 말대로 하면 되겠네요."

바로 옆방에 있던 샤오롄은 두 형의 다투는 소리를 들으며 창밖을 바라보고 있었다. 한참 후 옆방의 말소리가 그치자 샤오롄이 그제야 입을 열었다.

"방금 비행기 티켓 예매했어요. 다음 달에 런던으로 갈 거예요."

인청잉이 한숨을 쉬었다.

"확정했어?"

"방금 들어보니 루추 씨가 전승에서 내게 반복적으로 공격을 받았어요."

샤오롄의 목소리는 생기가 조금도 없이 공허하게 들렸다.

"그건 네가 아니야. 헷갈리지 마라."

인한광이 짜증섞인 소리로 끼어들었다.

"천 년 전의 나는 내가 아닌가요?"

샤오롄이 이렇게 반문하고는 낮은 목소리로 말을 이었다.

"사람은 자신의 과거에 대해서 책임을 져야 해요. 난 그저……그저……."

그녀의 얼굴을 한 번 더 보고 싶을 뿐이다.

12
관문

"처음부터 차근차근 말해 봐. 기억할 수 있는 건 작은 부분이라
도 빼놓지 말고. 중요하든 아니든 상관없어. 오늘 아침에는 다른
일은 제쳐놓고 최씨에 대해 연구해 보자고."

오늘 아침 일찍 루추는 친사부에게 문자 메시지를 보내 어젯밤
일어난 일을 간단히 말했다. 친사부로부터는 아무런 답장을 받지
못했다. 그런데 친사부는 복원실에 들어오자마자 그녀를 불러놓고
는 이렇게 말한 것이다.

루추는 시키는 대로 자리에 앉아서는 대뜸 질문부터 했다.

"사부님, 최씨가 무슨 이유로 저를 전승으로 끌어들이고 소련검
으로 공격까지 했을까요?"

"전승에는 고유한 규칙이 있어. 일단 어젯밤 얘기를 다 해봐. 그

래야 내가 말을 해주지."

루추가 마음을 가다듬고 어젯밤에 전승에서 있었던 일을 자세히 이야기했다. 그녀의 얘기를 듣는 친사부의 미간이 점점 좁혀졌다. 최씨가 그녀에게 가지 말라고 했다는 말을 듣자 친사부는 팔짱을 끼고 고개를 저으며 혼잣말을 했다.

"아무래도 이번 일은 산장(山長)이 관여할 수 없을 것 같으니 골치가 아프게 되었군"

"산장이 누구예요?"

"전승의 땅을 관리하는 사람이야."

친사부가 여전히 미간을 찌푸린 채 딴생각에 몰두하며 건성으로 대답했다. 그렇다면 루추는 관리자도 어쩌지 못하는 상황을 당했다는 말인가?

"전승이 역사를 재연하며 기술을 익히게 해주는데 불과하다면, 진북사에 갔을 때 금제를 심는 과정을 보지 못했지만 샤오렌이 금제에서 필사적으로 벗어나 현장을 탈출한 게 틀림없어요. 그런데 왜 최씨가 소련검을 조종해서 절 공격한 걸까요?"

"전승의 땅이라는 게 뭘까?"

친사부가 반문했다. 루추가 멈칫하자 친사부가 말을 이었다.

"선조들이 심혈을 기울여 터득한 기술이 끊어지지 않도록 대를 이어 계승하는 곳이다. 이제부터는 정신을 집중해야 해. 어떻게 해야 전승을 얻을 수 있지?"

얼마 전 그녀는 꿈속에서 부녀가 일문일답을 통해 같은 문제를 토론하는 것을 본 적이 있다. 루추가 천천히 대답했다.

"날마다 담금질을 하고 정성을 다하면 생사의 관문에서 깨달음을 얻을 수 있습니다."

"바로 그거야."

친사부가 쓴웃음을 지으며 말을 계속했다.

"전승의 땅에 있는 설비 대부분은 후배들이 일상적인 담금질과 정성을 다하는 일을 위해 준비된 거야. 하지만 예외라는 것도 있지. 자네가 맞닥뜨린 것이 바로 예외 중의 예외였던 셈이지. 그것은 바로 선배가 설정해 놓은 생사의 관문이야. 깨달음을 얻으면 마음이 굳건해져서 너는 흔들리지 않게 되지."

"생사의 관문이 뭔데요?"

루추가 경악해서 물었다.

"왜 전승을 열었을 때 아무도 말해 주지 않았어요?"

친사부가 어쩔 수 없다는 듯 설명했다.

"알려주지 않은 것은 수준 차이가 너무 크기 때문이야. 전승의 땅이 초등학교에서 대학원까지 망라한 학교라면 자네는 지금 초등학생인 셈이지. 초등학생이 대학입학 시험 문제를 보면 문제를 풀기는커녕 제대로 읽을 수도 없겠지."

"사부님이 지금 저를 가르쳐주시면 되잖아요."

루추가 핸드폰을 꺼내들고 질문했다.

"녹음을 해도 될까요? 이해되지 않는 부분은 집에 가서 복습하려고요."

하룻강아지 범 무서운 줄 모른다는 속담은 루추를 두고 하는 말이었다. 친사부는 대답을 못하다가 한참 만에야 고개를 끄덕였다.

"평상심을 유지하는 게 중요하지. 이제 시작할게."

전승의 땅에는 규정이 있었다. 전승을 연 장인이 어떤 신기술을 익히면 전승은 당사자의 동의 없이 이를 수록할 권리를 갖게 된다. 그 기술이 있는 장인은 전승의 땅에서 관문을 설치하여 후배를 시험할 수 있다. 관문을 거쳐야만 그 기술을 익힐 수 있는 것이다.

대부분의 관문에는 위험요소를 심어놓지 않으며, 후배를 맞아들이기 전에 치르는 테스트에 가깝다. 예를 들어 어떤 장인이 문화적 소양을 갖춘 제자를 맞아들이고 싶다면, 관문에 들기 전에 시사가부(詩詞歌賦)에 관한 대답을 요구한다. 어떤 장인은 미적 감각이야말로 복원사의 기본이라고 생각하여 관문에 들기 위한 시험으로 현장에서 그림을 그리거나 글씨를 써보게도 한다. 하지만 무엇보다 중요한 것은 인성이다. 그래서 대부분의 장인들은 인성을 시험해 보는 것이다.

"인성은 어떻게 테스트할까?"

친사부가 자문자답했다.

"생사가 달린 중요한 순간, 명리가 걸린 상황에 어떻게 대처하는지를 관찰하지. 이런 관문은 본질적으로 〈봉신방封神榜〉에 나오는 함정이 대표적이야. 한 사람이 관문을 지키고 사람이 들어가면 공격에 들어가지. 들어온 사람은 큰 부상을 당하거나 자기 자신을 잃어버리기도 하지. 결국 현실세계에서 의식이 깨어나지 못하는 사태를 초래하게 돼. 따라서 이런 관문에 임할 때는 죽어도 책임을 묻지 않는 생사장(生死狀)에 서명하고 스스로 결과에 책임을 져야 해."

"저는 생사장 같은 것에 서명한 적이 없어요!"

루추가 갑자기 끼어들며 항변했다.

"알아. 서명했다면 밖에서 아무리 불러도 깨어날 수 없었을 테니까 말이야."

친사부가 그녀의 손바닥을 두드리며 말했다.

"최씨는 그 규칙의 빈틈을 노렸지. 우리가 전승에 드나들 때는 생각만으로 할 수 있어. 자네도 마음만 먹으면 바로 금제가 생각나고, 직접 관문 안까지 들어갈 수 있어. 관문을 지키는 사람은 이런 후배를 보면 그냥 쫓아내는 것으로 끝내. 성격이 좋은 사람은 모습을 드러내며 몇 마디 조언을 해주고 빈손으로 돌아가지 않게 하지. 그러나 최씨는 그렇게 하지 않았을 뿐 아니라 관문 안에 잡아두려고 했으니 음험하기 이를 데 없는 거지."

욕을 잘 하지 않는 친사부는 여기까지 말하고 입을 다물었다가 잠시 후 말을 이었다.

"화를 내면 뭘 하겠어? 일단 궁리해서 스스로를 보호할 방법을 찾아 관문에 들 때마다 무사히 빠져나올 수 있도록 하고, 그 다음 일은 나중에 얘기하지."

"그러니까 제가 앞으로도 이런 일을 여러 번 겪어야 한다는 말씀이시죠?"

정신이 피폐해졌던 악몽을 떠올리니 루추는 실망이 컸다.

"생사장에 서명하지 않고 직접 관문을 돌파해 한 번에 끝낼 수는 없을까요?"

"아직 수준에 못 미친다고 말했잖아. 위험을 알면서도 보냈다가 시체나 수습할 수는 없어. 알아들었어?"

친사부의 목소리가 엄격해졌다.

루추는 입술을 깨물며 억지로 고개를 끄덕였다. 친사부의 표정이 약간 누그러졌다. 그는 가방에서 낡은 노트 한 권을 소중하게 꺼내더니 루추에게 건넸다.

"나는 생사의 관문을 돌파해 본 적이 없어서 도움을 못 줄 것 같아. 하지만 나의 사부님께서는 경험을 하시고 그 느낌을 기록해 놓으셨어. 오늘부터는 자네에게 정식으로 이 노트를 넘길게."

"사조님의 노트라고요?"

루추가 신중하게 이를 받아들였다.

"이 노트가 전승의 땅보다 더 의미 있는 전승이네요."

친사부가 살짝 미소를 지으며 의미심장하게 타일렀다.

"자기 보호는 임시방편에 지나지 않아. 목표는 관문 돌파에 있어. 하지만 이 말을 명심해. 우리는 전승자로서 거인의 어깨 위에서 세상을 보고 있어. 성장한 후에는 마땅히 후배의 어깨가 되어서 기술을 계속 전수해 줄 책임이 있어. 최씨는 악랄해서 본받을 필요가 없어. 나중에라도 그렇게 돼서는 안 돼."

"그렇게 되지 않을 겁니다. 그래서도 안 되고요."

루추가 결연하게 대답했다. 전승 안의 최씨는 두려워할 것이 없는 존재 같았다. 초능력도 별로였다. 그녀는 최씨처럼은 되지 않겠다고 다짐했다.

이날 아침 루추는 사조의 노트를 연구하는 데 모든 시간을 들였다. 사조의 글씨체는 화려함을 품은 작은 해서체로 그 아름다움이 극치에 달했다. 그러나 루추는 그의 글씨를 감상할 여유도 없이 관문 돌파의 단락을 한 줄씩 자세히 읽어 내려갔다.

이 기록에 따르면 전승에서는 관문을 설정한 선배가 한 가지의 유물을 선택해 관문을 지킬 수 있게 되어 있다. 같은 이치로, 후배도 한 가지의 유물을 무기삼아 관문을 돌파할 수 있었다. 들어가려는 자와 지키는 자 사이에 공방이 벌어질 때, 쌍방은 모두 유물의 초능력을 사용할 수 있다. 그러나 어느 정도까지 발휘되느냐는 그 유물에 대한 복원사의 숙련도에 달려 있다. 사조는 한 가지 유물을 복원하면 그 초능력을 마음껏 발휘할 수 있다고 여겼다.

여기까지 읽은 루추가 고개를 들고 질문했다.

"사부님, 제가 소련검의 공격을 받았을 때 최씨가 소련검을 선택해서 관문을 지킨 겁니까?"

"그렇다고 봐야지. 하지만 여기에는 맹점이 있어."

친사부가 뭔가 생각난다는 듯 말했다.

"금제를 심는 건 복원작업이라고 볼 수 없어. 바로 이런 이유로 최씨가 어검(禦劍)을 할 수 있다고 해도 소련검의 초능력을 마음껏 발휘할 수 없었지. 그렇지 않았다면 검 한 자루만 동원하지 않고 여러 자루로 진을 쳤겠지."

루추의 눈이 빛났다.

"저는 정말 소련검을 복원했어요."

"농담 말아."

친사부가 그녀의 말을 막았다.

"소련검에 대한 최씨의 숙련도는 자네를 훨씬 능가하지. 같은 무기로 두 사람이 대결하면 승산이 없어. 이기려면 기적을 바랄 수밖에 없지. 가만있자……. 두 주임은 상황이 특수하니 전승에 함께 들어갔다가는 뜻하지 않은 사고가 날 수 있고, 인한광과 인청잉은 개봉을 안 했으니 무기로 쓰기가 애매하겠군. '대하용작(大夏龍雀)'은 어떨까?"

"펑랑을 말씀하시는 거죠?"

검로에서 대전하던 상황이 떠오른 루추가 난색을 표했다.

"그자는 샤오롄을 이기지 못해요."

"펑랑과 샤오롄을 싸우게 하는 게 아니라 자네가 대하용작을 사용해서 소련검을 사용하는 최씨와 대적하는 거야."

친사부가 루추의 말을 정정해 주었다. 루추는 알았다고 하면서도 의문이 들었다.

"제가 순간 이동하는 초능력을 사용할 수 있다면 기습에 성공할 수 있을까요?"

루추는 자신이 최씨와 대결하는 장면을 상상할 수 없었다. 뭔가 잘못되었다는 생각이 들었다. 전승은 어린아이의 놀이도 아닌데, 장악하는 유물의 초능력이 강하면 이길 수 있다는 게 불합리하게 느껴졌다.

그녀와는 달리 친사부는 이 계획이 충분히 가능하다고 생각했다. 그가 무릎을 치며 말했다.

"잘 되면 다행이고 실패해도 본전이야. 순간이동 능력을 쓰면 최소한 전승에서 생명을 지킬 수 있을 거야. 일단 대하용작에 기초적인 복원을 시도하고 숙련도를 강화해 보자."

"만일 복원을 마친 후 펑랑이 깨어나면 어쩌죠?"

"일단 노트를 잘 읽고 있어. 내가 주임을 만나 얘기해 볼게."

친사부가 이렇게 말하고 복원실을 나갔고, 루추는 다시 고개를 숙여 사조의 노트를 읽었다.

점심식사를 마치고 친사부가 비단함 하나를 들고 복원실로 돌아왔다. 그 비단함은 사람 머리 하나는 들어갈 정도의 크기에 네모 반듯한 모양이었다. 친사부는 두창펑이 그의 계획을 듣고 흔쾌히 동의했으며, 앞으로 복원실에서는 자기 동의 없이 봉랑도를 임의로 반출할 수 있게 해주었다고 했다. 친사부가 비단함을 루추에게 넘기며 당부했다.

"이걸 좀 들어주게. 오늘은 같이 오더를 받으러 가자고."

온통 노트에만 정신이 팔려있던 루추가 멍하니 몸을 일으켰다. 비단함을 안고 친사부의 뒤를 따라 문을 나섰다.

차에 타서 창문을 열고 바람을 쐬니 정신이 좀 들었다. 그제야 루추가 이해가 가지 않는다는 얼굴로 물었다.

"우리는 먼저 형주정부터 복원해야 하지 않아요? 왜 중간에 다른 일을 받으시는 거예요?"

"형주정은 일단 보류하기로 했어. 장퉈가 새로운 정보를 보내와서 주임이 상당히 관심이 많아. 지금 그 방법을 취할지 고민 중이지. 난 장퉈와 접촉할 때는 상당히 조심하라고 충고했지만 귀담아

듣지 않으니 할 수 없지."

친사부는 담담하게 말했지만 표정에는 깊은 실망이 스쳐갔다.

지난 반년 동안 루추는 장뒈라는 이름을 여러 번 들었다. 그가 용아도(龍牙刀)라는 것 외에는 아는 것이 없었다. 장뒈에 대한 평가는 사람마다 달랐다. 인한광은 장뒈가 존경할 만한 상대라고 생각했지만 인청잉은 그를 무시했다. 징충환은 장뒈를 두려워했다. 친사부는 말만 들어도 그에 대한 증오심을 역력히 드러냈다.

어쨌든 미스터리한 인물이었다. 여기에 생각이 미치자 루추는 호기심이 발동했다.

"사부님, 장뒈는 어떻게 알게 되셨어요?"

주요 복원분야가 예기인 친사부가 병기인 용아도와 관계를 맺을 일이 없어서 하는 말이었다.

"한 번 만난 적이 있어."

친사부가 더 얘기하고 싶지 않은 듯 루추를 바라보며 말했다.

"그들이 외모는 젊지만 너무 오래 살아서 지나치게 교활해졌어. 자네는 전승을 받아들였기 때문에 그들과의 접촉을 피할 수는 없으니 늘 조심해야 하네."

루추는 그의 말에 완전히 동의하지는 않지만 반박하고 싶지도 않아 고개를 끄덕였다. 잠시 머뭇거리던 그녀가 탐색하듯 물었다.

"사부님은 화형자들을 별로 좋아하지 않는 것 같아요. 제가 제대로 본 건가요?"

지난 반년간 친사부는 13층 사람들을 사무적으로만 대했으며 사적으로는 가깝게 지내지 않았다. 루추는 한때 그의 성격이 그런

줄 알았다. 그러나 지내면서 보니 친사부는 사람 사귀기를 좋아하고 감정을 중시하는 사람이었다. 루추를 지도할 때도 전심전력을 다하고 있다는 게 느껴졌다. 그런 그가 왜 화형자들만 보면 탐탁찮게 생각하는지 알 수 없었다. 친사부는 그 이유는 말하지 않고 다른 얘기를 꺼냈다.

"어쨌든 명심해. 경계해서 나쁠 게 없다는 말은 사람에만 해당하는 것이 아니고 사람처럼 생긴 모든 것까지 해당되니까 말이야."

그의 말이 가사의 라임처럼 들려서 루추는 저도 모르게 웃음이 나왔다.

"사실 오래 산다고 다 교활해지는 건 아닌 것 같아요. 징충환만 해도 여고생 같은 순수함이 있잖아요."

"그건 그래."

친사부가 무심하게 대꾸했다.

"밥을 먹지 않아도 되니 버는 돈을 몽땅 옷과 화장품 사는 데 써버리고 통장은 텅텅 비어 있잖아."

"정말요?"

루추는 이런 일까지는 몰랐다. 눈을 크게 뜨고 물었다.

"사부님은 저보다 늦게 회사에 들어오셨는데 비화를 저보다 많이 알고 계시네요?"

"비화는 무슨……. 정보 수집도 능력이니 배워두라고."

"……."

반년간 훈련을 받으면서 루추가 체득한 것이 있었다. 논리적인 부분은 친사부를 따라갈 수 없지만 이렇게 편안하게 주고받는 대화는 스트레스 해소에 상당히 도움이 되었다. 그들이 이야기를 나누는 동안 자동차는 궈예이호텔의 물품을 하역하는 주차장으로 들어갔다.

루추는 친사부를 따라 차에서 내려 건물 쪽을 향해 걸음을 옮겼다. 이때 흰색 조리복을 입고 두 눈만 드러나는 검은 마스크를 쓴 남자가 주방 후문을 힘껏 밀고 나와 그들 쪽으로 걸어왔다. 두 사람 앞에서 걸음을 멈춘 남자는 쉰 목소리로 친사부에게 말했다.

"내 본체는 2층 방에 있어요. 지금 올라가서 보시겠어요?"

"당신은 누구요? 예의도 몰라요? 먼저 자기소개부터 하시오."

친사부가 못마땅한 듯 이렇게 말했다. 상대방이 멈칫 하더니 내키지 않는 말투로 말했다.

"내 이름은 추저우(楚冑)입니다. '초수삼호, 망진필초(楚雖三戶, 亡秦必楚, 초나라는 비록 3호이나 진나라를 멸망시키는 건 필연코 초나라이다)'의 추(楚, 초), 갑옷과 투구(甲冑, 갑주)의 저우(冑)입니다. 지금은 궈예이 메인 셰프로 일하고 있습니다."

그가 잠시 말을 멈췄다가 계속했다.

"친사부님, 반갑습니다."

그가 이렇게 말하고는 막대기처럼 그 자리에 서서 사람들의 얼굴을 어색하게 쳐다보았다. 그러는 통에 친사부의 표정이 더 어두워졌다.

루추는 이렇게 사람들과 소통할 줄 모르는 화형자를 본 적이 없었다. 그래서 자기도 모르게 웃음이 나왔다. 그녀가 자기소개를 했다.

"처음 뵙겠습니다. 잉루추라고 합니다. 청동의 전승자이고 주 종목은 병기입니다."

친사부가 보충설명을 했다.

"내 제자입니다. 이번 일을 맡게 되면 나와 함께 복원작업을 할 겁니다."

추저우가 루추에게 무뚝뚝하게 물었다.

"루추 씨도 위링에 근무하세요?"

"저는 보조 복원사입니다."

추저우가 갑자기 긴장된 목소리로 물었다.

"징충환을 아시겠네요?"

"그럼요. 아침에 같이 커피를 마셨는걸요."

그의 말투에 예의가 없었으므로 루추도 웃음기를 거뒀다. 추저우가 나라라도 잃은 표정으로 멍하니 있더니 갑자기 잠긴 목소리로 말했다.

"충환 씨에겐 나 여기있다고 말하지 말아요……. 부탁해요."

난데없이 부탁한다는 말에 루추는 깜짝 놀랐다. 그녀가 의심스런 눈으로 상대를 훑어보며 물었다.

"그건 왜죠?"

"그건 알 필요 없고 비밀만 지켜주면 돼요."

추저우가 뻣뻣하게 말했다.

루추가 핸드폰을 그의 눈앞에서 흔들었다.

"징충환은 내 친구에요. 그 이유를 말해 주지 않으면 지금 당장 전화해서 궈예이에 마스크 쓴 세프가 있는데 징충환에게 나쁜 마음을 품고 있다고 말할 거예요."

"그 여자에게 난 그런 사람이 아니에요."

추저우가 루추를 노려보며 마스크를 벗었다. 그의 얼굴 아래쪽 절반이 상처투성이였으며, 피부는 불에 타 오그라진 것이 차마 눈 뜨고 볼 수 없을 정도로 참혹했다.

루추가 경악하며 숨을 죽였고, 친사부가 다가가 자세히 살펴보았다.

"어떻게 하다 다쳤어요?"

"원명원(圓明園)에서 화상을 입었어요."

추저우가 이렇게 대답했다. 이때 주방 뒷문이 열리며 머리카락에 자주색 하이라이트 염색을 한 젊은 남자가 머리를 내밀었다.

"추 셰프님, 가자미 생선이 도착했는데 선도 검사 좀 해주세요."

추저우는 보기와 달리 동작이 신속했다. 그가 얼굴에 손을 대는 순간 마스크가 얼굴 전체를 덮었다. 참혹한 상처는 순식간에 눈앞에서 사라지고 각진 턱의 얼굴형만 보였다. 잘생겼다고 할 수는 없었지만 무척 개성 있는 생김새였다. 그의 변검(變臉) 기술이 너무 신기해서 루추는 입을 벌린 채 멍하니 그를 바라보았다. 그는 어색하게 얼굴을 주방 쪽으로 돌리며 자주색 머리 사내에게 말했다.

"금방 갈 테니 일단 생선을 냉장고에 집어넣어."

자주색 머리 사내가 들어가고 주방 뒷문이 닫히자 추저우는 몸을 돌리더니 루추에게 쿨하게 말했다.

"나의 초능력은 사람들 눈앞에 있는 물체의 외관을 바꾸는 겁니다."

루추가 그제야 알겠다는 듯 물었다.

"하지만 징충환 앞에서는 망가진 얼굴로 보이겠군요. 그녀가 추저우 씨의 지금 모습을 보는 걸 원치 않고. 그렇죠?"

"그녀는 사물의 아름다운 면을 좋아해요. 치료를 마치면 그녀 앞에 나타날 거예요."

추저우가 머리카락을 부자연스럽게 뒤로 휙 젖히며 짐짓 쿨하게 말했다.

"그때까지는 내가 여기 있는 걸 비밀로 해야 해요."

애써 감추고 있지만 그가 징충환을 소중하게 생각하고 있음을 알 수 있었다. 루추는 원래 "결함이 있는 것은 그것대로 아름답다."는 말을 하려고 했으나 그의 태도에 왠지 모를 아픔이 느껴졌다. 그래서 낮은 소리로 말했다.

"걱정마세요. 제 입 무겁답니다."

추저우가 마스크를 다시 썼다. 친사부는 루추로부터 비단함을 받아들고 그녀에게 말했다.

"바람이나 쐬고 있어. 너무 멀리는 가지 말고. 핸드폰은 반드시 켜놓아야 해. 검사를 마치고 일을 맡기로 결정하면 본체를 들고 회사로 다시 들어가야 하니 말이야."

"알겠습니다. 전 그냥 귀예이 안에 있을 테니 아무 때나 전화 주세요."

친사부가 추저우와 멀어지는 모습을 보며 루추는 발길 가는 대로 정원을 돌아 로비 쪽으로 걸어갔다.

귀예이의 문앞에는 '공사중'이라는 표시가 붙어 있고, 로비 안쪽에서 공사하는 소리가 들려왔다. 벤중이 원예용 앞치마를 걸치고 검은색 바탕에 자주색이 섞여 있는, 자태가 우아하고 소박한 국화 화분 하나를 들고 계단에서 고개를 돌려 안쪽을 보며 얘기하고 있었다.

"열심히 해요 이번 달까진 완공해야 하니까. 여기서 겨울까지 지내게 할 생각은 없어요."

"벤 형 안녕하세요?"

루추가 벤중을 보며 손을 흔들었다. 벤중도 그녀를 보고 손에 든 꽃을 흔들었다.

"검은 국화인데 희귀품종이에요. 어렵게 손에 넣었죠."

화분은 때마침 꽃이 만발했다. 그 향내가 사람을 취하게 했다. 루추는 가까이 가서 냄새를 맡으며 진심 어린 찬사를 몇 마디하고는 안으로 들어갔다. 장쉰이 A자형 작업대 계단 위에 앉아 있는 모습이 보였다. 그는 손에 작은 조각도를 들고 콧노래를 부르며 벽의 외다리 새 필방(畢方)을 조각하고 있었다. 오늘은 반바지만 입은 채 웃통을 벗고 건장한 근육을 드러내고 있었다. 그는 오늘따라 자유로워 보이는 것이 좋아하는 일을 하고 있음을 알 수 있었다. 그의 움직임에 따라 돌가루가 계속 떨어져서 루추는 손으로 눈을 가리고 다가가 인사를 했다.

"안녕하세요?"

홍얼거림을 멈추더니 장쉰이 일손을 멈추고 웃음기 어린 눈으로 그녀를 내려다보았다.

"웬일로 시간이 났네요. 땡땡이 친 건 아니에요?"

"사부님과 오더를 받으러 왔어요."

장쉰과의 대화는 전혀 부담이 없어서 루추는 말이 나온 김에 물었다.

"여름에는 서빙 종업원이더니 언제 또 직종을 바꿨어요?"

"무슨 말씀을 하는 겁니까? 이 일이야말로 나의 본업이랍니다."

장쉰이 자신의 뒤에 있는 석상들을 가리켰다.

루추가 놀라서 《산해경山海經》에 등장하는 괴수 조각들을 가리키며 물었다.

"이걸 다 장쉰 씨가 조각했다고요?"

"초기 작품들이라 사실적이죠."

그가 의연한 눈빛으로 사방을 돌아보며 말을 이었다.

"지난 20~30년 동안 경향이 바뀌어서 추상적인 쪽으로 변화했죠. 얼마 전 한 중개업체를 통해 팔려고 내놨는데 평론가가 내 작품의 선이 거침이 없다며 떠오르는 샛별이라고 평가했어요."

루추의 호기심이 또 발동했다.

"예술가가 장사를 해요?"

"물론이죠."

장쉰이 실소하며 말을 이었다.

"유일무이한 작품은 가격을 매기기가 힘들어요. 지갑을 흔쾌히 여는 부자라고 모두 안목이 있는 건 아니에요. 남들 말을 무조건 듣는 사람들도 아니고요."

이 말을 하면서 그는 손에 든 조각도를 마치 연필 돌리듯 돌렸다. 칼이 손가락 사이에서 계속 번쩍거리는 것이 장사와 예술을 함께 논하는 조각가라기보다는 강호에 떠돌며 술로 허송세월하는 검객을 연상케 했다.

이게 장쉰의 또 다른 면일까? 너무 오래 살다보니 여러 면을 다 갖게 된 것은 아닐까? 루추는 새로운 눈으로 그를 바라보며 물었다.

"나중에 판매에 성공했어요?"

"훌륭했죠. 집중적으로 마케팅을 한 후 작업실을 열었어요. 2명의 젊은 친구들을 채용해서 행정잡무를 맡겼죠. 우리는 1년에 6개월만 일하고 남은 시간은 해외여행을 다녔어요. 샤오바이가 일을 저지르기 전만 해도 우리는 집과 차도 있고 대출은 없었죠. 일감도 내년까지 밀려 있었고요."

장쉰이 여기까지 말하고는 바지 뒷주머니에서 핸드폰을 꺼내 버튼을 몇 번 누르더니 그녀에게 던져주었다.

"내 홈페이지에요. 그 안에는 실물 작품 사진들이 있어요."

루추가 핸드폰 화면을 보니 과연 영문 사이트가 있었으며, 배치 방식은 마치 온라인 갤러리와 유사했다. 그 안에는 많은 조각품의 사진들이 있었다. 어떤 사진 아래는 작품이 이미 모씨가 소장중이라는 글씨가 적혀 있었으며, 어떤 사진에는 기부하여 공공예술 용도로 사용중이라고 표기되어 있었다. 기부한 장소는 세계 각지에 분포되어 있었으며 대부분은 전쟁 기념 공원이나 도서관, 시골지역의 학교였다.

몇 페이지를 넘긴 후 루추가 고개를 들어 진심으로 말했다.

"정말 대단한 분이네요."

"지난 일이죠 뭐."

장쉰의 말투에는 조금도 허세가 없었다.

"샤오바이 때문에 사업을 접고 이 낡은 호텔에서 일하고 있죠. 젊은 친구들은 우리 형의 회사에서 잡일을 돕고 있는데 사흘이 멀다하고 일이 재미없다는 문자메시지를 보내와요."

여기까지 말하고 그는 갑자기 신파조로 손을 가슴에 얹고 탄식했다.

"형제들 때문에 가슴이 찢어집니다."

비록 그가 헛소리를 한다는 것을 알면서도 루추는 소리내서 웃었다.

"장쉰 씨 형제들은 좋겠어요."

그를 볼 때마다 루추의 기분은 좋아졌다.

"루추 씨는 형제자매가 없어요?"

"외동딸이에요. 요즘은 흔하지만요."

그가 갑자기 그녀를 주시하며 말했다.

"고독은 예나 지금이나 흔하죠."

그는 루추의 기분을 간파하는 재주가 있었다. 그녀가 쓴웃음을 지으며 말했다.

"습관이 되면 괜찮아요."

장쉰이 턱을 어루만지며 갑자기 바닥으로 훌쩍 내려와 걸어놓은 티셔츠를 입었다. 그러더니 한 손을 루추의 어깨에 얹고 한 손으로는 주방 쪽을 가리켰다.

"갑시다. 모처럼 오셨으니 내가 한턱낼게요. 돈은 볜중이 낼 거예요."

문밖에서 땅에 뭘 던지는 소리가 나는 걸로 보아 볜중이 그 소리를 들은 모양이다. 볜중은 그런 식으로 불만을 소심하게 표출했다. 장쉰이 껄껄 웃으며 손에 든 칼을 위로 던졌다. 칼은 공중에서 아름다운 궤적을 그리며 땅에 떨어지기 직전에 어디론가 사라져 버렸다. 그 빛은 순식간에 사라졌지만 그 기세는 하늘에서 떨어지는 유성만큼이나 찬란하고 아름다웠다. 루추가 놀라며 장쉰을 쳐다봤다. 장쉰은 사다리를 들어 벽 한쪽에 놓았다. 걸음걸이는 가벼웠지만 그의 움직임에는 무인의 카리스마가 배어나왔다.

샤오렌이 창공을 선회하며 예리함과 긴장감이 몸에 밴 독수리라면, 장쉰은 평소에는 나른하게 있다가도 필요할 때 먹잇감의 목덜미를 순간적으로 낚아채는 초원의 표범이라고 할 수 있을 것이다. 적을 대하는 둘의 방식은 전혀 다르지만 그 강한 정도는 누가 더 낫다고 판단하기가 어렵다. 호익도를 갖고 전승에 들어가 관문을 통과할 수 있다면…….

"호익도로 소련검을 상대하면 승산이 있을까요?"

루추가 장쉰의 옷깃을 잡아당기며 약간 긴장하며 물었다.

장쉰이 무심히 대답했다.

"5대 5 정도 될 거예요. 나는 샤오렌과 여러 번 싸워봤어요."

"두 분이 싸우라는 거 아니에요."

루추가 황급히 그의 말을 막고 해명했다.

"내가 호익도를 들고 다른 사람……, 검술 전문훈련을 받지 않은 어떤 부인이 소련검을 들고 싸우는 거예요."

장쉰이 그녀의 얼굴을 자세히 살펴더니 솔직하게 대답했다.

"오랫동안 살펴본 바로는 여성과 여성의 싸움이라 함은 손톱으로 상대의 얼굴을 할퀴는 것이 비교적 빠르죠. 칼을 들고 싸우면 양쪽 다 다치기 쉽고, 자칫하다가는 자기 칼에 자기가 다쳐요. 별로 권장할 만한 방법이 아니죠."

루추가 반신반의하며 물었다.

"정말이에요?"

"하하! 물론 거짓말이죠. 누가 그런 걸 관찰해요? 여자들이 싸우면 멀리 피하는 게 상책이죠. 자칫하면 불똥이 내게 떨어질 테니까요."

장쉰이 큰 소리로 웃었다.

루추는 입을 다물었다. 장쉰의 도움을 받는 것이 과연 좋은 생각인지 의심이 들었다.

그들은 대화를 나누면서 주방으로 들어갔다. 장쉰은 디저트 담당 세프에게 다가가더니 붙임성 좋게 어떤 게 맛있냐고 물었다. 세프는 귀찮은 빛이 역력했지만 자주색 머리 젊은이를 시켜 수제 홍차 아이스크림, 설탕에 절인 레몬 파운드케이크, 신선한 푸르츠 타워, 작게 자른 훈제연어 샌드위치를 꺼내왔다.

장쉰은 그릇들이 진열되어 있는 뒤쪽에서 마치 마술사처럼 피크닉 바구니를 찾아냈다. 그리고는 디저트들을 그 안에 넣더니 루추를 정원 나무 아래 있는 돌벤치로 데리고 갔다. 보온병 뚜껑을 열고 냄새를 맡더니 옆에 있던 루추에게 주었다.

"코스타리카의 피라(Pira)농원에서 재배한 티피카(Typica) 커피에요. 하이 로스트(hight roast)로 볶은 거예요."

"커피 원두에 대해서는 모르지만 향이 정말 좋네요."

루추가 사실대로 말했다. 장쉰은 입꼬리를 살짝 올리며 커피 두 잔을 따르더니 잔을 들고 말했다.

"여러분 덕분에 추저우가 오늘 기분이 좋아서 주방에서도 말하기가 수월했어요."

"그분 정말 총괄 셰프에요?"

"정통 중식과 프랑스식 요리를 하죠. 디저트는 특히 잘해요."

장쉰이 커피 한 모금을 마시면서 흥미롭다는 듯 그녀를 바라보았다.

"내 칼이 왜 필요한지 말해 봐요. 전승의 땅에 무슨 일이 있어요?"

한 번에 맞추는 걸 보니 그는 정말 머리가 좋다. 루추가 고개를 끄덕이더니 마음을 가라앉히고 악몽을 꾼 일부터 시작해서 오늘 아침 친사부와 의논한 일까지 모두 얘기했다.

그녀가 생사가 달린 관문에 몇 번이나 끌려들어갔다는 얘기를 들으며 장쉰의 표정에 변화가 일기 시작했다. 짙은 눈썹과 커다란 눈의 그가 엄숙해지니 갑자기 민첩하고 용맹해 보였다. 그가 물었다.

"금제를 장악하고 싶어요?"

"금제를 어떻게 해제하는지 배워야 해요."

"그렇군요."

장쉰이 턱을 만지며 갑자기 물었다.

"샤오렌이 동의했어요?"

"그의 동의를 왜 받아야 해요?"

루추가 반문했다.

"샤오렌이 협조하지 않으면 해결방법을 찾아도 소용없어요."

장쉰의 말투는 담담했으나 그의 말은 정곡을 찔렀다.

루추가 멈칫하다가 갑자기 볼멘소리를 했다.

"소용이 없진 않죠."

이 순간 그녀의 머릿속은 어느 때보다 명료했다. 그녀는 숨을 크게 들이마시고는 말을 이었다.

"해법만 찾으면 샤오렌이 받아들이지 않더라도 내가 그 방법을 두 주임에게 넘기면 돼요. 그후 시간이 아무리 흘러도, 설사 내가 죽고 없다고 해도 그가 원하면 언제라도 다른 전승자를 찾아 금제를 풀 수 있으니까요."

하나의 가설에 불과하지만 말을 해놓고 나니 이미 이뤄진 것 같은 기분이었다. 그녀가 한줌 흙으로 돌아가도 그는 마침내 속박에서 벗어나 자유를 찾을 것이다. 그렇게만 된다면 너무 좋을 것 같다. 눈가가 어느새 뜨거워졌다. 루추는 얼른 고개를 숙이고 아무 일 없었다는 듯 잔디밭을 바라보았다. 장쉰이 그런 그녀를 보더니 부드럽게 말했다.

"다른 선택지도 있어요."

"무슨 소리죠?"

그녀가 어리둥절해서 그를 바라보았다.

"지금부터 금제를 풀 방법은 생각하지 않는 겁니다. 그렇게 되면 최씨도 루추 씨를 어쩌지 못할 거예요."

그가 그녀의 옆얼굴을 보며 대뜸 말했다.

"난 루추 씨가 이 방법을 생각해 보지 않았다는 게 믿어지지 않아요."

"생각해 봤어요. 그것도 여러 번."

지난 반년 동안 얼마나 여러 번 그런 생각을 하며 얼마나 많은 방황을 했던가! 머리 위로 뭔가 스쳐가서 루추는 머리를 들었다. 털에 윤기가 반질반질한 다람쥐 두 마리가 계속 뛰어다녔다. 나뭇가지 위에서 즐겁게 서로 쫓아다니는 다람쥐들을 보며 루추가 천천히 말했다.

"이렇게 해야 내가 더는 금제를 생각할 수 없을 뿐 아니라 그에 대한 생각도 하지 않을 수 있어요."

"그게 그렇게 어려워요?"

장쉰이 천진난만하게 물었다.

"언젠가는 하나도 어렵지 않게 되길 바라죠."

루추는 나뭇가지 사이로 보이는 하늘로 시선을 던지며 얘기를 계속했다.

"그날이 오기 전 나는 내가 할 일을 하려고 해요. 그래서 그가 나를 기억하고 나도 아무 걱정없이 그를 기억할 수 있으면 돼요."

장쉰이 태연하게 멀리 않은 곳의 담을 바라보며 말했다.

"너무 오래 살면 기억은 가장 믿을 수 없는 것이라는 걸 루추 씨도 알게 될 거예요."

무슨 이유인지 그의 말투에 루추는 부아가 치밀었다. 그녀가 진지하게 물었다.

"생명이 무한히 길기 때문에 당신들은 시간을 소중히 생각하지 않는 거 아니에요?"

장쉔이 눈썹을 씰룩하며 반박하려고 했으나 뭔가 떠오르는 듯 전신이 경직되어 루추의 얼굴을 뚫어지게 바라보았다. 루추는 이상한 낌새를 눈치채지 못하고 앞만 보며 말을 계속했다.

"난 샤오렌만을 위해서가 아니라 나 자신을 위해서 그러는 거예요. 지난 반년은 나에게는 반세기처럼 길었어요. 내가 현실을 도피하면 하루는 여전히 1년 같을 거고, 나는 계속 후회할 거예요. 오히려 더 깊은 늪에 빠져서 헤어나지 못할 수도 있고요."

"그렇죠."

장쉔의 음성에 자기 생각에만 빠졌던 루추가 그를 바라보았다. 의아한 그녀의 표정에 그가 이를 드러내며 웃었다.

"무한한 생명을 갖는 존재는 후회를 더 가슴깊이 새기는 법이죠."

그가 케이크 위의 초콜릿바를 비틀더니 그녀의 눈앞에서 흔들었다.

"그래서 난 당신을 돕기로 결심했어요."

"고마워요."

루추의 눈이 갑자기 빛났다.

"뭘요."

장쉔이 으쓱대며 입에든 초콜릿을 씹으며 말했다.

"내가 남녀평등을 신봉해서 여성과 싸우는 데 전혀 저항감이 없는 것을 다행으로 생각하세요."

"네?"

루추가 눈을 깜박거리며 곤혹스럽게 말했다.

"하지만 최씨와 직접 싸우는 건 나라고요. 장쉰 씨는 아무것도 느끼지 않을 거예요."

"참! 하마터면 그걸 잊어버릴 뻔했네……."

장쉰이 씹는 동작을 멈추더니 절반쯤 먹은 초콜릿바로 루추를 가리키며 물었다.

"즉 루추 씨가 싸우고, 싸움에 져서 구겨지는 건 내 체면이란 말이죠?"

"지면 지는 거지 무슨 체면을 구겨요?"

자신의 말에 장쉰의 얼굴이 일그러지는 걸 본 루추가 서둘러 말했다.

"아무도 모를 텐데 뭘 신경쓰세요?"

"지금 장난하는 건가요?"

장쉰이 그녀를 똑바로 쳐다보며 계속 말했다.

"하늘이 알고 땅이 알고, 루추 씨가 알고 내가 알아요. 그리고 최씨도 알고요. 만일 전승에 기록이 남으면 후세 사람들까지 알게 될 테니 내 체면이 말이 아니게 된단 말이에요. 안 되겠어요. 특훈 시작합시다."

장쉰이 벌떡 일어남과 동시에 칼 한 자루가 허공에서 내려와 루추 앞에 떨어졌다.

"나의 초능력 운용법은 아주 간단해요. 하나의 힘을 쓰면 열 배의 효과가 나타나요. 소련검이 여러 개로 복제가 가능하다면 나는 일당백으로……."

그의 목소리에 따라 호익도가 높이 올라가 루추의 앞에서 점점 커지더니 머리 위의 해를 가렸다.

13
장미

그날 오후 루추는 생애 최초로 칼 쓰는 법에 대한 강좌를 들었다. 호익도는 과연 명검이었다. 크기를 마음대로 조절할 수 있어서, 크기를 키워 하늘을 날면 군용 폭격기처럼 무서운 힘을 냈으며, 작게 만들면 칼끝보다 작아져서 인체의 혈관을 따라 흐를 수도 있으니 감쪽같이 살인을 할 수도 있었다.

가르치는 사람도 명강사였다. 장쉰은 마치 바람과 같이 움직이며 검법의 처음부터 끝까지 시범을 보였다. 맹렬한 기세는 하늘을 찌를 듯했으며, 민첩하기는 제비가 연못을 스치는 듯했다. 마지막 초식(공격이나 방어를 하는 기본 기술을 연결한 연속 동작-역주)을 마치면 칼을 들고 원래 위치로 돌아가 공격태세를 끝까지 유지했다. 그의 모습은 보는 사람으로 하여금 '더딘 종과 북소리에 밤이 길고,

밝은 은하수가 하늘을 밝히려 한다(遲遲鍾鼓初長夜, 耿耿星河欲曙天, 지지종고초장야, 경경성하욕서천, 백거이(白居易) 《장한가長恨歌》-역주)'를 연상케 했다.

장쉰은 스스로 강할 뿐 아니라 가르치는 데도 열심이어서 조금의 사심도 없었다. 그는 루추에게 검법의 시범을 보였을 뿐 아니라 호익도와 소통하는 법까지 가르쳐주었다. 이렇게 해서 칼의 크기를 마음대로 조절할 수 있게 되었을 뿐 아니라, 마음만 먹으면 원하는 목표를 지정하여 민첩하게 움직이며 자신의 팔처럼 자유자재로 사용할 수 있게 되었다.

훌륭한 칼에 훌륭한 스승이 상부상조하니 그야말로 완벽한 조합이었다. 루추는 신이 나서 호익도를 들고 연습했다. 30분 후 잠시 방심했더니 칼자루가 그녀의 발끝에 부딪쳐서 몹시 아팠다. 장쉰은 나무 그늘에 앉아 돌멩이로 조각을 하느라 그녀의 상황을 제대로 보지 못했다. 그래서 루추는 칼을 지팡이 삼아 절룩거리며 그의 곁으로 가서 말했다.

"이 칼이 날 도와주고 싶긴 한 것 같은데 잠시도 가만히 있지 않고 놀기 좋아하고 주의가 산만해요. 무엇보다 내 지휘를 따르지 않아요."

"훌륭해요. 내 본체의 성격을 이렇게 확실히 분석한 사람은 루추 씨가 처음이에요. 역시 칼과 인연이 있네요."

장쉰이 그녀의 어깨를 두드리며 말을 이었다.

"열심히 연습해서 이 세기 최후의 검객 자리를 노려봐요."

그가 짐짓 진지한 표정으로 말을 끝내더니 껄껄 웃으며 잔디밭에 누웠다. 루추는 그제야 장쉔이 다 보고 있었음을 알았다. 겉으로는 제멋대로인 듯하지만 사실은 세심하고 꼼꼼한 성격이었던 것이다.

루추는 두꺼운 칼등을 가볍게 어루만지며 낮은 소리로 말했다.

"만약 호익도로 소련검을 이긴다면 관문을 성공적으로 통과한 셈일까요?"

"전승은 복원사의 영역에 속하기 때문에 내가 평가할 수는 없어요."

장쉔이 양손으로 머리를 받치고 말했다.

"하지만 상대하기 힘든 상황이 생기면 내 본체의 초능력을 이용해서 일단 위험에서 벗어나야 해요."

루추가 듣고 싶은 대답은 아니었으나 장쉔이 진지해지고 있음을 증명하는 말이었으므로 신뢰할 만했다. 그녀가 웃으며 그에게 말했다.

"알았어요. 명심할게요. 고마워요."

장쉔이 손가락으로 'OK' 모양을 만들었다. 루추는 손가락 끝으로 칼등을 문지르다가 갑자기 이상한 느낌이 들었다. 석양이 지며 태양의 밝기가 떨어졌기 때문에 그녀는 석등 아래로 달려가 등불에 칼등을 여러 번 비춰보았다. 그리고는 이쪽으로 걸어오는 장쉔에게 물었다.

"혹시 전에 다친 적 있어요?"

"그 오랜 세월을 다치지 않고 지냈으리라고는 생각하기 어렵겠죠. 그런데 어떻게 그 생각을 했어요?"

장쉰이 반문하자 루추가 칼등을 가리켰다.

"여기 크게 때운 흔적이 있어요. 하지만 공법이 복원과는 다르고 마치……."

그녀가 고개를 숙이고 한참을 들여다본 후 의심스럽게 말했다.

"금박공예?"

그녀가 고개를 갸우뚱하며 유난히 진지한 모습에 장쉰은 어디선가 루추를 본 듯한 느낌이었다. 그가 의혹을 누르며 웃는 얼굴로 물었다.

"그게 뭐죠? 들어본 적도 없어요."

"오래된 공예의 종류에요. 언제부터 시작되었는지는 모르지만 당나라 때 이미 보편화되었어요. 얇은 금박을 기물에 붙이는 거예요. 하지만 금박공예는 대부분 장식효과에 사용되죠. 예를 들어 불상 같은데요. 이런 공법으로 도검을 복원한 사례는 처음이에요."

그녀가 칼을 돌려주며 물었다.

"누가 복원을 해줬어요?"

희미한 장면이 그의 뇌리를 스쳤다. 장쉰은 주먹을 쥐고 손마디로 미간을 눌렀다.

"생각이 나지 않아요."

루추가 어리둥절하여 물었다.

"어떻게 생각이 나지 않을 수 있죠? 이런 공법은 기껏해야 작은 상처를 때울 수 있을 뿐이라서 의식을 잃을 정도의 중상은 아니었을 텐데요."

장쉰이 손을 내려놓고는 조각을 하다만 돌멩이를 버리고 담담하게 말했다.

"상관없어요. 정말 큰 상처였으면 느낄 수 있었겠죠. 참! 이번 주말에 시간 있어요?"

루추가 고개를 끄덕였다.

"그럼 됐네요. 옷을 사러가는 데 조언이 필요해요."

루추는 남자 옷 사는 데 따라가 본 적이 없어서 도움이 안 될 거 같다고 생각했다. 그래서 거절하려다가 갑자기 어떤 생각이 떠올랐다.

그녀가 몸을 기울이며 물었다.

"주말 종일 시간 되세요?"

"무슨 옷 하나 사는 데 종일 걸려요?"

장쉰이 깜짝 놀랐다.

"난 사실 고르는 게 귀찮아서 도와달라고 한 건데……."

"그게 아니에요."

그의 말을 막은 그녀가 눈을 반짝이며 말했다.

"일단 옷을 사고 함께 청룡고진에 가지 않을래요?"

두 사람의 시선이 마주쳤고, 장쉰이 어리둥절해서 물었다.

"거기가 어딘데요?"

"청룡고진은 고대의 청룡진이에요. 장쉰 씨가 샤오롄을 묻은 적 도 있는데 어떻게 그걸 잊었어요?"

"그랬던 것 같기도 하네요."

장쉰이 전신을 튕기며 일어나서 말했다.

"좋아요. 차를 빌릴 수 있나 알아볼게요. 그런데 거기는 왜 가는 거죠?"

"샤오롄의 몸에 금제가 심어진 곳이에요. 전에 전승에서 절에 들어간 후에야 공격을 받기 시작했고 그 전까지는 아무 일이 없었어요. 그래서 금제와 관련된 단서를 절에 숨겨놓았다고 생각해요. 최씨는 내가 그걸 보길 원치 않는 거죠. 어차피 전승에서 그곳에 들어갈 수 없다면 아예 현지에 가서 단서를 찾아보려고요."

루추가 단번에 여기까지 말하고는 잠시 멈췄다가 설명했다.

"하지만 그 발굴현장은 현재 대중에게 개방되지 않아서 몰래 숨어 들어가야 해요."

"그러니까 망을 봐줄 기사를 원하는 거군요. 알아들었어요."

장쉰이 짙은 커피색 눈동자로 루추를 바라보았다.

"그런데 이번 행동에서 내가 졸개 역할을 하는 게 별로 도움이 되지 않을 것 같다는 생각이 들어요."

"그래서요?"

루추의 목소리가 차가워졌다. 장쉰이 풀 한줄기를 입에 물고 심드렁하게 말했다.

"재미없어요."

그의 의견을 듣는 게 아니었다. 루추가 칼을 그에게 겨누며 위협하는 시늉을 했다.

"그래서 갈 거예요, 말 거예요?"

"갈게요."

장쉰이 두 손을 들고 항복하는 시늉을 하며 이렇게 말했다.

"아이고 무서워라. 내 본체로 날 겨냥하는 사람은 또 처음 보네.

손에 든 칼이 떨리는 거 느껴져요?"

그의 말이 떨어지자 루추의 손에 든 호익도가 두 번 떨렸다.

"⋯⋯."

친사부의 말대로 평랑의 본체를 복원하는 게 나을 뻔했다는 생각이 들었다.

올해 10월의 날씨는 불안정했다. 낮에는 태양이 뜨겁다가도 밤이 되면 부슬부슬 비가 내리기 시작했다. 금요일이 되자 루추는 퇴근 후 서둘러 마트에 들러 우산을 샀다. 시내로 가는 버스를 탄 그녀는 '고함수문(古涵水門)'이라는 생소한 이름의 정류장에서 하차했다. 양 여사가 보내준 주소에 적힌 대로 대로변의 한 골목으로 들어섰다.

이 일대 건물들은 상당히 오래되었으며 대부분 주택가이고 상가가 드물었다. 도로는 넓지 않지만 무척 깨끗했으며 집집마다 정원에 꽃나무를 가꾸고 있었다. 책가방을 맨 학생들이 삼삼오오 집으로 가며 청춘의 활기와 기쁨을 내뿜고 있었다. 타향에 혼자 떨어진 탓인지, 루추는 대학을 졸업한 지 얼마 되지 않았지만 이런 분위기를 보니 격세지감이 느껴졌다.

학생들을 뒤로하고 계속 걸어간 루추는 가정집처럼 보이는 녹색 철 대문 앞에 섰다. 양 여사와 만나기로 한 곳은 한 식당이었다. 그런데 이 집은 아무 간판도 달려 있지 않았다. 루추가 확신없이 벨을 눌렀다. 몇 분 후 담청색 전통옷을 입은 30대의 여자가 문을 열더니 상냥하게 물었다.

"누구신가요?"

"저는 미스 잉이라고 합니다. 여기가 융성(永盛)식당인가요?"

상대가 "맞습니다."라고 하며 현관테이블에 놓인 명부를 들고 말했다.

"양 여사님은 미리 와 계십니다. 저를 따라오시죠."

내부 공간은 크지 않았으며 방 세 개 짜리 아파트와 비슷한 구조는 다른 가정집과 별반 다르지 않았다. 그러나 단순하고 소박한 실내는 격조있게 꾸며져 있었다. 팔각 교자상에는 작은 어항이 있고 벽에는 행서와 해서의 중간 서체로 쓴《채근담》이 걸려 있었다. 방마다 테이블이 한 개에서 세 개까지 각각 달랐으며, 손님으로 만석이었다.

루추는 제일 안쪽에 있는 작은 방으로 안내되었다. 종업원이 노크하자 안에서 들어오라는 소리가 들렸다. 안으로 들어가니 단 하나의 동그란 식탁 앞에 양 여사가 벽을 등지고 앉아 있었다. 그녀는 니트 정장을 입고 지난번과 같은 진주 목걸이를 하고 있었으며 앞에는 찻잔을 놓고 책을 읽는 중이었다.

루추가 들어가자 양 여사가 읽던 책을 덮고 미소를 띠며 옆의 의자를 가리켰다.

"어서 오세요. 이쪽으로 앉으세요."

머리를 짧게 자르고 옅은 화장을 한 그녀는 생기 있어 보였다. 길고 아름다운 눈에 탄력을 잃지 않은 피부는 중년임에도 나이 들어 보이지 않았으며, 민국시대의 아담하고 고전적인 미녀를 연상케 했다.

오늘 양 여사는 무척 정상적으로 보여서 루추는 안도의 한숨을 쉬었다. 예의를 갖춰 인사를 한 후 자리에 앉았다. 의자와 벽 사이의 거리가 가까워서 그녀는 백팩을 내려놓고 몸을 옆으로 해서 들어가야 했다. 양 여사와 몸을 스칠 때 책 표지에 시선이 간 루추가 호기심 어린 말투로 물었다.

"양 여사님도《어린 왕자》좋아하세요?"

책 표지에는 금발의 소년이 작은 지구 모양 위에 머리를 들고 그레이 블루의 별이 반짝이는 하늘을 쳐다보고 있었다. 루추도 읽은 적 있는, 고독과 우정, 사랑에 관한 매우 훌륭한 책이었다.

양 여사는 시선을 책표지에 두고 잠시 생각하다가 대답했다.

"그런 셈이죠. 나는 독서에는 취미가 없어서 주로 안에 있는 삽화를 본답니다. 일단 음식부터 주문합시다."

때마침 종업원이 들어와 주문을 받았다. 두 사람이 안부 몇 마디를 주고받을 무렵 주문한 음식이 나왔다. 오리고기 계란말이와 안에 찹쌀이 들어간 연근조림이 냉채로 나오고, 고기와 채소를 볶은 따끈한 요리와 돌솥에 담긴 국이 나왔다. 가짓수는 많지 않았지만 모두 가정식 메뉴이고 불 조절을 잘해서 담백하고 맛있었다.

루추는 식사를 하면서 직물 소재의 책 표지 복원과정에 대해 설명했다. 그녀는 양 여사의 동의를 한시라도 빨리 얻어 표지 안쪽에 어떤 기밀을 숨겨놓았는지 알고 싶었다. 그래서 설명에 공을 들이느라 음식 맛을 음미할 겨를이 없었다. 양 여사는 그와 반대였다.

그녀는 많이 먹지는 않았지만 젓가락질을 할 때마다 오랫동안 씹으면서 뭔가를 회상하는 듯했다. 루추가 대충 말을 끝내자 양 여사는 우아한 자태로 국그릇을 들고는 부드러운 음성으로 물었다.

"루추 씨, 사람이 기물처럼 세상에 몇백 년이나 몇천 년을 존재하며, 심지어 늙지도 죽지도 않을 거라는 생각을 해본 적 있어요?"

"네?"

생각지도 않은 뜻밖의 질문을 받고 루추는 눈을 휘둥그레 떴다. 그런 그녀의 모습을 본 양 여사의 표정이 어두워졌다.

"아무것도 아니에요. 그냥 물어본 거예요."

그녀는 테이블 한쪽에 밀어놓은 《어린 왕자》를 들고 가벼운 목소리로 말했다.

"이 책도 죽은 남편의 소장품이에요. 1943년 초판 버전이죠. 그가 미국에서 유학할 때 서점에서 이 책을 발견하고는 용돈을 아껴 마침내 손에 넣었대요."

그 말을 듣고 보니 책 제목이 불어로 쓰여 있었다. 표지도 누렇게 색이 바랬고 책 장정도 낡아서 오래된 것임을 알 수 있었다. 양 여사의 말에는 그리움이 배어나왔다. 그녀가 복원하고 싶은 것이 혹시 이 책은 아닐까 하는 생각이 들 정도였다. 루추가 생각 끝에 미안하다는 듯 작은 소리로 말했다.

"우리 회사에는 고전서적을 복원할 전문가가 없어요."

양 여사가 푸훗 웃음을 터뜨리더니 작게 한숨을 쉬었다.

"한 사람이 천진난만하게 살아갈 수 있다는 것은 주변에 더 큰 대가를 치르고 지켜주는 사람이 있기 때문일 거예요."

그녀의 말투에는 조금도 조롱의 의미가 없었으며, 마치 혼잣말을 하는 표정이었다. 루추는 양 여사가 겉모습과는 달리 정신적으로 아직 혼란을 겪고 있나 의심이 들었다. 그래서 신중하게 대답했다.

"그건《어린 왕자》에 있는 대사에요."

"네. 루추 씨도 이 책을 좋아하나 봐요. 그렇게 자세히 아는 걸 보니."

양 여사가 아련한 눈빛으로 이렇게 말하더니 시선을 다시 루추에게 돌렸다.

"먼저 미안하단 말을 해야겠어요."

"왜요?"

루추는 영문을 알 수 없었다.

"루추 씨의 백팩을 망가뜨렸어요."

양 여사가 이렇게 말하며 자신의 가방에서 핸드폰을 꺼내 테이블 위에 놓았다. 그 핸드폰은 루추의 것과 모양이 똑같았으며 닳은 부분까지 같았다. 루추가 황급히 백팩을 들고 핸드폰을 찾았으나 백팩은 칼에 찢겨 있었다. 그녀가 안주머니에 넣어둔 지갑은 있었으나 핸드폰은 보이지 않았다.

조금 전 자리에 앉기 위해 양 여사가 자리를 비켜줄 때 일부러 꾸물거리던 장면이 떠올랐다. 루추의 얼굴이 하얗게 질리며 가방을 들고 일어서서 그 자리를 빠져나가려고 했다. 나가려면 양 여사의 자리를 지나가야 한다. 그러나 양 여사는 앉은 자리에서 꼼짝하지 않는 것이 비켜줄 생각이 없었다. 그녀가 루추를 바라보며 말했다.

"묘원에 갔던 날에는 루추 씨가 외투를 입고 와서 손을 쓰기가 편했죠. 그때 루추 씨의 핸드폰을 훔쳐보고 기회를 틈타 제자리에 넣어놓았어요. 오늘은 각도가 좋지 않아서 부득이 칼을 쓸 수밖에 없었네요."

양 여사가 말을 마치고는 손가락 사이에 끼워놓은 칼날을 보여주었다. 그리고는 장지갑 안에서 지폐 몇 장을 우아한 손짓으로 꺼내 핸드폰 위에 놓고 루추 쪽으로 밀어놓았다.

"이걸로 가방을 새로 사세요. 이번엔 튼튼한 걸로요. 그리고 앞으로는 낯선 사람과 몸이 스칠 때는 가방을 반드시 앞으로 매세요."

악랄한 짓을 해놓고도 태도는 자상하게 후배를 챙기는 어른의 그것이었다. 루추는 화가 났지만 어떻게 해야 할지 알 수 없었다. 그녀는 지폐는 그대로 두고 핸드폰만 챙기고는 차갑게 물었다.

"왜 그런 짓을 했어요?"

어쩐지 묘원에서 양 여사가 유난히 그녀 옆에 붙어 있던 생각이 났다. 그날은 습관이라고 생각했는데 알고 보니 다른 목적이 있어서 그런 거였다.

"배경조사를 좀 하려고요. 루추 씨가 그……, 내가 의심하는 사람들과 같은 일당이 아니라는 걸 확인해야 했어요."

양 여사가 빠르게 대답했다. 표정에도 변화가 없었다. 그녀는 아직도 그 자리에 서서 주저하는 루추를 쳐다보더니 찻잔을 들어 한 모금 마셨다.

"내 행동을 변명할 생각은 없어요. 하지만 가지 말고 내 지난 얘기를 좀 들어봐요. 어쩌면 우리가 협력할 기회를 찾을 수도 있으니까요."

루추는 양 여사와 협력할 일이 과연 있을까 의심스러웠지만 일단 자리에 앉았다. 가방을 두 팔로 꼭 안은 채 경계하는 눈빛으로 상대를 바라보았다.

양 여사는 태연하게 루추를 바라보며 감개 어린 목소리로 말했다.

"내가 루추 씨 나이 때는 훨씬 민첩했어요."

"그래요."

"손가락도 유연했고요."

뜬금없는 말을 던져놓고 양 여사는 이해할 수 없는 표정으로 웃었다.

"나는 고아 출신이에요. 초등학교를 중퇴하고는 곧바로 소매치기 집단에 들어갔죠."

너무나 극적인 반전에 루추는 믿어지지 않았다. 그래서 침묵을 지켰다. 양 여사가 의자 위에 놓인 《어린 왕자》를 들고 표지를 부드럽게 어루만지며 계속 말을 이어갔다.

"저우인을 처음 만난 건 루추 씨와 비슷한 나이 때 첸수이만(淺水灣)의 고급 호텔에서에요. 당시 나는 홍콩에 간 지 얼마 되지 않을 때라 모든 것이 낯설었어요. 호텔 로비를 두 바퀴 돌며 어수룩한 젊은 남자를 소매치기 대상으로 골랐죠. 속으로 혹시 실수하더라도 그의 혼을 빼놓고 달아나면 된다고 생각했죠. 그런데 그에게 붙잡혀 혼이 나간 사람은 내가 되어버릴 줄 누가 알았겠어요? 우리는 그렇게 평생 빠져나올 수 없는 사랑의 늪에 빠져버린 거예요."

잘 나가는 남자가 악의 구렁텅이에 빠진 여자를 만나는 구세기의 전형적인 스토리였다. 전도양양한 공대생이 아름다운 외모 외에는 아무것도 없는 소매치기와 사랑에 빠진 것이다.

전형적인 틀에서 벗어난 유일한 부분은 그 남자가 책을 좋아한다는 것 외에 머리가 꽉 막히지 않았다는 것이다. 그는 소매치기 집단의 우두머리를 설득해 여자의 신분을 세탁해 주고 마침내 결혼을 하면서 완벽한 해피엔딩을 만들어냈다. 유일한 아쉬움은 둘 사이에 아이가 없다는 것이었다. 그러나 검사결과 남자에게 문제가 있었기 때문에 시어머니가 며느리의 과거에 불만을 품은 것 말고는 가정적으로 풍파 없이 순조로운 결혼생활을 했다. 그 검사결과를 머리 좋은 남자가 꾸며낸 것인지는 여자도 알 길이 없었다.

"그는 책 읽는 걸 좋아했어요. 그렇다고 해서 꽉 막힌 책벌레는 아니었어요. 이《어린 왕자》는 그가 내게 선물한 거예요. 결혼식을 올린 날 밤, 그가 나를 안고 말했죠. 나를 한 송이 장미처럼 아끼겠다고, 고귀하고 순결하면서도 강인하여 남에게 조금도 뒤떨어지지 않게 해주겠다고 약속했어요."

여기까지 말을 마친 양 여사는 입가에 웃음을 머금고 고개를 갸우뚱하며 달콤한 옛 추억에 잠겼다. 루추도 이야기에 감명을 받았으나 내색하지 않았다. 잠시 후 양 여사도 아무 말이 없어서 루추가 허리를 펴며 물었다.

"저하고 어떤 협력을 하고 싶으세요?"

"혹시 사람들이 루추 씨를 자라같다고 하지 않아요? 목표를 조준해서 빠르게 입에 물고는 절대 입을 벌리지 않는 자라 말이에요."

양 여사가 루추의 굳은 얼굴을 보더니 당황하지 않고 눈을 찡긋했다.

"농담이니 마음에 담아두지 말아요."

남자들을 상대하던 수작을 자신에게 하는 그녀의 모습에 루추는 기운이 빠졌지만 굳은 목소리로 "재미없는 농담이군요."라고 대꾸했다.

"고지식한 것도 그리 나쁘진 않네요."

양 여사가 그녀를 주시하며 말했다.

"이렇게 많은 말을 한 건 나와 저우인이 서로 원해서 20여 년을 살았다는 걸 말해 주고 싶어서예요. 나도 모든 일을 다 얘기할 수는 없고 그 사람도 내게 비밀이 전혀 없지는 않을 거예요. 하지만 우리가 서로 의지하는 부부였던 것만은 틀림없어요."

여기까지 말하고 나서 양 여사의 눈빛이 갑자기 날카로워졌다.

"당시 저우인이 그 고서들을 샀을 때는 사업 초기라 형편이 넉넉하지 않았는데 어디서 돈이 났는지 모르겠어요. 그런데 책을 사와서는 펼쳐보지도 않고 그날 밤으로 다른 곳에 보내버렸어요. 그러다가 몇 년 전에야 그중 일부가 남편의 손에 돌아왔죠."

"남편이 중간에서 다른 사람이 부탁한 책을 구해줬다는 말인가요?"

"그것 말고는 다른 이유가 없어요."

양 여사의 태도는 확고했다. 루추는 의심나는 점을 찾을 수 없었으나 쉽게 믿어버리지 않기로 했다.

"하지만 그분이 돌아가시기 전 그 고서들을 무척 아끼셨다고 들었어요."

양 여사의 표정이 어두워졌다.

"그 고서들은 정말 이상했어요. 알아볼 수 없는 글씨만 가득했거든요. 말을 하지 않았지만 알아보지 못하는 건 남편도 마찬가지였을 거예요. 그런데 왜 그렇게 소중히 지키고 있었는지 이해할 수가 없어요. 마치 은행직원이 고객의 금고를 맡아 관리하는 것과 다를 바 없었다니까요. 그 안의 내용을 루추 씨는 알아요?"

루추가 흠칫했다. 모른다고 대답하기에는 표정에 이미 드러나 있었다. 전승에 관한 얘기는 외부에 발설할 수 없었다. 그러나 엉터리로 둘러대면 양 여사가 속아 넘어가지 않을 것이다.

그녀가 고민 끝에 입을 열었다.

"책의 내용을 알고 싶다면 제가 말씀드릴 수 있어요. 그건 그저 유물 복원과 관련된……."

"알고 싶지 않아요."

양 여사가 그녀의 말을 가로막았다.

"난 다만 루추 씨가 한 가지 약속을 해줬으면 좋겠어요. 앞으로 어떤 사람이든, 루추 씨가 무슨 일을 하든 이 책 내용을 건드릴 때는 내게 알려달라는 거예요. 전체를 다 말하지 않아도 돼요. 장소와 인명, 또는 그 단서가 될 만한 것만 알려주면 돼요."

루추의 예상을 완전히 벗어난 요구였다. 그녀가 대답을 주저하고 있을 때 양 여사가 말을 이었다.

"저우인의 유서에 나를 대리인으로 지정해서 고서를 기부하라고 했어요. 하지만 그 구체적인 시기는 지정해 주지 않았어요. 루추 씨가 내 요구만 들어주면 그 책을 어떻게 복원하든 상관없어요. 그리고 내가 살아 있는 동안에만 돌려주면 돼요. 어때요?"

이런 흥정에는 경험이 없는 루추가 한참을 주저했다.

"그런 걸 왜 조사해야 하는 거죠?"

"내 남편이 어떻게 세상을 떠났는지 알아요?"

양 여사가 반문했다.

"집에 침입한 도둑의 손에 피살된 걸로 알아요."

루추가 자신없는 말투로 대답했다.

"도둑의 공격을 받긴 했지만 사인은 심장병이 발작해서 돌연사한 거예요."

돌연사라는 말이 루추의 기억을 되살렸다. 그녀가 미간을 찌푸리며 생각하고 있을 때 양 여사가 말을 계속했다.

"그가 죽기 한 달 전부터 사람이 돌변한 것처럼 아침부터 밤까지 휴식은커녕 밥도 먹지 않았어요. 마지막으로 작별을 고할 때 그의 얼굴을 보니 거의 못 알아볼 정도였어요."

양 여사가 여기까지 말하고는 눈가가 빨개지며 가슴이 뛰었다. 루추의 가슴도 덜컹 내려앉았다. 그녀가 머뭇거리다가 물었다.

"저우선생님이 세상을 떠날 때 혹시 얼굴이 푹 패이고 마치 좀비처럼 변하지 않으셨나요?"

양 여사의 얼굴이 창백해졌다. 눈에는 광기 어린 빛이 서리며 루추를 노려보았다.

"그걸 어떻게 알았어요?"

골목 안 피습사건이 반년 전의 일이지만 루추는 여전히 기억이 생생했다. 그녀는 샤오렌이 장검을 타고 나타나 구해줬다는 부분만 빼고 그날 있었던 일을 양 여사에게 말해 주었다. 그리고 마지막으로 이렇게 설명했다.

"이게 우연인지 모르고 어쩌면 신종 괴질인도 모르겠어요. 하지만 저우선생님이 세상을 떠날 때도 쓰팡시에 오시기 전이라는 거예요. 그래서……."

"알겠어요. 루추 씨와는 무관하다는걸. 루추 씨는 그저 우연히 그런 일을 당한 거예요."

양 여사가 담담히 루추의 말을 막았다. 잠시 생각에 잠기더니 이윽고 입을 열었다.

"나와 남편은 청룡고진에는 가본 적이 없어요. 하지만 고마워요. 어쨌든 단서가 있으니 더 조사해 볼게요."

"별말씀을."

루추는 양 여사가 방금 한 말에 대해 한 마디 한 마디 확인했다.

"방금해 주신 제의는 동의할게요. 어떤 '사람'이든 고서내용에 손을 댈 때는 반드시 알려드릴게요."

"'사람'이라는 단어에 루추는 일부러 힘을 줘서 말했다. 어쨌든 샤오렌 등은 사람이 아니고 회사에서도 함부로 외부로부터 유물복원의 위탁을 받지 않기 때문이다. 사람이 개입해서 그녀에게 전승에 있는 기술을 사용하게 한다면, 그건 그야말로 이상한 일이므로 주임에게 알리지 않고 양 여사에게만 통보하면 그만이었다."

루추의 대답을 들은 양 여사의 얼굴에 웃음기가 떠올랐다. 그녀는 루추에게 다른 전화번호를 건네주며 연락 시 주의사항을 일러 주었다. 이때 종업원이 후식을 가져왔다. 부드럽고 촉촉한 계화주 랑원자(桂花酒釀圓子)였다. 한입 맛보니 루추의 입맛에 맞았다. 양 여사는 마음에 들지 않는다고 하여 행인차(杏仁茶) 두 잔을 더 주문했다. 차가 나올 동안 루추가 물었다.

"좀 전에 불로장생에 관한 말씀은 뭐예요?"

"혹시 '금속생명'이라는 말 들어봤어요?"

"자무 씨가 말하는 걸 들었어요. 전에 공부한 학과에서 전문적으로 이걸 연구한다고 하더라고요."

루추가 표정을 유지하려고 애쓰다 보니 호흡이 자기도 모르게 가빠졌다.

"쾅자무? 아 기억나요. 아주 영리한 학생이죠."

양 여사가 자기로 된 스푼으로 수프를 저으며 말했다.

"남편은 약 2년 전에 의료기를 국내로 수입했어요. 실험이 성공하면 미래의 인류가 금속생명을 이용해서 인체 유전자를 변화시켜 수명을 연장할 수 있을 거라고 하더군요."

"그런 일이 있을 수 있을까요?"

루추가 경악해서 물었다.

"내 반응도 똑같았어요."

양 여사가 소리내서 웃고는 천천히 말을 이었다.

"나는 아예 일축해 버리고 묻지도 않았어요. 어쨌든 과학이란 건 내게 소설보다 황당한 존재니까요."

"하지만 기기를 수입한 지 반년 후에 어느 날 밤 저우인의 서재를 지나가는데 그가 노트북 컴퓨터로 오래된 사진을 보며 머리카락을 쥐어뜯고 있더라고요. 창백한 얼굴로 무슨 말을 중얼거리고 있었어요. 안 된다고 했다가 괴물이라고도 했어요. 다음 날 나갔다가 돌아오더니 그 길로 갑자기 일중독자가 되어버린 거예요."

"그가 죽은 후 노트북 컴퓨터도 사라졌어요. 그의 수첩에서 종이 하나를 찾아냈는데 이상한 그림이 잔뜩 그려져 있었어요. 중복된 문자로 'Immortality'라고 여러 번 쓰여 있었어요. 알아보니 그 그림은 유전자 지도라고 하더군요. Immortality는 영생불사라는 의미고요."

종업원이 행인차를 가져오자 양 여사가 한 모금을 마시고 루추에게 물었다.

"루추 씨, 사람이 불로장생하기 위해 인성이 소멸되어도 된다고 생각해요?"

루추는 알 수 없었으며 관심도 없었다.

"이게 고서와 무슨 관계가 있나요?"

"나도 몰라요. 하지만 이 모든 것이 저우인의 죽음과 관계가 있어요. 그래서 알아야겠어요."

침착함 속에 뜨거운 광기를 품고 있는 양 여사의 마지막 말은 루추에게 잊을 수 없는 인상을 남겼다. 그녀는 이토록 침착하며, 또 이토록 광기가 있었다. 사랑이 너무 깊어서 결국 이렇게 변한 건 아닐까?

저녁식사를 마치고 숙소로 돌아올 때 빗줄기는 이미 가늘어져 있었다. 그냥 맨몸으로 맞아도 아프지 않고 오히려 포근한 느낌을 주었다. 루추는 우산을 쓰지 않고 버스정류장에서부터 비를 맞고 걸어왔다. 집으로 들어설 때 머리카락이 흠뻑 젖어 뺨을 타고 내려왔다. 고양이 밥그릇의 사료가 꽤 남아 있었다. 그러나 차오바는 소파 바닥에서 뛰쳐나와 그녀를 향해 야옹 소리를 냈다. 창문에 작은 틈이 나 있었다. 다행히 바람의 방향이 방 쪽으로 불지 않아 비가 들이치지 않았다. 그녀가 창문을 닫은 후 마른 수건으로 머리카락을 말릴 때 핸드폰이 울렸다. 장쉰이었다.

"차는 빌렸어요. 내일 옷 사러 갈 거죠?"

그리고 나서는 청룡고진에 갈 것이다. 루추는 눈을 감고 가볍게 대답했다.

"내일 봬요."

14
결별

주말 저녁 7시 반, 쇼핑과 저녁식사를 마친 루추가 트럭 조수석에 올라 밖에 서 있는 장쉰을 바라보았다. 눈빛에 긴장하는 빛이 역력했다.

"준비됐어요?"

그가 물었다. 루추가 굳은 표정으로 고개를 저었다. 장쉰이 미소를 지으며 다시 물었다.

"그래도 가기로 한 거죠?"

"그래요."

단호한 대답에 장쉰이 큰 소리로 한참을 웃었다. 그가 웃음을 멈추자 루추가 힘 없이 말했다.

"용기를 좀 주면 안 돼요?"

"긴장 풀어요. 질 거 같으면 도망가면 돼요. 내가 밖에서 지키고 있다가 심상치 않으면 소리를 질러서 깨울게요."

장쉰이 머리를 긁적이며 또 물었다.

"아참! 깨울 때 어떻게 하죠? 컨트리음악을 크게 틀까요, 경찰이 소음이 심하다고 출동할 때까지?"

그녀도 경험이 한 번 밖에 없었으며, 다른 사람에게 적용할 수 없었다. 루추는 입술을 만지며 말했다.

"나를 흔들어서 깨우면 될 거 같아요."

장쉰이 웃음기를 거두고 그녀의 어깨를 두드렸다.

"걱정 말아요. 하지만 절대 무리해서 이기려고 하지 말아요. 내 본체의 초능력을 잘 이용하세요. 호익도는 비록 사람을 태우고 날지는 못하지만 순간적으로 백 배 커질 수 있으니까 백 배 떨어진 곳으로 데려다줄 수는 있어요. 피하기에는 아주 효과적이죠."

이 초능력은 그녀가 지난 번에 연습한 적이 있다. 지형의 제약이 있어서 그때는 3~5배 밖에 커지지 않았다. 루추는 고개를 크게 끄덕이고는 물었다.

"호익도가 그렇게까지 커진다고요? 전에 시도해 봤어요?"

"그럼요. 단칼에 승부가 났고 피가 강을 이뤘죠. 그 이후에는 그 초능력을 쓰지 않겠다고 맹세했어요."

장쉰의 말은 담담했으나 루추는 그가 후회하고 있음을 알 수 있었다. 그녀가 그의 옷소매를 잡아당기며 짐짓 애교섞인 목소리로 물었다.

"쓰지 않겠다고 맹세까지 해놓고 나를 왜 가르쳐줬어요?"

"제대로 구사하지도 못할 것 같으니까 가르쳐준 거예요."

루추의 얼굴이 어두워지자 장쉰이 다급히 말을 덧붙였다.

"막상 닥치면 제대로 구사할 수도 있잖아요? 게다가 전승의 땅에서는 살생에 금기가 없어요."

"난 어릴 때부터 시험을 앞두고 벼락공부해서 점수를 잘 받은 적이 없어요."

"그렇다면 별 수 없이 플랜 A로 가야겠군요. 전력을 다해 도망가는 거로요."

"……."

그래도 이런 엉망진창의 말을 주고받은 덕분인지, 시동을 걸고 출발할 때쯤에는 루추의 긴장도 많이 풀려 있었다. 귀예이의 식자재 운반 트럭을 운전하며 계속 같은 노래를 흥얼거리는 장쉰을 바라보며 루추는 자신이 업무상으로 길을 떠나 까다로운 고객을 만나러 가는 듯한 착각이 들었다. 물론 청룡고진 유적지 부근에 도착하면 긴장해서 주먹에 땀을 쥐어야 한다는 것을 알고 있었지만 말이다.

거의 도착할 무렵 장쉰이 헤드라이트를 끄고 어두운 길을 조금 더 가더니 공터에 차를 세웠다. 루추가 차에서 내려 손전등을 켜고 사방을 살펴보니 그곳은 진북사 유적지 바로 뒤쪽이었다. 장쉰도 내려서 사방을 둘러본 후 루추에게 물었다.

"여기 맞아요?"

루추가 고개를 끄덕이며 자기도 모르게 장쉰 곁에 바짝 다가섰다. 발굴단은 이미 철수했으며 앞으로 박물관으로 개발할 예정이지만, 계획을 추진하려면 시간이 걸리기 때문에 지금은 외부에 개방하지 않고 철조망으로 울타리를 둘러놓았다. 안쪽은 중앙에 소형 비닐 천막이 둘러쳐 있었으며 다른 곳은 아직 철거하지 않은 천막들이 군데군데 흩어져 있었다. 지키는 사람도 없었다. 높은 불탑이 강둑을 사이에 두고 그들 뒤쪽에 우뚝 솟아 있었다. 그들과 백여 미터 떨어진 곳에 불이 켜진 민가가 있었다. 불빛이 은은하게 새나왔지만 따뜻한 느낌은 전혀 주지 않았다. 눈에 들어오는 풍경은 황량하기만 했다. 방향은 대충 맞아 들어갔지만 루추가 전승에서 본 웅장한 불탑의 모습과는 조금도 비슷하지 않았다. 주위는 풀이 무성해서 바람이 불 때마다 음산함이 더해졌다.

장쉰은 이 황량한 풍경에 아무 감흥이 없는 듯했다. 그는 진북사 유적지를 가리키며 상관없다는 말투로 루추에게 말했다.

"이제 어떻게 할 거예요? 직접 들어갈래요?"

루추는 인한광이 준 그림을 펼치고 한참 동안 대조한 끝에 머뭇거리며 그림을 가리켰다.

"내가 전승 안에 있을 때는 앞에 있는 산문으로 들어갔어요. 그런데 지금 너무 어두워서 아무것도 알아볼 수가 없네요."

사실 주변이 어둡지 않아도 지형이 완전히 변해 버렸으니 알아볼 도리가 없었다. 유적지에는 문은 물론이고 지반도 보이지 않았다. 보이는 거라고는 발굴단이 군데군데 그어놓은 구획선뿐이었다. 천 년이 지났으니 해안선과 강물의 위치도 바뀌었을 것이다. 그녀는 산문의 위치를 찾을 수 없었다. 대웅전은 또 어디에 있단 말인가?

장쉰이 그림을 힐끗 보더니 갑자기 팔로 그녀의 허리를 감았다. 루추가 소리를 지를 새도 없이 두 다리가 허공에 떴다. 장쉰이 발을 한 번 구르더니 사람 키보다 높은 철조망을 가볍게 뛰어넘었다. 그는 천막을 딛고 계속 도약하며 이동했다. 자유자재로 움직이는 모습은 마치 영화 속 협객처럼 날렵했다. 몇 번의 도약 끝에 그들은 어느새 입구에 도착했다. 장쉰이 루추를 내려놓으며 이를 드러내고 웃었다.

"굉장했죠?"

"정말 굉장해요."

루추가 눈이 휘둥그레 뜨고 물었다.

"이게 전설 속의 경공(輕功)이에요?"

호흡법과 도약을 결합한 동작으로, 여기에 균형을 유지하는 능력과 내딛는 힘을 보조로 사용하죠. 전설까지는 아니에요. 체력이 좋은 일반인들도 얼마든지 할 수 있으니까요. 나는 오랫동안 단련을 했을 뿐이에요."

장쉰이 웃으며 한 마디 덧붙였다.

"루추 씨에게는 권하고 싶지 않아요."

"고마워요……."

루추는 그 뒤에 "나도 관심없어요."라는 말을 속으로 삼키고 집터 쪽을 돌아보며 말했다.

"난 여기서 산문을 찾아볼게요."

장쉰이 불탑을 가리키며 말했다.

"바다가 육지로 변했지만 탑의 위치는 그대로이니 이 탑을 나침반 삼아 방향을 찾아봐요."

좋은 방법이었다. 루추가 장쉰을 바라보며 고개를 끄덕이며 앞으로 한 걸음 내딛었다. 눈앞의 황량한 벌판을 바라보며 천 년 전의 이곳을 머리에 그려보았다.

하늘에 걸린 반달이 구름 속에 숨었다가 다시 모습을 보이며 땅을 비췄다. 멀리 솟은 불탑은 비록 전승에서처럼 찬란한 빛을 비추지 않았지만 달빛 아래 그 모습을 확실히 드러냈다.

잠시 관찰하던 그녀가 장쉰에게 말했다.

"이제 눈을 감고 갈게요. 더 많은 단서를 찾아봐야겠어요."

"내가 지켜줄 테니 안심해요. 소련검을 만나면 서두르지 말고 침착하게 대응하세요."

"알았어요. 그럼 시작할게요."

그녀가 두 눈을 감고 장님처럼 팔을 앞으로 내밀고 걸었다. 하지만 집중하려고 노력할수록 쉽지 않았다. 처음에는 발에 걸려 넘어질 뻔했으며 앞에 글자가 새겨진 벽돌을 만져봐도 새로운 단서는 나타나지 않았다. 그녀는 비틀거리면서 머릿속에 연상되는 이미지를 따라 계속 걸었다. 그러다가 어떤 천막 근처에 왔을 때 장쉰이 장애물이 있다고 말해 주었다. 루추가 눈을 뜨니 그곳은 천막이 쳐 있고 그 아래는 다른 발굴터와는 달리 구획선이 그려져 있지 않았다. 자세히 보니 폭과 길이가 1미터인 사각형의 우물 같은 구조물이 땅 밑까지 연결되어 있었다.

　그녀는 전승 안에서 지하 건물을 본 적이 없었다. 설마 이미 대웅전을 지나 사찰의 깊은 곳까지 들어왔단 말인가? 루추는 조심스럽게 가까이 가서 고개를 내밀고 안쪽을 들여다봤다. 십자가 모양으로 엮어놓은 두 개의 굵은 나무 기둥이, 아래쪽으로 사람 키 높이가 되는 위치에 가로질러 있었다. 기둥 아래에는 양쪽으로 연결되는 공간이 있었다. 이 우물같이 생긴 건물은 입구에 불과하며 아래쪽 공간이 더 넓다는 것을 알 수 있었다. 십자가 모양 기둥의 아래쪽에는 여러 개의 한옥(漢玉) 석판이 남아 있는 걸로 보아 당시 입구를 막는 덮개돌인 듯했다.

　그렇다면 혹시 이곳은 묘라는 말인가? 누구의 묘를 사찰 안에 두었을까? 루추가 추측하고 있을 때 머릿속에 갑자기 아득한 목소리가 울렸다.

　'진북사 지궁(地宮)을 열어라.'

　목소리를 따라 주변의 물체들이 이동하면서 시공이 다시 변하여 그녀를 지난번 전승에 들어갔던 장소로 데려다주었다. 이곳은 버드나무 강변, 석교 아래쪽이었다.

　루추가 재빨리 걸음을 옮겨 땅으로 올라왔다. 큰 길가로 나갔더니 과연 우마차가 그녀 앞을 막 지나가고 있었다. 최씨는 여전히 짙은 화장을 하고 혼수상태에 빠진 샤오렌을 응시하고 있었다. 루추는 지난번의 경험이 떠올라 이번에는 거리를 두고 그 뒤를 따라갔다. 그래서 도중에 방해받지 않고 산문을 통과하여 불상 앞에 일자로 늘어진 전전(前殿)까지 왔다. 최씨가 앞장서고 병사들이 샤오렌을 메고 전전의 측문을 통해 중정으로 들어갔다. 루추는 몰래 그들을 따라 들어가 문 뒤에 몸을 숨기고는 고개만 내밀어 동정을 살폈다.

등불이 대낮처럼 환하게 비추고 원래 평지였던 중정에는 장방형의 구덩이를 파 놓았다. 그 깊이가 어느 정도인지 보이지는 않지만 남루한 차림의 일꾼들이 광주리 안에 가득 든 벽돌을 지고 대나무 계단을 흔들거리며 딛고 내려갔다. 바닥에서는 쿵쿵 소리가 계속 들리는 것이 밤새 작업을 서두르는 것이 분명했다.

일꾼들이 그녀의 옆을 바쁘게 지나가면서도 그녀의 모습을 보지 못했다. 그래서 루추도 용기를 내서 정원 구석의 큰 나무 쪽으로 걸어갔다. 병사들이 샤오렌을 쇠사슬로 묶어서 나무 밑에 내버려두었다. 금제에 관한 더 많은 단서를 구할 방법은 모르지만 샤오렌을 따라가는 것이 맞다고 루추는 생각했다. 그녀는 소리를 내지 않으려고 애쓰며 조심스럽게 걸어갔다. 이는 과거의 역사가 재현되는데 불과하며, 그의 모습에 가슴 아파하지 않아야 한다고 몇 번이나 스스로 되뇌었다.

루추가 샤오렌 곁에 거의 다가갈 무렵 좁은 길모퉁이에서 갑자기 숨겨진 문이 하나 열렸다. 최씨가 허리를 흔들며 걸어와 루추 앞에 섰다. 그녀는 납가루분으로 화장한 망가진 얼굴로 고개를 갸우뚱하며 젊은 여자와 같은 애교스러운 자태로 루추를 노려보았다.

"이것 좀 봐. 잠시 딴청을 했더니 생쥐 한 마리가 들어왔네."

이번에도 그녀에게 발각된 것이다.

하지만 이것도 예상했던 상황이다. 루추는 허리를 펴고 머릿속에서 호익도의 모양을 계속 그려냈다. 생각의 실마리를 따라 칼 한 자루가 그녀의 손 안에 어느새 모습을 나타냈다.

～～

전승에서 시간이 흐르는 속도는 현실과 달랐다. 루추가 전승에서 최씨와 맞닥뜨렸을 때는, 현실세계에서 그녀가 무너진 지궁 유적지 옆에 서서 눈을 감은 순간부터 채 10분도 지나지 않았다. 그녀가 정신을 집중하며 꼼짝하지 않고 서 있는 그 찰나, 장검이 허공을 가르는 소리가 들렸다. 장쉰이 무시하는 듯 냉소를 보였다. 샤오롄이 검은 장검을 타고 멀리 불탑 아래서 철조망 위로 날아오더니 루추의 뒤쪽 바닥으로 내려왔다.

그가 서서히 그녀를 향해 걸어갔다. 눈빛이 갈등으로 복잡했다. 마치 사막에서 죽음을 앞둔 여행자가 하늘에서 떨어진 맑은 샘을 발견한 것 같은 표정이었다. 여행자는 목이 마르면서도 눈앞의 광경이 신기루여서 만지는 순간 연기처럼 사라져버릴까 봐 걱정하고 있었다.

샤오롄이 루추의 곁에 거의 다다랐을 때 천막기둥에 기대 있던 장쉰이 갑자기 눈을 크게 떴다. 손안에서 칼의 빛이 번쩍이는가 싶더니 호익도가 순식간에 허공에 나타나 샤오롄을 겨눴다.

"안전거리 1미터입니다. 경계를 넘지 말아요."

장쉰은 여전히 몸을 기댄 채였으며 말소리도 귀찮다는 투였다. 그러나 칼에 달빛이 비추자 칼끝이 차가운 그림자를 삼키며 주변

온도를 순식간에 떨어뜨렸다. 차가운 안개가 갑자기 사찰 주변을
에워쌌다.

샤오롄이 걸음을 멈추고 장쉰에게 물었다.

"당신은 왜 쓰팡에 있는 거요?"

"일해서 돈을 벌어야죠."

장쉰이 태연스럽게 대답했다.

자신과 말도 섞지 않으려는 장쉰의 태도에 샤오롄은 화가 치밀
었다. 그가 차갑게 말했다.

"그녀에게서 떨어져요. 우리가 없어야 그녀가 정상적인 생활을
할 수 있어요."

"그 '정상적'이라는 게 일반인을 말한다면 전승을 연 복원사는
'정상적'으로 살 수 없어요."

장쉰이 어깨를 으쓱하며 말했다.

"그녀의 생활은 벌써 당신이 헤집어놓았잖소. 당신은 직설을 하
려고 하지 않아요. 핑계 댈 필요는 없어요."

"당신이 뭘 안다고 그래!"

샤오롄의 낮은 목소리가 분노로 가득찼다. 동공에서는 푸른 불
꽃이 일렁거렸다. 그가 팔을 뻗어 갑자기 나타난 장검을 쥐었다.
발아래 검이 재빨리 허공으로 도약하더니 사정없이 내리꽂혔다.
장쉰이 눈썹을 찡긋하더니 칼을 쥐고 응했다. 두 남자는 소리 내지
않고 한참을 겨뤘으나 좀처럼 승부가 나지 않았다. 루추가 갑자기
숨을 들이쉬었다. 이마에는 땀이 송글송글 맺혔다. 샤오롄이 고개
를 돌려 그녀 옆으로 뛰어가려고 했다. 장쉰이 칼을 내밀어 두 사

람 사이를 막았다.

"당신 뭐하는 거요?"

"깨워야 해요."

샤오렌도 소리를 낮춰 대답했다. 그의 눈동자는 검은색으로 돌아갔으며 자신을 스스로 제어하고 있었다. 그러나 같은 시간 허공에는 검의 숫자가 더 늘어났으며, 검끝은 일제히 장쉰을 겨누고 있었다. 아직 행동에 옮기지는 않았으나 음산한 소리를 내며 호시탐탐 상대를 위협했다.

장쉰 손에 든 호익도가 갑자기 차가운 기운을 폭발했다. 그러나 그는 복제한 검들의 기세에 압도되지 않고 몸을 돌려 대담하게 등을 보이고 루추를 향해 한 걸음 다가갔다. 그가 그녀를 자세히 살피며 말했다.

"아직 때가 안 됐어요. 아직은 잘 견디고 있어요."

샤오렌이 불같이 화를 내며 앞으로 한 걸음을 대딛더니 장쉰을 밀치며 말했다.

"편안하게 살 게 해줘야지 뭘 견디란 말이요?"

그의 말이 끝나기도 전에 루추가 갑자기 비명을 지르며 몸을 뒤로 젖혔다. 그녀의 두 손이 허공에서 움켜쥐는 시늉을 하자 모든 장검들이 순식간에 사라졌다. 샤오렌이 튀어나가 루추를 안았다. 루추가 때마침 눈을 떴다.

"샤오렌?"

그녀가 놀란 눈으로 그를 바라보았다.

"나 맞아요."

그가 낮게 대답했다. 동시에 그녀 이마의 땀을 조심스럽게 닦아주었다.

"지궁이었어요. 그들이 당신을 지궁에 유기했어요."

루추가 샤오렌을 허둥지둥 붙잡고 중얼거리듯 말했다.

"샤오렌 당신은 돌아오지 않았어요. 그 여자가 당신을 어떻게 했는지……, 당신 돌아왔어요?"

루추가 똑바로 서서 두리번거리다가 고개를 들어 샤오렌을 바라보았다. 도무지 믿을 수 없다는 표정이었다.

"당신이 날 구하러 온 거예요?"

그녀의 눈빛이 기쁨으로 넘쳤다. 샤오렌이 눈을 피하며 담담하게 말했다.

"난 떠난 적이 없어요."

'하지만 두 주임이…….'

루추가 갑자기 입을 다물었다. 그동안 일어났던 의문들이 뇌리를 스쳤다. 자기를 전승에서 현실로 잡아끌어준 차갑고도 거친 키스, 수시로 벌어져 있던 창문 틈, 소파 밑에 웅크리고 있었던 차오바의 괴이한 행동…….

그녀가 샤오렌의 손을 잡고 의혹에 차서 물었다.

"내 뒤를 계속 따라다녔어요?"

그가 고개를 끄덕이며 그녀를 안았던 손을 빼냈다. 루추는 그런 것을 살필 겨를도 없이 샤오렌을 뚫어지게 쳐다보며 다시 물었다.

"왜요?"

"딩딩누나의 마지막 예견 내용이 바로 내가 직접 본체로 돌아가서 당신을 공격하는 거였어요."

샤오렌이 손을 들어 그녀의 얼굴을 만지려다가 허공에서 멈추더니 다시 거둬들였다. 그는 눈에 띄지 않게 루추와의 거리를 유지하려고 애썼다.

"소련검의 공격방식이 빨라서 그 속도가 평랑의 순간이동에 근접해요. 아무도 그 공격은 피할 수 없어요."

"그럼 날 한 번 공격해 보지 그래요?"

갑자기 끼어드는 목소리에 루추는 장쉰이 아직 있다는 사실을 깨달았다. 그녀는 숨을 몰아쉬며 장쉰에게 말했다.

"방금 호익도의 초능력으로 전승에서 빠져나왔어요."

"오! 어떻게 했는데요?"

"최씨가 검의 진을 펼쳐서 막을 수 없었어요."

"최씨가 전승에서 검의 진을 펼쳤어요?"

샤오렌의 잠긴 목소리가 루추의 말을 가로막았다. 그의 눈동자에 푸른 불꽃이 이글거렸다.

"딩딩누나가 의식을 잃은 후부터는 예견의 그림의 도움을 받지 못하는 거 알고 있어요?"

"지금 무슨 말을 하는 거예요? 샤딩딩은 일이 벌어지기 1초 전이나 30초 후에 예견하잖아요. 단 한 번도 중요한 순간을 예견한 적이 없다고요. 그런 시시한 초능력은 생사가 걸린 순간에 믿을 수가 없어요."

장쉰이 차가운 소리로 말했다. 루추는 장쉰과 샤오렌을 번갈아쳐다보다가 미심쩍은 듯 물었다.

"딩딩언니의 예견 때문에 내게서 말없이 사라진 거였어요?"

"그래야 결심을 할 수 있었어요."

샤오렌의 표정이 준엄하게 변했으나 루추는 무시해 버리기로 했다. 그녀는 그를 붙잡으려고 팔을 뻗으며 말했다.

"하지만 예견은 이미 실현되었으니 이제 돌아올 수 있겠네요."

"당신은 몰라요."

샤오렌이 한 발 뒤로 물러나면서 미간을 찌푸렸다.

"딩딩누나의 예견으로 알 수 있는 건 내가 당신을 해치는 방법이 늘어났다는 거예요. 그리고 그건 전승을 통해서죠."

"그건 당신이 아니라 죽은 사람의 환상이 만들어낸 집념에 불과하다고요!"

루추가 조급해져서 큰 소리로 반박했다.

"내가 그 여자에게 날 이용할 기회를 준 거예요!"

샤오렌도 목소리를 높였다.

"난 그동안 벗어났다고 생각했는데, 그게 아니었던 거죠. 더 끔찍한 일은 딩딩누나의 상처가 심해서 한동안 초능력을 사용할 수 없다는 거예요. 그게 뭘 의미하는지 알아요?"

"당신은 또⋯⋯, 한동안 떠나려는 거예요?"

루추가 작은 소리로 물었다. 마음속에서는 그가 부인해 주기를 애타게 빌었다. 아니면 최소한 떠나더라도 그녀를 그리워할 거라는 말이라도 해주기를 빌었다.

그러나 샤오렌은 한 술 더 뜨는 말을 했다.

"한동안이 아니라 평생⋯⋯, 당신의 평생 동안 떠나 있을 거예요."

'당신의 평생'이라는 말에 그의 분노가 배어 있었다. 루추는 귓가에서 큰 소리로 폭발하는 소리가 들리는 것을 느꼈다. 폭발음이 너무 커서 그의 말이 들리지 않는 것 같았다. 그녀가 그를 바라보며 입술을 떨며 물었다.

"왜죠?"

"지쳤어요."

마음 깊은 곳에서 우러나오는 피로감이 느껴지는 말이었다. 루추가 온몸을 떨기 시작했다.

"난……, 난 한 번도 당신에게 부담을 주려고 한 적 없어요."

"하지만 사실은 그렇게 하고 있어요. 그보다 더 끔찍한 일은 당신은 그걸 자각하지 못하고 평생 나와 함께 있기를 원한다는 거죠."

샤오렌이 여기까지 말하고는 손등을 뒷머리에 대고 물었다.

"당신 생각해 본 적 있어요? 당신의 일생은 수십 년에 불과해요. 당신을 진정으로 사랑하는데 당신이 이 세상을 떠난 후 내가 어떻게 살아가야 할지를 말이에요. 당신과 함께했던 추억만으로 영원히 고독하게 살아가라고요?"

루추는 이런 쪽으로 생각해 본 적이 없었다. 그녀가 혼란스럽게 말했다.

"당신은 다른 사람을 만나면 돼요. 나는 그렇게 이기적인 여자가 아니니까 죽은 후까지 날 기억해 달라고 하지 않을 거예요."

"사랑의 본질이 이기적인 거죠."

이 말을 할 때 샤오렌의 머리 뒤에 있던 두 손이 격렬하게 떨렸다. 그러나 표정은 전혀 변함이 없었다. 그녀의 두 눈을 직시하며 차갑게 말했다.

"당신도 무척 이기적이군요."

갑자기 세상이 조용해졌다.

"내가 이기적이라고요?"

루추가 작은 소리로 물었다.

두 사람 사이에 침묵이 흘렀다. 샤오롄이 고개를 돌려 그녀의 시선을 피했다. 그녀가 뭔가 깨달은 듯 작은 소리로 말했다.

"알겠어요."

그녀가 깨달은 건 만회할 가능성이 없다는 것이었다. 그러나 그녀는 최소한 존엄을 지키며 떠날 수는 있었다. 그건 정식으로 결별하는 것이었다.

샤오롄이 입술을 달싹거리다가 결국 입을 열었다.

"그렇다면 다행이네요."

그녀의 얼굴을 쳐다보며 그가 말을 이었다.

"부탁 하나만 들어줘요."

샤오롄의 입에서 부탁이라는 말이 나온 건 처음이었다. 그녀는 주저없이 대답했다.

"약속할게요. 당신이 뭘 요구하든 상관없이 들어줄게요."

샤오롄이 안도의 한숨을 내쉬며 천천히 말했다.

"금제와 관련된 어떤 사물도 접촉하지 말고 이곳에 다시는 오지 말아요."

"그건 두 가지잖아!"

그동안 입을 다물고 있던 장쉰이 갑자기 끼어들었다. 그의 말에는 비웃음이 담겨 있었다.

샤오롄은 그의 말을 무시하고 루추만을 바라보았다. 루추가 고개를 끄덕이며 대답했다.

"약속할게요."

"좋아요."

샤오롄이 잠시 머뭇거리다 입을 열었다.

"만약 당신이 내 도움을 필요로 한다면, 그게 금제와 관련 없는 일이라면 뭐든지 흔쾌히 도울게요. 당신은 모르겠지만 내 재산과 능력이 겉보기와는 달라요. 그러니 어떤 부탁이라도 걱정 말고 연락해요. 아무리 어려운 일이라도 난 할 수 있고……."

그가 갑자기 망연한 표정이 되어 입을 다물었다. 자신이 뭘 할 수 있는지 사실은 모르는 듯한 모습이었다. 이런 모습의 샤오롄은 무척 낯설었다. 세상이 그녀의 눈앞에서 왜곡되고 변형되었으며 몹시도 낯설었다. 루추는 눈을 크게 뜨려고 애썼지만 지척에 있는 샤오롄의 모습이 뚜렷하게 보이지 않았다.

그녀는 울지 않았다. 다만 눈앞이 자꾸 흐려질 뿐이었다. 아마도 너무 지쳐서 그럴 것이다. 그렇다. 지친 것은 샤오롄 혼자만이 아니었다. 그것도 나쁘지는 않다. 속으로 하나부터 열까지 숫자를 센 후 루추가 입을 열었다.

"당신 도움을 받고 싶은 일이 하나 있긴 해요."

"말해 봐요."

샤오롄이 정신을 집중하고 그녀를 바라보았다. 눈가에 일말의 기대가 반짝였다.

루추는 갑자기 이 모든 것이 황당하게 느껴졌다. 무슨 부탁을 해야 그녀의 마지막 자존심을 지킬 수 있을까?

그녀가 샤오렌을 쳐다보며 한 마디 한 마디 힘주어 말했다.

"제발 날 다시는 찾지 말고 날 미행하지도 말아요. 다시는 나를 보살피지도 말아요……. 이렇게 말하면 너무 복잡하네요. 그냥 처음부터 나를 만나지 않았다고 생각하세요."

그녀가 숨을 몰아쉬며 마지막 말을 덧붙였다.

"부탁해요."

샤오렌의 표정에는 변화가 없었다. 그러나 두 눈은 순간적으로 초점을 잃은 듯했다. 그가 그녀를 미심쩍게 바라보며 물었다.

"그게 다예요?"

루추는 샤오렌이 자신을 위해 진심으로 뭔가 해주고 싶어 한다는 생각이 들었다. 그러나 이런 생각은 어떤 위로도 주지 못했다. 그녀는 과연 이기적인 사람이었다. 지금의 그녀는 자기 마음 아픈 것만 생각하고 그의 아픔을 보살필 겨를이 없었다. 그녀가 샤오렌의 얼굴을 똑바로 바라보았다. 그리고 지쳤지만 단호한 목소리로 말했다.

"어차피 떠날 거라면 철저히 떠나야죠. 내 삶에서 완벽하게 사라지세요. 이게 내 유일한 부탁이에요."

"내가 차로 모셔다드리죠."

장쉰이 또 끼어들었다.

"고마워요."

루추가 감격해서 그에게 고개를 끄덕였다. 호익도는 어느새 사람과 같은 크기로 변해서 마치 기둥처럼 땅위에 똑바로 서 있었다. 장쉰이 팔짱을 끼고 그 칼에 기대섰다. 루추를 향해 턱을 까딱이며 물었다.

"조금 있다가 야시장에 불고기 먹으러 갈까요?"

"좋아요."

루추가 장쉰을 향해 애써 미소를 지었다. 먹을 것이 넘어갈 리 없었지만 정신을 분산시키려면 뭐라도 해야 견딜 것만 같았다.

샤오렌의 시선이 그녀와 장쉰 사이를 몇 번 오가다가 마지막에 루추를 바라보며 무표정하게 말했다.

"몸조심해요."

"당신도요."

루추는 평온한 표정을 최대한 유지하며 가장 예의바르고 편안한 웃음을 보여주었다. 떨리는 두 다리는 애써 모른 척했다. 이제 더는 버틸 수 없을 것 같다. 장쉰이 갑자기 손을 들어 파리를 쫓는 시늉을 하며 혐오하는 말투로 샤오렌에게 말했다.

"갈 거면 빨리 꺼져. 자꾸 꾸물대지 말고."

그의 말은 즉각 효과를 나타냈다. 샤오렌이 발밑에 나타난 소련 검에 말없이 올라타 불탑이 있는 방향으로 날아갔다. 출발할 때 검의 기세가 너무 맹렬해서 고도를 미처 올리지 못한 채 그만 철조망 울타리에 걸려 바닥으로 고꾸라졌다. 루추는 입을 막아 입 밖으로 나오는 비명을 틀어막았다. 다시 검에 올라탄 샤오렌이 시야에서 점점 멀어지다가 검은 점처럼 보이고, 나중에는 밤하늘 속으로 사라져 더는 식별할 수 없을 때까지 눈으로 전송했다.

이제 끝났다! 그를 다시는 볼 수 없다. 마음이 아프다 못해 무감 각해졌다. 이상하게도 어떤 힘이 그녀를 자리에서 쓰러지지 않게 지탱해 주었다.

얼마나 그렇게 서 있었을까, 눈앞이 캄캄해졌다. 의식을 잃기 직 전에 강하고 힘 있는 어깨가 재빨리 그녀를 부축했다.

15
결혼식

　일요일 정오, 살이 통통하게 오른 차오바가 야옹 소리와 함께 침대 위로 뛰어올라 볼록 올라온 이불더미 쪽으로 갔다. 고개를 빳빳하게 들고 침대 발치에서 도도하게 걸어온 차오바가 베개 옆에서 멈췄다. 그러더니 앞발을 들고 인정사정없이 때렸다. 루추가 고개를 내밀어 차오바와 눈을 몇 초간 마주치더니 다시 이불 속으로 들어갔다.

　"통조림 없어."

　차오바가 고개를 갸웃하더니 아까보다 더 힘껏 때렸다. 루추는 아예 머리끝까지 이불을 뒤집어썼다. 억지로 만들어진 어둠속에서 루추는 눈을 감고 자신의 심장소리를 들었다. 그녀는 이렇게 종일 누워 게으름을 피울 생각이었다. 무감각해지는 것도 좋은 것 같다.

이때 핸드폰 벨소리가 울렸다. 팔만 내밀어 한참을 더듬은 끝에 핸드폰을 찾아 끄고 다시 잠을 청했다. 몇 분 후 인터폰이 울렸다. 이번에도 꼼짝하지 않고 있으니 누가 문을 두드리며 큰 소리로 외쳤다.

"잉루추 씨! 치킨 배달 왔어요!"

그녀는 치킨을 주문한 적이 없다.

루추가 몸을 일으켜 잠옷을 입고 계단을 내려가 말없이 문을 열었다. 장쉰이 커다란 치킨통을 들고 서 있었다. 그가 대뜸 물었다.

"알코올 과민증이 있다면서요?"

루추가 망연히 고개를 끄덕이자 장쉰이 정중한 말투로 말을 이었다.

"술로 시름을 잊을 수 없으니 정크푸드로 잊어보자고요."

"무슨 논리인지 모르겠네요."

"천천히 설명해 줄게요."

그가 실내를 가리키며 물었다.

"들어가도 될까요?"

루추가 한걸음 물러나며 들어오라는 손짓을 했다.

"세수하고 양치질 좀 할게요. 고양이 먹이도……. 큰일났다. 어제 고양이 모래 청소하는 걸 잊었네!"

그녀가 곧장 베란다로 뛰어갔다. 차오바는 사방에 모래를 뿌려놓긴 했지만 다행히 아무 데나 오줌을 누지 않았다. 20분 후, 낡았지만 깨끗이 세탁한 추리닝을 입고 머리를 질끈 동여맨 루추가 우유잔을 들고 거실로 나왔다. 그녀는 그가 두 번째 닭다리를 먹기 시작하는 모습을 지켜보았다.

차오바는 장쉔이 마음에 드는 것 같았다. 루추가 모래를 치우는 동안 그 모습을 지켜보던 차오바는 루추가 거실로 돌아올 때 따라 들어왔다. 그러더니 티테이블을 사이에 두고 장쉔과 마주앉아 그를 바라보았다. 장쉔이 팔을 들고 차오바를 불렀다.

"야옹아, 이리 와."

뜻밖에도 차오바가 꼬리를 내리고 다가가더니 그의 밑에서 꼬물거리며 애교를 부렸다.

"먹을 걸 달라는 거예요. 주면 안 돼요."

루추가 당부를 해놓고 나서 처음 장쉔을 만났을 때를 떠올렸다.

"분위기를 맞추고 동물들이 다가오게 만드는 것도 초능력의 일종인가요?"

장쉔이 고개를 저으며 웃었다.

"이것도 경공과 같아요. 천 년간 지속한 호흡수련의 결과죠. 치킨 안 먹어요?"

"배고프지 않아요. 정말이에요."

루추가 우유 한 모금을 마시며 혼잣말처럼 말했다.

"난 괜찮아요."

그녀가 정신을 가다듬고 잠시 머뭇거린 후 입을 열었다.

"이렇게 분위기를 조절하는 능력은 마치 소설에 나오는 무공 같아요. 내 말은……."

"알아요. 나도 진융(金庸), 구룽(古龍), 량위성(梁羽生)의 소설을 봤으니까요."

장쉰이 미소를 유지하며 말을 이었다.

"샤오렌은 검의 진을 사용하지는 않았지만 검술의 조예가 깊은 무협고수에 속하죠. 나는 그가 지난 몇 달간 당신을 미행한 걸 알아요. 그리고 지금은 부근에 없다는 것도 알죠."

루추가 입을 열었다.

"그동안 알면서도 못했던 말 있으면 하세요."

"이제 없어요."

그녀가 그의 눈길을 피하며 티테이블에 잔을 내려놓다가 몇 방울을 흘렸다. 급히 주방에서 티슈 통을 들고와 바닥을 닦으며 중얼거렸다.

"미안해요. 꼭 답을 알고 싶은 건 아니에요. 다만 조절이……."

"알아요. 그게 내가 찾아온 이유이기도 하죠."

그가 티슈를 받아들고 루추를 소파에 앉히더니 자신도 맞은편에 앉았다.

"한 가지 말할 게 있어요. 내가 샤오렌이라면 최씨와의 관계가 아니더라도 검의 혼이 당신에게 위협이 된다는 걸 안 이상 처음부터 당신에게 정을 주지 않았을 거예요. 물론 내 경우에는 그렇다는 거예요. 그런 공격본능을 칼의 혼(刀魂, 도혼)이라고 해요."

"장쉰 씨도 같은 상황을 겪었어요?"

"정도는 훨씬 덜해요."

장쉰이 미간을 문지르며 말을 이었다.

"자세한 건 잘 기억나지 않아요. 대략 한 사람이 복원과정에서 실수를 했어요. 비록 금제를 심는 결과는 아니었지만 칼의 혼이 경계심을 발동해서 죽어도 가까이 못하는 거죠."

그의 말투는 평온했으나 눈빛이 갑자기 아득해지며 어느새 슬픔이 배어나왔다. 마치 마음을 먼 곳에 두고 껍데기만 여기 와 있는 모습이었다.

루추는 이런 장쉰을 본 적이 없다. 그녀가 놀라서 물었다.

"다시는 만난 일이 없어요?"

"멀리서 본 적이 있기도 하고 아닌 것도 같아요."

장쉰이 원래의 눈빛으로 돌아와 무기력하게 웃었다.

"내가 자세한 건 기억나지 않는다고 했잖아요."

"하지만 그쪽은 살인도 서슴지 않는 병기가 아닌가요?"

루추가 집요하게 물었다. 그녀의 목소리에는 절망이 담겨 있다. 장쉰이 그녀를 바라보며 천천히 고개를 저었다.

"우리가 그렇게 못한다는 걸 루추 씨는 알잖아요. 소중히 여기는 사람에게는 더욱 그렇게 못해요."

"그런 사람을 만났으면서 왜 영원히 헤어졌어요?"

"두려우니까요."

장쉰이 그녀의 눈을 들여다보며 말을 이었다.

"자제력을 잃고 상대를 해칠까 봐 두려워요. 게다가 의식이 명료해져서 언제까지나 후회하면서 살아가야 하는 것이 더 두려워요. 샤오롄이 말해 주지 않았어요? 우리는 자살을 하고 싶어도 그것마저 어려워요."

루추가 고개를 저었다. 장쉰이 어깨를 으쓱하더니 말을 이었다.

"높은 곳에서 투신을 하고, 목을 매달고, 독약을 삼키고……. 사람들이 자살하는 방법은 우리에게 아무 효과가 없어요. 내 경우는 유일한 방법이 초고온에 노출되는 거예요. 알아보니 핵반응로의 온도 정도면 된다고 하더군요. 사는 게 정말 지겨워지면 그 속에 뛰어들어……."

"제발! 그만해요."

루추가 창백한 얼굴로 그의 말을 막았다.

"난 듣고 싶지 않아요. 그런 건 생각도 하지 말아요."

그녀가 잠시 멈췄다가 목소리를 낮춰 말했다.

"샤오렌이 나와 만날 때도 그런 생각을 했다고 생각하나요?"

장쉰의 얼굴에 풍자와 자조가 섞인 실소가 떠올랐다.

"이런 측면에서 볼 때 그럴 가능성이 있죠. 하지만 생각에 그칠 뿐이고 그냥 생각없이 살아가는 거죠."

"그러면 더 좋지 않아요?"

샤오렌이 그런 생각으로 자신을 떠난 것을 증오하면서도 한편으로는 그가 처음부터 자신에게 가까이 오지 못한 것을 견딜 수 없었다. 어쩌면 오늘의 결말이 그와 자신 모두에게 최선일 수도 있다고 생각했다.

그녀는 장쉰의 시선을 마주하며 애써 미소를 지었다.

"고마워요."

"별 말씀을."

장쉰이 소파로 돌아가 책상다리를 하고 앉았다.

"어제 얘기하다 말았는데 내 본체를 이용해서 탈출한 거 어떻게
한 거예요?"

"아, 그거요?"

루추가 정신을 차리고 설명했다.

"칼집을 쥐고 있었더니 칼이 3층 높이로 커졌어요. 그리고 위에
서 뛰어내려 일부러 추락하는 느낌을 만들어냈죠. 그랬더니 전승
에서 빠져나올 수 있었어요."

"그건 검술이 아니라 장대높이뛰기 개념을 이용한 거네요. 그건
가르쳐준 적이 없는 데 말입니다."

그의 말이 맞다. 루추는 어젯밤 검의 진과 마주한 경험을 떠올
렸다.

"싸워서는 이길 수가 없었어요. 나는 머리부터 발끝까지 검의
진에 쫓겨 뛰기만 했죠. 하지만 장쉰 씨의 칼은 정말 굉장했어요.
몇 번이나 크기를 키워서 방패로 사용했다니까요. 정말 효과 만점
이었어요."

"방패라니……."

장쉰이 말문이 막혀 한참을 가만히 있다가 길게 탄식했다.

"일세를 풍미하던 나의 명성이 이렇게 철저히 무너지는군요."

"미안해요."

"미안해할 필요 없어요. 생각해 보니 창의력이 대단하네요. 나 자
신도 그런 용도로 사용할 생각은 하지 못했으니……. 혹시 나에 대
해 고려해 봤어요?"

"네?"

루추가 놀란 얼굴로 쳐다보니 장쉰이 눈을 깜박이며 말했다.

"난 생긴 것도 괜찮고, 지금은 가난하지만 어차피 재물은 몸 밖의 것이니 언제라도 벌어들이면 되는 거죠. 절대 배신 같은 건 하지 않을 거고요. 최소한 루추 씨 살아 있는 동안에는 다른 여자를 쳐다보지도 않을 겁니다. 무엇보다 우리는 성격이 맞아요. 뜻이 같아 대화가 통하니 얼마나 좋아요?"

루추가 멍해져서 갑자기 물었다.

"당신 칼의 혼이 날 미워하지 않는데요?"

장쉰이 웃었다.

"우리의 혼백에는 감정이 없답니다. 하지만 당신이 뭘 묻는지는 알아요. 말하자면 이상하지만 처음 볼 때부터 내 칼의 혼이 당신의 우정지수에 최고등급을 매겼어요. 그건 내 동생 샤오바이보다 높고 내 형님과는 어깨를 나란히 하는 등급이죠."

"아, 그래요? 앞으로 바뀔 수 있겠네요?"

"당신이 나를 몰래 공격해서 다치게 하지 않는 한 거의 불가능하죠."

장쉰이 그녀의 눈을 들여다보며 특유의 순박하고 낮은 소리로 천천히 말했다.

"난 당신이 그런 사람이 아니란 걸 믿어요. 당신도 내가 당신을 평생 보살펴줄 거라는 걸 믿어줘요."

무척 유혹적인 제의였다. 그러나 루추가 말을 하려는 순간 샤오 렌의 목소리가 귓가에 울렸다.

"사랑하는 사람과는 맺어지지 않고 사랑하지 않는 사람과 맺어지는 것이 세상사에요."

루추가 진지하게 말했다.

"고마워요." 하려던 대답이 "고맙지만 사양할게요."라고 말해 버렸다.

장쉰이 눈썹을 찡긋했다. 약간 의외라는 표정이었으나 실망하는 기색은 없었다. 루추가 고개를 끄덕이며 쓴웃음을 지었다.

"장쉰 씨 얘기는 알아들었어요. 하지만 사랑하지 않을 거라면 차라리 혼자 지낼래요."

장쉰이 코를 만지더니 다리를 똑바로 모으고 몸을 앞으로 굽혔다.

"거절 한 번 빠르네요. 나 속상한 건 걱정 안 해요?"

그의 표정에 정말 서운함이 보여서 루추가 고개를 저으려는 순간 그가 다시 그녀 앞에 집게 손가락을 세우고 말했다.

"성급하게 부인하지 말아요. 그러면 나 울 것 같으니까요."

그의 이런 몸짓은 두꺼운 구름을 뚫고 비춰주는 햇살 같았다. 루추는 그를 따라 어깨를 으쓱해 보이고는 티슈 통을 건네며 말했다.

"눈물 닦아요. 닦는 김에 손도 같이요."

그는 울지 않았다. 하지만 치킨을 먹고 난 손은 기름 투성이었다. 장쉰이 헛기침을 몇 번 하더니 티슈 한 장을 뽑아 손을 닦았다.

"오늘 영화 보러 갈래요?"

쓰팡에 온 후 루추는 극장에 간 적이 없었다. 그의 말에 대학시절의 추억이 떠올랐다. 그녀가 망설이고 있을 때 장쉰이 주머니에서 영화표 두 장을 꺼냈다.

"볜중이 준 거예요. 친구와 이 영화에 투자하고 받은 거래요. 어때요? 내키지 않더라도 바람 쐬러 가요. 집안에만 갇혀 있으면 곰팡이 생겨요."

그의 마지막 말에 루추는 영화를 보기로 했다.

영화는 형편없었다. 곳곳에 억지 설정과 웃음을 유발하는 구성은 오히려 짜증을 유발했다. 영화가 시작된 지 10분 만에 등장하는 껄끄러운 장면에 루추는 눈 둘 곳을 찾지 못해 옆으로 시선을 옮겼다. 때마침 자신과 같은 생각으로 눈을 돌린 젊은 여성과 눈이 마주쳤다. 이런 상황이 여러 번 발생했고, 두 사람은 서로 동병상련의 눈빛으로 바라보았다.

마침내 영화가 끝나고 불이 켜졌다. 그 여성이 루추를 향해 손을 흔들며 입모양으로만 '참담하네요.'라고 말했다. 극장문을 나설 때 장쉰이 "어때요?" 하고 묻자 루추가 "참담해요."라고 대답했다.

'코미디 영화가 이런 평을 받을 정도니 볜중이 손해 볼 게 뻔하네요."

장쉰이 그녀가 가로수에 부딪치지 않게 잡아끌며 말했다.

"하지만 난 당신이 어떠냐고 물은 거였어요."

상처는 사라지지 않았지만 더 나아진 것도 없다. 가슴이 텅 빈 것처럼 허전했다. 루추가 길건너 호텔에 세워진 결혼 피로연 표시를 보며 "난 괜찮아요."라고 대답했다. 이어서 한마디를 덧붙였다.

"결혼식에 참석해야 해요."

"너무 부담 갖지 말아요."

장쉰이 그녀의 어깨를 감싸며 말했다.

"부담 안 가져요. 축의금을 얼마나 더 넣어야 할지 생각 중이었는걸요."

"내가 말한 건 그게 아니었어요."

"……."

10월의 마지막 일요일, 거의 반년 만에 루추는 샤오렌 고향집이 있는 삼림공원에 갔다. 마지막으로 왔을 때가 올 봄이었다. 봄에는 거의 매주 일요일이면 이곳으로 나들이를 왔고, 더 깊은 산속을 찾아다니자는 이야기를 나누곤 했다. 그런데 그 계획을 세우기도 전에 두 사람은 헤어져버렸다.

차가 삼림공원 입구로 들어설 때 루추는 시간이 반년이 아니라 반세기는 지난 것처럼 길게 느껴졌다. 그렇게 지나다 보면 어느새 백 년이 될 것이다. 다행히 쾅밍의 결혼식이 있는 호텔은 샤오렌의 집과 꽤 멀리 떨어진 곳에 있었다. 차를 타고 오는 동안 루추는 호익도를 들여다보느라 창밖에는 눈길도 주지 않았다. 단풍과 은행나무가 예쁘게 물들고 있었지만 경치를 바라보면 아픔이 더 커질 것만 같았다. 쳐다보지도, 생각하지도 말자고 다짐했다. 그가 이미 떠난 자리에 자신만 남아서 언제까지 그렇게 있을 수는 없다.

칼을 만질 때는 정신을 집중해야 한다. 그녀가 잠시 이런 생각에 빠져 주의를 소홀히 한 순간 칼이 미끄러지면서 칼끝이 그녀의 발등을 찔렀다. 루추가 비명을 지르기 직전 호익도는 1센티미터 거리에서 그대로 정지했다. 자칫 큰 사고로 이어질 뻔한 순간을 아슬아슬하게 면한 것이다.

그 자리에 세로로 선 채 몸을 흔들며 득의에 찬 호익도를 바라보던 루추가 문득 뭔가를 떠올리고는 장쉰에게 물었다.

"지난번 귀예이에서 아닌 척 했지만 일부러 내 발등을 찔은 거죠?"

장쉰의 눈이 갑자기 초점을 잃으며 급히 둘러댔다.

"물론 고의는 아니었죠. 하지만 내 앞에서 칼을 그렇게 갖고 노는 사람을 본 게 오랜만이라 장난해 본 거예요. 화내지 말아요. 결혼식 끝나고 돌아가면 칼로 나를 열 번 찍게 해드릴게요."

여기까지 말하고 장쉰이 갑자기 급정차를 했다. 트럭이 산길에서 갑자기 멈추자 루추가 놀라서 의자 위 손잡이를 잡고 긴장한 목소리로 물었다.

"무슨 일이에요? 뭘 친 거예요?"

"아무 일도 없어요."

장쉰이 두 눈을 부릅뜨고 앞을 한참 바라보더니 길게 한숨을 내쉬었다.

"우리 두 사람이 이런 말을 한 건 처음이죠?"

그의 눈빛에 전에 없던 진지함이 내비쳤다. 루추가 "그럼요."라고 대답한 후 미심쩍은 얼굴로 반문했다.

"전에 비슷한 말을 한 적이 있어요?"

"오늘만 그런 게 아니라 당신과 대화할 때마다 기시감이 생겨요. 마치 먼 옛날에도 있었던 일처럼 말이에요."

그녀는 장쉰과 더 오래전부터 알고 지냈을 리가 없다고 생각했다. 그녀가 좌우를 살피더니 창밖을 가리켰다.

"샤오렌의 고향집이 바로 이 근처예요. 장쉰 씨가 전에 이곳에 온 적이 있는지 모르겠어요. 아마도 충돌이 있었고, 그래서……."

괜히 말을 꺼냈다고 생각한 루추가 입을 다물었다. 장쉰이 밝은 음성으로 웃으며 말했다.

"그럴 가능성은 없어요. 난 이곳의 경치에 전혀 감흥이 없어요. 그런데 이 고물차가 무슨 영문으로 이곳에 익숙한지 모르겠네요."

그가 계기판을 한참 들여다보더니 피식 웃었다.

"기시감이 아니라 정말 87년도에 생산된 차예요. 지금까지 운행되다니 대단하네요."

루추도 소리 내서 웃었다. 장쉰이 그녀를 지긋이 바라보다가 가속페달을 밟고 출발했다.

차는 계속 달렸고, 장쉰의 태도는 차를 멈추기 전과는 180도 달라졌다. 루추는 한바탕 웃고 나자 마음이 풀렸다.

그녀가 궁금증을 참지 못하고 물었다.

"그 일이 중요한 거예요?"

"정말 중요한 일을 루추 씨라면 잊어버릴 수 있어요?"

장쉰이 반문했다. 그의 말투는 가벼웠으나 미간에 망망함을 내비치며 말로는 설명할 수 없는 비장함이 섞여 있었다. 루추가 위로

할 말을 찾지 못하고 그의 어깨만 둔탁한 몸짓으로 툭툭 두드렸다. 장쉰이 그녀의 머리를 쓰다듬으며 서글서글하게 웃었다. 마치 조금 전의 일이 없었다는 듯이 말이다.

그들이 호텔에 도착할 무렵 결혼식은 곧 시작을 앞두고 있었다. 좡위안(莊園)이라는 이름의 이 호텔은 오래된 민가 여러 채를 개조한 것이었다. 결혼식은 야외에서 거행되며, 플라워 아치문은 푸른 호수 위에 설치하여 자연의 청초함을 한껏 강조했다. 하객들이 앉을 의자도 저마다 다른 모양이어서 수작업으로 만든 등받이 없는 걸상도 있었다. 마치 하객들이 각자 자기 집의 의자를 들고 와 앉는 것 같은 분위기였다. 작은 쪽배가 여러 척 떠 있고 그 안에는 와인과 젤리가 담겨 있었으며, 디저트 테이블에는 가을 분위기를 내는 솔방울과 단풍잎으로 장식하는 등 작은 데까지 세심하게 신경쓴 완벽한 모습이었다.

잔디밭에 세워진 사립문 옆에 자무가 정장차림으로 하객을 맞았다. 그는 먼저 루추에게 어색한 미소를 지으며, 시선을 그 옆에 서 있는 장쉰에게 돌리더니 미간을 살짝 찌푸렸다. 사실 오늘 장쉰은 평소에 비해 꽤나 갖춰 입은 차림으로, 플란넬 셔츠에 카멜 양복을 입었다. 그러나 셔츠 단추가 두 개나 열려 있었으며, 목에 가죽 끈을 두 겹 둘러 액세서리로 삼았다. 여기에 평소 신던 승마부츠까지 신고 있어서, 머리부터 발끝까지 보헤미안 감성이 풍겼다. 말쑥한 정장 차림의 다른 하객들 사이에서 그의 모습은 띌 수밖에 없었다.

자무의 눈길에도 장쉰은 얼굴색 하나 변하지 않고 선글라스를 벗었다. 그러더니 품에서 빨간 봉투를 꺼내들고는 물었다.

"누구에게 줘야 하죠?"

자무가 그와 루추를 번갈아보며 반문했다.

"두 분이 같이 하시는 겁니까?"

루추가 고개를 끄덕이자 자무는 의심스럽다는 듯 장쉰을 힐끗 쳐다보더니 소리를 낮춰 루추에게 물었다.

"샤오롄은 어쩌고요?"

올게 온 것이다. 루추가 그의 시선을 받으며 대답했다.

"우리 헤어졌어요."

"아……! 난 못 들었…….."

그의 말은 이어지지 못했다. 쌍비신이 모습을 보였기 때문이다. 옅은 녹색 정장 차림에 노란 꽃술이 달린 하얀 목련화 한 송이를 손목에 차고, 가는 굽의 하이힐을 신고 걸어왔다. 루추에게 고개를 살짝 숙여 인사하더니 미소를 지으며 겸손하게 말했다.

"결혼식 기획자가 날더러 도와주라고 해서요."

'그럼 잘 됐네요. 이 봉투는 그쪽에 드리면 되겠네요."

장쉰이 봉투를 쌍비신에게 주며 하얀 이를 드러냈다. 쌍비신이 봉투를 받자 자무가 뭔가 말하려고 했다. 그러나 쌍비신은 아랑곳 하지 않고 루추와 장쉰을 접수테이블로 안내했다.

장쉰이 허리를 굽혀 서명하는 동안 쌍비신이 루추에게 낮은 소리로 말했다.

"챵밍이 루추 씨에게 줄 게 있대요."

그녀가 루추를 다른 테이블로 데려가더니 자주색과 붉은색이 섞인 목련으로 만든 꽃팔찌를 가리켰다.

"이중 하나를 팔에다 차고 이따가 줄 서서 신부의 부케를 받을 거예요."

오늘 루추는 간단한 정장 차림이었다. 긴 치마에 깃을 세운 커피색 정장은 너무 소박해서 화려한 목련화와는 어울리지 않았다. 게다가 목련화를 보니 최씨가 떠올라 심란해졌다.

"됐어요. 다른 사람들에게 기회를 줄래요."

"그냥 재미로 하는 건데요, 뭘⋯⋯. 부케 받기 싫다는 말 진심이에요?"

쌍비신의 물음에 루추가 머뭇거리지 않고 그렇다고 했다. 쌍비신이 과감하게 대답했다.

"알았어요. 내가 처리하죠."

그녀가 장쉰을 보고는 소리를 한껏 낮춰 물었다.

"새로 사귄 남자친구예요?"

"그냥 친구예요."

루추도 재빨리 자무를 힐끗 보고 물었다.

"두 사람 어떻게 된 거예요?"

아무래도 다툼이 있었던 분위기이다. 쌍비신이 고개를 숙이고 발끝으로 솔방울을 차며 말했다.

"내가 저 사람보다 세 살이 많아요."

"그게 어때서요?"

"최근 데이트를 두 번 했는데 자무 씨가 마음이 딴 데 가 있었어요. 내가 물었더니 지금 연구하는 일로 생각 중이었다고 하거나 우물쭈물하며 대답을 못하는 거예요."

쌍비신이 테이블 다리를 또 찼다.

"혹시 내가 나이가 많은 게 싫어서 그런 걸까요?"

"내가 아는 자무 씨는 그럴 사람이 아니에요."

루추의 대답은 단호했다.

"내가 아는 자무 씨도 그래요."

쌍비신이 땅바닥을 노려보는 것이 걷어찰 것을 찾는 눈치였지만 그렇게 하지는 않았다. 이윽고 그녀가 다시 입을 열었다.

"만약 우리가 모르는 자무 씨가 존재한다면 어떻게 하죠?

"그럼 계속 모르는 걸로 해야죠."

쌍비신이 루추의 얼굴을 살피더니 말했다.

"루추 씨 많이 변했네요. 실연은 사람을 냉소적으로 만드나 봐요."

별로 우호적인 말은 아니지만 쌍비신의 말투에는 신랄함이 사라지고 오히려 쓸쓸함이 배어나왔다. 루추가 어깨를 한 번 으쓱하더니 대답했다.

"성장이 사람을 냉소적으로 만들죠. 실연은 사람을 살찌게 해요."

쌍비신이 소리내서 웃었다. 그녀가 루추의 날씬한 허리를 바라보며 말했다.

"루추 씨는 다행인 거네요. 함께 온 저 분의 공로겠죠? 귀예이에서 일하는 분이에요?"

그의 잘생긴 외모 덕분에 사람들의 눈길을 끌지 않을 수 없었다. 루추가 무심한 듯 말했다.

"임시 아르바이트생이에요."

쌍비신의 눈빛이 아련해지기 시작했다.

"어떤 책에서 읽었는데 남자를 사귀려면 수도나 전기 기술자가 최고래요. 세상 끝에 가서도 두 사람이 먹고살 걱정은 없으니까요."

그녀는 루추를 붙들고 몇 마디를 더 늘어놓은 후에야 놓아주었다. 아직 자무와는 미래를 약속한 사이가 아니었고 갈등은 해소되지 않은 상황이었다. 하지만 사랑싸움에는 누가 뭐래도 달콤함이 깃들어 있었다. 루추는 그녀와 애써 화제를 이어가며 대화를 끝내고는 우아한 피아노 소리를 들으며 장쉰 쪽으로 갔다. 두 사람이 나란히 착석하자 예식이 정식으로 시작되었다.

신부가 아버지의 손을 잡고 식장으로 들어서자 음악소리도 행진곡으로 바뀌었다. 쫭잉은 오늘 몸에 붙는 하얀 인어드레스를 입었다. 붉은 카펫 위를 한 걸음 내딛을 때마다 드레스에 붙은 장식이 찰랑거렸다. 그녀는 마치 동화 속 인어공주처럼 우아하게 행복을 향해 걸어들어 갔다.

루추의 왼쪽은 장쉰, 오른쪽에는 예 교수가 앉았다. 양 여사가 예 교수의 오른쪽에 앉았다. 그녀는 짙은 남색의 치파오를 입고 있었는데 붉은 입술과 어울려 단아한 복고분위기를 풍겼다. 그녀는 기분이 좋아 보였다. 다만 수시로 무료한 표정을 드러내며 이런 행사에는 흥미가 없는 듯했다.

하객의 축하인사 순서를 틈타 그녀는 아예 턱을 예 교수의 어깨에 올려놓고 루추를 향해 고서의 복원 진도를 물었다. 루추가 몇 마디로 짧게 대답하고 시선을 앞으로 돌렸다. 양 여사에 대한 루추의 인상은 그날 저녁을 먹던 순간에 머물러 있었다. 죽은 남편에 대한 절절한 애정을 드러냈던 양 여사였기에 지금 눈앞에서 벌어지는 광경이 낯설고 껄끄럽게 느껴졌다.

예 교수는 단정하게 앉아 곁눈질 한 번 하지 않으면서도 양 여사의 친밀한 행동을 그대로 받아주고 있었다. 양 여사의 말이 끝나자 그는 그제야 고개를 이쪽으로 돌리고는 명함 한 장을 건넸다.

"내 실험실에 설비가 있는데 청동문물 복원할 때 사용하면 좋을 거예요. 루추 씨가 필요하다면 연락주세요."

묘원에서 처음 만났을 때 루추는 이 학자가 자신을 좋아하지 않는다고 생각했다. 그런데 오늘 보니 싫어하지는 않는 것 같다. 다만 열등생을 대하는 학교 선생님처럼 예의를 지키고 있었으나 뱃속에서 올라오는 혐오감은 숨길 수 없었다.

루추는 어릴 때부터 학교 성적이 뛰어난 편은 아니었다. 그래서 일부 선생님들이 자신을 그런 식으로 대하는 데 익숙해져 있었기에 개의치 않았다. 그녀도 예의를 갖춰 고맙다고 인사하고 명함을 받아들었다. 그리고 생각난 김에 질문을 했다.

"교수님께서는 어떻게 금속생명을 연구할 생각을 하셨어요?"

"처음에는 호기심에서 시작했다가 나중에는 인류에 기여도가 크다는 걸 발견했죠. 그래서 계속 깊이 연구하게 된 겁니다."

"어떤 면에서요?"

루추는 상상할 수 없었기에 말투에 어느새 의혹이 묻어났다. 예 교수는 '네 까짓게 어찌 알겠어.' 하는 오만한 표정으로 그녀를 힐 끗 쳐다보더니 담담하게 설명했다.

"암을 비롯한 인류의 질병들은 유전자의 결함을 보완함으로써 치료할 수 있어요. 최소한 악화되지 않게 일정한 범위 안에서 통제 할 수 있죠. 이것이 이른바 유전자 요법이에요. 내가 이끄는 연구 센터는 일종의 금속 황단백질을 함유한 유전자 패치제를 연구해 냈어요. 이제 임상실험 결과가 나오면 더 보급할 수 있을 겁니다."

루추는 전문적인 용어를 알아듣지 못했기에 그냥 건성으로 "굉 장하네요."라는 말만 했다. 그녀가 잠시 생각한 후 물었다.

"질병치료도 물리학과의 연구 범위에 들어가나요?"

"학술에는 경계가 없어요."

예 교수가 학자 특유의 긍지를 내보인 후 말을 이었다.

"같은 원리로 금속생명의 유전자를 노화방지, 인류의 수명연장 에도 활용할 수 있어요."

루추는 여전히 알아들을 수 없었지만 고개를 끄덕였다. 이번에 는 예 교수가 물었다.

"잉루추 씨는 이 방면의 연구에 관심이 없어요?"

그녀는 전혀 관심이 없었으나 그렇다고 대답할 수도 없었다. 그 래서 웃으며 이렇게 대답했다.

"저는 몇 살까지 사는 데는 관심이 없지만 죽음을 앞두고 존엄

성을 지키고 싶어요."

예 교수가 고개를 끄덕여 공감을 표시했다.

"나도 처음에는 그렇게 생각했어요."

하지만 생각이 바뀌었단 말인가? 루추는 호기심을 품고 예 교수의 다음 말을 기다렸다. 이때 장내에 환호성이 일었다. 신랑이 사랑을 맹세하며 신부에게 키스를 했다. 환호성과 호응하는 사람들의 외침이 이어지자 예 교수는 말을 멈추고 몸을 돌려 양 여사의 이마에 입맞춤을 했다. 루추가 앉은 자리는 두 사람의 얼굴이 동시에 보이는 각도였다. 예 교수는 연연하는 표정인데 반해 양 여사의 표정에는 텅빈 공허감이 스쳤다. 두 사람은 어울리는 한 쌍이었지만 이상하게도 어떤 일이 터지기 직전의 살벌한 분위기를 풍겼다.

못 볼 것을 봤다는 생각에 루추가 황급히 시선을 돌렸다. 이때 장쉰도 그 두 사람의 모습을 흥미롭게 지켜보고 있다가 루추와 시선이 마주치자 싱긋 웃었다. 그가 소리를 낮춰 물었다.

"두 사람이 사귀는 사이에요?"

루추가 멈칫했다. 묘원에서 양 여사를 여러 면에서 보살피고 심지어 그녀의 상황에 분기탱천했던 예 교수의 모습이 떠올랐다. 그녀가 미심쩍게 말했다.

"그런가 봐요. 최소한…… 남자 쪽이 여자를 더 좋아하는 것 같아요."

장쉰이 눈을 찡긋하며 말했다.

"재미있네요."

"뭐가 재미있어요?"

"좋아하는 여자를 껴안고 있으면서 가슴이 저렇게 느리게 뛰는 남자는 처음 보거든요."

장쉰이 루추를 향해 다시 눈을 찡긋하더니 말을 이었다.

"루추 씨의 심장도 저 사람보다는 빨리 뛰는데, 내가 옆에 앉아서 그런가요?"

루추가 말을 잃고 손가락을 펴서 자신의 맥박을 짚어보았다.

"1분에 76번 뛰네요. 지극히 정상이에요."

장쉰이 바람둥이 같이 과장된 몸짓으로 루추의 어깨에 손을 두르더니 목소리를 깔며 물었다.

"이렇게 하면요?"

그의 몸짓이 너무 과장되었으므로 루추는 오히려 웃음이 나왔다. 이번에도 맥박을 재보더니 "1분에 3번 늘어났네요. 발전했어요."

장쉰이 루추의 머리를 툭 치며 "장난하지 말아요."라고 말했다.

"정말이에요. 난 거짓말 못한다고요."

루추가 머리를 붙잡고 볼멘소리를 한 후 앞에 있는 호수를 손으로 가리켰다. 잠시 머뭇거리다가 작은 소리로 물었다.

"저기가……."

"검로가 있는 방향이죠."

장쉰이 확신에 찬 눈으로 말했다. 샤오롄의 이름을 빼고 말하는 세심한 배려가 엿보였다. 루추는 곁에 이런 친구가 있어서 다행이라고 생각했다. 결혼식은 이제 막바지로 향하고 있었다. 루추는 장쉰을 보고 웃었지만 그녀의 눈은 더 먼 쪽을 향하고 있었다.

16
나비

호수의 다른 한쪽에는 샤오롄의 고향집이 있다. 통 넓은 흰 셔츠를 입은 샤오롄이 부둣가에 앉아 클라리넷을 불고 있었다. 능숙하나 고저와 강약이 없어 생동감이 없는 연주였다. 그의 눈빛도 죽은 듯 고요했다. 멀리서 요트 한 척이 다가오더니 접안도 하기 전에 인청잉이 갑판에서 뛰어내렸다. 그는 안정적으로 착지한 후 샤오롄을 보고 깜짝 놀랐다.

"너 오늘 아침 비행기 타지 않았어?"

샤오롄이 클라리넷을 내려놓고 망연한 표정으로 대답했다.

"공항에 안개가 짙어서 항공편이 내일로 연기되었어요."

인청잉이 눈을 가늘게 뜨며 물었다.

"그거 내 셔츠잖아. 네 것 놔두고 왜 내 옷 입었어?"

"짐 가방에 다 넣어버렸어요."

"이런 날씨에 런던에 가려면 겉옷을 충분히 가져가야 정상인처럼 보이지."

"알고 있어요."

무미건조한 대화를 끝냈을 때 청동기린 린시가 편지봉투를 입에 물고 뛰어왔다. 인청잉 앞에 멈춘 린시는 수염을 연신 쫑긋하며 그의 귀환에 기쁨을 드러냈다. 인청잉은 린시의 머리를 쓰다듬으며 편지봉투를 받았다.

"착하구나. 이렇게 멀리 뛰어온 걸 보니 초능력이 회복되었나?"

린시는 알아들은 듯이 고개를 끄덕였다. 이때 접안을 마친 배에서 인한광과 두창평이 나란히 내렸다. 인한광은 태블릿을 들고 자세히 들여다보고 있었다. 두창평은 이마를 찌푸리며 핸드폰에서 뭔가를 찾던 손가락을 멈추고 인한광에게 물었다.

"나비 좋아해?"

"아니요."

인한광이 나오는 대로 대답했다.

두창평이 다시 물었다.

"그런데 왜 매년 수천만 위안을 나비 연구에 협찬하는 거야?"

"나비 연구가 아니라 번데기에서 어떻게 나비로 우화하는지를 연구하는 겁니다."

인한광은 자신의 곁으로 뛰어온 린시의 이마를 톡톡 만져주고는 설명을 계속했다.

"지구상의 생물 중에서 유충과 성충의 형태가 완전히 다른 나비의 변태방식은 우리의 생명과정과 가장 유사해요."

"저도 말 좀 할게요."

인청잉이 그들 쪽으로 다가왔다.

"난 형님이 우리를 벌레에 비교하는 게 싫어요."

"너는 본체를 자극해 의식을 갖게 하고 사람 모습으로 만들어주는 요소가 뭔지 궁금하지 않니?"

인청잉이 손바닥을 내보이며 대답했다.

"궁금하긴 해요. 하지만 형님의 연구결과가 우리와 벌레의 혈연관계를 증명하는 거라면 그런 친척은 인정하기 싫어요."

그가 편지봉투를 두창평에게 건넸다.

"두 형에게 온 편지예요. 린시가 물어왔어요. 점점 똑똑해지고 있다니까요."

"편지쯤은 개도 물어올 줄 알아."

인한광이 냉랭하게 말했다. 두창평은 "착하구나." 하며 린시의 머리를 톡톡 건드렸다. 그리고는 급히 봉투를 뜯고 내용을 읽기 시작했다.

"딩딩의 복원재료를 장퉈가 무료로 제공하겠대. 그 조건으로 셋째가 언제부터 검망(劍芒, 칼끝에서 나오는 광채)을 본체와 분리해 단독으로 사용할 수 있었는지 알고 싶다는군."

"장퉈가 웬일로 갑자기 셋째에 관심을 보일까요?"

인청잉이 물었지만 인한광은 이를 무시하고는 아까부터 꼼짝하지 않고 있는 샤오렌에게 말했다.

"네가 실종된 기간이 길어서 언제부터 검망을 사용했는지 나도 기억나지 않는구나."

"그때는 사용할 줄 몰랐어요."

샤오렌이 평온한 목소리로 대답했다.

"그러다가 어느 날 갑자기 할 수 있게 되었다고?"

인한광의 물음에 샤오렌이 고개를 끄덕였다. 인청잉이 의아해하며 물었다.

"그게 언제지?"

"송말(宋末) 원초(元初) 무렵이에요. 확실한 시기는 기억나지 않아요."

"그 시기에는 특이점이 뭐였죠?"

인청잉이 인한광에게 물었다.

"특정 시대와 연관이 있다는 확신은 없다. 어쩌면……."

인한광이 미간을 찌푸리더니 말을 계속했다.

"결론적으로 말하면, 본체의 컨디션이 최고 상태일지라도 초능력의 범위와 파워가 커질 뿐 본체의 수가 늘어나진 않아."

"그러니까 셋째가 특이하다는 거죠."

인청잉이 이렇게 말하고는 두창펑에게 물었다.

"두 형도 그렇게 생각해요?"

"나도 같은 생각이야."

두창펑이 잠시 생각한 후 인한광에게 물었다.

"일단 샤오렌 몸에 정말 특별한 부분이 있다고 가설하고 장뭐가 그걸 왜 알고 싶다는 거지? 그와 계속 연락을 했으니 뭐 짚이는 게 있을 거 아냐?"

인한광이 어색하게 목청을 가다듬고는 대답했다.

"장퉈와 연락한 건 생명의 기원에 관한 자료를 구하기 위해서였어요. 새로운 화형자가 더 이상 출현하지 않는다는 사실을 확인한 후, 그는 줄곧 우리를 진화시킬 방법을 연구해 왔죠."

마지막 말에 샤오렌을 비롯한 모두의 관심이 쏠렸다. 린시까지 고개를 바짝 쳐들고 인한광을 주목했다.

"어떤 진화인데요?"

인청잉의 질문에 인한광의 목울대가 위아래로 움직였다. 그가 머뭇거리며 대답했다.

"그가 연구하는 진화는 순수한 생물학의 정의에 속하지. 유전자 변이를 통해 선천적 제약을 벗어나 초능력이 변하고 심지어 완전히 새로운 종으로 변할 수 있어."

"철저히 실패하기만을 진심으로 기도하겠어요."

인청잉이 이렇게 말하고는 뭔가 생각났는지 대뜸 샤오렌을 가리키며 물었다.

"장퉈는 셋째가 진화해서 완전히 새로운 종으로 변했다고 생각하는 거예요?"

"난 상관없어요. 딩딩누나만 구할 수 있다면 장퉈가 원하는 대로 해줍시다."

샤오렌이 갑자기 입을 열었다. 그는 앉은 자세 그대로 호수면을 응시했다. 말투는 조금 전과 다름없이 평탄했다. 마치 쟁점이 자신의 중대한 비밀과 전혀 관계없다는 태도였다.

인한광이 무기력한 표정으로 샤오렌을 힐끗 쳐다본 후 인청잉에게 말했다.

"장퉈의 연구에 지난 수십 년간 중대한 진전이 있었던 건 분명해. 셋째의 상황은 '형명'과 유사한 점이 있어."

"누구요?"

인청잉이 귀를 쫑긋 세웠다. 두창평도 안색이 변하며 급히 물었다.

"형명정? 그녀가 정말 존재한다고?"

인한광이 두창평을 똑바로 쳐다보며 물었다.

"형명이 도대체 어찌 된 거예요? 장퉈의 말로는 딩딩누나와 같은 운성에서 만들어져서 자매 사이라고 하던데……."

"집에 가서 천천히 얘기하지."

두창평이 인한광의 말을 중단시키더니 샤오롄에게 물었다.

"셋째도 같이 갈래?"

"아니에요. 전 형님들 결정에 따를게요."

샤오롄이 여전히 호수에 눈을 둔 채 말했다.

"공항에 연락해서 최대한 빠른 항공편을 알아보려고 해요."

"그것도 좋지."

두창평이 말을 마치고는 집이 있는 방향으로 걸어갔고, 인한광도 그와 나란히 걸어갔다. 인청잉은 샤오롄의 어깨를 두드려주고는 휘파람을 불었다. 청동기린 린시가 흥분해서 뛰어오더니 그의 주위를 이리저리 돌면서 따라갔다. 샤오롄은 조각상처럼 그 자리에 가만히 앉아 있었다.

얼마 후 그는 클라리넷을 입술에 대고 구시가지에서 루추와 처음 만날 때 불렀던 곡을 연주하기 시작했다.

꘎

"열여덟 살 생일날 나는 천생연분이 나타날 때까지 기다리겠다고 결심했어요. 날마다 그가 와주기를 기대하면서도 영원히 나타나지 않을 거라 생각했어요. 그런데 그토록 기다리던 천생연분이 진작부터 내 곁에 있었던 거예요."

결혼식은 이제 신랑신부의 소감을 발표하는 순서였다. 무대 위의 쫭밍이 뜨거워진 눈시울로 이렇게 말했다. 무대 아래 장쉰은 껌한 개를 입에 털어넣으며 영혼 없는 말을 했다.

"감동스러워라. 얼마나 더 길게 얘기할 거래요?"

"신부의 말은 다 실화예요."

루추가 감개무량한 듯 말했다.

"어떤 부분은 내가 직접 목격한 걸요."

그녀가 신랑신부의 연애 과정을 간략하게 설명했다. 장쉰은 담담하게 "멋지네요."라고 대꾸한 후 주머니에서 껌을 꺼냈다.

"하나 씹어요."

마지막으로 껌을 씹은 게 언제인지 기억나지 않았다. 하지만 연녹색의 껌을 입에 넣자 박하의 청량함이 순식간에 입안에 퍼지며 가슴의 답답함이 조금은 사라졌다.

장쉰의 핸드폰에서 문자메시지 도착음이 울렸다. '돈을 계좌에 입금했으니 샤오바이는 신경 쓰지 말고 어서 돌아와', 장뤄가 보낸 문자였다. 장쉰이 하품을 하며 핸드폰을 집어넣었다. 그가 머리를 루추 쪽으로 기울이고 작은 소리로 말했다.

"궈예이를 떠날 날이 다가오네요."

"무슨 일이죠?"

때마침 창밍이 말을 마치고 저우쓰위안이 무대에 올랐다. 그의 소감은 지루했고 양측 친지들에 대한 감사인사가 내용의 대부분을 차지했다. 루추의 흥미도 점점 사라져서 장쉰에게 속삭였다.

"돌아가면 작업실을 다시 열 거예요?"

"그러기엔 부족해요. 형님이 내 대신 빚을 갚아주셨는데 형님 일을 도와드려야죠."

장쉰이 고뇌하는 얼굴로 말을 이었다.

"세상사 내 마음대로 안 되네요."

"형님이 무슨 일을 하는 데 도와드려요?"

루추가 호기심에서 물었다.

"매번 달라요. 하지만 나의 초능력이 전투에 적합하니까 아무래도 전쟁터에서 역전의 효과를 발휘하죠."

샤오롄의 초능력도 그와 같다. 루추가 잠시 생각하다가 입을 열었다.

"살육이 병기의 본성이란 건 알지만 전쟁은 싫어요."

"누가 전쟁 좋아한댔어요? 이 세상에서 가장 최첨단 전쟁은 피를 보지 않는 전쟁이에요. 아무리 무적의 병기라도 남의 손에 든 칼이니 정말 힘이 빠진다는 거죠."

장쉰이 파란 하늘을 바라보며 담담하게 말했다. 망연한 표정에

스산함이 묻어나는 것이 평소와는 전혀 다른 모습이었다.

루추가 멍하니 그를 바라보자 장쉰도 고개를 돌려 시선을 마주쳤다. 그가 턱을 쓰다듬으며 물었다.

"다음 일은 어디에서 할 거예요?"

"내가 직장을 그만둘 생각을 하는지 어떻게 알았어요? 심하게 티 났어요?"

놀란 루추의 물음에 장쉰이 담담하게 대답했다.

"창밖 풍경 하나도 제대로 쳐다보지 못했잖아요. 지금까지 버틴 것도 이미 대단한 거예요."

"맡은 책임이 있으니 딩딩언니가 회복되는 것까지는 보고 갈 거예요."

루추는 위링을 떠날 생각을 하고 있었다. 그러나 아직 확실히 결정한 것도 아니기에 아무에게도 말하지 않았다. 그런데 장쉰에게 마음을 들켰다. 하지만 의논할 사람이 있어서 좋은 것도 있다. 그녀가 장쉰에게 다가가 작은 소리로 말했다.

"당분간 외국에 나가 공부를 하고 싶어요. 학위는 따지 않더라도 말이에요. 그렇게 하고 나면 이별을 자연스럽게 받아들일 수 있을 거 같아서요. 장쉰 씨는 어떻게 생각하세요?"

"샤오렌도 그렇고 다들 실연의 아픔으로 떠나려고 하네요. 어차피 떠날 거라면 다른 사람이 어떻게 생각하든 무슨 상관이죠? 착지 동작이 완벽하다고 가산점을 주는 올림픽 체조경기도 아니고 말입니다."

정곡을 찌르는 말이었지만 심기가 불편할 정도는 아니었다. 어

쩌면 장쉰의 일상적인 말투 때문일지도 모른다. 이런 말을 하면서
도 그는 마치 시장에서 배추와 무 한 단에 얼마라는 식의 말투였
다. 그게 아니라면 이미 확실한 이별을 했기 때문에 더는 동요하지
않는 것인지도 모른다.

그녀는 장쉰을 멍하니 바라보다가 대뜸 물었다.

"앞으로도 오늘처럼 솔직하게 말해 줄 수 있어요?"

"노력해 볼게요. 하지만 장담은 못해요."

장쉰이 미소를 지어보이고는 말을 이었다.

"결심이 서면 말해 줘요. 내가 아는 유물 복원사가 외국에 있어
서 연수할 곳을 알아봐 줄 수 있어요."

"고마워요."

결혼이 성립되었음을 알리는 음악이 울렸다. 신랑신부가 퇴장
했다가 측면 입구로 되돌아왔다. 사랑 노래와 함께 신랑신부의 춤
이 시작되었다. 한 곡이 끝나고 빠른 박자의 음악으로 바뀌더니 하
객들도 잇달아 일어나 춤을 추기 시작했다. 장쉰도 루추에게 손을
내밀어 춤을 청했다.

"함께 춤을 출 영광을 주시겠습니까?"

루추가 앞을 바라보니 식장 앞 빈터가 갑자기 몰려드는 사람들
로 순식간에 가득 찼다. 그 중에는 묘원에서 만났던 두 학생도 있
었다. 선차오가 신나게 몸을 흔들었다. 그의 몸짓은 춤을 춘다기보
다는 경련을 일으키는 것처럼 보였다. 마쓰위안의 춤 솜씨는 그보
다는 좀 나았다. 거의 제자리걸음 수준이기는 했지만 최소한 박자
는 맞추고 있어서 운율감을 느끼게 해주었다.

루추는 자신을 잘 알고 있었다. 자신의 춤은 선차오와 마쓰위안의 중간쯤 되는 수준이었다. 그녀가 장쉰을 향해 고개를 가로저었다.

"발을 밟을까 봐 겁나요."

"그런 것쯤 두려워할 내가 아니에요."

"장쉰 씨가 아니라 내가 두려워서……."

루추의 말이 끝나기도 전에 무대 중간에 갑자기 어떤 사람이 힙합 댄스를 추기 시작했다. 물구나무를 섰다가 몸의 한 곳을 바닥에 대고 두 다리를 허공에서 끊임없이 회전했다. 시원시원한 그의 동작에 사람들은 일제히 박수를 치면서 환호성을 질렀다. 장쉰이 손을 거둬들이더니 겉옷을 벗어 루추에게 건넸다.

"이것 좀 맡아줘요."

루추가 어리둥절한 눈으로 그를 바라보았다. 장쉰은 공중제비를 두 번 넘더니 순식간에 무도회장에 도착했다. 사람들이 잠시 조용해졌다가 1초도 안 되어 폭발적인 환호성을 보냈다. 어떤 사람은 베틀을 외치기도 했다. 춤을 추던 남자도 동작을 멈추고 베틀을 신청하는 몸짓을 했다. 그러나 장쉰은 아랑곳하지 않고 뒤로 공중회전을 하더니 음악소리에 맞춰 풍차돌리기 동작을 했다. 이어서 무대 전체를 돌며 고전 발레처럼 높이 올라 발을 부딪치고 내려오는 동작으로 마무리했다. 춤을 마친 그가 우아한 동작으로 루추의 곁으로 돌아왔다. 얼굴이 빨개지거나 숨이 가쁜 기색도 없이 그녀에게 손을 내밀었다.

"숙녀께서 바람을 쐬러가길 원하신다면 제가 동행해도 될까요?"

사람들이 그들을 향해 오는 모습이 보였다. 루추는 재빨리 그의 손을 잡고 낮게 말했다.

"빨리 도망가요!"

장쉰이 큰 소리로 웃으며 그녀를 데리고 호숫가로 향했다. 서글서글한 웃음소리에 번뇌와 우울함이 사라져버린 것 같았다. 그들이 호숫가에 도착하자 음악은 어느새 느린 블루스로 바뀌었다. 물새 몇 마리가 수면 위를 유유히 날아 바위에 내려앉으며 호수에는 잔잔한 파문이 일었다.

무도회장에서 이곳까지 뛰어오느라 루추는 가슴이 뛰었다. 걸음을 멈추고 숨을 고르며 앞에서 자신을 향해 걸어오는 장쉰을 바라보다가 갑자기 물었다.

"나랑 게임 하나 할래요?"

"무슨 게임인데요?"

"스피드 퀴즈에요."

루추가 장쉰의 대답을 기다리지 않고 바로 시작했다.

"첫 번째 문제, 결혼한 적 있나요?"

"없어요."

장쉰이 망설임 없이 대답했다. 그의 대답에 당황한 쪽은 오히려 루추였다. 그녀가 못 믿겠다는 듯 그를 쳐다보며 말했다.

"하지만 나이가 그렇게 많은데……."

"나이 들었다는 말이 오늘따라 왜 이렇게 귀에 거슬리죠?"

장쉰이 귀를 쫑긋하며 물었다.

"더 물을 거 없으면 내가 질문할 차례에요."

"더 있어요. 두 번째, 옷장에서 가장 먼저 손이 가는 옷은 무슨 색이에요?"

"빨간색이에요. 다음 질문으로 넘어갑시다."

"평생 한 일 중 가장 위대한 일은?"

"해마다 세금 내고……. 이런 질문 싫어요. 다음 질문해요."

"늘 가고 싶지만 한 번도 가보지 않은 장소는?"

"화성이에요."

"받았던 선물 중 가장 이상한 것은?"

"칼집입니다. 순금으로 만든 거요. 알록달록한 보석으로 치장한 것도 있어요. 선물을 준 사람의 심미안이 의심스럽더군요. 다음 질문하세요."

"우리 그 칼집에 관해 얘기해 볼까요?"

"이번엔 내가 질문할 차례에요. 가장 살쪘을 때가 몇 킬로그램이었어요?"

"난 스피드퀴즈 싫어해요."

"다음 질문, 닭이 먼저일까요, 달걀이 먼저일까요?"

"결혼식장에서 철학 문제 좀 꺼내지 않으면 안 될까요?"

"알았어요. 다음 장례식은 언제 있을까요? 그때 함께 갑시다."

"……."

장쉰과의 대화는 루추의 말문이 막힌 것으로 끝났지만 그녀는 따사로운 햇빛 아래 산책하는 것이 무척 좋았다.

그들이 식장으로 돌아오니 음악이 갑자기 멈추고 사회자가 신랑신부의 케이크 절단과 부케 던지기 순서를 알렸다. 무도회장에 있던 사람들이 일제히 식장으로 걸음을 옮겼다. 루추는 적당한 거리를 두고 그 모습을 바라보았다. 무대에 새하얀 3단 케이크가 등장하니 사방에 흩어졌던 사람들이 마치 개미가 달콤한 냄새를 맡고 몰려들 듯 일제히 모여들었다. 그녀도 문득 구미가 당겼으나 걸음이 떨어지지 않았다. 괜히 나섰다가 부케 받는 행렬에 강제로 끼게 될 것 같았기 때문이다.

남자 파트너와 동행한 것은 이런 순간 도움 받기 위해서가 아니겠는가! 그녀가 눈을 깜박이며 달콤한 눈길로 물었다.

"케이크 드세요?"

"난 상관없어요. 저기 맥주도 제공하네요. 브랜드가 뭔가요?"

장쉰이 눈을 가늘게 뜨고 테이블 위의 맥주병을 바라보았다.

"내가 가져올 테니 여기 앉아 있어요."

"좋아요!"

루추가 멀리서 케이크를 바라보다가 장쉰의 옷소매를 잡고 물었다.

"케이크 위에 체리가 있는데 한 개만 가져올래요?"

"알았어요. 이왕이면 큰 걸로 가져올게요."

장쉰이 주먹을 불끈 쥐고 말했다.

"제가 잘못했어요. 그 가련한 케이크는 놓아줍시다!"

그날 결혼식은 루추가 기대했던 것보다 훨씬 근사했다. 끝이 보이지 않는 큰 호수는 마치 푸른 바다와 같았다. 그녀는 바위에 걸터앉아 과일이 잔뜩 들어간 크림케이크를 연신 입으로 가져갔다. 장쉰은 겉옷을 벗고 그녀 곁에서 차가운 맥주를 마셨다. 두 사람은 자연스럽게 대화를 나누다가 피곤하면 눈을 감고 음악을 들었다.

　이제 시간이 조금만 더 흐르면 그의 얘기를 아픔 없이 할 수도 있을 것 같았다.

17

오랜만의 재회

　결혼식 이후는 루추의 특별 휴가였다. 주말까지 총 일주일의 시간이 생기자, 그녀는 망설이지 않고 고향행 비행기 표를 샀다. 첫날 아침에 떠났다가 마지막 날 저녁에 쓰광에 도착하기로 한 것이다.

　그녀의 아빠는 여전히 건강했으며, 최근에는 지역 노인대학에서 서양문화사 강좌를 듣는다고 했다. 수업을 함께 듣는 사람들과 얘기 끝에 고무된 아빠는 내년에는 엄마와 프랑스 루브르박물관을 방문할 계획을 세웠다. 엄마는 베란다에 채소를 심어 날마다 물을 주고 가꾸는 게 낙이었다. 수확한 채소로는 녹즙을 만들어 마셨다. 고향에 있는 동안 루추도 매일 녹즙을 한 잔씩 마셨다. 아빠도 예외가 아니었는데, 녹즙이 든 컵을 들고는 이러다가는 얼굴도 녹색으로 변하겠다고 탄식했다.

그녀가 집에 없는 동안 부모님은 빈 둥지 증후군을 훌륭하게 극복한 듯했다. 스스로 즐거움을 찾고 서로 의지하며(가끔은 싸우기도 하면서) 노년의 삶을 즐기고 있었다. 부모님의 그런 모습에 루추는 크게 안심이 되었다. 1년 전 집을 떠나 직장에 다니기로 한 결정이 옳았다는 생각이 들었다.

이번에 루추는 아무 스케줄도 잡지 않고 날마다 집에서 책을 읽었다. 그 책들은 전승에 들기 전에 배운 것이었다. 그녀가 많은 시간을 보낸 곳은 부왕자이(不忘齋) 작업실이었다. 기술을 익히는 데는 지름길이 없다. 전승자가 되었지만 손에 익혀야 하는 작업은 아버지나 사부에 비하면 한참 뒤떨어졌다. 많은 일을 겪고 나서 고향에서 시간을 지내며 루추는 마음이 많이 안정된 것을 느꼈다. 그녀는 늘 앉았던 자리에서 한 번 앉으면 두세 시간씩 검의 표면을 연마했다. 급히 서두르지도 않고 게으름을 피우지도 않았으며 아무런 잡념도 없었다. 마치 무한한 운율의 반복에 자신이 융화되어 시간의 흐름을 따라 단단히 다져지는 듯했다.

남은 시간은 엄마와 시장에 가고 아빠와 병원에도 다녀왔다. 어쩌다 아는 사람과 마주치기도 했지만 타향에서 일하는 감상을 묻는 그들의 물음에는 "잘 지내요." "적응되면 괜찮아요., "이제 적응이 돼서 좋은 점도 많아요."라고 대답했다. 거짓말은 아니기 때문에 거리낄 것도 없었다.

떠나오는 날 아침, 엄마가 참외를 한 쟁반 깎아서 거실로 내왔다. 루추는 왼손으로 가르릉거리는 고양이를 안고 오른손에 이쑤

시개를 들고 참외를 먹었다. 두 번째 참외를 집어 올릴 때 맞은편에 앉은 엄마가 지나가는 말처럼 물었다.

"샤오렌은 잘 있니? 한동안 샤오렌 얘기를 못 들은 것 같구나."

오래전부터 벼르던 물음이 이제 나온 것이다. 루추는 아무렇지도 않게 참외를 들고 재빨리 대답했다.

"영국에 갔어요."

"언제 돌아온대?"

엄마의 물음에는 안타까움이 담겨 있었으나 놀라는 기색은 없었다. 엄마는 뭘 아신 걸까? 루추는 잠시 머뭇거리다가 대답했다.

"돌아온다는 보장이 없어요. 그쪽 회사에서 붙잡으면……"

이건 순전히 꾸며댄 말이었다. 그러나 엄마는 태연히 고개를 끄덕였다.

"그래, 인연이라는 게 원래 그렇단다. 억지로 한다고 되는 게 아니야."

그러니까 엄마가 뭘 안다는 걸까? 루추는 입을 반쯤 벌렸으나 물어볼 수가 없었다. 이때 엄마가 물었다.

"차오바는 어떻게 하고 왔니?"

"고양이 호텔에 맡겼어요."

화제가 바뀌어 다행이라고 생각하며 루추가 재빨리 대답했다.

"순순히 있겠다고 했어? 전에 황상은 문 앞에서부터 들어가지 않으려고 난리를 쳤잖아."

루추도 그때가 기억났다. 참외를 하나 더 집어 들고 호기심으로 물어봤다.

"그 후 어떻게 되었어요?"

"통조림을 따서 속여서 데리고 들어갔지 별 수 있니?"

～〇～

이때 아빠 잉정이 들어와서 함께 얘기를 나눴다. 도중에 아빠는 샤오렌 얘기를 물을 뻔했으나 엄마가 눈치를 주는 바람에 나오는 말을 삼켜야 했다. 루추는 죄송한 생각에 모른 척하고 계속 참외를 먹었다.

참외를 다 먹고 나서 아빠가 루추를 공항에 바래다주었다. 부녀는 이런저런 얘기를 나눴고, 공항에 거의 다 왔을 때 아빠는 무심한 듯 물었다.

"추추야, 위링의 계약기간이 끝나면 집에 돌아와서 일할 생각은 없니?"

루추가 쉽사리 대답하지 않자 잉정이 장황하게 말했다.

"친구 얘기로는 요즘 젊은이들은 첫 직장에서 1년 반이면 오래 버티는 셈이라고 하던데, 너도 1년 반이 되어가는구나. 물론 네가 경험을 더 쌓고 싶다면 상관없지만 장기적으로 볼 때는……."

아버지도 알고 계신가? 하긴 어릴 때부터 그녀에 관한 일을 부모님 중 한 분이 알면 다른 한 분이 아는 건 시간문제였다. 잉정의 말이 끝나자 루추는 마음을 가다듬고 외국에 나가 연수할 생각이 있다고 말씀드렸다. 구체적인 준비가 된 것도 아닌데 아빠는 무척 흡족해했다. 학비는 대줄 테니 그녀가 번 돈은 결혼이나 집을 살

때 보태라는 말을 두세 번이나 했다.

그들은 공항에 한 시간 반 일찍 도착했다. 모든 수속을 마치고 나서 부녀는 한가하게 커피를 마셨다. 비행기를 기다리는 시간에 루추는 아빠로부터 친척들의 소식을 들었다. 고향은 여전히 평온했으며, 그동안 누가 결혼했다는 소식도 없었다. 그녀의 모교는 다른 대학과의 합병을 통해 인건비와 경비를 절감하려는 계획을 추진하고 있다고 한다. 노인대학에서는 고대 유물 복원 강좌를 개설하여 아빠에게 강의를 의뢰했고, 아빠는 현재 고려하고 있다고 한다. 결정을 못하는 이유로는 충분한 수강생을 확보할 자신이 없다고 했다. 루추는 이런 대화가 사람을 즐겁게 한다는 것을 이제야 알았다.

평온한 마음을 안고 쓰팡으로 돌아온 루추는 다음 날 일찍 회사에 출근했다. 그녀는 얼굴이 비칠 정도로 빛나는 구리거울을 들고 13층으로 갔다. 엘리베이터 문을 나서자마자 징충환이 환호성을 지르며 달려와 루추를 번쩍 안고 크게 한 바퀴를 돌았다.

징충환이 이렇게 기운이 센지 루추는 미처 몰랐다. 미처 피할 새도 없어서 두 발이 땅에 닿을 때는 중심을 잃고 휘청거렸다. 그녀는 어지러운 머리를 겨우 수습하고는 거울을 들고 미식축구 치어리더 차림의 징충환에게 설명했다.

"녹 제거하기가 가장 까다로웠던 부분은 여러 가지 연마분을 배합하면서 연구한 끝에 핵심이 닦는 천에 있다는 걸 발견했어요.”

그녀는 주머니에서 장갑을 꺼내서 설명을 이어갔다.

“독일에서 수입한 부드러운 장섬유 장갑이에요. 마찰계수가 낮아서 표면에 흠집이 나는 걸 막아주죠. 메이커와 재질을 모두 파일에 기록해 놓았으니 나중에 다른 복원사가 와도 인수인계를⋯⋯.”

여기까지 말한 루추는 징충환의 검은 동공이 점점 커지는 것을 보았다. 혹시 잘못 보았나 싶어 눈을 감았다가 떴다. 다시 눈을 떴을 때, 루추는 아파트 자기 방에 있었다. 손끝이 온통 상처투성이로 이미 숨이 끊어진 차오바를 품에 안고 있었다.

마음 깊은 곳 가장 큰 두려움은 여전한 것이다. 왜 이 장면이 다시 나타나는 걸까?

“루추 씨?’

징충환의 목소리가 귓가에 울렸다. 전신을 떨며 눈을 뜬 루추는 자신이 13층의 번쩍이는 대리석 바닥 위에 서 있는 것을 발견했다. 징충환도 여전히 그녀의 앞에 서 있었으며, 그녀의 동공은 정상이었다. 눈빛은 대리석 바닥보다 빛났다. 루추가 조금 전보다 더 어지러워진 머리를 흔들며 물었다.

“어떻게 된 거예요?”

“내 본체 상황이 계속 좋아져서 전에는 잘 안 되던 기능이 정상을 되찾았어요.”

징충환이 루추를 향해 승리의 브이를 해보이며 흥분해서 말했다.

“이제는 이도 전혀 아프지 않고 무척 건강해졌어요. 텔레비전에 나오는 것처럼 이로 병뚜껑도 딸 수 있어요. 예!”

"좋아하니 다행이네요."

쌍비신으로부터 문자메시지가 왔다. 고서 표지 안쪽의 천을 꺼낼 준비가 되었으니 그 과정을 지켜보겠냐고 묻는 내용이었다. 루추는 거울을 징충환에게 주고 서둘러 직물 복원실로 향했다. 엘리베이터 버튼을 누르기 전, 머릿속에서 오래전에 들었던 목소리가 들려왔다. 자신 곁에서 소련검의 개봉을 가르쳐준 그 여자였다. 여자가 일상적인 대화를 나누듯이 그녀에게 말했다.

"전승을 통해 발전하려면 날마다 담금질을 하고 정성을 다해야 해요. 그래야 생사의 관문에서 깨달음을 얻을 수 있죠."

그녀가 말을 멈췄다가 웃음 띤 소리로 덧붙였다.

"당신 참 열심히 하네요."

"그야 보통이죠. 사실 수확이 풍성했답니다. 연마분의 배합비율을 조절하려고 《천공개물天工開物》은 물론 《여씨춘추呂氏春秋》와 《회남자淮南子》까지 읽어보았죠. 거울을 연마하는 직업이 고대에는 도대체 얼마나 중요했나요? 나중에는 《섭은낭聶隱娘》까지 봤는데 모두 그녀와 결혼한 거울 연마하는 남자를 절세의 고수라고 의심했죠."

여기까지 말한 루추는 여자가 반응을 보이지 않자 슬며시 입을 다물었다. 그녀가 복원한 고대 유물에 대해 사람들은 결과만 좋으면 된다고 생각하여 과정은 중시하지 않았다. 그래서 징충환은 물론이고 샤오렌에게도 그 과정을 말하지 않았다. 그러나 전승 안의 여자는 자신의 고충을 알아줄 거라고 생각해서 이렇게 말이 많아진 것이다.

"잘했어요."

여자의 다정한 목소리가 울렸다.

금제의 제작기법을 배우고 싶지 않아요?"

여자는 무심한 듯 묻고 있었지만 이 한마디에 루추는 온몸이 긴장되었다.

"배우고 싶어요."

그녀가 주저하지 않고 대답했다. 이어서 물었다.

"오래전부터 배우고 싶었는데 왜 이제야 나타났어요?"

"뭐든 무르익어야 하니까요. 너무 서둘러도 탈이 난답니다."

여자가 이렇게 말하고는 물었다.

"준비 다 되었어요?"

"아직은요. 시간이 좀 필요해요."

"알았어요. 3년이나 5년쯤 후에 다시 관문에 들어도 늦지는 않아요."

"그렇게 긴 시간을 말한 게 아니에요."

루추가 다급히 여자의 말을 끊고는 힘주어 말했다.

"24시간 안에 전승에 들어가서 당신을 찾을게요. 괜찮죠?"

직물 복원실에 들어갈 때, 루추는 크게 놀란 직후여서 멍한 상태였다. 다행히 이런 그녀를 아무도 눈여겨보지 않았다. 두창펑은 미리 와서 친사부와 말을 나누고 있었다. 쟝사부는 쉬펑과 쌍비신

뒤에 서서 쌍비신이 한 손에 돋보기, 한 손에 바늘을 들고 천천히 고서의 표지를 뜯어내고 안에 있는 흰 비단천을 꺼낼 준비를 하는 모습을 지켜보았다.

챵사부가 이미 말했듯이 이번 복원작업은 난이도가 크지 않기에 쌍비신이 주도할 것이라고 했다. 쌍비신에게는 입사 후 반년 만에 처음으로 사람들 앞에서 자신의 능력을 보여주는 기회다. 그녀가 난관에 부딪치면 챵사부가 이를 받아서 일을 마무리함으로써 고서에는 손상이 가지 않게 할 것이다. 이런 말을 들었던 터라 루추는 조금도 걱정되지 않았으나 쌍비신은 정반대였다. 바늘을 든 손을 심하게 떠는 바람에 챵사부가 연신 고개를 가로저었다.

원래의 바늘자국을 보전하기 위해 구멍에서 실을 하나 빼낼 때마다 그 구멍에 새 실을 끼워야 한다. 그래야 복원을 끝낸 후 제 위치에 다시 끼워놓을 수 있다. 쌍비신은 처음에는 긴장한 탓에 새 실을 끼울 때 바늘로 손가락을 찌를 뻔했으나 곧 안정을 되찾아 바늘과 실을 능숙하게 다뤘다. 마침내 쌍비신은 책 표지에서 매미 날개처럼 얇은 백능 비단천을 조심스럽게 꺼냈다. 책상 위 트레이에 올려놓고는 기대와 긴장이 섞인 눈으로 사람들을 바라보았다.

챵사부가 대견한 미소를 지었다.

"훌륭해."

쌍비신이 안도의 한숨을 길게 내쉬며 한 손을 들었고, 쉬팡이 얼른 자기 손바닥을 대며 하이파이브를 했다. 직물 복원실의 세 사람은 기쁨에 겨워 앞으로 이 책을 어떻게 복원할지를 의논했다. 흰 비단천에는 파리머리만 한 크기로 쓴 글씨 몇 줄이 있었다. 언뜻 봐서는 산스크리트어처럼 보였으나 아무도 읽어보려고 나서지 않았다.

두창펑이 트레이를 가리키며 조용히 한쪽 구석에 서 있는 루추에게 말했다.

"이걸 들고 딩딩의 방으로 갑시다."

18
행동

그날 밤, 루추는 반투명할 정도로 얇은 흰 비단천을 침대 위에 펼쳐놓고 책상다리를 하고 앉았다. 커튼 사이로 들어온 달빛에 목련나무 가지의 늘어진 그림자가 흰 천에 드리워졌다.

그녀의 마음은 지극히 고요하여 동요가 없었다.

그녀는 서서히 눈을 감았다. 다시 눈을 떴을 때는 주홍색 대문 앞에 서 있는 자신을 발견했다. 문에는 한 줄에 81개의 유금(鎏金) 구리 못이 9개씩 9줄로 빼곡히 들어차 있었다. 문 머리에는 오래된 편액이 높이 걸려 있고, 당나라 때의 심하게 흘려 쓴 초서로 '금제(禁制)'라는 두 글자가 쓰여 있었다.

낮에 루추의 머릿속에서 말을 걸었던 여자가 모습을 드러냈다. 그녀는 긴 옷을 입고 머리에는 재질을 알 수 없는 흰색 비녀를 꽂고 계단 위에 서 있었다. 루추의 눈을 들여다보더니 살짝 가라앉은 목소리로 천천히 말했다.

"문 뒤는 그들의 지반이라서 규칙상 내가 간여할 수 없어요. 결심이 되었나요?"

루추가 고개를 끄덕이며 손을 들고 말했다.

"단서를 하나 더 찾을 겁니다."

그녀가 손바닥을 펴니 현실세계에서 침대 위에 펼쳐놓은 흰색 비단이 어느새 그녀의 손바닥 안에 있었다.

이날 오후 그녀가 두창평과 함께 샤딩딩의 사무실에 갔더니 인한광이 서가 옆에 놓인 소파에 앉아 있었다. 읽던 책을 내려놓고 비단천을 받아든 그가 알아들을 수 없는 언어로 몇 번을 소리내서 읽었다. 이윽고 고개를 든 그가 말했다.

"중국어로 번역하면 '마음을 공략하는 게 상책이고 심리전이 상책이며, 전쟁을 치르지 않고 사람을 굴복하는 병법이 승리의 길이다'라는 의미군요."

어려운 말은 아니었으나 신중을 기하기 위해 루추가 물었다.

"전고(典故)가 있나요?"

"앞의 두 마디는 《삼국지》가 출처이나 그 개념은 그보다 앞선 《손자병법》에 나와요."

두창평이 미간을 찌푸리며 말했다.

"전승에서 생사의 관문을 돌파하려면 관문을 지키는 자의 마음을 공략하라는 의미군요."

"그녀에게 마음이 있나요?"

이는 루추가 오래전부터 품어온 의문이었다. 두창평과 인한광이 그녀를 쳐다보았고, 그녀는 말을 이어갔다.

"최씨를 만나기 전까지는 전승에서 본 모든 사람이 입체적으로 투영된 기억에 불과하다고 생각했어요. 매우 정교하게 설교해서 마치 전자게임처럼 내 행동이 어떤 이야기의 중요한 부분이나 중요한 캐릭터의 정서를 촉발하는 정도로만 이해한 거죠."

"최씨의 어떤 점이 달랐어요?"

"모든 점이 달랐어요!"

루추가 말을 내뱉고는 숨을 가다듬었다.

"늘 같은 장면에 같은 옷, 같은 화장을 하고 있긴 했어요. 하지만 내가 전승에 들어갈 때마다 표정이나 동작에 미세한 변화가 있었어요. 나를 기억하는 것 같았어요. 게임에서 게이머의 성적을 기록하는 기계식 기억이 아니라 내가 그녀에게 한 모든 행동이 그녀의 '마음'에 축적되었어요. 두 번째로 들어갔을 때는 처음보다 훨씬 미워했어요. 마치 그녀가 전승 안에 살고 있는 것 같아요. 이런 일이 가능한가요?"

"왜 불가능하다고 생각하죠?"

인한광이 반문하고는 담담하게 말을 이었다.

"내가 전승의 땅을 설계한다면 역대 명장의 기억을 허구의 개체에 내장한 후, 일정한 조작을 통해 모든 의식이 자유롭게 발전할 수 있게 할 거예요. 지금 루추 씨가 본 전승은 이런 개념에 근거해서 발전된 것이라고 봐요."

"그렇게 하면 어떤 장점이 있죠?"

"장점이야 많죠. 우선 당시의 장면을 단순 반복하는 것은 영화를 상영하는 것과 다를 바 없어요. 후세 사람들이 배우려고 들어왔을 때, 인터랙티브 형식의 문답을 추가하더라도 얻을 수 있는 지식은 제한적이죠. 그러나 그 안에 있는 사부들에게 자아의식이 있다면 옆에서 수시로 지도해 줄 수 있고, 심지어 상대에 따라 교육방법을 달리할 수도 있으니 학습효과는 천차만별이 되는 겁니다."

인한광은 여기까지 차분히 말하고는 루추를 보고 웃으며 덧붙였다.

"그곳 사람들의 의식은 선량해요. 다만 타락한 영혼 하나가 흘러들어간 것뿐이죠."

루추는 여전히 이해가 가지 않았다.

"팀장님 말은 최씨가 전승 안에서 살아났다는 건가요?"

인한광이 고개를 가로저었다.

"그렇지는 않아요. 최씨의 부분적 기억을 보유한 최씨의 사고방식과 행동모델을 시뮬레이션하는 인공지능이라고 생각할 수 있죠. 이게 지금으로서는 가장 근접한 설명이에요."

"정말 그렇다면 제가 어떻게 인공지능의 마음을 공략할 수 있죠?"

루추가 절망적으로 말했다.

"할 수 있어요. 인공지능도 핵심 구동력이 있어야 움직여요. 추론해 볼 때, 최씨가 살아갈 이유를 찾아내서 이를 완전히 제거하면 관문을 돌파할 수 있을 거예요."

마지막 말을 할 때 인한광은 흥분했는지 눈을 번뜩였다. 그가 이렇게 감정을 드러내는 모습은 처음이었다. 그녀가 의심쩍은 눈으로 인한광을 쳐다보다가 입을 열었다.

"금제와 관련된 일에서 완전히 손을 떼겠다고 샤오렌과 약속했어요."

인한광이 미소를 지으며 반문했다.

"그 약속을 지킬 작정이에요?"

루추가 눈을 감고는 세차게 고개를 저었다.

"아니요."

그녀가 초점이 없는 눈으로 자신에게 주문을 걸 듯 말했다.

"그가 먼저 약속을 깼어요."

사실 그가 약속을 깬 건 아니다. 완고한 샤오렌은 약속을 하기 전에 늘 단서를 달았다. 그녀의 안전을 우선적으로 고려할 것이라고 말이다. 그러나 술을 마신 날 밤, 그는 취하지도 않았으면서 아무런 단서를 달지 않고 사랑한다고 했다. 사랑이란 모든 것을 포용하고 믿으며 기대하고 참는 게 아니던가! 사랑은 영원히 멈추지 않는 것이다. 루추는 샤오렌이 약속을 얼마나 지킬지에는 관심이 없었다. 사랑한다는 말을 했던 걸 후회하지 않는다면 그것으로 족했다.

인한광이 그녀의 표정을 살피며 무슨 말을 하려다가 말았다. 그는 사실 루추가 모든 것을 제쳐두고 샤오렌의 금제를 풀어주기를 바라고 있었다. 오늘도 소식을 듣고 미리 와서 그녀를 기다리고 있었던 것이다.

평소에는 인한광과 대화에 반감을 느끼는 루추였지만, 오늘은 아무 감정 없이 몇 마디를 더 나누고는 복원실로 돌아갔다.

퇴근을 20분 앞두고 두창평이 텀블러를 들고 복원실을 찾아왔다.

"시간 있으면 커피 한 잔 할래요?"

회사가 제공하는 커피 맛은 일품이어서 굳이 주임과 따로 나가 커피를 마실 생각은 없었다. 그러나 루추는 순순히 일어나 광샤빌딩을 빠져나왔다. 두 사람은 반년 전 인청잉과 함께 갔던 음료전문점으로 갔다.

가게의 위치는 변함없었으나 테이크아웃 전문 코너가 새로 생겼다. 그런데 안팎의 인테리어가 완전히 달라져 있었다. 음료수를 주문한 후 루추가 입을 열었다.

"원래 여긴 홍차를 파는 곳이 아니었나요?"

"내가 알기로 이 가게가 전에도 대여섯 번은 바뀌었을걸요. 오래 가는 집이 없어요. 짧게는 3개월에서 길어봐야 1년이에요. 여기도 얼마 안가 바뀔 거예요."

종업원이 눈앞에 있는데도 두창평이 아무렇지 않게 이렇게 말했다. 그의 말을 듣고 나니 루추도 생각나는 모습이 있었다.

"제 고향의 부왕자이 작업실 근처에도 이렇게 자주 바뀌는 집이 있어요."

"이런 점포는 개업 직후에는 괜찮은데 한 달만 넘어가면 맛이 바뀌더라고요. 그래서 오려면 개업 직후에 와야 해요."

과연 일리가 있는 말이어서 루추는 저도 모르게 소리 내서 웃었다. 두 사람은 커피를 들고 오던 길로 되돌아왔다. 두창펑이 한 모금을 마시더니 말했다.

"요즘 내가 딩딩의 일로 바빠서 친사부와 어떻게 지내는지 물어볼 틈이 없었네요. 모든 게 잘 되고 있나요?"

루추가 그렇다고 대답하자 두창펑은 더 캐묻지 않고 걸어갔다. 그러더니 이렇게 말했다.

"인 팀장의 말은 귀담아 듣지 말고 그냥 루추 씨 하고 싶은 대로 해요."

"고맙습니다."

"하지만 관문을 돌파하려는 결심이 확고하다면, 최씨에 관해 말해 둬야 할 것 같아서……."

두창펑이 갑자기 걸음을 멈추고 고개를 돌려 물었다.

"시련을 겪어야 훌륭한 사람이 된다는 말 믿어요?"

루추도 걸음을 멈추고 고개를 저었다.

"그런 문제는 생각해 보지 않았어요."

"훌륭한 사람이 되고 싶다는 생각도 안 해봤어요?"

두창펑이 웃으며 천천히 걸음을 뗐다.

"최씨의 인생 초반은 방금 그 말이 어울리는 삶이었어요. 그녀는 이를 악물고 노력해서 최고의 복원사가 되었고, 신분이 높은 남자와 결혼했어요. 자신의 노력으로 귀족의 세계에 들어간 거죠."

"그 후에는 어떻게 되었죠?"

"사람들의 편견을 바꾸기도 어려웠지만, 무엇보다 최씨는 귀족 집안 여주인이 될 능력이 없었어요."

두창평이 루추를 바라보며 미안한 기색으로 말했다.

"최씨는 원래 루추 씨처럼 철두철미한 복원사였어요. 단순해서 외부와의 소통에는 소질이 없고 어떤 문제에 직면하면 고지식하게 끝까지 매달리는 경향이 있었어요."

"저는 그렇지 않아요."

루추가 반사적으로 그의 말을 부인한 후 눈을 깜박이며 물었다.

"역시 그 일에서 물러나라는 말씀인가요?"

"아니에요. 루추 씨 생각대로 하라고 말했잖아요."

두창평이 시선을 먼 곳에 두고 말을 이었다.

"최씨가 어떻게 죽었는지 모르죠?"

루추가 고개를 저었고 두창평이 말을 이었다.

"샤오롄이 몸에 금제가 심어진 채 최씨의 손에서 벗어난 다음 날이었어요. 그녀가 약을 먹고 자결했죠. '애초에 그러지 않았어야 했다'라고 적힌 유서를 남기고 말입니다."

두 사람의 시선이 마주쳤다. 루추의 눈에는 동요가 없었다. 그녀는 냉혹하리만치 평온한 말투로 말했다.

"주임님, 최씨가 어떻게 죽었든, 죽은 지 이미 천 년이 지났어요."

"유서에 적힌 후회가 샤오롄에게 금제를 심은 일은 아닌 것 같은데 말이죠."

"그러니 문제라는 거예요. 죽기 직전 최씨는 과연 뭘 생각했을까요?"

전승의 땅에 들어온 루추는 두창평에게 했던 것과 같은 질문을 했다. 여자가 흰 비단을 받아들고 내용을 읽더니 어깨를 으쓱하며 말했다.

"내게 묻지 말아요. 나는 최씨를 이해하려고 시도한 적이 없으니까요."

"왜요?"

루추가 불만스럽게 물었다.

"난 금제를 배울 생각도 없었으니까요."

여자가 단도직입적으로 대답하고는 말을 이었다.

"배우고 싶은 사람이 직접 난관을 돌파할 방법을 강구해야죠. 그게 싫으면 안 들어가면 그만이에요. 그러면 최씨도 나오지 않을 테니 상관없겠네요."

루추가 그녀를 똑바로 쳐다보며 물었다.

"당신도 최씨와 싸우면 져요?"

"누구나 울타리 내에서는 주인이죠. 최씨가 울타리에서 나오기만 하면 나는 한 손으로 가루를 내버릴 수 있어요."

여자가 손바닥을 펴 보이며 이렇게 말했다.

이렇게 거칠고 패기 있는 말이 소련검을 주조한 사람 입에서 나오는 것을 듣고 루추는 완전히 수긍했다.

그녀가 흰 비단을 챙기고는 여자에게 말했다.

"내가 당신을 뭐라고 불러야 하죠?"

상대방은 과연 누구일까? 수천 년 전의 인물을 인공지능으로 재현한 존재일까? 이곳에만 존재하는 의식의 결정체일까? 아니면 그저 고독한 영혼일까? 어떤 존재이든 존중받아 마땅하다.

여자가 소탈하게 웃으며 대답했다.

"뭐라고 부르든 상관없어요. 하지만 이곳까지 왔으니 '산장(山長)'이라고 불러도 무방하겠네요."

고대 서원(書院)의 원장을 '산장'이라고 불렀으니 전승은 과연 하나의 학교인 셈이다. 다음에 만날 날을 기약할 수 없어서 루추는 이 기회를 놓치지 않고 또 물었다.

"전승의 땅에 왜 산장이 관리하지 않는 영역이 존재하는 거죠?"

"태산은 한 줌 흙도 마다하지 않았기에 그토록 높을 수 있었고, 강과 바다가 작은 물길도 가리지 않았기에 그토록 깊고 방대할 수 있었죠."

산장이 차분히 말하며 루추에게 웃음을 지었다.

"시간이 흐르다 보니 흙과 모래도 섞여 들어오는 걸 피할 수 없었고, 전승의 땅을 다질 때의 초심을 지키려면 내가 직접 나서지 못하니 제시어를 주는 거랍니다."

루추는 정신이 번쩍 들어서 물었다.

"제시어가 뭔가요?"

"앞에서 이미 말했어요."

"네?"

산장이 장난스럽게 루추를 향해 눈을 찡긋했다.

"들어가기 전에 너무 무리하지 말고, 들어간 후에는 후회하지 말아요. 그리고 정문으로 들어가면 15분간 몸을 숨길 시간이 있어요. 최씨를 포함해서 모든 사람이 당신을 보지 못할 거예요. 그 대가는……."

거의 실체에 가까웠던 산장의 이미지가 점점 옅어지더니 허공으로 사라졌다. "이번 기회를 놓치면 다시 오지 않아요."라는 마지막 한마디가 허공에 퍼졌다. 그녀의 말소리가 끝나기 무섭게 커다란 모래시계가 허공에서 내려와 루추의 뒤로 떨어졌다. 모래가 떨어지는 소리가 시작되면서 타이머가 작동했다.

제시어가 도대체 뭐였는지 생각할 시간이 없었다. 루추는 심호흡을 하고 계단을 올라가 대문을 힘주어 열었다. 내부의 정경은 짙은 안개에 가려 보이지 않았다. 그녀가 천천히 발을 들고 문턱을 넘어서는 순간 자신은 수말당초 진북사의 정원에 와 있었다.

19
만남

전승에서의 시간도 한밤중이었다. 정원에는 곳곳에 횃불이 밝혀져 있고, 일꾼들이 지궁을 짓느라 바쁘게 움직였다. 모든 것이 지난 번 들어왔을 때와 비슷했다.

15분 안에 그녀는 최씨가 살아온 동력이 어디 있는지 찾아내 일거에 궤멸해야 한다. 우선 최씨를 관찰하기로 했다. 지난 경험으로 최씨가 공사현장에 있다고 판단한 루추는 성큼성큼 계단을 내려갔다. 자신을 옆에 두고도 아무 반응이 없는 일꾼들과 승려들 무리를 지나 지궁 가장자리로 가서 사방을 둘러보았다.

이른바 지궁은 사실 진북사 정문과 대웅전 사이의 정원에 약 2층 건물 높이로 파놓은 지하실에 불과했다. 그러나 고고학의 고증에 따르면 일반적인 지하실과 달리 이 지궁은 묘혈과 유사한 용도로 사용되었다고 한다. 비록 뭘 묻었는지는 분명하게 드러나지 않지만 지하실을 판 후 완전히 봉쇄했으며, 사람이 내려갈 수 있는 계단도 남겨두지 않았다. 따라서 시공기간에는 사다리를 설치해서 사람들이 오르내리고, 한쪽 모서리에는 우물에서 물을 길을 때 사용하는 대형 활차를 설치하며, 무거운 건축자재는 대바구니에 담아 활차의 윤축(輪軸)을 이용해 두레박으로 내려보냈음을 짐작할 수 있었다.

루추는 활차 옆에 있는 최씨를 쉽게 찾아냈다. 그녀는 어깨에 두르는 천으로 입과 코를 막고 언짢은 표정으로 자재 운반용 대바구니에 앉아 있었다. 네 명의 일꾼이 조심스럽게 대바구니를 윤축에 매달았다. 이어서 축의 중심을 천천히 움직여 최씨를 지궁 안으로 내려보냈다.

활차 옆에는 일꾼들이 사용하는 대나무 사다리가 놓여 있었다. 그러나 최씨가 대바구니에 들어간 후 그녀의 시녀가 남루한 차림의 일꾼들을 쫓아버려서 아무도 없었다. 루추는 그틈을 타서 사다리를 타고 내려가며 가까운 거리에서 최씨를 관찰했다.

활차는 사람을 태우는 용도가 아니었기에 따라서 견고하기는 하나 매우 조악하게 만들어졌다. 대바구니가 내려갈 때도 심하게 흔들거리며 몇 번이나 대나무 사다리에 부딪칠 뻔했다. 최씨의 얼굴이 루추의 앞에서 흔들거렸다. 그녀는 루추를 보지 못했으며, 주위에 아무도 없었기 때문에 모처럼 최씨 혼자 있는 시간이었다. 점잖은 모습을 내려놓은 그녀의 피곤한 얼굴에는 망연함이 배어나왔다. 짙은 화장을 한 눈가는 주름이 가득했으며, 주름 사이에 분가루가 끼어 있었다. 목의 피부는 더욱 기이한 청회색으로 독물에 중독된 듯했다.

～

옛날 사람들이 화장할 때 쓰던 흰 분가루에는 다량의 납성분이 포함되어 있었다. 그래서 많이 사용하면 금속에 중독되기 십상이었다. 최씨의 얼굴을 보며 루추는 그녀가 많은 사람의 생사를 좌우할 권력을 손에 쥐었지만, 실제로는 건강을 잃은 중년부인에 불과하다는 생각을 했다. 설마 이것이 그녀가 자살을 택한 이유였을까?

대바구니는 지궁 바닥과의 사이를 1미터 남겨놓고 멈췄다. 일꾼들이 몰려들어 대나무를 붙잡아 바닥에 내려놓았다. 그리고는 그녀의 질책이 두려웠는지 순식간에 흩어졌다. 시녀 하나가 최씨를 부축하여 대나무 밖으로 나올 수 있게 하고, 또 한 명은 최씨 앞에서 거울이 붙은 화장함을 들고 있었다. 최씨가 분첩을 열더니 화장을 고쳤다. 그녀를 부축하던 시녀는 그녀의 뒤에서 머리를 정리하며 낮은 소리로 물었다.

"부인, 세자께서 오셨으니 오늘밤에는 먼저 인사를 하러감이 어떨지요?"

"난 그의 애첩은 상관하지 않고, 그 역시 내 일에 상관하지 않는다."

최씨가 차갑게 시녀의 말을 중단시켰다. 잠시 생각하더니 말을 이었다.

"그 사람의 의심을 사지 않게 너희들이 먼저 가서 시간을 끌고 있도록 해라."

루추는 옆에서 최씨의 얘기를 들으며 사방을 둘러보았다. 지난번에 지궁에 들어왔을 때는 소련검의 추격을 받았기에 부근의 환경을 살펴볼 기회가 없었다. 이번에는 잘 살펴보았지만 뭔지 알 수가 없었다. 눈을 멀리 두니 이 지궁이라는 곳은 약 50평 크기로, 지상에는 사찰 내 정원과 같은 회색 벽돌을 덮어놓았으며 그 안에는 공간을 구분하는 아무런 장치나 장식도 없고 중간에 백옥으로 만든 사람 키 높이의 작은방이 있었다.

이 방은 창문이나 문이 없었으며 언뜻 봐서는 사각형의 대형 백옥함이 지궁 중앙에 서 있는 것 같았다. 사찰 안에 이런 것을 만든 이유가 뭘까? 최씨와 관련이 있는 걸까?

시녀가 화장함을 닫고 최씨에게 예를 올린 후 대바구니를 타고 올라갔다. 일꾼들도 잇달아 사다리를 타고 그 자리를 떠났다. 잠시 후 지궁 안에는 최씨와 모습을 드러내지 않은 루추만 남았다. 최씨가 사방을 둘러보고 아무도 없는 것을 확인한 후 작은방 앞으로 걸어갔다. 그리고 팔을 뻗어 벽을 오른쪽에서 왼쪽으로 눌렀더니 벽에 작은 틈새가 드러났다. 이곳이 비밀 문이었다.

방안은 환하게 불이 밝혀 있었다. 그러나 최씨는 허리를 굽혀 바닥에 있던 황동촛대를 들고 안으로 들어갔다. 루추도 최씨 뒤에 바짝 붙어 안으로 들어갔다. 실내에는 일인용 나무 침대 외에는 아무것도 없었다. 그 위에 샤오렌이 평온한 표정으로 눈을 감고 누워 있었다.

샤오롄은 잠을 잘 필요가 없기 때문에 루추도 그의 이런 모습은 처음이었다. 15분이 곧 끝나가는 것을 알면서도 루추는 그에게 다가가 조각같이 준수하고 잡티하나 없는 얼굴을 바라보았다.

최씨도 천천히 침대 옆으로 가더니 허리를 비틀어 옥베개 옆에 앉았다. 태연하게 몸에 지니고 있던 염낭에서 찬란하게 빛나는 금실띠를 꺼냈다. 금제였다!

루추는 주먹을 쥐고 한걸음 앞으로 다가가 샤오롄의 몸에 금제를 어떻게 심는지 보려고 했다. 최씨는 금실띠를 손에 두 번 감아 쥐었다. 몸을 숙이고 샤오롄의 얼굴을 가볍게 쓰다듬었다. 입가에 달콤한 미소를 머금은 그녀의 모습은 깊이 잠든 사랑하는 사람에게 하는 행동이었다.

그 둘은 사랑하는 사이였단 말인가? 루추는 그 자리에 얼어붙어 어찌할 바를 몰랐다. 최씨가 갑자기 한 손으로 침대 옆의 촛대를 낚아채더니 그것으로 샤오롄의 태양혈을 힘껏 내리쳤다. 루추가 놀라 뒷걸음질치자 차디찬 벽이 등에 닿았다.

강한 공격을 받은 샤오롄은 사람들과는 달리 피를 흘리지 않았다. 그러나 몸의 윤곽이 점점 옅어지기 시작했다. 최씨가 촛대를 들고 다시 한번 샤오롄의 몸을 가격하자 그의 모습은 순식간에 사라지고 침대 위에는 검은 장검 한 자루가 나타났다. 조금 전 문밖에서 보았던 커다란 모래시계가 다시 루추의 앞에 나타났다. 상단에는 100이라는 숫자가 깜박거렸다. 몸을 숨길 수 있는 시간이 거의 끝나가는 모양이다. 이제 카운트다운이 시작된 걸까?

루추가 앞으로 한걸음을 내딛자 모래시계의 숫자가 99로 바뀌었다. 그녀의 추측이 맞았다. 그전의 경험에 따르면, 상황이 어디까지 진행되었든 상관없이 최씨는 그녀의 존재를 발견하는 순간 소련검을 소환해 루추를 공격할 것이다. 이 작은 세계는 최씨가 장악하고 있었다. 루추는 일단 몸을 숨겼다가 기회를 봐서 행동하기로 했다. 다행히 최씨가 들어올 때 문을 완전히 닫지 않아서 루추는 한 달음에 빠져나와 사다리를 타고 올라갔다. 모래시계도 그녀를 따라왔으며, 모래가 내려가는 소리가 귓가에 점점 크게 들렸다.

위로 올라왔을 때는 시간이 30초도 남지 않았다. 정원은 그녀가 들어왔을 때와 마찬가지로 대낮처럼 밝은 야간의 공사장이었다. 루추는 이를 악물고 고개를 숙여 대웅전으로 들어갔다. 일자로 늘어선 불상들 가운데 그녀의 몸을 숨길 수 있는 둥근 형태의 불상 뒤에 숨어서 속으로 숫자를 셌다.

다섯, 넷, 셋, 둘, 하나! 등불이 갑자기 꺼지면서 대웅전 전체가 어둠에 휩싸였다. 이어서 최씨의 악의에 찬 목소리가 들렸다. 그녀는 가벼운 미소를 띠고 기쁨에 넘쳐 중얼거렸다.

"생쥐가 나타났네. 등잔불 위에 올라 기름을 훔쳐 먹고 내려가네. 야옹야옹 고양이가 나타났네. 데굴데굴 굴러가네."

발소리가 점점 가까워지더니 대웅전 안을 한 바퀴 돌았다. 루추는 고개를 내밀 엄두를 내지 못하고 최씨의 교태 섞인 소리를 듣고 있었다.

"샤오롄, 당신이 날 도와서 생쥐를 잡아오지 않을래요?"

샤오롄? 루추는 소리가 튀어나올까 겁이 나서 손으로 입을 틀어

막았다. 그러나 대웅전에는 아무도 반응을 보이지 않았다. 잠시 후 최씨가 걸음을 멈추고 여전히 혀 짧은 소리에 독기를 품고 말했다.

"재미없네. 난 가서 쉴 테야!"

발자국 소리가 점점 멀어지자, 루추가 입에서 손을 떼고 불상을 잡고 천천히 몸을 드러냈다. 사찰 전체는 여전히 불이 다 꺼졌다. 그러나 오늘은 보름달이 떠서 휘영청 밝은 은백색 달빛이 창을 통해 들어와 실내를 비쳤다. 정말 이상한 일이었다. 앞서 최씨가 죽이려고 할 때는 두 번 다 별도 달도 없이 칠흑같이 어두웠다. 그런데 이번에는 왜 다를까?

"당신은 저들과 달라요?"

등 뒤에서 갑자기 익숙한 목소리가 들렸다. 루추가 온몸을 떨며 입술을 깨물면서 몸을 돌리니, 샤오롄이 눈을 내리깔고 자신을 내려다보고 있었다.

생긴 건 똑같았지만 그는 자신이 아는 샤오롄이 아니었다. 그의 복장은 지궁 안에 누워 있을 때와 사뭇 달랐다. 머리에는 두건이 아닌 옥관(玉冠)을 쓰고 있었으며, 소매를 좁게 매고 허리에는 넓은 가죽 띠를 둘렀다. 언뜻 봐도 공식적인 장소에 참석하는 두루마기가 아니라 활동하기 편한 호복(胡服, 호족의 복장)이었다.

옷차림이 다른 것은 그렇다 치더라도 가장 큰 차이는 외모에서 풍기는 분위기였다. 눈앞에 있는 샤오롄은 살기가 등등하면서도 풋풋하고 생기발랄한 소년의 분위기가 물씬 풍겼다. 감정이 드러나지 않고 세상만물에 관심이 없는 현대의 그와는 전혀 다른 모습이었다. 그는 자신의 가장 빛나는 시기에 최씨를 만난 것이다.

루추의 머리에 만감이 교차했다. 이때 샤오롄이 반걸음쯤 앞으로 오더니 허리춤의 장검에 한 손을 올리고 그녀를 자세히 살펴보았다.

"당신은 우리와도 달라요?"

그의 말에 루추도 정신이 돌아와 경계를 잔뜩 담은 눈으로 그를 노려보며 물었다.

"그 '우리'는 당신과 최씨를 말하는 건가요?"

그녀가 아는 사건발생 순서대로라면, 현재 최씨는 지궁에서 샤오롄에게 금제를 심는 중이다. 그러면 눈앞의 그는 누구란 말인가?

최씨는 전승에서 이곳을 장악하고 소련검을 통제하고 있다. 이 논리라면 전승에서 샤오롄은 현실세계와는 달리 지금쯤 자아의식이 없는 꼭두각시가 되어 있을 것이다. 그렇다면 눈앞의 샤오롄이 최씨의 명령대로 행동하는 꼭두각시란 말인가?

그가 다시 질문을 던졌다.

"당신은 왜 이곳 사람들과 다르죠?"

검은 동공과 호기심을 잔뜩 담은 맑은 눈에는 적의를 찾아볼 수 없었으며, 누군가에게 조종당하는 기색도 없었다.

그녀가 지궁 방향을 가리키며 목소리를 낮춰서 물었다.

"조금 전 당신이 저쪽에 누워 있는 걸 봤어요."

"당신이 본 검은 검혼이에요."

샤오롄이 미간을 찌푸리며 확실치 않다는 듯이 덧붙였다.

"나의 검혼 말이에요."

최씨의 지반에서 검혼은 사람의 모습으로 화한 샤오롄과는 별

개의 존재란 말인가? 루추는 너무 놀라 입을 반쯤 벌리고 눈을 크게 뜬 채 그를 바라보았다.

샤오롄이 들고 있는 검은 겉모습이 소련검과 같으나 칼자루에 술이 달려 있지 않았다. 검신은 밝은 달빛 아래 영롱하게 빛났다. 그 순간 전승에 들어온 후 산장이 말한 첫마디가 전광석화처럼 루추의 머리를 스쳐갔다.

"이 문 뒤는 그들의 지반이에요."

"그녀가 아니라 그들이란 말인가?"

이 말이 산장이 제시한 힌트라면 설마 샤오롄도 이 땅의 통제권을 갖고 있단 말인가? 그녀가 창밖을 가리키며 귓속말처럼 물었다.

"당신이 달을 달아놓았나요?"

그가 미간을 찌푸리며 말했다.

"난 그것들을 마땅히 있어야 할 자리에 돌려놓은 것뿐이에요. 당신은 아직 내 질문에 대답하지 않았어요."

장검이 허공을 가르는 소리가 멀리서 들려왔다. 루추는 시간을 더 낭비할 수 없다고 생각했다. 그녀가 한 걸음 앞으로 가서 고개를 들고 말했다.

"난 바깥세상에서 왔어요."

"바깥세상은 어떻게 생겼어요? 내가 깨어난 후 아무리 걸어도 청룡진을 벗어날 수 없었어요."

장검이 허공을 가르는 소리가 점점 가까워졌다. 여러 방향에서 동시에 다가오는 소리였다. 최씨가 이미 검의 진을 장악했다는 의

미였다. 그녀가 들어올 때마다 최씨는 더 강해졌다. 루추는 샤오렌의 손목을 잡고 말했다.

"설명할 시간이 없으니 일단 나와 함께 숨어요."

"검혼이 쫓는 게 당신이란 말이에요?"

샤오렌이 여전히 그 자리에 서서 고개를 꼿꼿이 들고 그녀의 손을 보았다. 움직일 생각이 전혀 없는 모양이었다. 검 한 자루가 갑자기 한쪽에 나타났다. 칼자루의 금실띠가 살짝 움직였다. 칼끝에는 이슬이 맺혀 있었으며 날카로운 칼끝이 기류를 뚫고 그녀를 향해 날아오고 있었다.

루추는 두려움을 느낄 틈도 없이 샤오렌이 검을 휘두르는 것을 보았다. 날아오던 검이 순식간에 두 동강이 나서 바닥으로 떨어졌다. 그의 동작은 가볍고 날렵했다. 마치 낙엽을 가볍게 건드리는 것 같았다. 그 순간 루추는 샤오렌의 기질이 변했다는 것을 느꼈다. 심연처럼 깊이 가라앉으면서도 높은 산처럼 우뚝 솟은 그의 모습은 영락없는 전설 속의 검협이었다.

그러나 현대의 샤오렌은 한 번도 이런 모습을 보여준 적이 없었다. 루추가 어리둥절해 그를 바라보았다. 샤오렌이 부러진 검을 힐끗 쳐다본 후 다시 고개를 돌려 물었다.

"이 세상은 정말 이런 모습이에요?"

굳어 있던 루추가 그의 눈빛을 보며 묵묵히 고개를 저었다. 샤오렌이 다시 물었다.

"나는 오랫동안 꿈을 꾼 느낌이에요. 눈을 떴는데 내가 여기 있었어요. 하지만 지금은 이곳도 꿈속이고 내가 한 번도 깨어난 적이 없다는 의심이 들어요. 맞나요?"

루추가 입을 벌렸지만 뭐라고 대답해야 할지 알 수 없었다. 샤오렌은 그가 영리하지 않다고 말했다. 공부도 못했고 예술적 소질도 없다고 했다. 그러나 루추는 그가 킬러의 직감을 가졌으며 한눈에 사물의 본질을 꿰뚫어볼 수 있다는 생각이 들었다. 과연 그녀의 눈은 틀리지 않았다.

이런 샤오렌에게 거짓말로 위로하는 것은 아무 의미가 없다. 루추는 입술을 깨물며 낮은 소리로 말했다.

"맞아요."

샤오렌이 그녀를 주시하며 물었다.

"당신은 외부세계에서 왔다고 했는데, 나를 깨우러 온 건가요?"

"그건 아니에요."

눈앞이 시큰해지고 목구멍에 뭐가 걸린 듯했다. 루추는 애써 입을 열었다.

"외부세계에는 또 하나의 당신이 있어요. 이미 오래전에 깨어났고 금제로 인해 오랫동안 고통을 당하고 있어요. 나는 당신을 위해 금제를 풀어주고 싶어요."

그녀가 말을 멈췄다. 말을 어떻게 이어야 할지 알 수 없었다. 샤오렌의 눈에 곤혹스러움이 스쳤다. 그의 눈길이 부러진 단검에 맨 금실띠로 향했다.

"이게 바로 금제에요?"

루추가 힘주어 고개를 끄덕였다.

"당신이 어떻게 돕죠? 이 금실띠를 떼내서 나까지 망가뜨리면 되지 않나요?"

그의 태도는 무척 자연스러웠으며 심지어 망연함까지 띠고 있었다.

루추는 그를 똑바로 보며 자신도 모르게 주먹을 불끈 쥐었다.

"당신은 계속 이랬어요?"

"내가 어쨌는데요?"

"당신이 내놓는 해결방안은 늘 스스로 궤멸하고 떠나고, 멀리 도피하는 거잖아요!"

샤오렌이 긴 속눈썹을 깜박거리며 그녀의 말을 이해할 수 없다는 표정이었다. 루추는 화를 내도 소용없다는 것을 깨달았다. 그녀가 주먹을 펴며 자포자기로 말했다.

"그만둡시다……."

"난 도피한 적이 없어요."

그가 갑자기 입을 뗐다. 그리고 진지한 표정으로 설명했다.

"방금 한 제의는 최소한의 희생으로 문제를 해결하자는 거였어요. 최씨가 검혼을 장악하고 있으니 당신은 그녀를 절대 당해낼 수 없어요……. 당신 왜 울어요?"

"왜냐하면, 당신이 너무 바보 같아서요. 당신이 틀렸으니까요."

루추가 흘러내린 눈물을 닦으며 대답했다.

그녀는 이곳에서 샤오렌의 역할이 뭔지 확신할 수 없었다. 그러나 책임자는 최씨이며, 궤멸해야 할 대상은 최씨가 변태적이고 왜곡된 심리로 만들어낸 금제라는 것만은 확실했다.

장검이 낮게 우는 목소리가 사찰 문밖에서 다시 울렸다. 이번에는 수가 훨씬 많아져 마치 벌떼가 공격하는 듯 웅웅 소리가 났다. 그 소리에 루추의 머리카락이 곤두섰다.

루추가 다시 숨으려다 갑자기 생각 하나가 떠올랐다. 그녀는 정신을 가다듬고 샤오렌에게 말했다.

"당신이 검혼들을 막아 시간을 끄는 동안 내가 최씨를 찾아보는 게 어때요? 오래 걸리지 않을 거예요. 15분이면 충분해요."

"시간을 끌라고요?"

샤오렌이 자신의 손에 들린 검을 보며 진지하게 반문했다.

"물리치지 말고 막아서 시간만 끌라고요?"

"밖에 있는 것들은 검의 진이에요."

"그게 어때서요?"

그가 검을 한 번 허공에 휘두르며 말했다.

"검이 내 손에 있는걸요."

이렇게 기세 높은 샤오렌을 루추는 본 적이 없다. 그녀는 잠시 혀를 내두르고는 이렇게 말했다.

"그럼 조심해요."

샤오렌이 소리 내서 웃었다.

"조심할 필요 없어요."

이 말과 함께 소리 나는 방향으로 발을 옮겼다.

루추가 그의 뒷모습을 바라보며 외쳤다.

"샤오롄!"

"왜요?"

그가 발을 멈추고 고개를 돌렸다.

"당신 최씨를 좋아했어요?"

그녀가 재빨리 물었다. 다시는 물을 용기가 사라질까 봐 두려웠기 때문이다. 샤오롄의 눈에 곤혹스러운 빛이 스쳤다. 그가 자신의 말을 알아듣지 못했다고 생각해서 루추가 더듬거리며 설명했다.

"기분이 좋아지는 거요. 둘이 있으면 기쁜 마음이 든다는 의미에요."

샤오롄이 미간을 찌푸리며 갑자기 두건을 벗었다.

"내가 깨어난 후에는 많은 일들이 있었어요. 최씨가 내게 이걸 주면서 '머리 묶어 부부 되었으니 사랑으로 우리 둘은 의심이 없네'라고 말했어요."

그가 머리카락을 묶고 있던 것을 풀어 루추에게 건넸다. 눈에 익은 금색띠를 보자 루추는 놀라서 숨이 멎을 것 같았다. 샤오롄이 무심한 표정으로 말을 계속했다.

"하지만 아무리 기억을 더듬어봐도 누가 '살아서는 그대에게 돌아올 것이며, 죽어서는 그대를 그리워할 것'이라는 약속을 했는지 생각이 나지 않아요. 당신은 바깥세상의 나를 알아요?"

"알아요……."

"그런 내가 진심에서 우러난 약속을 했다면 왜 이토록 깡그리 잊어버렸을까요?"

그의 솔직담백한 눈길을 받으며 루추는 천천히 고개를 저었다.

"생각이 나지 않아요."

샤오렌이 미소를 지으며 다시 물었다.

"당신이 성공하면 나가서 그런 나를 만날 거예요?"

그가 이걸 물어서 어쩌겠다는 건가? 루추는 아니라고 말하려고 했다. 그러나 친숙하면서도 낯선 얼굴의 그를 바라보니, 긴 머리를 바람에 휘날리며 서 있는 그는 거리낌 없고 기민한 행동이 옥같이 아름답고 세상에 둘도 없는 귀공자의 모습이었다.

루추는 홀린 듯 고개를 끄덕이고 말았다.

"그럼 당신 이름은 묻지 않을게요. 다른 세상에서 만나요."

그가 말을 마치고 손가락 두 개를 부딪쳐 소리를 냈다. 그러자 장검 한 자루가 그의 발밑에 나타났다. 샤오렌은 장검에 뛰어올라 대웅전 문까지 낮게 날아갔다. 검을 들고 집결해 오는 검의 진을 향해 날아갔다.

달빛 아래 그의 자태는 창공을 유유히 나는 독수리처럼 거침이 없었다. 금제의 속박을 받기 전의 샤오렌이었다. 속박당하지 않은 자유로운 태도에 다른 사람을 배려할 줄도 알았으며, 제멋대로 하는 오만함도 품고 있었다.

검협과 검의 진의 대결은 눈앞이 아찔할 정도로 어지러웠다. 그러나 그녀에게는 더 중요한 일이 있었다. 루추는 소매로 얼굴을 문지르고는 몸을 돌려 지궁 방향으로 성큼성큼 걸어갔다.

정원에 들어서자 밤하늘의 달과 별이 갑자기 사라지고 지궁 아래쪽에서 희미한 불빛이 새나왔다. 그녀가 가장자리로 가서는 옛 사람이 예를 올리는 모습을 따라 읍을 하고는 안쪽을 향해 외쳤다.

"최 부인이십니까?"

"내 성이 최가이기는 하지만 최 부인은 아니오."

최씨의 목소리가 들리고 침착한 음성의 말이 이어졌다.

"할 말이 있으면 내려와서 해요. 난 호랑이가 아니니 당신을 잡아먹지 않아요."

"곧 내려갈게요."

루추가 대답했다. 전승의 땅에서 그녀는 여전히 평상복 차림이었다. 집에서 입는 후드가 달린 운동복으로 양쪽에 호주머니가 달려 있었다. 그녀가 주머니에 손을 넣어 안에 있는 물건을 만지작거렸다. 그리고는 손을 다시 빼서 대나무 사다리를 잡고 천천히 내려갔다.

아직 두 계단이 남았을 때 갑자기 괴이한 바람이 불어와 사다리가 날아가 버렸다. 한 걸음씩 조심스럽게 내딛던 루추는 나동그라지지 않으려다가 마치 개가 용변을 보는 것 같은 우스꽝스러운 자세로 착지했다.

최씨의 웃음소리가 들려왔다. 루추는 한쪽 얼굴이 땅바닥에 쓸리면서 화끈거리는 통증을 느꼈다. 겨우 일어나 손바닥의 흙을 털고 고개를 들어 앞을 바라보았다. 백옥으로 지은 작은방 앞에는 긴 의자가 놓여 있고, 최씨가 반쯤 누워 한 손으로 머리를 받치고 다른 한 손에 부채를 들고 입을 가리며 요란하게 웃고 있었다.

루추는 참아야 한다고 스스로 타일렀다. 기껏해야 바닥에 넘어진 것뿐이다. 이 시공에서는 최씨가 마음만 먹으면 자기 목숨을 앗아갈 수 있다. 루추가 최씨를 향해 걸어가며 말했다.

"안녕하세요. 당신과 거래를 하기 위해서 왔어요."

"어디서 왔기에 예절도 모르느냐? 이상한 차림으로 입만 살아서 우리 샤오롄을 꼬드기려고 해?"

최씨가 부채를 내려놓고 흥미롭게 그녀를 살펴보았다. 손에 식은땀이 났지만 루추는 계속 걸어갔다. 그리고 냉담하면서도 예의를 잃지 않은 태도로 말했다.

"어디서 온 건지는 중요하지 않아요. 그를 따돌린 것은 제3자가 끼어드는 것을 막기 위해서예요."

"뭐라고?"

최씨가 코웃음을 치더니 손가락을 세워 잘 다듬어진 손톱을 감상하며 물었다.

"말해 봐라. 네 몸에 지닌 것이 뭔지. 내가 지금 너를 죽여도 내놓지 않을 거냐?"

그녀의 말이 떨어지자마자 검은 장검이 허공에 나타나더니 눈 깜짝할 새에 루추의 목에 닿은 채 멈췄다.

차가운 검신이 닿자 피부에 닭살이 돋았다. 루추의 걸음도 저절로 멈췄다. 최씨가 갑자기 깔깔 웃기 시작했다. 이 여인은 모든 것을 통제하는 기분을 즐기는 것 같다. 루추가 눈을 감았다가 뜨며 눈치채지 않게 최씨와의 거리를 쟀다.

"보시는 바와 같이 나도 복원사예요. 그러니 내가 지닌 물건은 내가 살아 있어야 효력을 발휘할 수 있어요."

몇 걸음을 사이에 두고 그녀는 최씨의 경계심을 풀 궁리를 했다.

"그 전에 들고 왔던 칼은?"

최씨가 무시하는 투로 말을 이었다.

"실속 없는 바람둥이에 불과하더군."

"나를 보호하려고 어쩔 수 없이 들고 온 보통 병기였으니 당신의 눈에 들 리가 없죠."

호익도를 일부러 폄하하면서 루추는 그 틈을 타서 한 걸음 앞으로 갔다. 그리고 말을 계속했다.

"하지만 만약 미래의 기물을 훔쳐볼 수 있다면 어떻게 될까요?"

"미래?"

최씨의 입가가 아래로 쳐지며 깊은 팔자주름이 나타났다.

"이곳에 갇혀 있는 내게 무슨 미래가 있을 수 있겠어?"

루추의 목을 겨냥하고 있던 검이 갑자기 목의 피부를 지그시 눌렀다. 루추의 가슴이 철렁했다. 최씨는 사실 깨어 있었으며, 몹시 절망하고 있었다. 그래서 모든 사람을 자신의 지옥에 빠뜨리려고 하는 것이다.

최씨와의 거리는 아직 3미터가 남아 있었다. 루추는 자신의 호흡을 조절하며 그 자리에 선 채 천천히 말했다.

"사실 당신은 그의 미래에도 흥미가 없죠?"

최씨가 멈칫한 순간 루추는 호주머니에서 손바닥 크기의, 뒷면에 끝없이 이어진 동그라미 문양이 새겨진 구리거울을 꺼냈다. 그리고는 침착하게 한 걸음 더 앞으로 나가서 말했다.

"당신이 복원한 이 거울은 미래를 비춰줄 수 있어요. 하지만 마음만 먹으면 거울 속에서 자신이 원하는 것을 이룰 수도 있어요."

"어차피 거울 속 환영이라 현실에서는 이뤄지지 않아. 그러니 볼 필요도 없어."

최씨는 이렇게 말하면서도 어느새 갈망하는 눈빛을 내비쳤다.

"진짜든 거짓이든 재미있는 구경을 한다고 생각하세요. 기분전환도 되고 시간 보내기에 좋은 방법이죠."

루추가 이렇게 말하면서 또 한 걸음 앞으로 가서 거울을 최씨의 눈앞에 내밀었다. 거울은 순식간에 사람 키 절반 크기의 둥근 거울로 변해서 바닥을 딛고 서 있었다. 루추가 어깨로 거울을 받치며 숨을 몰아쉬며 최씨에게 말했다.

"숨을 죽이고 정신을 집중해서 거울을 응시하세요. 마음 속 잡념을 버리고……."

루추가 갑자기 말을 멈췄다. 최씨가 거울에 눈을 대고 시선을 떼지 않았기 때문이다. 검은 여전히 목에서 떨어지지 않아서 루추는 함부로 움직일 수 없었다. 최씨가 심취한 눈으로 자신의 얼굴을 만지는 모습을 지켜보았다. 다음 순간 최씨의 경악하는 표정과 함께 얼굴에 바른 두꺼운 분이 조각조각 떨어져 나갔다. 바닥에는 떨어져 내린 분가루가 이내 수북이 쌓였다.

최씨는 숨이 쉬어지지 않는 듯 가슴을 부여잡고 헐떡이기 시작했다. 숨소리가 점점 커지더니 목구멍에서는 컥컥 소리까지 났다. 지궁의 사방에서 광풍이 몰아쳐와 마치 칼처럼 온몸으로 스며들었다. 루추는 이를 악물고 그 자리에 버티고 서 있었다. 마침내 바람이 멎고 그녀 앞에서는 거친 숨소리만 여전히 들렸다.

목에서 느껴지던 차가운 감촉이 서서히 사라졌다. 루추가 옆을 힐끗 보니 소련검은 반투명하게 변하면서 허공으로 점점 사라지고 있었다. 최씨의 얼굴에는 온통 주름이 가득했으며, 등까지 굽어 있었다. 깡마른 그녀의 몸에는 헐거워진 옷이 허수아비 옷처럼 걸쳐져 있었다. 흰머리가 대부분인 머리카락은 숱도 많이 줄어들어 있었다. 머리에 꽂힌 목련화는 지지할 힘을 잃고 스르륵 흘러내리더니 순식간에 시들어버렸다.

최씨는 갈라진 입술을 달싹이며 루추 쪽을 힘겹게 바라보았다. 그리고는 떨리는 목소리로 물었다.

"나의 미래가 이렇단 말이냐?"

거울은 손바닥 크기로 다시 작아져서 텅 소리와 함께 바닥에 떨어졌다. 루추가 허리를 굽혀 거울을 줍고는 잠시 생각한 후 대답했다.

"우리의 미래도 마찬가지랍니다. 생로병사는 모든 사람에게 똑같이 적용되니까요."

최씨가 얼굴을 만지며 다시 물었다.

"하지만 난 늙었는데 샤오렌과 어떻게 함께 하겠어?"

"헤어지세요."

루추가 짜증스럽게 대답했다.

"어차피 언젠가는 그런 날이 올 테니까요."

최씨가 기이한 눈빛으로 그녀를 한참 동안 바라보았다. 그러더니 갑자기 미친 듯이 웃기 시작했다. 그녀가 몸을 일으켜 루추를 가리키며 말했다.

"너도 그에게 마음이 있구나. 날 속일 생각은 말아라. 난 이미 눈치챘으니까!"

그걸 이제야 눈치챘단 말인가! 천 년이라는 세대차는 정말 크다. 루추가 어깨를 으쓱하며 대답했다.

"난 속이려고 한 적 없어요. 어차피 세상 사람들이 다 눈치챈걸요!"

최씨가 그녀의 대답에는 아랑곳 않고 고목나무 가지처럼 앙상한 손으로 자신의 볼을 만졌다. 그녀는 연민이 담긴 눈으로 불분명한 말을 중얼거렸다. 대략 젊음이 좋다는 내용이었다.

루추가 마음이 약해져서 처음처럼 피하지만은 않았다. 그 순간 얼굴에 뭔가 스치면서 통증이 몰려왔다. 재빨리 뒷걸음질 치며 얼굴을 만져보니 손끝에 새빨간 피가 묻어나왔다. 방금 최씨가 손톱으로 할퀸 모양이었다. 최씨에게 일말의 동정심도 일지는 않았으나 악담으로 대응할 수는 없었다. 루추는 한 걸음 더 뒤로 물러나 무기력하게 물었다.

"이제 만족하세요?"

최씨가 갑자기 허리를 잡고 웃기 시작했다. 웃음은 점점 광기를 띠며 온몸이 떨릴 정도였다. 그러다가 갑자기 웃음을 멈추고 손가락을 펴서 루추를 가리켰다.

"젊다고 무시하지 마라. 너도 언젠간 백발이 될 터이니!"

기세등등한 말투를 보니 힘이 넘치는 최씨가 다시 돌아온 듯했다. 그러나 다음 순간 달과 별이 다시 하늘에 걸리고 영롱한 눈물한 방울이 그녀의 주름투성이 눈가로 배어나왔다. 사방에서 청량한 바람이 불어와 최씨의 어깨에 걸린 천을 걷어냈다. 그녀의 몸도 조금 전의 소련검처럼 반투명한 모습으로 변하더니 바람과 함께 차츰 사라지고 있었다. 루추는 외투 주머니에 손을 찌르고, 움직임이 없는 최씨를 바라보며 느리게 말했다.

"시간은 모든 사람에게 공평해요. 나도 알아요."

해와 달이 밤하늘에서 조금씩 투명하게 변했다. 이 시공 안에서의 샤오롄도 곧 사라져버릴까?

눈가가 뜨거워졌지만 루추는 울고 싶지 않았다. 그녀는 주먹을 불끈 쥐고 밤하늘을 향해 낮게 부르짖었다.

"내가 원하는 건 영원함이 아니라 그냥 소중히 여기는 거예요. 당신은 왜 그걸 몰라요?"

최씨는 사라지기 직전 마지막으로 망연한 표정을 지었다. 그러나 루추는 승리자의 쾌감을 조금도 느끼지 못했다. 어둠이 갑자기 그녀를 삼켰다가 주변이 다시 조금씩 밝아왔다. 루추는 알 수 없는 숲에 자신이 있는 것을 발견했다. 눈앞에서 몇 미터 떨어진 곳에는 고대 복장을 입은 샤오롄이 있었다. 그는 한 손에 칼을 들고 다른 한 손에는 귀밑머리를 늘어뜨린 가냘픈 소녀를 안고 여러 명의 무장한 병사들과 대치하고 있었다.

소녀는 입술이 창백하게 질려서 가쁜 숨을 몰아쉬고 있었다. 얼굴 윤곽이 눈에 익어서 자세히 보니 최씨였다.

이어서 전형적인 가상현실 속 정경이 한 장면씩 차례대로 출현했다. 학습과정을 통해 루추는 최씨의 초창기 장면을 볼 수 있었다.

그날 샤오롄은 혼자 힘으로 많은 병사들을 물리치고 최씨를 구출했다. 그는 검의 진을 사용하지 않고 장검 한 자루로 병사들을 상대했으며, 마치 포정(庖丁)이 소를 해체하듯 그의 검이 닿는 곳마다 사람들의 몸이 갈라져버렸다.

비록 로맨틱한 첫만남은 아니었으나, 비록 그가 사람이 아니라는 걸 알지만 소녀 최씨는 여전히 그 청년협객에 대해 연정을 품었다.

그녀는 정성을 다해 그의 검을 복원하면서 그와 친구가 되어, 본체의 상처들을 치유해 주었다. 그리고는 그가 한 눈 파는 틈을 타서 그의 머리카락 한 올을 뽑았다. 여기에 자신의 머리카락 한 올과 가는 금실 일곱 가닥을 더해 총 아홉 가닥으로 한 올의 실을 엮었다. 그 실을 이용해 당나라 때 성행했던 꽃실 공예로 기다란 머리띠를 엮었다. 그리고는 노리개함 바닥에 넣어두었다.

연정을 품은 다른 소녀들과 마찬가지로, 머리띠를 만들 당시만 해도 최씨는 자신의 희망 없는 애정을 위한 기념품으로 삼을 작정이었다. 그것을 만드는 과정은 억지스러웠으나 결과물은 완벽했다.

장면은 빠르게 전환되어 최씨의 결혼 전날을 비췄다. 그녀는 샤오렌과 만나 달래기도 하고 죽겠다고 위협까지 하여 마침내 평생 그녀를 지켜주겠다는 약속을 받아냈다. 두 마리 토끼를 잡기란 어려운 일이다. 그녀는 자신이 행복할 거라고 생각했지만 시간이 가면서 아무리 가꾸고 화장을 해도 샤오렌과 있으면 나이 차이가 크게 드러났다. 그녀는 불안해지기 시작했고 불안은 분노로 바뀌었다. 남편의 먼 친척들이 샤오렌을 그녀의 조카뻘로 오인하면서 그녀는 마침내 문제를 직시하기 시작했다. 샤오렌의 눈에도 자신이 그렇게 늙어 보일까 봐 걱정되었던 것이다.

　　사실 그것은 당연한 결과였다. 샤오렌은 그녀와 점점 거리를 두기 시작했으며, 그녀를 보는 눈빛도 달라졌다. 신뢰가 아닌 동정과 연민의 눈으로 보기 시작했다. 최씨는 그런 샤오렌의 눈빛을 증오했다.

　　그녀의 친정은 이미 쇄락했다. 그녀에게는 돈이 없었으며, 자신의 몸으로 낳은 자식도 없었다. 젊고 아름다우며 호시탐탐 자신의 자리를 엿보는 두 명의 첩과 그들이 낳은 7~8명의 자식들이 있을 뿐이었다. 샤오렌과 그의 검은 최씨의 삶에 가장 큰 버팀목이었다. 어쩌면 유일한 버팀목이었을지도 모른다.

　　그녀는 이 버팀목을 자신의 손에 단단히 붙들었다. 최씨는 많은 돈을 써서 대량의 고서적과 장인들의 수첩을 비밀리에 사들였으며, 오래전부터 그 비법이 사라진 금제의 제작기법을 연구하기 시작했다. 마침내 금제를 만드는 법을 터득한 날, 최씨의 남편은 뭔가를 눈치채고 연회석상에서 샤오렌에게 15세의 젊고 매력적인 호희(胡姬, 술자리에서 노래를 부르며 손님의 비위를 맞추던 이국 출신 여자-역주) 한 명과 금덩이를 선물로 주었다. 그러나 샤오롄은 이를 거절했을 뿐 아니라 최씨의 남편을 크게 꾸짖어서 그의 체면을 사람들 앞에서 구겨놓았다.

최씨에게는 그날이 결혼 후 맞는 가장 행복한 순간이었다. 며칠 후 그녀는 친정의 권유를 물리치고 관저를 나와 자신의 작은 장원(莊園)으로 거처를 옮기고 남편과의 이혼을 준비했다.

사실을 말하자면 최씨에게는 독립적으로 생활할 능력이 없었다. 반년 만에 그녀는 남편이 제시한 굴욕적인 조건에 합의하고 집으로 돌아갔다. 속으로는 언젠가 자신을 업신여기던 사람들을 짓밟아주리라고 은밀히 결심했다.

이 목표를 위해 최씨는 비밀리에 금제를 다시 연습하기 시작했다. 실패를 거듭하면서 그녀는 고대의 금제 제작기법을 더 깊이 이해할 수 있었다. 마침내 그녀는 노리개함의 바닥에서 30년 전에 정성껏 엮은 머리띠를 꺼냈다. 그리고 샤오롄과 만나기로 약속한 후 의식을 잃게 해 지궁으로 데려갔다. 그리고 그곳에서 그의 몸에 직접 금제를 심었다.

최씨가 마침내 성공했다고 여기고 있을 때 소련검이 갑자기 일어나 그녀를 공격한 후 지궁을 탈출하여 어둠속으로 사라졌다. 이 장면이 끝나자, 루추는 안도의 한숨을 길게 내쉬며 무거운 짐을 내려놓은 듯 충혈된 눈을 비볐다. 언제부터인지 산장이 자신의 곁에서 있었다.

주변이 다시 어두워졌다가 환해졌다. 그녀는 산장과 함께 공사 중인 진북사의 지궁으로 돌아갔다. 머리 위로는 별이 가득한 밤하늘이었다.

조금 전 최씨가 누워 있던 긴 의자는 보이지 않고 백옥으로 만든 방이 커다란 유골함처럼 그녀 앞에 서 있었다.

오늘 밤에는 너무 많은 일이 발생했다. 이미 끝났다는 걸 알고 있지만 루추의 혼란스러운 마음은 아직 진정되지 않았다. 그녀는 소매로 몰래 눈가의 눈물자국을 닦고 아무렇지도 않은 듯 말했다.

"고고학자들은 이 지궁의 용도를 놓고 논쟁을 하고 있어요. 설마 금제를 심기 위해 특별히 만든 건 아니겠죠?"

"물론 그건 아니에요."

산장이 우습다는 듯 대답했다.

"사찰 내의 큰 스님이 천축(天竺)에서 어렵게 부처님의 사리를 구해 왔어요. 도난을 방지하기 위해 탑에는 가짜 사리를 놓아두어 사람들이 참배할 수 있게 했죠. 불교 신도들의 기부금으로 진짜 사리는 지하에 묻어 진북사가 영원히 존재함을 가호하도록 했어요."

"영원히 존재한다고요? 수백 년 후에 이 사찰은 수몰되고 없어졌어요."

"누가 아니래요."

산장도 비웃는 투로 맞장구를 쳤다. 루추가 입을 삐쭉하며 산장에게 말했다.

"몇 가지 질문이 있어요."

"전부 안다고는 장담 못해요."

"상관없어요. 일단 질문할게요."

루추가 호흡을 가다듬고 말을 이었다.

"현실에서는 최씨가 성공할 경우 샤오렌이 의식을 잃게 되어 있었어요. 그런데 전승에서는 어떻게 샤오렌과 검혼이 둘로 나뉘고, 최씨가 검혼을 조종할 능력을 갖게 되었는데도 샤오렌은 깨어 있는 건가요?"

"최씨 마음 속 이상향이 아닐까요?"

산장이 눈을 깜박이며 말을 덧붙였다.

"나의 추측이에요."

그녀의 대답에 만족한 것은 아니지만 반박할 힘도 없는 루추가 담담하게 말했다.

"그후 그녀의 이상향에서 샤오렌이 그녀를 사랑하지 않게 되었고요?"

"사람들은 자기기만을 하면서도 철저히 속이지는 못해요. 안 그래요?"

"어떻게 알아요?

"개인적 의견을 묻는 거라면, 열다섯 살의 최씨는 허영심이 많았고, 마흔일곱 살의 최씨는 권세를 탐닉했다고 말할 수 있어요. 목표가 다른데 동일한 끈으로 억지로 묶어놓았으니 효과가 없을 수밖에 없죠."

산장은 한 팔을 펴서 허공에서 펄럭이며 떨어지는 금실띠를 붙잡으며 말했다.

"최씨에게 너무 시간을 낭비하지 말아요. 그럴 가치가 없어요."

루추가 입술을 깨물고 풍화의 흔적이 드러나는 사방을 천천히 둘러보며 말했다.

"전승을 떠난 후 1초만 지나면 최씨를 생각하지 않겠다고 약속할게요. 지금은 이곳에서 좀 슬퍼해도 될까요?"

"뭘 슬퍼해요. 남의 처지를 보고 자기 신세를 헤아린다더니, 자신이 최씨처럼 될까 봐 무서워요?"

산장의 농담하는 말투에 루추는 쓴웃음을 지었다.

"무서워 죽겠어요. 무서워서 감히 최씨를 동정할 배짱도 없어요."

"그렇다면 정말 두려워하는 건 아니네요?"

"그 말도 맞아요."

루추는 손목을 돌리며 자신의 심정이 바뀐 중요한 순간을 돌아보았다.

"거울을 들고 있을 때 문득 그런 생각이 들더군요. 내가 최씨로 변한다고 해도 내겐 그럴 기회 자체가 없을 거라는 생각 말이에요."

샤오렌은 다른 사람에게 자신을 조종할 기회를 주지 않을 것이다. 그를 탓할 수도 없다. 입장이 바뀐다고 해도 자신도 같은 선택을 할 테니까. 샤오렌은 그래도 사랑을 했고, 그녀와 함께 하려고 시도했다. 그것만으로도 큰 용기를 낸 것이다. 그러나 마음은 여전히 아프다. 너무 아프다……

"꼭 그렇지만은 않아요."

산장이 갑자기 말을 던져놓고는 루추가 놀라는 것도 아랑곳 하지 않고 말을 이었다.

"충분히 좋아하고 평생 열정을 쏟으면서도 자기 것으로 만들겠다는 마음을 억제하는 건 일종의 수련이에요."

순간 루추는 산장이 가리키는 것이 한 사람을 사랑하는 건지 복원사라는 직업을 말하는 건지 헷갈렸다. 곰곰이 생각하니 이 둘을 굳이 구분할 필요가 없을 것 같다. 사랑이 없어졌어도 그녀는 여전히 기회가 있고 한 가지 일을 선택하여 평생 함께할 수 있다.

"당신 말이 맞아요."

눈시울이 뜨거워졌다. 루추는 상처부위를 만지는 척하면서 손등으로 눈물을 닦았다. 이어서 얼른 고개를 들고 물었다.

"이제 어떻게 해야 현실로 돌아갈 수 있어요? 머리가 잘못되었는지 전혀 돌아가지 않아요."

"내가 바래다줄게요."

"고마워요."

루추가 눈을 감고 발아래가 허공에 뜨는 걸 느끼는 순간 몸이 갑자기 아래로 떨어졌다. 귓가에는 산장의 음성이 들렸다. 그녀는 시를 낭송하는 방식으로 천천히 말했다.

"첫째, 만나지 말 것. 사랑에 빠지지 않도록. 둘째, 모르고 살 것. 그리운 마음이 생기지 않도록. 셋째, 함께하지 말 것. 서로 흠을 볼 수 없도록. 넷째, 서로 아끼지 말 것. 추억이 남지 않도록. 다섯째, 서로 사랑하지 말 것. 서로 버리는 일이 없도록."

상관없다. 그냥 들어두면 된다. 그녀가 자신에게 타일렀다. 그녀

는 이제 근심을 털어버리고 원래 있던 곳으로 돌아가 앞으로 나아
갈 수 있었다.

"산장, 잠깐만요!"

루추가 갑자기 눈을 뜨고 마지막 기운을 모아 크게 외쳤다.

"질문이 하나 더 있어요!"

20
꿈에서 깨어나다

절기는 상강(霜降)을 지나 늦가을로 접어들었다. 갑작스런 소나기로 바닥에 온통 단풍잎이 떨어진 궈예이의 정원은 운치가 더해졌다. 손님들은 저마다 핸드폰을 꺼내 사진을 찍어 SNS에 업로드하기에 바빴다.

그러나 이곳에서 일하는 사람들에게 바람을 동반한 비는 일거리만 더할 뿐이었다. 오늘 장쉰은 비를 피해 국화 화분들을 실내로 들여놓았다가 오후에 비가 그치자 다시 밖으로 내놓았다. 내친김에 낙엽을 쓸고 잡초를 제거했다. 바쁜 일을 끝낸 장쉰이 은은한 향을 풍기는 국화 화분 옆에 앉았다. 그리고는 조약돌 하나를 들고 조각을 하기 시작했다.

루추가 궈예이 정원에 들어서자 장쉰의 모습이 눈에 들어왔다.

그는 다리를 펴고 석양 아래서 입가에 웃음을 머금고는 작게 축소한 호익도를 쥔 채 조각에 전념하고 있었다. 그의 모습이 여유롭고 편안해 보이면서도 눈은 그리움으로 가득했다. 마치 손에 든 것이 돌멩이가 아니라 마음에 오랫동안 품고 있으면서도 잘 보이지 않는 형상이라도 된 듯했다.

그는 늘 사람의 형상을 조각했지만 한 번도 완전한 윤곽을 새기지 않고 도중에 그만두었다. 루추는 그를 방해하지 않으려고 살금살금 지나가려고 했다. 그러나 두 걸음도 떼지 않아 그가 고개를 들고 싱긋 웃었다.

"나 보고 싶다고 회사 일까지 팽개치고 왔어요?"

그의 말에 루추는 시름이 사라지는 느낌이었다. 그녀는 국화 화분 옆에 있는 돌 벤치에 앉아 기운 없이 말했다.

"오늘 광샤빌딩 전체에 쥐 박멸 분무소독을 한다고 주임님이 아예 조기퇴근 시켰어요. 그래서 거리 구경을 하다가 여기까지 오게 되었네요."

장쉰이 상처받은 표정으로 말했다.

"나 혼자 좋아하는 거라고 직접 말해도 돼요."

"난 사실 그대로 말하는 거라고요. 더 보탠 건 그쪽이죠."

루추가 잠시 멈췄다가 말했다.

"사람들이 집중해서 조각하고 있을 때 너무 멋지다는 말 하지 않아요?"

"그런 말 자주 들어요. 그것도 여러 계층의 사람들로부터요. 하지만 루추 씨가 그런 말을 해주니까 가장 듣기 좋네요. 가장 솔직한 표현이죠."

장쉰이 몸을 일으켜 루추의 앞으로 오더니 그녀의 부은 눈을 몇 초간 들여다보았다.

"친사부와 또 갈등 있었어요?"

이 남자는 절대 속일 수가 없다. 루추는 쓴웃음을 지으며 말했다.

"요즘은 회사 가는 게 매일 피곤해요."

2주 전 그녀는 전승의 땅에서 금제의 제작공법을 알아냈다. 현실세계로 돌아오자마자 당장 실험을 해보고 싶었다. 그러나 친사부가 극구 반대했다. 방법을 이미 손에 넣었으니 급하게 서둘 필요가 없으며, 심지어 이번 생에 성과를 내려고 서두를 필요가 없다는 것이다. 겉으로는 이 정도의 충돌로 끝났으나 루추는 그 일로 친사부와 갈등의 골이 깊어졌다.

전승을 떠나기 직전, 그녀가 다급히 산장에게 그녀의 생각을 털어놓았다. 즉 금제의 원리가 좀 더 차원 높은 어검과 유사하다고 생각한 것이다. 이 짐작이 정확하다면 더 강력한 금제를 만들어서 샤오렌 본체에 심어놓은 금제를 대체할 수 있을 것이다. 이로써 검의 주인이 바뀌는 효과를 볼 수 있을 것이다. 새 주인은 당연히 새 금제의 효력을 해제하여 검혼을 자유롭게 해줄 권한이 있다.

산장은 이 생각에 크게 찬성했다. 그러나 동시에 어검술의 연구 자체는 복원사 본연의 일이 아니니 적당한 선에서 그쳐야 하고 동시에 비밀을 유지해야 한다고 당부했다. 산장은 자신이 현대사회의 상황에 밝지는 않으나 은나라, 상나라 때부터 성당시대에 이르기까지 어검술을 둘러싼 이권다툼으로 많은 사람의 희생이 있었음을 강조했다. 천 년의 세월이 흘렀지만 인간의 사악함은 세월이 흐른다고 줄어들지 않는다는 것이다.

루추는 산장이 쓸데없는 걱정을 한다고 생각했다. 그러나 전승의 땅에서 나온 후 그 얘기를 아무에게도 하지 않으리라 다짐했다. 산장이 일러주지 않았더라도 마찬가지였을 것이다. 인간이 사악해서가 아니라 그녀는 최씨를 기억하기 싫었기 때문이다. 그리고 최씨를 모르는 상태에서 흔쾌히 검을 뽑아 그녀를 도와준 샤오렌도 기억하기 싫었으며, 당시 그의 첫사랑이라고 생각되는 감정에 관해서도 생각해 보기 싫었다.

금제만 풀 수 있다면 된다. 전승에서 그녀가 무엇을 보고 무엇을 배웠는지는 아무에게도 말하고 싶지 않았다. 이런 비협조적인 태도가 친사부의 분노를 자아낸 것이다. 한편으로는 병기 복원이 주 종목인 루추가 이 기회에 금제를 완벽하게 연구하는 것을 친사부가 꺼린다는 의혹이 더 컸다.

친사부의 생각이 옳을 수도 있다. 게다가 얼마 전까지 그녀가 관문을 통과할 수 있게 큰 도움을 주기도 했다. 따라서 루추는 죄의식이 없지 않았지만 그렇다고 해서 타협할 생각도 없었다.

그녀는 장쉰을 보며 눈을 깜박거리면서 말을 이었다.

"하지만 상관없어요. 곧 해결할 수 있으니까요."

장쉰이 미세하게 미간을 찌푸리더니 그녀의 옆에 앉아서 물었다.

"어떻게 해결해요? 친사부가 스스로 포기하고 다시는 금제 얘기가 나오지 않을 때까지 미루기만 할 거예요?"

"아니에요. 그러면 계획에 차질이 생기거든요. 예 교수가 실험실을 빌려준다고 했어요. 한 번 가봤는데 기본 장비들이 다 있어서 사용하는 데는 무리가 없을 것 같아요."

"그래서 외부 실험실에서 금제를 제작하겠다는 거예요?"

장선이 잠시 생각하다가 말을 이었다.

"그것도 괜찮은 방법이네요. 하지만 시간을 따로 내기 어렵잖아요?"

"퇴근 후 장소를 바꿔서 계속 일한다고 생각해야죠."

루추가 어깨를 으쓱하며 어쩔 수 없다는 듯 말했다.

"모든 사람을 속인다고요?"

"친사부의 눈만 속이는 거예요. 다른 사람들은 다 날 도와줘요."

루추가 손가락을 꼽으며 말했다.

"인 팀장님은 개인적으로 골드 바 몇 개를 줬어요. 그것도 99.99퍼센트 순금으로요. 최씨가 금제를 만들 때 쓴 황금의 순도보다 높아요. 두 주임은 늦게 출근하고 일찍 퇴근하도록 허락해 주고, 게다가 펑랑의 본체까지 빌려주셨어요. 모르는 부분이 있으면 전승에 들어가서 산장과 의논하면 돼요……."

그녀의 웃음기가 사라지더니 긴 한숨을 토했다.

"이게 다예요."

그토록 많은 노력을 쏟았으니 반드시 성공해야 한다. 그러나 결과가 아무리 완벽해도 그녀가 순수하게 기뻐할 수만은 없다. 그저 어깨에 진 짐을 내려놓는 느낌만 있을 뿐이다.

"다들 도와주지만 당신이 가장 힘들겠네요."

장쉰이 결론을 내리고는 그녀의 머리를 쓰다듬다가 불쑥 물었다.

"샤오롄은 도와주는 거 없어요?"

루추가 멈칫하더니 즉각 반응을 보였다.

"그가 누구죠? 처음 듣는 이름이네요."

그녀가 전승에서 나온 후 가장 먼저 두창펑에게 알렸다. 그후 여러 날이 흘렀으니 샤오롄이 그 일을 모를 리 없을 것이다. 그러나 그는 아무 의사표시를 하지 않았으니, 모르는 사이로 살아가자는 그녀의 요구를 철저히 들어주는 모양이다. 과연 끊을 때 확실하게 끊어주는 병기(兵器)다운 행동이다.

루추는 화를 내고 원망도 해보았지만 이제는 그의 이름을 들어도 망연한 아픔만 남아 있다. 10여 일 전 전승의 땅에서 목숨을 걸고 노력하던 그 기억을 지금 돌아보면 아주 먼 옛일인 것만 같다. 장쉰도 그녀를 위로하지 않았다. 그저 그녀가 앉은 의자 등받이로 팔을 뻗어 호위하는 자세를 보였다. 그가 무심한 듯 물었다.

"금제 제작에 성공한 후에는 어떻게 할 거예요?"

"주임님에게 전달해야죠. 그리고는 사직서를 제출할 거예요."

두 사람의 눈이 마주쳤다. 루추가 미소를 지었다.

"요즘 해외 유학 장학금 정보를 알아보는 중인데, 혹시 아는 정보가 있으면 꼭 알려줘요."

이번 미소는 마음 깊은 곳에서 우러나오는 것이었다. 장쉰이 가벼운 태도를 거둬들이고 진지하게 물었다.

"진지하게 결정한 거예요?"

루추가 고개를 힘차게 끄덕였다.

"이제 딩딩언니의 복원에 착수했으니 내년 봄에는 끝날 거예요. 그 일을 마무리 짓고 떠나려고요. 회사에는 미리 통보해서 후임을 구할 시간을 줘야죠. 이 정도면 타당한 것 같나요?"

그녀에게는 다른 사람과 상의할 수 없는 일이 너무 많았다. 그러다보니 장쉰이 그녀의 유일한 상담 상대가 되었다.

"내가 보기에는 어떻게 해도 다 타당해요."

장쉰이 어깨를 으쓱하더니 말을 이었다.

"첫째, 위링은 전승의 책임을 진 복원사를 결코 힘들게 하지 않을 것이고, 둘째, 루추 씨가 완성한 업무량으로 볼 때, 두둑한 퇴직금은 당연한 겁니다. 루추 씨가 직접 말하기 곤란하면 내가 나서줄 의향이 있어요."

장쉰은 이 말을 할 때 익살스러운 말투가 되었다. 루추는 그가 또 농담을 하고 있다고 생각해서 웃기만 할 뿐 대답을 하지 않았다.

장쉰이 생각에 잠긴 듯 그녀를 바라보다가 갑자기 물었다.

"루추 씨는 내가 가난해 보여요?"

루추는 갑작스런 그의 질문을 이해할 수 없지만 늘 하던 대로 솔직히 말했다.

"생각해 보지 않았어요. 하지만 인간의 모습으로 화한 후 지금까지 사용한 컵을 모으기만 했어도 부자가 되었을 거예요."

"그건 맞는 말이네요. 안타깝게도 난 손이 미끄러워서 늘 컵을 깨뜨리거든요……."

장쉰이 코를 만지며 말을 이었다.

"내가 북미로 돌아갈 날도 대충 정해졌어요. 돌아가서 한동안 형님 일을 도와드리고, 몇 년 후에는 사람들을 모아 작업실을 다시 열 계획이에요."

"와! 축하해요. 기회가 되면 꼭 가볼게요."

장쉰은 조각할 때 가장 편안해 보여서 루추는 그가 가장 좋아하는 일이라고 생각했다.

"오신다면 대환영이죠."

장쉰이 그녀를 향해 매력적인 웃음을 지어보이며 물었다.

"아예 약속을 하죠. 서른 살까지 마음에 드는 사람을 못 만나면 나하고 결혼하는 거 어때요?"

루추가 멈칫하자 장쉰이 윙크를 했다.

"약속해 줘요. 이렇게 찬란한 태양을 봐서라도."

가을 햇빛은 보고만 있기에는 아까울 정도로 따스한 온기를 전해 주며 사람을 편안하게 했다. 그 순간 루추는 자신이 흔들리고 있음을 알았다. 그녀가 잠시 머뭇거리다가 한숨을 쉬며 대답했다.

"하지만 그러면 장쉰 씨에게 불공평해요. 그러니 그냥 없던 일로 해요."

"네?"

장쉰이 눈을 치켜뜨며 설명을 기다리는 시늉을 했다.

"난 아마도 평생 그를 못 잊을 것 같아요."

루추의 목소리는 담담했다. 자신을 떠난 샤오롄을 계속 사랑하는 것이 결코 체면 깎이는 일이 아니며, 자신이 할 수 없는 일을 억지로 할 필요가 없다는 생각이 들었기 때문이다.

장쉔이 알았다고 하고는 절반쯤 조각한 조약돌을 풀밭에 던졌다.

"어쩌면 그렇게 하는 것이야말로 공평할지도 모르죠."

그의 말이 너무 이상해서 루추가 이렇게 말했다.

"장쉔 씨도 못 잊는 사람이 있나요?"

"맞아요. 그런데 제대로 기억하지 못해요."

그의 말은 모순투성이었다. 말투는 평소처럼 자연스러웠지만 루추는 왠지 그가 농담하거나 일부러 허세를 부리는 것이 아님을 알 수 있었다. 그는 정말 사실대로 대답한 것이다.

샤오롄이 한 말을 생각하고 루추는 숨을 깊이 들이쉬고 천천히 말했다.

"누가 이런 말을 하더군요. 오랜 세월이 흐른 후 기억이 왜곡되고 변형되어서 진실은 사라지고, 하나의 동떨어진 이야기가 만들어져서 그 기억을 만든 사람을 배신해 버린다고."

"상당히 시적인 표현이네요. 현실 도피를 좋아하는 녀석에게 딱 맞는 말이군요."

장쉔이 가차 없이 대답했다.

"그건 왜죠?"

"기억은 원래부터 신뢰할 수 없는 존재랍니다. 하지만 마음은 그렇지 않아요."

장쉔이 주먹으로 자신의 왼쪽가슴을 툭툭 치더니 말을 이었다.

"만약 루추 씨가 과거에 어떤 일이 발생했는지 알고 싶다면 기억을 더듬지 말고 당신 마음에 물어보세요. 처음 당신을 봤을 때

난 마음이 편안해지는 걸 느꼈어요."

루추는 입을 반쯤 벌리고 갑자기 할 말을 찾지 못했다.

반드시 사랑이 아니더라도 길고 긴 여정에서 마음이 통하는 동
반자가 있으면 안심이 되는 건 사실이다. 마치 배가 항구로 돌아오
는 것처럼 말이다.

기억과 마음에 관한 대화는 당장 어떤 결론을 내지 못했지만 루
추에게는 혼란스러운 마음을 정리하는 계기가 되었다. 그날부터 그
녀는 낮에는 회사에서 근무하고 밤에는 실험실에서 일하는 생활
을 시작했다. 평온하고 침착하게 목표를 향해 나아갔으며, 여가시
간에는 영어공부에 전념했다. 또 쓰지 않는 물건을 중고시장에 팔
거나 지인에게 주는 등 머지않아 떠날 준비를 차근차근 해나갔다.

바쁘게 살아가는 사이에 시간은 흘러 어느덧 12월이 되었다. 오
늘 쓰팡시에는 올겨울 들어 첫눈이 내렸다.

루추는 처음에는 눈이 오는 것을 몰랐다. 두창펑이 문을 두드리
며 첫눈을 감상할 겸 커피타임을 갖고 샤딩딩 본체의 복원계획에
관해 토론하자고 했다. 루추와 친사부는 칸막이가 쳐진 통유리창
옆으로 갔다.

이곳은 최근 들어 마련된 휴식공간이었다. 대형 분재와 카펫, 소
파세트를 설치하고 벽에는 난이 그려진 그림을 걸어놓았다. 그 옆
에는 냉장고와 신형 커피메이커가 놓여 있었다. 루추가 들어가니

징충환이 안에서 커피를 준비하느라 분주했다. 그녀는 사람들에게 커피 한 잔씩을 건네고 냉장고 안의 디저트를 일일이 소개했다.

"라이스 푸딩, 푸루츠탑, 건포도 스콘, 그리고 빅토리아 케이크가 있는데, 위에는 딸기가 토핑 되어 있고, 안에는 시럽이……. 아, 그 사람이 케이크 안에 아몬드 가루를 많이 넣었는지 아몬드 향이 많이 나네요. 난 이런 맛을 제일 좋아해요!"

여기서 '그 사람'은 궈예이의 메인 셰프 추저우다. 그의 본체는 이미 복원작업을 끝냈고, 얼굴의 화상도 이미 치유되었을 것이다. 그가 이미 징충환을 만나서 재회의 기쁨을 나눴을까? 루추는 징충환과 추저우 사이에 무슨 일이 있었는지는 모른다. 하지만 징충환이 디저트를 소개하는 달콤한 말투로 보아 두 사람 사이에 어떤 오해가 있었든 이미 풀린 상태라는 걸 알 수 있었다.

그녀는 자신의 상상에 미소 지으며 라이스 푸딩을 주문했다. 두창평은 작은 상자를 열면서 그것이 장튀가 제공한 보조재료라고 말했다. 그 안에 든 주요 성분은 운석으로 제련한 것이다.

친사부는 '장튀'라는 이름을 듣자 냉소를 보였다. 그는 팔짱을 끼고 두창평에게 이 원료를 신뢰할 수 없다고 말했다. 루추가 상자 안의 작은 금속덩이를 보니 눈에 익은 것들이었다. 꺼내서 자세히 검사해 보니 장쉰의 본체를 덮은 금속박막을 발견했다. 그 광택도는 그녀의 손에 든 보조재료와 똑같았다.

하지만 그녀는 장쉰의 상황을 거론하지 않아야 한다는 생각이 직감적으로 들었다. 루추는 두창평과 친사부의 토론이 어느 단계에 이르렀을 때 그들 사이에 끼어들었다.

"이 보조재료를 사용한 적이 있나요? 효과는 어땠어요?"

두창핑이 장뤄는 다른 정보를 전혀 주지 않았으며, 안전성은 보장한다고 했다. 친사부는 아무 말도 하지 않았으나 심기가 불편해 보였다. 루추는 더 캐묻지 않고 연구해 보겠다는 핑계로 금속재료의 사진을 찍었다. 그리고 적당한 기회를 봐서 장쉰에게 보내고는 복원실로 돌아가 일을 계속했다.

모든 것이 평소와 같았다. 점심시간에는 식당에서 인청잉을 만났다. 그는 쓰팡에서 최근 3개월간 돌연사 사건이 발생하지 않았으며, 그전의 사건들은 우연의 일치인 것 같으니 걱정할 필요가 없다고 말했다. 그는 올해 런던에 가서 크리스마스를 보낼 예정이라며, 좋아하는 걸 말하면 오는 길에 사다주겠다고 했다.

"아무거나 다 좋아요."

루추는 어떤 선물도 받고 싶지 않았으므로 "초콜릿 한 상자를 사오시면 복원실 식구들과 나눠먹으면 좋겠네요."라고 했다.

"겨우 그거예요? 알았어요. 그럼 안에 체리와인이 든 걸로……. 그거 사오면 루추 씨 살찔 거예요."

며칠 전 두창핑으로부터 샤오롄이 크리스티스 본사와 2년간 일하기로 계약했다는 얘기를 들었다. 인청잉이 런던에 가면 틀림없이 그를 만날 것이다. 그러나 그가 샤오롄 얘기를 하지 않으므로 루추도 모른 척했다.

오늘 그녀는 퇴근 후 귀예이에서 추저우와 만나기로 했다. 복원을 마친 추저우의 본체를 돌려주러 가는 것이다. 그의 본체는 뿔 달린 짐승의 얼굴이 그려진 청동투구였다. 오후에 루추가 투구를 비단함에 넣고 있을 때 예 교수 실험실이 있는 건물 관리인이 전화를 걸어왔다.

관리인은 사무적인 말투로 내일은 학교 전체에 분무소독을 하니 중요한 개인물품은 오늘 6시까지 챙겨놓을 것과, 없어지거나 훼손되는 것에 책임지지 않을 것이라고 했다.

"그렇게 급하게요? 이미 4시인데……."

회사에서 실험실까지는 차로 약 1시간이 걸린다.

"하지만 오늘 밤 실험실에서 실험을 할 예정인데요?"

"그러면 서둘러서 6시 전에 들어오세요. 6시 정각에 문을 다 잠글 겁니다. 안에서 실험 끝나고 나가시면 됩니다."

관리인은 그녀의 말을 중간에 끊고 자기 할 말만 하더니 물었다.

"무슨 일이라고 했죠?"

루추는 어쩔 수 없이 물었다.

"그럼 실험실에는 몇 시까지 있을 수 있어요?"

"그건 잘 모르겠어요. 아무튼 최대한 서두르세요. 내일 분무하는 약은 쥐잡기용이라 아주 독해요."

전화를 끊은 루추는 서랍 속에서 꺼낸 시계함 크기의 작은 비단함과 추저우 본체가 든 비단함을 챙겨 실험실로 향했다.

지난 2주 동안 그녀는 최씨의 방법대로 금실을 이용해 금제를 엮었다. 공법 자체는 복잡하지 않았으나 참조할 만한 전례가 없었기 때문에 조심스럽게 진행했다. 조금씩 작업하고 몇 번이나 확인한 후 계속할 수 있었다.

그러나 최씨와 달리 그녀는 사람의 머리카락을 함께 엮지 않았다. 완성해 놓고 보니 순금실로 엮은 띠는 바람에 살랑살랑 흔들리는 것이 그지없이 부귀하고 상서로운 기운을 풍겼다. 음산한 살기는 찾아볼 수 없는 것이 금제와는 전혀 관련이 없어 보였다.

이것이 바로 루추가 원한 효과였다. 옛사람들은 청동을 상서로운 금이라고 했다. 갓 만들어진 청동기는 순금과 매우 유사하여, 기백이 넘치는 황금빛을 발한다. 거무스름한 색은 세월에 산화된 흔적이지만, 녹청은 본체를 부식시켜 파괴하는 해로운 녹이므로 생겨서는 안 되는 것이다.

상서로운 금이 완성되었으니 다음 순서는 최씨도 성공을 눈앞에 두고 실패한 부분을 시도할 차례다. 산장은 성공하면 좋고 실패해도 그만이라는 생각으로 임해야 한다고 말했지만 루추는 그럴 여유가 없었다. 그녀는 두 개의 비단함을 들고 5시 반에 실험실에 도착했다. 조심스럽게 문을 닫고 작은 비단함을 열어 금빛 찬란한 금실띠를 꺼냈다.

방화기능이 있는 작업복을 입고 보안경을 낀 후 금제 실띠를 실험대 위에 펴놓고 토치를 켰다. 푸른 불꽃이 순식간에 뿜어 나왔다. 샤오롄 눈동자의 불꽃과 거의 비슷한 색이었다.

그의 두 눈이 그녀의 마음 깊은 곳을 스치고 갔다. 루추는 왼손으로 토치를 들고 오른손으로는 소독한 칼을 들었다. 그녀가 칼날을 손가락 끝에 대고 재빨리 그었더니 선홍색 피가 금실띠 위에

뚝뚝 떨어졌다. 그 위를 토치의 불꽃이 부드럽게 스쳐 지나갔다.

그러자 기이한 현상이 일어났다. 평소라면 불꽃에 타서 검게 엉겨 붙었을 피가 실띠에 흡수된 것처럼 순식간에 감쪽같이 사라졌다. 금실띠의 색이 서서히 변하면서 기존의 순금에 요염한 일곱 빛깔이 더해졌다.

"그 피를 금에 칠했군요!"

머릿속에서 갑자기 감탄의 소리가 들렸다. 산장의 목소리였다

"나 성공한 거예요?"

루추가 긴장해서 물었다.

"그래요. 이제 그 과정을 전승에 수록할 거예요. 축하해요."

산장이 잠시 멈췄다가 말을 이었다.

"아참! 전에 물었던 그 공정에 관한 건데, 예기류의 복원에서 그 실마리를 찾았어요. 아주 재미있는 게 금박을 입히는 것과 금도금의 중간으로……."

산장의 다음 말을 루추는 귀담아 듣지 않았다. 기대했던 해방감은 별로 느껴지지 않았다. 오히려 오랫동안 노력한 끝에 갑자기 목표를 잃은 상실감이 가슴 깊은 곳에서 올라왔다. 산장의 말이 끝나자 루추는 더 서 있지 못하고 다리가 풀려 의자에 주저앉았다. 손바닥은 온통 땀투성이에 목구멍이 바짝 마르며 눈앞이 흐려졌다.

그녀는 정말 해냈다. 이제는 그동안 계획했던 삶을 마침내 본격적으로 시작할 수 있게 되었다. 눈을 감고 휴식을 취하고 나니 기분이 훨씬 나아졌으며, 몸도 그렇게 무겁지 않았다. 이제 추저우의 본체를 돌려줘야 한다. 루추는 작업복을 벗고 금제를 외투 주머니

에 넣고 실험실을 나왔다. 정수기 물을 좀 마시고 기운을 차릴 작정이었다.

정수기 옆의 종이컵 거치대가 비어 있고 복도는 조용했다. 그녀는 실험실에 오면 밤늦게까지 작업하는 날이 많았다. 물을 마시러 나올 때마다 방마다 대학원생들의 오락하는 소리로 늘 시끄러웠으며, 휘귀 먹는 냄새가 풍겨 나오곤 했다.

내일 쥐잡기 방역이 있는 날이라 오늘 미리 철수했을 거라는 데 생각이 미쳤다. 자신도 서둘러 이곳을 떠나야 한다. 루추는 택시를 부르기 위해 핸드폰을 켜면서 창고에 종이컵을 가지러 갔다. 오늘 이곳은 인터넷 신호가 잘 잡히지 않았다. 몇 번이나 시도했지만 좀처럼 연결되지 않자, 그녀는 아예 핸드폰을 집어넣고 무심코 창고 문을 열었다.

그곳에서 루추는 끔찍한 장면을 보았다! 마쓰위안이 캐비닛 옆에 쓰러져 있었다. 그는 두 눈을 크게 뜨고 있었고, 머리에서는 시뻘건 피가 아직도 쏟아져 나오고 있었다. 머리가 울리는 소리가 나면서 갑자기 하얘졌다. 루추는 한 걸음 뒤로 물러났다. 처음에는 오히려 특별히 무섭다는 생각이 들지 않았다. 그저 머리가 빙빙 돌고 눈앞이 어지러운 가운데 빨리 전화를 해서 경찰에 신고해야 한다는 생각만 했다.

곧이어 마쓰위안을 구하려면 구급차가 더 급하다는 생각이 들었다. 루추는 앞으로 다가가 마쓰위안의 맥박을 재려고 했다. 그녀가 그의 손목에 손을 대는 순간, 뒷머리에 극심한 통증이 느껴지면서 루추는 의식을 잃었다.

21

텅 빈 고양이 밥그릇

토요일 오전 10시. 궈예이의 레스토랑에는 아직 손님이 절반도 차지 않았다. 매니저 벤중이 빈 테이블으로 다가가더니 허리를 굽혀 크리스탈 병에 꽂힌 연자주색 항저우(杭州) 국화 향을 맡았다. 그러더니 종업원에게 어제 꽂아놓은 꽃이냐고 물었다. 종업원은 오늘 아침 꽃집에서 배달이 좀 늦어서 이제야 꽃을 정리중이라고 말했다. 벤중은 점심 손님들이 오기 전에 서두르라고 지시했다.

지극히 평범한 주말 아침의 풍경이었다. 손님들은 연신 하품을 하며 레스토랑으로 들어와 브런치를 즐겼다. 장쉰은 창가 테이블에 앉아서 미간을 잔뜩 구기며 어제 루추가 보내온 사진을 들여다보고 있었다.

그는 맞은편 빈자리를 바라보며 잠시 생각하더니 단축키를 눌렀다. 신호가 몇 번 가더니 첼로의 음색처럼 매력적으로 낮은 남자의 음성이 들렸다. 그는 흥미롭다는 듯 말했다.

"꽤 귀엽구나. 드디어 사귀는 거니?"

"누구를 말이에요?"

장쉰이 어리둥절하여 물었다.

"네 프로필 사진에 있는 아가씨 말이야."

장튀가 대답했다. 목소리에 경쾌한 웃음기가 서려 있었다. 장쉰은 그제야 생각이 났다. 며칠 전 프로필 사진을 바꾸면서 루추와 결혼식에 갔을 때 찍은 사진을 올려놓은 것이다.

"사귀어 보려고요."

이때 장쉰 옆자리에 앉은 두 사람이 고개를 돌려 그를 주시했다. 눈빛에 의혹이 묻어나왔다.

장튀의 초능력은 이렇게 귀찮을 때가 많다. 일부러 그런 것이 아닌데도 여전히 사람 마음을 미혹시킨다. 장쉰이 그 두 사람을 못마땅하게 노려보며 이어폰을 꺼내 귀에 꽂고 소리를 낮췄다.

"형님, 물어볼 게 있어요."

"뭔데?"

"내 기억이 어떻게 된 건지 알고 계시죠?"

장튀가 대답은 하지 않고 낮게 한숨을 쉬었다.

"마침내 올 것이 왔구나."

장쉰이 침묵을 지켰다. 사실 그는 자신의 기억에 문제가 있다는 사실을 꽤 오래전부터 알고 있었다. 그러나 기억을 되살리려고 할 때마다 머릿속 목소리가 그걸 저지했다. 그렇게 시간이 흐르면서 그 자신마저 스스로 기억에 문제가 있는지, 아니면 모든 것이 착각인지 헷갈리기 시작했다.

장뒤는 장쉰의 대답을 기다리지 않고 어쩔 수 없다는 듯 말했다.

"내가 쓰팡에 가면 그때 얘기하자. 지금은 비행기 탑승하려고 줄 서 있는 중이야."

"형님 자가용 비행기는 어쩌시고요?"

"너의 잘난 두 부하들이 몰고 영국에 갔다."

그 두 사람 얘기가 나올 때마다 장뒤는 화를 냈다.

"너 돌아오면 그 두 녀석부터 데려가거라. 말도 안 듣는 멍청이들을 먹여 살리느니 차라리 폐물을 데려다 키우는 게 낫겠다."

귀에 익은 소리였다. 하지만 언제부터 들었는지는 기억나지 않았다. 그가 쓴웃음을 지으며 대답했다.

"나도 말 안 듣는 멍청이잖아요."

장뒤가 잠시 가만히 있다가 단호하게 말했다.

"넌 좀 멍청해질 필요가 있어."

장쉰은 입꼬리를 살짝 올렸지만 눈은 웃고 있지 않았다. 그는 시선을 창밖으로 돌리다가 불쑥 물었다.

"쓰팡에는 무슨 일로 오시는 거예요?"

"형명정 때문이다."

"그게 누군데요?"

"너 '누구'냐고 했니? 과연……. 스튜어디스 온다. 핸드폰 꺼야겠다."

장뒤가 장쉰의 반응을 기다리지 않고 핸드폰을 비행기 모드로 전환해서 통화가 중단되었다. 일등석 넓은 좌석에 앉은 그는 승무원이 건네는 따끈한 물수건도 받지 않고 핸드폰을 다시 켰다. 그리고 장쉰 프로필 사진에 있는 루추의 사진을 확대해서 들여다보았다. 긴 손가락으로 화면을 스캔하며 사람들의 혼을 빼놓는 목소리로 중얼거렸다.

"이상하다. 분명히 어디서 본 얼굴인데……."

뚜뚜뚜……. 통화 끊긴 소리가 들리자 장쉰은 절반 정도 남은 커피를 단숨에 마셨다. 단축키를 눌렀으나 통화 연결음이 여러 번 울린 후 '통화권 이탈이니 잠시 후 다시 걸어보라.'는 안내음성만 들렸다. 이때 스탠딩 칼라에 더블버튼이 달린 셰프 유니폼을 입은 추저우가 나타났다. 그는 캐러멜 커스터드 푸딩 쟁반을 뷔페식 디저트 코너에 올려놓고 장쉰 옆을 지나가다가 물었다.

"누구 기다려요?"

"루추와 만나기로 했어. 항상 시간을 지켰는데 오늘은 이상하게 늦네."

장쉰이 맞은편 빈자리로 시선을 주며 자기도 모르게 미간을 찌푸렸다. 루추가 전승에서 금제를 풀 방법을 알아온 일은 추저우도 들어서 알고 있었다. 그는 빈자리를 힐끗 보며 입을 열었다.

"요즘 많이 바쁜가 봐요. 어젯밤 나와 만나기로 했는데 갑자기 시간을 낼 수 없다면서 택배로 보내왔어요."

"병이라도 난 거 아니에요?"

레스토랑을 순시하던 뻰중이 그들의 대화를 듣고 끼어들었다. 그의 말에 장쉰도 걱정이 되었다. 그는 레스토랑을 박차고 나가 새로 산 오토바이에 재빨리 올라탔다.

30분쯤 후, 장쉰은 루추의 아파트 앞 큰길에서 그녀 집 창문을 올려다보았다. 집안에는 사람의 그림자가 보이지 않았으며 핸드폰은 여전히 불통이었다. 문을 두드려도 대답이 없었다. 다시 밖으로 나간 장쉰은 사람들의 눈을 피해 훌쩍 뛰어올라 2층 창틀을 가볍게 딛고 섰다.

창문은 닫혀 있었으나 잠겨 있지 않았다. 그가 문을 열고 들어가니 침대는 텅 비어 있었고, 이불은 세 겹으로 개어 한쪽에 놓여 있었다.

야옹, 야옹! 살이 통통한 차오바가 침대 밑에서 튀어나와 장쉰을 향해 짖더니 이내 계단 아래로 내달렸다.

"안녕, 차오바!"

차오바는 곧장 밥그릇 앞으로 가더니 단정하게 앉아서 움직이지 않았다. 백자로 된 밥그릇 안이 텅 비어 있었다.

"야옹!"

차오바가 그를 보고 짖었다. 장쉰이 손바닥을 내보이며 어이없다는 듯 말했다.

"나한테 묻지 마. 네 집사가 먹을 걸 어디 두는지 내가 어찌……?"

갑자기 정신이 번쩍 들었다. 고양이 밥그릇이 빌 정도면 루추가 어젯밤 귀가하지 않았단 말인가? 아파트는 작았고 루추가 정리정

돈을 잘 해놓아서 고양이 사료를 어렵지 않게 찾을 수 있었다. 장쉰은 주방 서랍에서 사료를 꺼내 고양이 밥그릇에 절반 넘게 부어 주었다. 물도 새로 떠놓고는 소파에 앉아 차오바가 정신없이 먹는 모습을 지켜보았다.

〜

잠시 후 장쉰이 벌떡 일어나더니 창문으로 나가 오토바이에 올라탔다. 그는 한 시간 동안 질주한 끝에 한 오래된 건물 앞에 도착했다. 19세기에 지어진 이 건물에는 '남양공학(南洋公學)'이라는 목제 편액이 붙어 있었다. 장쉰이 이 편액을 힐끗 쳐다본 후 건물 주위를 돌아 좁은 길로 들어섰다.

그는 첫 번째 골목에서 우회전하자마자 오토바이를 세우더니 숙련된 솜씨로 벽에 바짝 붙여놓았다. 그리고는 고개를 숙여 핸드폰을 보면서 대학생으로 보이는 남녀 무리에 섞여 천천히 캠퍼스로 들어갔다.

물리학과는 구석진 곳에 있는 단독 건물에 있었다. 예 교수의 실험실도 바로 이 건물에 있었다. 장쉰은 루추를 두 번 바래다준 적이 있어서 길을 알고 있었다. 그는 학생들을 따라 걷다가 길이 갈라지는 곳에서 재빨리 작은 길로 들어서 빠른 걸음으로 물리과 건물 앞에 도착했다.

그는 눈을 가늘게 뜨고 건물 안에 어떻게 들어갈까를 궁리했다. 이때 제복을 입은 노동자 두 명이 환자를 볼 때 사용하는 의료용

의자를 들고 나왔다. 그 뒤를 눈에 익은 20대 남자 하나가 따라오며 의료기기를 어디로 가져가느냐고 큰 소리로 물었다.

"당신하고 상관없는 일이에요. 우린 반출허가증이 있다고요."

한 명이 짜증난다는 듯 품에서 공문을 꺼내서 그 학생 눈앞에 대고 흔들었다.

학생은 어쩔 수 없다는 듯 그들이 멀어지는 모습을 보고 있었다. 장쉰이 다가가 남학생을 향해 손을 흔들었다.

"신부 남동생 좡자무 씨 맞죠?"

자무가 경계하는 눈으로 그를 위아래로 훑어보기만 할 뿐 대답을 하지 않았다. 장쉰이 하얀 이를 드러내며 다시 말을 걸었다.

"나는 장쉰이라고 합니다. 루추 씨와 함께 결혼식에 갔었죠."

"기억나네요."

자무가 담담하게 대답하면서도 경계를 조금도 늦추지 않았다. 장쉰이 어떻게 인사말을 할까 궁리하고 있을 때 자무가 먼저 입을 열었다.

"그러고 보니 루추 씨를 한동안 보지 못했어요. 루추 씨 잘 있죠?"

무심결에 묻는 것처럼 하면서도 그의 표정에는 숨길 수 없는 초조함이 드러났다. 장쉰이 오히려 반문했다.

"못 본 지 얼마나 됐어요? 지난주에는 매일 저녁 이곳 실험실에서 작업을 했는데 한 번도 마주치지 않았어요?"

"당연히 봤죠. 그제 저녁에는 함께 훠궈를 먹었……."

여기까지 말한 자무는 거짓말을 들켰음을 자각했다. 그는 화가 나서 입을 다물었다가 내키지 않는 목소리로 말했다.

"내가 루추 씨를 마지막으로 본 건 그제 저녁이에요. 오늘 아침에는 핸드폰이 꺼져 있어서 통화가 되지 않았고요."

"무슨 급한 일이기에 토요일 아침부터 전화를 했어요?"

장쉰이 한 걸음 다가가 추궁하듯 캐물었다. 키가 크고 체격이 좋아서 가까이 가는 것만으로도 위압감이 느껴졌다. 자무가 목을 꼿꼿이 세우고 대꾸했다.

"당신이랑 무슨 상관이죠? 무슨 권리로 그런 걸 물어요?"

대화가 이상한 쪽으로 꼬이는 바람에 다급하게 된 쪽은 장쉰이었다. 그는 말투를 누그러뜨렸다.

"오늘 아침에 나와 만나기로 했는데 나타나지 않았어요. 무슨 일이라도 생겼나 해서……."

그는 창문으로 들어간 부분만 생략하고 루추의 집에 갔더니 침대에 사람이 자고 나간 흔적이 없었으며, 차오바의 밥그릇이 비어 있었다는 말을 했다.

"그럴 리가 없어요."

자무가 다급히 말을 막았다.

"당신은 모르겠지만 루추 씨는 형제자매가 없어서 어릴 때부터 고양이와 함께 자랐어요. 자기가 굶을망정 고양이를 굶길 리가 없어요. 틀림없이 무슨 일이 난 거예요."

장쉰의 동공이 미세하게 축소되며 아무 말을 하지 않았다. 자무가 미간을 좁히고 생각에 잠기더니 이를 악물고 결심한 듯이 말했다.

"사실 우리 과 선배 두 명과 포스트 닥터 한 명이 오늘 아침부터 연락이 두절되었어요. 그중 한 선배의 여자 친구가 그러는데 그는 어제 저녁식사 후부터 핸드폰이 꺼져 있었대요. 나머지 두 명도 핸드폰이 꺼져 있고요."

자무가 여기까지 말하고 미심쩍은 표정을 지었다. 장쉰이 그런 그를 차갑게 바라보다가 갑자기 물었다.

"난 루추 씨가 당신 선배와 친하다는 말을 들어보지 못했어요. 왜 당신 학교 사람들의 전화기가 꺼져 있는 걸 루추 씨와 연관시키는 거죠?"

"난, 나는……."

말을 잇지 못하던 자무가 갑자기 장쉰의 소매를 잡고 한쪽 구석으로 데려갔다.

나무가 일렬로 늘어서 있고 길에서 좀 떨어진 이곳은 사람들이 다니지 않았다. 자무가 장쉰의 옷소매를 놓고 소리 낮춰 말했다.

"이번 일은 우리 지도교수와 관련이 있는 것 같아요……."

"예 교수요? 그분이라면 결혼식에서 본 적이 있어요."

자무가 미간을 좁히고 천천히 말했다.

"교수님이 연구센터를 이끌고 있는데 내부 실험실은 외부업체가 후원해서 일반 학생들은 진입이 불가해요. 그 안에서 일하는 사람만 비밀번호에 카드까지 있어야 들어갈 수 있어요."

"루추 씨가 그 실험실에서 실험을 했어요?"

장쉰의 물음에 자무가 고개를 끄덕였다.

"다른 세 사람도 그 실험실에서 일했고요?"

"그건 아니에요."

자무가 쓴웃음을 지으며 설명했다.

"그 실험실은 설비가 아주 잘 되어 있어요. 휴식코너에는 소파 겸 침대가 있고 대형 스크린이 달린 컴퓨터와 냉장고도 있어요. 규정대로라면 우리가 들어갈 수 없지만 실험실의 같은 층 학생들이 포스트 닥터와 친해서 밥도 늘 같이 먹었죠. 교수님이 안 계실 땐 그 학생이 우리를 몰래 데리고 들어가서 영상도 보고 컴퓨터로 게임도 하고 그랬어요."

"자무 씨는 그 세 사람과 루추 씨가 어제 그 실험실에 들어간 후 실종되었다고 생각하는 거죠?"

장쉰이 무거운 음성으로 물었다.

"루추 씨는 어떻게 된 건지 나도 잘 몰라요. 하지만 마쓰위안과 선차오는 그 안에 들어간 게 분명해요."

자무가 핸드폰을 꺼내 한 페이지를 열어 보여주었다.

"마쓰위안이 실험실에 들어가기 전 내게 보낸 메시지에요. 새로 출시된 게임을 구입했다며 함께 게임을 하지 않겠냐고 물었어요. 나는 때마침 다른 일이 있어서 다음에 하자고 했죠. 그 두 사람은 틀림없이 포스트 닥터 선배에게 연락해서 게임을 했을 거예요. 오늘따라 학교 측도 이상한 게 연구센터에 학생 출입을 금지하고 작업노동자들이 안에서 계속 물건을 반출하고 있어요."

자무가 갑자기 말을 멈추더니 장쉰의 뒤쪽을 쳐다보았다. 장쉰도 그의 시선을 따라 뒤를 돌아보니 같은 제복을 입은 대여섯 명의 작업자들이 학과 건물 정문에서 나오고 있었다. 손에는 자료 파일과 오실로그래프 기록기 등 각종 물품이 들려 있었다.

"이상하네. 저들이 왜 이 길로 다니지?"

자무가 한 걸음 앞으로 가서 그들을 지켜보며 중얼거렸다. 장쉰도 고개를 빼고 그들을 바라보며 반문했다.

"뭐가 이상해요? 이 길은 측면 주차장과 바로 통하잖아요."

"알아요. 하지만 우리 학과 건물 후문에 물건을 하역하는 용도의 주차장이 있어요. 저온물리 실험실들은 매주 액화질소가 든 병을 옮기는 것만 해도 무척 힘이 들거든요. 그런데 왜 가까운 길을 두고 먼 길로 돌아가는지 모르겠네요."

"따라가보면 알 수 있지 않을까요?"

장쉰이 이렇게 말하며 벽을 가리켰다.

"바로 뒤에 내 차가 있는데 같이 갈래요?"

자무가 고개를 끄덕이자 장쉰이 두 무릎을 약간 굽히더니 사람 키보다 높은 벽 위로 훌쩍 올라섰다. 그 위에 쭈그리고 앉아 한 팔을 내밀었으나 자무가 외면하고 팔을 펴서 벽을 타고 두 손의 힘으로 기어 올라갔다. 그리고 아래를 내려다보더니 "오토바이였어요?"라고 했다.

"그래요. 기름도 가득 넣었어요."

자무가 더 묻지 않고 훌쩍 뛰어내렸다. 장쉰도 망설임 없이 뛰어내리고 둘은 오토바이에 올라탔다. 길을 잘 아는 자무가 뒷자리에서 계속 길을 안내하여 두 사람은 대형 주차장에 금세 도착했다. 앞뒤 길이가 긴 컨테이너 트럭 한 대가 출구 근처에 서 있었다 조금 전 학과 건물에서 반출한 기기들이 차 뒤쪽에 쌓여 있었다. 제복 차림의 작업자들이 물품을 들어 올리고 있었으며, 안쪽에서 이를 받아 정리하는 모양이었다. 체격이 건장한 경비원 차림의 남자 몇 명이 차량 양쪽에서 계속 순찰하고 있었다.

"하나, 둘, 셋……. 운전자를 뺀 인원은 적어도 10명이 넘어요. 이 학교는 기기 운반에 이렇게 많은 인원을 동원하나요?"

"한 번도 이런 적이 없어요. 이상해요. 저 경비원들은 총까지 들었어요."

장쉰의 물음에 자무가 눈이 휘둥그레져서 대답했다.

그 사람들은 인원수만 많은 게 아니라 행동도 매우 민첩했다. 모든 기기를 빠른 속도로 차에 싣더니 작업자와 경비원까지 차에 올라탔다. 자무와 장쉰은 오토바이에 앉아서 컨테이너 트럭이 서서히 주차장을 빠져나가는 모습을 지켜보았다. 트럭이 큰길로 들어서자 장쉰이 시동을 걸고 뒤를 따라갔다.

컨테이너 트럭은 큰 도로 위를 계속 달려갔고, 도로 양옆 풍경이 점점 황량해졌다. 자무가 핸드폰 지도를 검색한 후 말했다.

"이 길로 계속 가면 공항이 나와요."

장쉰이 갑자기 속도를 줄이더니 1~2분 정도 더 달린 후 정차했다. 그가 담담히 말했다.

"우리가 따라오는 게 달갑지 않나 보네요."

자무가 놀라 고개를 빼고 앞을 보았다. 앞에 가던 컨테이너 트럭이 점점 속도를 줄이더니 뒷문이 열리며 몇 명의 경비원이 차에서 내리는 것이었다. 그들은 허리춤에서 방망이를 꺼내들고 그들을 향해 다가왔다.

자무가 심호흡을 하며 바닥으로 뛰어내려 장쉰의 앞에 섰다.

"내가 격투기를 배웠으니 그쪽은 무리하지 말아요!"

"안심해요."

장쉰이 태연스럽게 말하며 팔을 걷었다.

"난 조금도 무리하지 않아요."

---〔장식〕---

22
기다려줘요

장쉰이 가볍게 경비원들을 평정하고 트럭을 가로막고 있을 때, 지구 반대편에 있는 런던은 아침 7시 30분이었다. 250여 년 역사의 크리스티스 경매회사는 본사가 런던의 킹스로드(King's Road)에 있었다. 이곳은 번화하면서도 괴이한 전설적 거리로, 비틀즈가 이곳에서 디자이너와 협업으로 양복점을 오픈했다가 경영부실로 곧 문을 닫기도 했다. 007도 한때 이 거리에서 살았으며, 날씨가 좋을 때는 옥상에 이불을 널어 말리기도 했다고 한다.

크리스티스 본사 부근, 킹스로드와 수직으로 교차하는 한 골목에 '이상한 나라의 앨리스'를 테마로 한 찻집이 하나 있었다. 이 시간은 부근의 상점들이 아직 영업을 시작하기 전이라 조용했다. 'Double Wings'라는 이름의 이 찻집만 불을 환하게 밝히고 있었다.

우아하면서도 키덜트(Kidult) 취향으로 꾸며진 내부에는 30세 전후의 남자가 데님과 식물성 태닝 가죽으로 만든 에이프런을 두르고 계산대 뒤에 서 있었다. 동양적인 얼굴에 숱이 많은 갈색 파마머리의 외모가 준수한 남자였다. 그는 포트를 들고 귀족적인 우아한 자태로 푸른 꽃무늬가 그려진 로얄덜튼 본차이나 티포트에 뜨거운 물을 따르고 있었다.

찻집 안에는 두 테이블에 손님이 있었다. 검은 옷을 입은 샤오렌이 허리를 곧게 편 자세로 구석자리에 앉아 있었으며, 테이블 위에는 식은 지 오래된 홍차 한 잔이 놓여 있었다. 계산대와 가장 가까운 동그란 테이블 옆에 20대 초반의 젊은 남녀가 앉아 있었다. 남자는 포커카드로 집을 짓느라 골몰하고 있었다. 어깨까지 기른 흑발을 고전적인 옥환(玉環)으로 하나로 묶었다. 여자는 앳되어 보이는 얼굴에 현대적 감각으로 재단한 치파오를 입고 있었는데, 다른 사람을 의식하지 않고 풍성한 아침식사를 즐기는 중이었다.

갑자기 카드로 지은 집이 무너지며 여자가 은방울 굴러가는 웃음소리를 냈다. 샤오렌이 짜증스럽다는 시선을 그쪽으로 돌렸다가는 이내 거뒀다. 그는 한 바탕 싸움으로 스트레스를 풀 상대를 찾고 있었지만 장쉰을 따르는 이 두 젊은이들은 그의 상대가 되지 않았다. 그들은 너무 약했기 때문이다.

여자의 이름은 옌윈(燕雲), 본체는 창이다. 그녀는 말이 너무 많아서 시끄럽다는 표현으로는 부족할 정도다. 남자의 이름은 류윈(流雲), 본체는 방패다. 현대의학의 관점에서 볼 때 자폐증 성향이 보인다. 샤오렌은 장쉰이 어떤 악취미가 있기에 이 두 사람을 수하로 데리고 있는지 이해가 가지 않았으며, 이해하려고 하지도 않았다. 이 세상에는 굳이 시간을 들여 알아볼 만한 일이 많지 않다. 그것은 시간이 무한정 많은 이들에게도 마찬가지다.

핸드폰이 주머니 안에서 진동 모드로 울렸다. 인청잉이 전화를 걸어와 크리스마스 계획에 대해 얘기했다. 그의 말을 계속 듣기만 하던 샤오롄이 갑자기 물었다.

"루추 씨가 전승에서 뭘 봤다고요?"

인청잉이 침묵을 지키다가 이윽고 반문했다.

"네가 더 잘 아는 것 아니야?"

"전승의 땅에서 보여주는 것이 모두 실제 과거는 아니에요. 사람의 상상이 포함되어 있고, 심지어 잠재의식이 투사되는 것도 있어요."

샤오롄이 잠시 말을 멈췄다가 고통스럽게 물었다.

"그녀가 정말 뭘 봤는지 말하려 하지 않는다고요?"

인청잉이 다시 침묵을 지키다가 잠시 후 입을 열었다.

"루추 씨가 볼까 걱정되는 게 뭐였는지 먼저 말해 봐."

샤오롄이 눈을 감았다.

문에 달린 종이 울리며 관광객으로 보이는 일본인 노부부가 문을 열고 들어왔다. 계산대 뒤에서 차를 타던 남자는 처음에는 영어로 점잖게 응대하다가 몇 마디 나눈 후 유창한 일어로 반갑게 인사를 나눴다. 그들은 일본 오카야마(岡山)시의 풍토와 현지 사정에 대해 이야기를 나눴다.

샤오롄은 세 사람의 대화를 다 알아들었다. 그러나 그중 한 글자가 들리지 않았다. 카운터 뒤에 있는 남자의 이름은 후지와라 야지리(藤原鏃)이고, 본체는 양쪽에 날개가 있는 호(弧)날 양익촉(兩翼鏃) 청동 화살촉이었다. 은허(殷墟)에서 출토되었으나 일본의 후지와라(藤原)에서 사람의 모습으로 화했다. 화살촉 하나가 어떻게 하남(河南)에서 일본으로 갔는지는 확인할 수 없지만 샤오렌은 후지와라가 전쟁터에서 사람을 죽일 때 눈 하나 깜짝하지 않는 강력한 파워가 있다는 사실을 알고 있다. 그런데 지금은 완전히 온화하고 무해한 모습이 그야말로 딴판으로 변했다.

이 찻집에 있는 무리 중 노부부를 제외하면 전부 사람이 아니다. 만약 내면의 세계를 형상화할 수 있다면 이곳은 이미 아수라장이다.

그녀는 도대체 전승에서 어떤 장면을 보았단 말인가?

일본인 노부부가 커다란 차를 포장해서 만족한 얼굴로 돌아갔다. 이때 류원의 핸드폰이 울리더니 다음 순간 인청잉과 통화하는 샤오렌의 귀에 두창평의 목소리가 들렸다. 그가 인청잉에게 말했다.

"핸드폰을 나한테 줘 봐……. 샤오렌?"

"두 형?"

샤오렌이 갑자기 눈을 크게 떴다. 그가 입을 열기도 전에 두창평의 급박한 목소리가 다시 전해졌다.

"루추 씨가 실종됐어!"

샤오렌은 자기를 속인다고 생각해서 떨떠름하게 물었다.

"그녀가 쓰팡을 떠났나요?"

"저녁에 실험실에 들어갔는데, 다음 날 실험실 물건이 다 사라지고 루추 씨도 보이지 않았어. 교수 1명과 학생 3명도 함께 실종됐어. 장쉰이 기기를 반출해 간 트레일러 트럭을 잡아두었는데 그 안에서 시체 한 구를 찾아냈어. 나도 지금 그쪽으로 가고 있어."

'콰당' 소리와 함께 샤오롄이 벌떡 일어났다. 너무 급히 일어나느라 앞에 놓인 탁자가 엎어졌다. 두창펑의 설명이 계속 들려왔다.

"죽은 사람은 다른 학생이야. 하지만 이번 사건은 미리 계획된 일 같아. 주모자가 진작부터 루추를 노리고 있던 게 분명해."

두창펑과 샤오롄이 통화하는 동안 찻집의 다른 테이블에서는 류원이 핸드폰을 후지와라에게 건네며 기계적인 목소리로 말했다.

"사장님이 전화 바꿔 달래요."

후지와라가 전화를 받았다. 핸드폰을 통해 들리는 소리는 크지 않았지만 찻집에 있는 모두는 장쉰의 목소리를 분명히 들을 수 있었다.

"후지와라, 지금 초능력 상황이 어때? 정탐할 수 있는 거리가 얼마나 돼?"

후지와라가 부자연스러운 중국어로 대답했다.

"좋은 편이에요. 1킬로미터 반경에 있으면 모든 사람의 마음의 소리를 들을 수 있고……."

"잘됐군."

장쉰이 그의 말을 끊고 다급하게 말을 이었다.

"당장 쓰팡으로 와. 사람을 찾아야 해."

"난 관심 없어요."

후지와라가 핸드폰을 류원에게 돌려주며 말했다.

"오늘 가게 리모델링 건으로 인테리어 디자이너와 만나기로 했어. 네 사장에게 난 시간이 없다고 전해 줘."

그러나 핸드폰이 류윈의 손에 닿기도 전에 샤오롄이 장검을 타고 후지와라 쪽으로 날아갔다. 그는 재빨리 전화기를 낚아채서 귀에 대고 물었다.

"루추가 실종된 지 얼마나 되었죠?"

"샤오롄 씨?"

장쉰이 흠칫하다가 즉각 대답했다.

"12시에서 20시 사이에요. 마지막 단서는 공항 부근인 걸로 보아 범인들이 해외로 도피하려고 한 것 같아요. 우리가 지금 조사중인데 범위가 너무 넓어서……."

"그래서 후지와라의 초능력을 레이더로 이용하려는 거군요."

샤오롄이 장쉰의 말을 끊고 후지와라 쪽으로 눈을 돌렸다.

"실례 좀 합시다."

후지와라는 무의식중에 한 걸음 뒤로 물러났다. 그러나 샤오롄의 행동이 더 빨랐다. 그는 한 손으로 테이블보를 잡아 빼고 허공에 흩날리는 포커카드들 사이의 후지와라 등 뒤로 날아갔다. 그리고 테이블보를 꼬아서 끈처럼 만들어 후지와라의 몸을 단단히 결박했다.

옆에 서 있던 옌윈이 등받이를 덮어놓은 커버를 빼서 후지와라의 머리에 뒤집어씌웠다. 그가 손뼉을 치고 기뻐하며 말했다.

"완벽하군."

"아니 납치된 사람 하나를 구하자고 나를 납치하다니, 이건 말이 안 되잖아!"

후지와라가 고개를 움직여 등받이 커버를 벗어버리고는 큰 소리로 항의했다.

"조용히 해. 납치된 주제에 뭘 떠들어!"

옌윈이 후지와라의 어깨를 주먹으로 세게 때리며 이렇게 말했다.

샤오롄이 류윈에게 물었다.

"장톄의 자가용 비행기가 루턴 공항(Luton Airport)에 있다는데, 조종할 줄 알아요?"

류윈은 마치 샤오롄의 말이 들리지 않는다는 듯이 무표정하게 서 있었다. 장쉰이 전화 저쪽에서 말했다.

"류윈, 사태가 심각하니 일단 움직여. 형님이 그러라고 했어. 그리고 옌윈도 같이 와서 도와줘."

"알겠습니다."

옌윈과 류윈이 동시에 대답했다. 옌윈이 후지와라 곁으로 가서 자신보다 훨씬 키가 큰 그를 가볍게 어깨에 둘러메고 문밖으로 나가고 류윈이 그 뒤를 따라갔다. 샤오롄은 그 자리에 남아 있었다. 그는 핸드폰을 귀에 대고 잠긴 목소리로 물었다.

"장쉰 씨, 상황이 얼마나 심각해요?"

"컨테이너 트럭 안에는 시체 말고도 피에 젖은 카펫이 하나 나왔어요. 감식결과 그 교수의 피로 밝혀졌어요. 아마 그 교수도 희생된 것 같아요. 문제는 우리가 범인들의 목표가 뭔지 전혀 모르고 있고 수사의 방향도 정해지지 않았다는 거예요. 루추와 다른 사람들이 이미 희생되었는지도……."

여기까지 말하고 장쉰의 목소리도 침울하게 변했다. 샤오롄이 숨을 크게 들이쉬고 가라앉은 소리로 말했다.

"그럴 리가 없어요. 범인들이 일을 저렇게 크게 저질렀을 때는 틀림없이 더 큰 목적이 있을 거예요. 그들이 원하는 걸 손에 넣기 전까지는 당분간 사람을 죽이지 않을 거예요. 게다가 루추 씨는 아주 똑똑해서 자신을 보호할 방법을 찾을 겁니다. 잘 보면 그녀가 남겨둔 단서를 찾을 수도 있어요."

"그러길 빌어야죠."

핸드폰을 통해 갑자기 귀가 찢어지는 급정거 소리가 난 후 장쉰이 말했다.

"두창평이 왔어요. 난 그들과 의논할 테니 비행기에 타서 다시 연락해요. 좀 더 자세한 결과를 알 수 있을 거예요."

샤오롄의 눈에서 푸른 불꽃이 일기 시작했다. 그러나 그는 이상하리만치 평온한 말투로 대답했다.

"좋아요. 내가 도착할 때까지 잘 부탁합니다."

그는 장쉰의 대답을 기다리지 않고 전화를 끊고 문을 나섰다. 이윽고 옅은 노란색 스포츠카가 골목입구에서 빠른 속도로 빠져나와 그의 옆에 섰다. 옌윈과 후지와라가 뒷자리에서 말다툼을 하고 류윈이 운전을 했다. 샤오롄은 말없이 핸드폰을 류윈에게 건네고 그의 옆에 앉아 자신의 핸드폰을 꺼냈다.

그의 핸드폰 바탕화면에는 한 여자의 사진이 깔려 있었다. 여자는 고개를 옆으로 하고 부드러운 천으로 손바닥만 한 구리거울을 닦고 있었다. 빛과 각도 때문에 그의 윤곽은 드러나지 않았으며 맑은 두 눈만 반짝이고 있었다.

스포츠카는 대로변으로 접어들었고, 샤오렌은 그 사진을 한참 동안 응시하며 낮은 소리로 말했다.

"곧 도착할 테니 기다려줘요."

샤오렌 일행이 공항에 도착했을 때 징충환도 택시에서 내려 인한광이 임시로 빌린 큰 창고로 들어갔다. 두창평이 창고 입구에서 초조한 표정으로 통화를 하고 있었다.

"…… 그래, 알겠어. 공항을 봉쇄하는 건 불가능하지만 검색 인원을 더 투입해서 철저히 조사해 주게. 고마워. 이번에 큰 신세를 지네."

두창평이 전화를 끊자 징충환이 다가갔다.

"내가 할 일을 말해 줘요."

"한광과 청잉이 안에 있으니 알려줄 거예요."

두창평이 대답을 마치고 다시 어디론가 전화를 걸었다.

징충환이 창고에 들어갔더니 기기를 반출해서 달아나던 트레일러 트럭이 창고로 끌려와 있었다. 안에 실었던 물품들을 모두 꺼내서 차 밖에 펼쳐놓았다. 거의 텅 빈 짐칸에는 치과진료용으로 보이는 의자 하나만 남아 있었다. 인한광이 그 자리에 앉아 두 손을 포개서 배 위에 올려놓고 두 눈을 살짝 감은 것이 무척 편안해 보였다. 그의 모습이 정말 한가해 보여서 징충환이 비웃는 투로 물었다.

"명상을 하면 범인을 찾을 수 있어요?"

"이 의자가 무슨 용도인지 생각중이에요."

인한광이 눈을 뜨더니 혼잣말처럼 한 마디를 덧붙였다.

"인체실험?"

그가 몸을 일으키며 말했다.

"차 안에 있던 사람들은 장쉰이 전부 붙잡아서 저 뒤에 있는 방에 가뒀어요. 두 형이 심문을 했지만 실마리를 찾지 못했고, 청잉이 심층 질문을 하는 중이죠…… 충환 씨는 초능력을 완전히 회복했어요?"

징충환이 코를 찡긋하며 득의에 차서 말했다.

"전성시대로 돌아왔어요."

"잘됐네요. 가서 청잉이를 도와주세요. 조사해서 더 나올 게 없나 알아봐요."

인한광의 지시에 징충환이 멈칫하다가 고개를 저었다.

"너무 기대하지는 마세요. 사람이 심리적으로 가장 두려워하는 것이 자신이 저지른 짓과는 전혀 관계없는 경우가 많으니까요."

그녀는 불평하면서도 트레일러 차에서 가볍게 뛰어내려 창고 뒤쪽으로 가더니 2~3평 크기의 작은방으로 들어갔다. 그 안에는 10여 명의 남자들이 팔다리가 줄에 묶이고 입에는 테이프가 붙은 채 풀이 죽은 모습으로 벽에 기대어 앉아 있었다. 그들 맞은편에는 인청잉이 낡은 접이 의자에 앉아 있었다. 그의 표정에는 전에 없던 냉혹함이 배어나왔다.

징충환이 그의 곁으로 가서 오른손으로 허공을 짚자 한나라 시

대의 투광경이 갑자기 손바닥 안에 나타났다. 그녀가 눈썹을 찡긋
하며 인청잉에게 물었다.

"누구부터 할까요?"

"왼쪽 맨 끝부터 시작해요."

인청잉이 몸을 일으켜 징충환의 맞은편으로 가더니 그 남자들
의 사이에 서서 핸드폰을 손전등 삼아 빛을 거울에 비쳤다.

원래 구리거울은 빛을 투과하지 않지만 기묘한 상황이 발생했
다. 인청잉 뒤의 벽에 동그란 모양의 빛무리가 나타났다. 그 안에
처음 나타나는 것은 거울 뒷면에 정교하게 겹쳐지는 환(環) 문양
이었다. 그러나 징충환이 왼쪽 끝에 앉은 남자를 향해 거울을 비추
자, 빛무리 안에 있던 문양이 변화하기 시작하면서 마치 그림자 연
극 같은 장면이 떠오르기 시작했다.

"이자는 이번 일을 망쳐서 앞으로 마약을 구하지 못할까 봐 걱
정하고 있어요."

인청잉이 그 영상을 뚫어지게 보면서 말했다.

"좀 길게 비춰봐요. 여기 나타나는 사람에게 단서가 있을 테니."

거울에 비춰진 남자가 경악해서 비명을 지르며 눈을 까뒤집고
혼절해 버렸다. 징충환이 "소용이 없네."라고 중얼거리고는 그 옆
사람을 거울에 비쳤다. 몇 초 후 빛무리 안의 그림자가 또 변화를
일으켰다.

"이자는 어릴 때 여러 사람들에게 집단구타를 당한 트라우마가
있네요."

세 번째 사람까지 혼절한 후 징충환이 고개를 가로저으며 무기

력하게 말했다.

"이 사람은 배를 곯을까 걱정하고 있네요. 이렇게 살이 많이 쪘
는데도……."

이렇게 한 사람씩 돌아가며 거울을 비춰봐도 첫 번째 사람을 제
외하고는 모두 어릴 때 겪은 일로 두려움을 느끼고 있어서 특별한
단서를 찾을 수 없었다. 그러나 마지막으로 몹시 여윈 남자의 차례
가 되자, 빛무리 안의 문양이 똬리를 들고 혀를 날름대는 뱀 모양
으로 변했다. 그밖에는 아무런 상황도 나타나지 않았다.

"이자가 가장 두려워하는 게 뱀이란 말인가요?"

인청잉이 의아한 눈으로 물었다.

"저자의 걱정은 뱀이 움직이지 못하는 거예요."

징충환이 한 걸음 앞으로 가서 손에 든 거울을 그의 얼굴에 비
추며 말했다.

"좀 더 지켜볼게요."

거울을 비추자 그 사람의 동공이 점점 커지다가 눈 전체를 덮어
버렸다. 징충환이 흠칫 놀라 거울을 쥔 손에 힘을 주었다.

"청잉 씨, 이게 어떻게 된 거예요?"

인청잉이 남자를 발로 차서 한쪽 구석으로 몰았다. 그러나 남자
는 고꾸라지기는커녕 꼿꼿한 자세로 그 자리에 앉았다. 마치 장님
처럼 손을 내밀어 몇 번 휘두르더니 자신을 묶고 있던 줄을 끊어

버렸다. 그가 비틀거리며 일어나 '쉭쉭' 소리를 내며 징충환에게 달려들었다.

징충환이 놀라 소리를 지르며 밖으로 달아나고 인청잉이 검을 뽑아들고 남자를 쫓아갔다. 바로 이때 칼날이 휜 곡도(曲刀) 한 자루를 쥔 그림자 하나가 빛을 등지고 창고로 들어왔다. 살기를 품은 칼에서 번쩍 빛이 일더니 징충환을 쫓던 남자가 바닥에 고꾸라졌다. 그 순간 남자의 몸이 심하게 오그라들며 '텅' 소리와 함께 바짝 마른 남자의 시체에서 금속성 광택을 발산하는 뱀 한 마리가 떨어져 나왔다. 뱀은 바닥에서 두 바퀴를 구른 후 고개를 들고 혓바닥을 내밀며 조금 전 빛무리에 비춰졌던 모습을 드러냈다.

징충환이 대담하게 걸음을 멈추고 거울을 꺼내 뱀을 비췄다.

"이건 뭐예요?"

그녀가 묻자 곡도를 든 남자가 차갑게 대답했다.

"입체 반훼문(蟠虺紋)이요."

"오백 년 만에 교룡으로 화하고 오백 년이 더 지나면 용으로 화하는 그 훼사(虺蛇) 말인가요?"

인청잉이 이렇게 묻자 남자가 고개를 끄덕였다. 징충환은 차가운 숨을 들이쉬며 뒤로 세 걸음 물러나 피투성이로 변한 남자의 얼굴을 들여다보며 물었다.

"장퉈 씨, 여긴 웬일이에요?"

장퉈는 대답 대신 바닥에서 꼼짝하지 않는 뱀을 노려보았다. 인한광이 재빨리 장퉈의 옆으로 오더니 경계하는 눈빛으로 바닥에 있는 뱀을 노려보며 물었다.

"그 여자의 분신이 인간의 정기를 빨아먹고, 인간의 집념을 극대화할 수 있다고 하지 않았소?

"30년 전에는 그랬죠."

장튀가 미간을 찌푸리며 대답했다.

"잠깐만, 분신이라고요?"

인청잉이 뱀을 손으로 가리키며 인한광에게 물었다.

"셋째가 검의 분신을 복제하듯 이 뱀도 본체의 복제품이라는 거예요?"

"엄밀히 말하면 샤오렌 검의 검망(劍芒)과 유사하지. 가만있자……. 샤오렌이 검의 분신에서 검망을 취할 수 있게 된 건가요?"

장튀는 시선을 여전히 뱀에 둔 채 물었다.

"난 물어본 적 없소."

인한광의 목소리에 찬 기운이 맴돌았다.

"당신과는 상관없는 일이오."

인청잉도 노기 띤 목소리로 대꾸했다.

이때 바닥에 있던 뱀이 갑자기 몸을 비틀더니 점점 투명해지다가 윤곽만 남았다. '픽' 소리와 함께 피 한 방울이 바닥에 떨어지더니 뱀은 감쪽같이 사라져버렸다.

인한광의 눈빛이 심상치 않게 변하고, 장튀가 심각한 얼굴로 말했다.

"그녀의 초능력에 변화가 생긴 것 같아요. 더 강해졌다고 확정할 수는 없지만 근본적으로는 진화했다고 봐요."

바닥에 떨어진 핏방울과 비쩍 마른 시체를 번갈아 보던 인청잉이 뭔가 짚이는 게 있는 듯 인한광에게 물었다.

"돌연사 사건이 이렇게 된 거군요. 형님은 진작 알고 계셨죠?"

"추측에 불과할 뿐 증거는 없지."

인한광이 이마를 찌푸리며 이렇게 대답했다. 징충환이 한 걸음 앞으로 나가며 못마땅하게 물었다.

"어떻게 된 일인지 알아듣게 말해 줘요. 샤오렌이 와서 물어보면 두 사람을 변호해 줄 수가 없잖아요."

인한광이 징충환의 말을 아랑곳하지 않고 인칭잉 쪽을 보며 말했다.

"어제까지만 해도 그 여자가 사람을 이용해서 실험하는 줄로만 알았지, 우리와는 무관하다고 여겼어. 사람 몇 명 죽었다고 우리가 나설 필요는 없다고 생각한 거지. 그런데 뜻밖에도 전승자에게 손을 뻗었어. 게다가 루추는 지금 딩딩 본체를 복원하고……."

"잠깐만요!"

장뤄가 인한광의 말을 자르고는 흥미롭다는 듯이 물었다.

"형명정이 전승자를 납치했다고 확신하는 근거가 뭐죠?"

"그게 아니면 뭐란 말이오?"

인한광이 날카롭게 쏘아붙였다. 장뤄가 대답하려는 순간 장원이 뛰어와 다급하게 말했다.

"벤중이 공항에 도착해서 초능력으로 샅샅이 조사를 하고 있어요. 두창평은 수색견 10마리를 풀어서 수색하고 있고, 경찰은 공항으로 가는 길목을 차단하고 차량을 일일이 수색중이에요. 그래서 범인이 공항을 통해 외국으로 빠져나갈 수는 없을 거예요……. 형님, 어떻게 직접 이쪽으로 오셨어요?"

마지막 말을 할 때 장쉰이 주먹을 내밀자 장뒈도 웃으며 주먹을 부딪쳤다.

"비행기 안에서 지난 일이 떠올라서 널 찾아온 거다."

장뒈가 주머니에서 핸드폰을 꺼내 사진 하나를 찾아 장쉰에게 건넸다.

"이 사진 속 사람을 20년 전에 본 적이 있어."

모든 사람들이 몰려들자 장쉰이 너무 크게 확대하여 흐려진 자신의 프로필 사진을 보며 의아하다는 얼굴로 물었다.

"예원첸을 만난 적이 있어요?"

"이 사람 성이 예씨야?"

장뒈가 뭔가를 생각하며 사진을 바라보다가 말했다.

"20년 전 이 사람을 처음 봤을 때는 성이 선(沈)이었어. 생김새도 지금과 완전히 똑같고 대학 교수인 것까지. 내 기억이 틀리지 않다면 의학대학일거야."

"하지만……."

인청잉이 확신없이 사람들을 바라보며 말했다.

"카펫에 묻은 건 다 그의 피였는데……."

"혼선을 주려는 수작일 수도 있어."

인한광이 침울한 표정으로 책상 앞으로 가더니 노트북 컴퓨터의 키보드를 빠르게 두들겼다.

장뒈가 장쉰에게 말했다.

"저 사람을 단 한 번밖에 보지 않았지만 인상이 깊었지. 그는 천

재적인 과학자였고 노력도 많이 했어. 하지만 운이 나빴지. 당시 루게릭병을 진단받고는 휠체어 신세를 져야 했거든."

"그 병은 지금까지도 불치병으로 알려졌는데 어떻게 호전되었을까요?"

호숫가를 걷고 있는 사진 속 예원첸의 모습을 보며 징충환이 고개를 갸우뚱했다. 장뤄가 바닥의 시체를 힐끗 보더니 미소를 지으며 말했다.

"다른 인명을 희생시킨 겁니다. 장군의 큰 공 뒤에는 수많은 병사의 비참한 죽음이 있다는 이치는 변하지 않죠. 물론 방법은 다르지만."

23
통제

똑……똑……똑……. 귓가에 계속 같은 소리가 들려오고 머리는 돌처럼 무거웠다. 루추가 힘겹게 눈을 뜨자 머리 위 형광등 불빛이 쏟아져 들어와 눈이 찌르는 듯 아팠다. 그녀는 재빨리 눈을 감고 몸을 옆으로 뒤척였다. 위산이 역류하는 듯 가슴이 불에 덴 듯 화끈거렸다.

헛구역질을 몇 번이나 했으나 아무것도 나오지 않았다. 그러나 머리는 한결 개운해졌다. 루추는 눈을 크게 뜨고 조심스럽게 목을 돌려 주변을 살펴보았다.

이곳은 예 교수의 연구센터가 아니었다. 그녀는 스테인레스 수조 아래에 누워 있었고, 수도꼭지에서 물이 한 방울씩 떨어지고 있었다. 그녀가 정신이 들 무렵 들린 소리가 바로 여기서 난 것이다.

몸 아래 깔린 회색 비닐바닥은 표면이 미끄러운 것이 실험실의 바닥과 비슷했으나 공간은 실험실보다 더 넓었다. 그녀가 누운 곳에서는 입구 쪽의 벽에 컴퓨터 책상 하나와 접이 의자 몇 개가 보였으며, 책상 위에는 데스크탑 컴퓨터 본체, 디스플레이와 몇 개의 문서 수납함이 어지럽게 널려 있었다. 그리고 그녀가 펑랑 본체를 넣은 비단함도 보였다.

여기가 도대체 어딜까? 그런데 왜 어디선가 본 듯한 느낌이지? 차가운 바닥에 손을 짚고 루추는 힘겹게 일어나 앉았다. 고개를 돌려 옆을 바라보던 그녀가 기겁했다. 그녀와 1미터 떨어진 옆에는 입가에 핏자국이 낭자한 선차오가 목을 기괴한 각도로 꺾인 채 죽어 있었다.

루추는 온몸을 떨기 시작했다. 생각해 보니 그녀가 깨어난 건 지금이 처음이 아니었다. 조금 전에도 그녀는 바로 이 장소에서 깨어난 적이 있다. 그때만 해도 선차오는 비록 의식은 없었지만 아직 살아 있었다. 그녀는 그를 흔들어서 깨웠고, 두 사람은 주변을 관찰한 결과 밖에는 경비원 한 명만 지키고 있다는 것을 발견했다. 비록 그곳이 어디인지는 알 수 없었지만 많은 차량이 지나가는 소리가 끊임없이 들렸다. 선차오는 그곳이 고속도로와 멀지 않다고 판단하고 그녀와 빠져나갈 방법을 의논했다.

그리고……, 그들은 탈출에 성공했던 것 같다. 그녀는 경비원이 교대하는 틈을 타서 그곳을 빠져나왔고, 선차오가 의자로 경비원을 공격해서 기절시켰다. 그리고 그들은 자신들이 버려진 공장에 갇혀 있었음을 알게 되었다. 선차오의 말대로 과연 멀지 않은 곳에 고속도로가 있었다. 날은 완전히 어두워졌지만 도로에는 차가 계속 다녔다. 선차오는 흥분해서 앞으로 뛰어갔다……

～～

갑자기 머리에 극심한 통증이 느껴졌다. 루추는 머리를 부여잡고 헛구역질을 하기 시작했다. 이때 '쾅' 소리와 함께 문이 열리고 예 교수가 성큼성큼 들어왔다. 그는 의자를 끌어당겨 그녀의 맞은편에 앉아 고압적인 자세로 내려다보았다. 그가 물었다.

"재난이 닥칠 때 부모가 모든 것을 내팽개치고, 심지어 자기 목숨을 버리면서까지 자식을 구하려는 이유를 알아요?"

루추가 머리를 감싸 안고 멍한 눈으로 그를 쳐다보았다. 그녀가 반응을 보이지 않자 예 교수가 말을 이었다.

"옛날 사람들은 그것이 사랑, 가정, 윤리 때문이라고 생각했죠. 하지만 그건 틀렸어요. 부모가 그렇게 할 수 있는 건 자녀의 몸에 자신의 유전자가 있기 때문이에요. 까놓고 얘기하면 부모가 자녀를 구하는 출발점은 모든 생물이 교배하는 목적과 마찬가지로 자신의 유전자, 이기적인 유전자를 연속시키기 위한 데 있어요."

과학적인 논리에 불과하지만 예 교수의 말투에는 상당한 초조함이 배어 있었다. 그의 얼굴은 창백했으며, 머리카락도 헝클어져 있었다. 그의 셔츠 깃과 소맷부리에 검붉은 핏자국이 군데군데 말라붙어 있었다. 루추의 머리에 한 장면이 떠올랐다. 예 교수가 선차오의 머리를 잡고 힘껏 비트는 바람에 선차오의 목뼈가 부러지며 코에서는 붉은 피가 쏟아져 나왔던 것이다.

루추가 경악해서 수조 아래로 뒷걸음질했다. 몸을 잔뜩 웅크린 그녀가 예 교수를 노려보며 악을 썼다.

"당신이 선차오를 죽였어!"

"그럴 필요까진 없었죠. 그 아이가 그렇게 영리하지 않았다면, 그렇게 호기심이 많지 않았다면…….'

예원첸이 그녀를 차갑게 바라보며 말을 이었다.

"그 아이의 몸에는 나의 DNA가 있었어요. 그토록 젊고 그토록 우수한 피를 당연히 연속시켰어야 했어요. 루추 씨처럼 사고력이 떨어지는 폐물과는 완전히 다르거든요."

그가 무슨 말을 하고 있는지 알아들을 수가 없었다. 그러나 그의 말투에서 노골적인 혐오와 분노가 느껴졌다. 그녀는 두 무릎을 접어 몸을 최대한 움츠리고 주위를 망연히 둘러보았다. 예 교수는 미간을 찌푸리며 주머니에서 핸드폰을 꺼내 누군가에게 전화를 했다.

"지금 이 여자가 정상이 아닌 듯해요. 아까 당신에게 맞아서 머리가 잘못된 게 아니에요?"

"곧 갈게요."

몇 분 후 예의를 차린 노크 소리가 나며 누군가 안으로 들어왔다. 루추가 있는 곳에서는 굽 높은 선홍색의 부츠만 보였다. 부츠의 주인공이 똑똑 소리를 내며 걸어오더니 그녀 옆에 섰다. 나이가 샤딩딩과 비슷하나 미모가 더 뛰어난 여자가 허리를 굽히고 손전등으로 그녀를 비췄다.

"내가 보기에는 괜찮은데요."

"방금 말을 시켜봤는데 멍하니 아무 반응이 없었어요."

예 교수가 짜증스럽게 손을 휘저으며 말을 이었다.

"아직은 쓸모가 있으니 정신이 돌아오게 좀 해봐요."

여자는 경멸의 눈빛으로 예 교수를 한 번 쳐다보고는 루추의 손목을 잡고 밖으로 조심스럽게 끌어당겼다. 그녀가 쪼그리고 앉아 루추의 눈을 손전등으로 비쳐본 후 말했다.

"별일 없어요. 머리에 충격을 받으면 일시적인 기억상실이 올 수 있어요. 이 여자는 무슨 일이 발생했는지 거의 기억을 못하기 때문에 당신 말에 반응이 없는 거예요."

"그러면 뇌의 전승이 손상을 입은 거란 말이요?"

"그걸 내가 어떻게 알아요?"

이때 여자의 핸드폰이 울렸고, 전화로 몇 마디를 주고받은 여자가 예 교수에게 말했다.

"A플랜에 차질이 생겨서 계획을 변경해야겠어요."

"그게 무슨 말이요? 미리 준비를 다 해놓아서 여권만 바꾸면 곧바로 출국하는 거 아니었소?"

예 교수가 의자 등받이를 움켜쥐며 긴장한 표정으로 묻자 여자가 머리카락을 매만지며 느릿느릿 말했다.

"공항 검색팀이 당신 사진을 들고 사방으로 찾으러 다니고 있어요. 정식 지명수배를 내리지는 않았지만 공항에 들어서는 순간 체포될 거예요. 해상로를 이용해 밀항으로 빠져나가는 방법 밖에 없어요. 적당한 곳에서 성형수술을 하고 몇 달 숨어 있다가 잠잠해지면 활동을 재개해야죠."

여자가 가볍게 말하는 것과는 달리 예 교수는 무척 불편해 보였다. 이를 악물고 있느라 그의 각진 턱이 두드러졌으며, 어느 각도에서 보면 선차오의 각진 턱과 똑같아 보였다. 그가 여자를 노려보며 물었다. 표정은 이를 갈고 있었지만 질문은 간결했다.

"언제 출발하죠?"

"반나절 후에 출발할 거예요."

여자가 이렇게 대답하고는 막 도착한 문자 메시지를 확인하더니 덧붙였다.

"내일 정오쯤, 늦어도 오후에 우리와 함께 갈 언니가 도착할 거예요."

"언니?"

예 교수가 차갑게 웃었다.

"난 당신들이 그녀의 노예인 줄 알고 있었는데."

여자도 웃으며 개의치 않는다는 듯이 말했다.

"당신은 아무것도 몰라요."

예 교수의 눈빛이 미세하게 흔들렸다. 여자는 손을 한 번 내젓더니 루추를 가리키며 말했다.

"저 여자는 데려갈 수 없으니 알아볼 게 있으면 얼른 물어봐요. 우리가 떠난 후에는 데려다줄 거예요."

"데려다줄 거라고요?"

예 교수가 눈동자에 힘을 주며 물었다.

"어디로 데려다주죠? 왜요?"

"원래 있던 곳으로 데려다줘야죠."

여자가 여전히 가벼운 말투로 말했다.

"난 당신과 달라서 불필요한 살인은 하지 않아요."

예 교수가 별 웃기는 소릴 다 듣는다는 듯이 코웃음을 쳤다.

"당신이 살인은 하지 않죠. 하지만 당신이 기생하는 숙주가 말을 할 수 있다면 제발 좀 죽여달라고 할걸요!"

그 순간 루추가 미세하게 몸서리를 쳤으나 예 교수는 눈치채지 못했다. 여자가 루추를 힐끗 보며 아무 말 없이 미소를 지었을 뿐이다. 예 교수가 눈을 굴리면서 또 물었다.

"위링이 그렇게 두려워요? 얼마 전엔 투구와 갑옷을 돌려주더니 이제는 살아 있는 사람까지 돌려준다? 놓아주면 경찰에 모든 비밀을 폭로할 텐데 그래도 괜찮단 말이요?"

그의 어조는 다분히 도발적이었다. 그러나 여자는 전혀 개의치 않고 담담하게 대답했다.

"당신은 지금 찌꺼기만 흡수하고 큰 덩어리는 뒤탈이 겁나서 감히 손을 대지 못하죠. 그래서 추저우 본체의 손을 빌리지 못하는 거예요. 펑랑도 함부로 건드리지 말고 우리에게 넘겨요. 그리고 비밀폭로가 걱정이라면 내게 해결할 방법이 있어요."

여기까지 말한 여자가 루추에게 다가가 손을 위로 들었다. 검지 손가락이 갑자기 뒤틀리면서 점점 금색의 작은 뱀으로 변했다. 그녀는 뱀을 루추의 목 뒤에 올려놓았고, 그 모습을 본 예 교수가 말했다.

"이제 와서 꼭두각시를 만드는 건 낭비에요. 우선 흡수를 시도

하자고 말했잖소?"

여자는 전혀 관심 없다는 표정으로 손을 거두고 말했다.

"시간이 없어요."

말을 마친 여자가 몸을 하늘하늘 흔들며 밖으로 나갔다. 예 교수가 차디찬 눈으로 여자가 사라지는 모습을 바라보더니 이내 고개를 돌려 루추를 바라보았다. 그는 노기를 누르고 물었다.

"배고프지 않아요?"

루추는 웅크린 자세 그대로 꼼짝도 하지 않았다. 마치 그의 말이 들리지 않는다는 듯이. 예 교수가 몸을 일으켰다.

"먹을 것을 가져올 테니 좀 먹고 쉬어요. 실험에 필요한 질문 몇 가지만 대답해 주면 되니 엉뚱한 생각 말아요. 곧 풀어줄게요."

그가 벽의 전등 스위치를 끄고 문을 닫고 나갔다. 암흑 속에 남겨진 루추는 여전히 무릎을 양손으로 감싸고 고개를 숙인 채 속눈썹만 움직였다.

여자와 예 교수가 대화를 나누고 있을 때 그녀는 그동안 있었던 일이 서서히 기억났다. 선차오가 탈출하기 전 이 방 안에서 실험실의 다른 선배 시체 한 구를 찾아낸 일, 그들의 공격에 쓰러졌던 경비원이 벌떡 일어나는데 눈 전체가 까맣게 변했던 일도 기억났다. 그 경비원은 영화에 나오는 좀비처럼 움직임이 부자연스러웠으나 가공할 정도로 힘이 세서 주먹 한 방에 문을 뚫어버렸다.

저 여자는 누구일까? 무슨 이유로 멀쩡히 살아 있는 사람을 꼭두각시로 만드는 걸까? 사는 게 죽느니만 못한 꼭두각시로 말이다.

방 안에는 히터가 켜져 있었으나 루추는 이를 마주치며 전신을 떨기 시작했다. 이때 예 교수가 돌아왔다. 그는 요구르트 두 개와 압축 포장한 과자 하나를 던져주고 다시 나갔다. 루추는 떨리는 손으로 몇 번 만에 봉지를 겨우 뜯어 억지로 한 입 베어 물었다. 과자는 무척 딱딱해서 한 입 먹을 때마다 물 한 모금을 마셔야 간신히 넘어갈 것 같았다. 그녀는 수조에서 물을 받아 마셨다. 그 옆에 죽어 있는 선차오 쪽으로 눈길을 주지 않으려고 애쓰며, 위산이 올라오는 것도 애써 누르면서 씹어 삼키는 동작에만 집중했다.

음식을 다 먹고 나서 외투 주머니에 손을 넣어보니 핸드폰과 금제가 들어 있던 주머니는 텅 비어 있었다. 빠져나갈 수 있는 길이 막혀버렸다. 최악의 상황에 대비해서 뭔가를 해야 한다. 루추의 시선이 책상 위의 긴 비단함에서 멈췄다. 잠시 망설이던 그녀가 다가가 뚜껑을 열었다.

그 안에는 펑랑의 본체가 조용히 누워 있었다. 칼에는 상처가 있었으나 깊지 않아서 칼로 사용하기에는 문제가 없었다. 루추가 칼날에 손가락을 대고 가볍게 스치자 붉은 피가 배어 나왔다. 이 정도면 칼날은 충분히 날카롭다. 그녀는 손가락을 입에 대고 피를 빨아 먹은 후 칼을 품에 안고 벽에 등을 대고 앉았다. 이 건물은 상당히 낡아서 창문 틈으로 바람이 계속 들어왔다. 히터를 틀어놓았지만 온도는 좀처럼 올라가지 않았다. 그녀는 몸을 웅크리고는 눈을 감았다.

새 우는 소리가 사방에서 들려왔다. 밖은 아직 어둠이 가시지 않았으나 날이 밝아오는 모양이다. 여자가 예 교수에게 떠난다고 했던 '내일 정오'까지 시간이 얼마 남지 않았다. 루추는 눈을 뜨고 품고 있던 칼을 내려다보았다. 예 교수와 정면으로 대결하기에는 전혀 승산이 없다. 지금으로서는 기습만이 유일한 탈출구다. 하지만 실패한다면?

그녀는 자살에 대해 한 번도 생각해 본 적이 없었다. 그러나 정신을 조종당하는 살아 있는 좀비가 될 바에는 스스로 목숨을 끊는 편이 낫다는 생각이 들었다. 그도 이런 생각을 해본 적이 있을까?

24
당신이 없는 세상

처음에는 아무 단서를 찾을 수 없는 납치살인사건이었다. 그런데 장뤄가 단서를 제공하여 예윈첸을 용의선상에 놓고 접근한 후 많은 진전이 있었다.

비록 용의자가 한때 루게릭병을 앓았다가 기적적으로 완치되었다는 사실을 경찰에 알릴 수는 없었지만, 그래도 모두가 합심하여 조사한 끝에 예윈첸이 공항부근의 공터 여러 곳을 빌렸으며, 그 안에서 버려진 트레일러와 공장건물들을 발견했다. 이로써 오래전부터 범행을 계획하고 있었음이 드러났다.

이를 토대로 인한광은 신속하게 계획을 세웠다. 그는 두창펑에게 경찰과 계속 협력하여 공항 내부와 공항으로 가는 길목을 통제하게 했다. 예윈첸이 빌린 공터의 조사는 다른 사람에게 맡기기로 했다.

일요일 아침 8시 10분, 샤오롄이 장검을 타고 저공비행하여 창고로 들어왔다. 노트북 컴퓨터의 키보드를 두드리고 있던 인한광이 고개를 들더니 화면을 그의 쪽으로 돌려주었다.

"회색으로 표시한 부분은 이미 조사해서 아무것도 없는 게 확인된 곳이야. 빨간색으로 표시한 지역은 아직 조사하지 않아서 지금 배분 중인데 어디를 맡을래?

샤오롄이 화면을 훑어보더니 "전부 다요."라고 대답했다.

놀라는 인한광을 바라보며 샤오롄이 빠르게 말을 이었다.

"오는 길에 비행기 안에서 최단 시간 안에 모든 지역을 조사할 방법을 의논해 봤어요."

인청잉이 창고 안으로 지프 차량을 몰고 들어왔고, 류원, 옌원, 후지와라, 추저우가 차에서 뛰어내렸다. 장쉰은 오토바이를 몰고 컴퓨터 화면 앞에서 세우더니 샤오롄과 인한광에게 말했다.

"샤오롄 씨가 후지와라를 붉은색 지역에 데려가 사람들의 심장소리를 들어봐요. 루추 씨가 의식만 있다면 찾아낼 수 있을 거예요."

"대낮에 샤오롄이 하늘을 나는 모습을 사람들에게 보여주자는 말이에요? 그건 절대 안 돼요."

인한광이 걱정했으나 샤오롄은 칼 위에 올라탄 채 방향을 틀어 출발할 준비를 했다. 인한광도 손을 뻗어 허공에 나타난 검을 움켜쥐고 나갈 준비를 했다. 이때 추저우가 두 형제 사이에 끼어들었다.

"반대만 하지 말고 내가 하는 걸 봐요."

그가 샤오렌에게 다가가 두 손으로 소련검을 부드럽게 어루만 졌다. 그의 손바닥이 지나간 곳이 갑자기 넓고 두꺼운 판자 모양으로 변했다. 그가 왼손을 칼의 손잡이에 대고 오른손을 칼끝에 댄 채 허공에서 힘을 주자 장검은 순식간에 검은 킥보드로 변했다. 그 아래에 통풍 팬이 달려 있어 첨단 기술을 장착한 모습이었다.

"비행 킥보드에요. 형태는 인터넷에서 본 이미지를 참고했어요."

추저우가 인한광에게 설명한 후 샤오렌에게 당부했다.

"내게서 너무 멀리 떨어지지 말아요. 초능력을 다른 본체에 적용할 때는 거리제한이 있거든요."

"멋지네요."

옌윈이 손뼉을 치며 물었다.

"그럼 우린 어떻게 가요?"

인한광의 표정은 여전히 침울했으나 손에 든 검은 이미 사라지고 없었다. 장쉰이 지프차의 시동을 걸며 말했다.

"넌 류윈과 추저우의 차에 타고 내 뒤를 바짝 따라와."

"내 의견은 아무도 물어보지 않는 거예요?"

후지와라가 툴툴거리며 오른 발만 킥보드 위에 올려놓고 움직여 보았다. 킥보드는 움직일 생각도 하지 않았고 샤오렌이 그를 차갑게 쳐다보았다. 화살촉 후지와라가 재빨리 킥보드에 올라타며 물었다.

"찾아야 하는 키워드가 뭐죠?"

"키워드라니?"

장쉰이 반문했다. 후지와라가 머리를 긁적이며 말했다.

"반경 1킬로미터 내에 사람이 많고 저마다 생각하는 내용이 다를 거예요. 그걸 다 들어보려면 시간이 너무 오래 걸려요. 다 듣고 나서는 그게 찾는 사람의 생각인지 분석해야 하고요. 시간을 절약하려면 찾는 여자 분이 뭘 생각하는지 예상을 해서 그걸 키워드로 해서 검색을 하는 거예요. 그렇게 하면……."

"샤오롄!"

샤오롄이 그의 말을 자르고 재빨리 말했다.

"내 이름을 키워드로 해요!"

"장쉰!"

장쉰도 소리쳤다. 그는 샤오롄에게 침착하게 설명했다.

"루추 씨 생각에 지금 자신을 구할 가능성이 있는 사람은 나예요. 당신이 아니고."

샤오롄은 이를 악물고 아무 말도 하지 않았다. 이때 후지와라가 작은 소리로 말했다.

"비행기에서 들은 정보를 종합하면 당신들보다는 부모님이 우선이고, 그 다음으로는 키우는 고양이에요. 이름이 뭐였죠?"

"차오바!"

샤오롄과 장쉰이 동시에 이름을 부르고는 서로 마주보았다가 황급히 시선을 돌렸다.

"차오바, 알았어요. 잘 기억해 둘게요. 그 뒤에는 두 사람의 이름을 집어넣을게요. 사실은 한 번에 키워드 여러 개를 입력해도 상관없어요. 도중에 더 생각나는 게 있으면 언제라도 추가해 주세요. 하하하……. 억! 아직 제대로 자리도 안 잡았다고요!"

후지와라의 비명소리와 함께 검은 킥보드가 순식간에 하늘로 날았다.

쓰팡시 공항은 해안선에서 멀지 않은 곳에 자리 잡고 있었다. 동쪽은 파도가 넘실거리고 남북 양쪽은 평원이 펼쳐졌다. 서쪽 방향만 구릉이 이어졌다. 차밭과 과수원, 폐기된 공장들이 분포되어 있었다. 이곳이 바로 인한광이 컴퓨터 화면에 표시한 붉은 지역이었다.

샤오롄은 순식간에 숲이 있는 곳까지 날아와서는 숲 사이에서 마치 파리가 날듯 저공비행을 했다. 그는 급속도로 하강과 상승을 되풀이하며 장애물을 피해서 날았다. 지상에서는 장쉰이 오토바이를 타고 샤오롄 일행을 바짝 따라가고 있었다.

후지와라는 한 손으로 샤오롄을 붙잡고 한 손으로는 7~8센티미터의 청동 화살촉을 들고 있었다. 화살촉에는 짧고 폭이 넓은 날개가 달려 있었는데, 마치 제비가 날개를 펼친 듯 우아하고 아름다웠다. 그가 손을 놓자 화살촉은 아래로 떨어지지 않고 그의 이마와 약 3센티미터 떨어진 곳에서 멈췄다. 후지와라가 눈을 감았다. 그러자 화살촉이 서서히 원을 그리며 마치 뭔가를 찾는 모습이었다.

샤오롄이 숲을 나와 도로 위를 날다가 다시 다른 숲으로 들어갔다. 장쉰의 오토바이도 그를 놓치지 않고 바짝 따라갔으며, 그의 뒤를 따라오던 지프차량은 점점 뒤쳐졌다.

청동 화살촉이 원을 그리는 속도가 갑자기 빨라졌다. 후지와라가 눈을 뜨고 말했다.

"남쪽이에요."

남쪽은 숲이 더 우거지고 지형도 험준했으며, 눈에 들어오는 건물이 한 채도 없었다. 그러나 샤오렌은 그의 지시대로 남쪽으로 방향을 돌렸다. 샤오렌과 지프차의 거리가 벌어지면서 그의 발밑에 있던 킥보드도 조금씩 변형되어 얇고 좁은 검은 장검으로 바뀌었다.

청동 화살촉이 도는 속도는 점점 빨라졌다. 샤오렌이 어느 낮은 산비탈까지 날아왔을 때 화살촉이 갑자기 도는 것을 멈추며 산비탈을 가리켰다. 후지와라가 고개를 내밀고 그쪽을 바라보며 중얼거렸다.

"샤오렌, 엄마, 아빠, 그리고 차오바와 장쉰…… 황상은 또 누구예요?"

후지와라가 갑자기 얼굴색이 변하며 황급히 소리쳤다.

"그 여자가 자살하려고 해요!"

"루추가요?"

샤오렌이 경악하며 물었다.

"지금 어디 있어요?"

후지와라가 산비탈을 가리켰다.

"여기서 직선거리는 886미터예요. 나의 위치추적시스템은 정확합니다. 옆으로 돌아서 가든 위로 비행해서 가든……"

그의 말이 끝나기도 전에 샤오렌의 모습이 갑자기 사라지더니 소련검의 수많은 분신들이 산비탈 쪽으로 날아갔다.

발아래 아무것도 없어진 후지와라는 속절없이 아래로 추락했다. 다행히 나뭇가지를 잡고는 눈을 동그랗게 뜬 채 소련검이 마치

썰어놓은 두부처럼 산비탈로 사라지는 모습을 지켜보았다.

후지와라의 발밑에서 경적이 두 번 울렸다. 내려다보니 장쉰의 오토바이가 멈춰 있었다.

"당신도 산으로 들어가려고요?"

"난 안 가요."

장쉰이 허공에 나타난 칼을 움켜쥐고 말했다.

"내려와서 오토바이를 몰아요. 내가 길을 내줄 테니."

"좋아요."

후지와라가 손을 놓고 천천히 바닥으로 내려왔다.

소련검이 산비탈로 향하기 10분 전, 루추는 벽을 등지고 예 교수와 마주섰다. 그녀는 칼끝을 자신의 심장부위로 향하게 들고 있었다.

"이게 무슨 짓이요? 그러지 말고 말로 합시다."

예 교수가 치과용 치료의자 두 개를 들고 와 방 가운데 놓았다. 그중 하나에 앉아서 한 손으로 턱을 받치고 루추를 경멸하듯 바라보았다.

"난 죽는 게 두렵지 않아!"

루추가 그를 노려보며 말을 이었다.

"그리고 믿든 안 믿든 상관없는데, 내가 죽으면 그 칼이 바로 사람으로 변해서 당신을 죽이고 날 위해 복수할 거야."

평랑의 부상이 심각하지 않아서 그녀의 피를 머금은 후 인간으로 화할 수 있게 되었다. 사실 평랑이 자신을 도울 수 있을지는 하늘만 안다. 그러나 루추는 예 교수가 고대 유물의 화형자에 대해 잘 모르는 점을 이용해서 목숨 건 도박을 한 것이다.

아니나 다를까, 예 교수의 표정이 진지해지며 자리에서 일어났다. 그가 발을 몇 번 구르더니 루추에게 말했다.

"사실 난 당신을 해치지 않을 거예요. 생각해 봐요. 내가 보호해 주지 않았다면 당신은 이미 꼭두각시가 되었을 거예요."

"그건 정말 고맙게 생각해요."

루추가 칼을 움켜진 채 갑자기 물었다.

"당신은 사람 맞아요?"

"물론이죠."

예 교수가 그녀를 향해 반걸음 앞으로 다가가며 웃음을 억지로 지어냈다.

"내가 하는 연구에 관해 얘기했던 거 기억하죠?"

"그 자리에서 움직이지 말아요. 가까이 오면 칼로 찌를 거예요."

이렇게 말하면서도 루추는 자신의 손이 칼자루를 움켜쥐기도 힘겨울 정도로 떨리고 있음을 알았다. 예 교수도 그 상황을 보았을 테지만 걸음을 멈추었다. 그녀와 세 걸음 떨어진 곳에서 목청을 가다듬더니 학자다운 말투로 입을 열었다.

"사실상 나의 연구진도는 전에 말했을 때보다 훨씬 진전이 있어요. 연구결과 인간으로 화한 금속생명체 내부에 어마어마한 에너지를 담고 있다는 사실을 밝혀냈죠. 이 에너지를 이용해 인체세포의 노화를 늦추는 건 물론이고 생체나이를 더 젊게 만들 수도 있어요."

루추는 그의 말을 한 마디도 믿지 않았다. 그녀는 곁눈질로 주변을 살피며 빠져나갈 방법을 궁리했다. 한편으로는 물었다.

"그걸 어떻게 증명하죠?"

"내 나이가 75세에요."

예 교수가 웃으며 대답했다. 루추가 놀라서 바라보자 예 교수가 미소를 유지하며 말했다.

"찌꺼기만 흡수했는데도 이 정도에요. 전승의 도움을 받을 수만 있으면 완전한 금속생명체를 흡수할 수 있어요."

그가 열정적인 눈빛으로 루추를 바라보았다.

"내가 하는 일은 나 혼자만을 위해서가 아니라는 걸 당신도 알아야 해요. 인류는 현 단계에서 오랫동안 정체되고 있어요. 의학이 발달해도 질병은 늘 그에 앞서 있죠. 우리에겐 진화가 필요해요. 그렇지 않으면 더 많은 불치병이 발생해서 결국 인류 전체가 멸종될 거예요."

루추는 상상할 수가 없었다. 그녀는 자기도 모르게 고개를 저었다. 다음 순간 예 교수가 믿을 수 없이 빠른 속도로 그녀에게 다가왔다. 루추는 무의식적으로 칼을 더 움켜쥐고 자신을 향해 찔렀다. 그러나 예 교수가 재빨리 그녀의 손목을 잡고 비틀어 칼을 바닥으로 떨어뜨렸다.

손목에 극심한 통증이 느껴졌다. 그러나 루추는 억지로 참으며 비명을 지르지 않았다. 예 교수가 한 발로 칼을 저쪽으로 차냈다.

얼굴에는 여전히 웃음을 띤 채 말했다.

"당신과 대화를 나누니 참 재미있네요. 계속합시다."

통증을 참으려고 입술을 너무 세게 악물었더니 피가 배어나왔다. 그러나 누군가 구해 주러 올 때까지 시간을 끄는 것 말고는 할 수 있는 일이 없었다. 그녀는 아픔을 참으며 물었다.

"무슨 얘기를 해요? 인류의 극한에 대해서?"

예 교수가 고개를 끄덕이며 그녀를 의자 앞으로 끌어당겼다. 그리고 유쾌하게 말했다.

"그 얘기를 하기 전에 먼저 당신이 이런 기회를 줘서 고맙다는 말을 하고 싶어요."

"무슨 기회요?"

루추가 숨을 헐떡이며 물었다. 등에서 식은땀이 나면서 공포감이 벌레처럼 스멀거리며 올라왔다. 예 교수는 가공할 힘으로 마치 봉제인형을 들 듯 그녀를 번쩍 들어 의자 위에 앉히고는 그녀의 머리, 몸, 사지를 단단히 고정했다. 그리고는 주머니에서 금실띠를 꺼내 루추의 눈앞에서 흔들었다.

"이게 뭔지 알죠?"

"내가 만든 금제인데……."

금실띠의 한쪽 끝은 바늘 같은 것으로 연결되어 있었다. 루추는 예 교수가 무슨 짓을 하려는지 종잡을 수가 없었다. 이곳에서 금제의 속박을 받을 수 있는 유일한 대상은 평랑뿐이었다. 그녀가 바닥의 칼을 바라보자 예 교수가 집게손가락을 세워 그녀의 눈앞에서 흔들었다.

"No, 이 금제는 저쪽에 사용할 수 없어요."

그는 심리적 안정을 찾은 듯 노래를 흥얼거리며 루추가 앉은 의자 뒤쪽에 연결된 기계장치를 검사했다.

"솔직히 말해 나는 당신 같은 사람들을 부러워했다오."

"내가 어떤 사람인데요?"

루추가 팔목에 채워진 벨트를 힘껏 밀어내 보았지만 전혀 움직이지 않았다.

"전승자이지요."

예 교수가 좋은 사람의 모습을 하고 설명했다.

"당신은 지식의 보고에 들어가서 모든 것을 누릴 수 있지만 나는 그게 안 돼요. 아무리 노력하고 심지어 전승자가 베껴 쓴 책을 봐도 전승을 열 수 없었어요."

그는 기계장치를 이용해 금실띠를 끼우고 위치를 조정하여 띠와 연결된 바늘이 루추의 미간을 향하게 조정했다. 금속으로 만든 바늘이 자신의 미간과 몇 센티미터 거리에서 자신을 조준하고 있었다. 루추는 어느새 모골이 송연해졌다.

"그전에는 부러워했는데 지금은 아닌가요?"

"지금도 부럽긴 하죠. 하지만 내게는 방법이 있답니다."

예 교수가 한 걸음 물러나 전선과 스위치를 점검하더니 만족스럽게 고개를 끄덕였다. 그리고는 루추 옆의 의자에 앉았다. 그가 그녀 쪽으로 고개를 돌리며 설명했다.

"전승의 땅이 출입카드가 있어야 입장할 수 있는 낙원이라고 가설합시다. 그렇다면 당신의 뇌는 나의 카드가 되는 거죠. 당신의 카드를 갖고 있으면 나도 전승의 땅에 들어갈 수 있지 않을까요?"

"그건 불가능해! 내가 죽으면 당신은 아무것도 얻을 수 없을 테니까. 손가락으로 뱀을 만들던 여자가 당신을 처리할걸."

루추가 최대한 차분함을 유지하고 떨리는 목소리로 말했다.

"하하하, 그러면 금상첨화죠. 그 여자 화내는 꼴을 더는 안 봐도 되니 말이에요."

예 교수가 두 손을 의자 팔걸이 위에 올려놓더니 제어버튼을 눌렀다. 의자 위쪽의 녹색 등이 켜지며 두 개의 금속고리가 서서히 예 교수의 두 손목에 채워졌다. 기계장치가 조금씩 앞으로 이동하며 바늘이 루추의 미간을 향해 다가왔다.

루추는 온몸의 힘을 다해 몸을 움직이며 바늘을 피하려고 했으나 소용없었다. 가죽벨트가 점점 더 조여와서 그녀가 움직일 수 있는 공간은 1~2센티미터도 안 되었다. 바늘이 머리를 뚫고 들어올 운명을 피할 수 없게 된 루추가 절망에 빠져 눈을 감았다. 이때였다. 서늘한 기운이 갑자기 그녀의 이마를 스치는가 싶더니 그녀를 옭아맨 가죽 끈이 잇달아 잘려나갔다. 루추가 깜짝 놀라 눈을 크게 뜨자 샤오렌이 그녀 바로 앞에서 사람의 모습으로 돌아오는 중이었다.

예 교수가 몸을 일으켜 밖으로 달아나려고 했다. 그러나 소련검이 재빨리 그의 어깨를 관통하며 바닥에 꽂아버리는 바람에 꼼짝달싹할 수 없었다. 그러나 루추가 기뻐할 틈도 없이 샤오렌이 비틀거리며 한쪽 무릎을 꿇고 주저앉았다. 그는 한 손으로는 검을 쥐고 금방 넘어지려는 몸을 지탱했다. 그의 어깨에는 놀랍게도 가는 금실띠가 끼워져 있었다.

그녀가 직접 만든 금제를 그가 본체를 이용해 막은 것이다.

"샤오렌!"

루추가 달려가 그를 안았다. 떨리는 손으로 금실띠를 뽑아내려고 했다. 그러나 잘못 건드렸다가 상황이 악화될까 봐 울음을 터트리고 말았다.

"내 일에 상관하지 말라고 했잖아요."

"당신도 나와 관련된 일은 하지 않겠다고 약속했잖아요."

샤오렌의 손에든 장검이 갑자기 사라지며 그의 몸이 점점 투명하게 변했다. 그가 미소를 띠며 그녀의 얼굴을 어루만졌다. 그리고 만족한 말투로 말했다.

"알고 보니 이게 바로 딩딩누나의 예견이었어요."

루추가 놀라 그의 손을 잡았다. 아직은 샤오렌을 만질 수 있지만 눈물방울이 그의 몸을 투과해 바닥을 적셨다.

이건 사실이 아니다. 그가 이 자리에 나타날 리가 없다! 절대로……

"당신이 말했죠. 내가 이기적이라고. 당신과 함께 있으려 하지 않는다고……"

루추가 계속 고개를 저었다. 자신이 무슨 말을 하고 있는지 알 수 없었고, 눈앞의 모든 것을 부인하고 싶었다.

"나도 이기적이에요. 당신이 없는 세상에서는 살기 싫었거든요."

그가 루추를 안아주며 고개를 옆으로 돌려 그녀에게 입을 맞췄다. 그것은 무척이나 깊고 길었으며, 탐욕스럽고 거친 키스였다.

그녀는 통증을 느꼈으나 조금도 개의치 않았다.

∿

샤오롄은 그동안 만지면 부서질까 봐 너무 조심스럽게 자신을 대해 왔다. 아무리 격정이 몰려와도 그녀와 일정한 거리를 유지했다. 그는 지금 갈망을 드러낸 첫 키스를 하고 있었다. 루추는 이 키스가 마지막이 되지 않기를 빌었다.

머릿속에서 갑자기 전승의 목소리가 울렸다. 그녀에게 시기를 잘 포착하라고 독촉하는 목소리였다. 그러나 루추는 아무것도 하고 싶지 않았다. 그의 손바닥에 얼굴을 대고 있으니 두 사람의 온도가 점점 일치되는 것을 느꼈다. 그녀는 너무 뜨겁지도 않았고 그가 점점 따뜻해졌다. 그녀는 순간이 영원으로 변하기를 빌었다.

"추추?"

샤오롄이 갑자기 목소리를 냈다. 루추가 고개를 들었다. 그가 미혹함과 놀라움, 걱정이 뒤섞인 복잡한 표정으로 그녀를 바라보며 물었다.

"조금 전 혹시 어검을 할 수 있게 되었어요?"

지금 그걸 물어서 무슨 의미가 있단 말인가! 루추가 샤오롄을 안고 다시 눈물을 쏟기 시작했다. 그러나 이번에는 눈물이 그의 몸을 투과하지 않고 그의 단단한 가슴으로 떨어져 눈물 얼룩을 만들었다.

루추가 깜짝 놀라 눈물자국을 바라보며 멍하니 있었다. 샤오롄

어깨의 금제가 갑자기 빛을 발산하며 서시히 나부끼기 시작했다. 루추가 절망적으로 팔을 뻗어 금제를 뽑으려고 했으나 샤오롄은 그녀의 손을 꼭 쥐고 낮은 소리로 말했다.

"잠시만 기다려요."

그의 말에 화답이라도 하듯 금제는 다음 순간 금빛 찬란한 수천 마리의 나비로 변해 샤오롄의 어깨 근처를 선회하다가 방안 전체로 날아다녔다. 금빛으로 반짝이는 나비들은 마치 날개달린 별이 낮에도 반짝이는 듯 꿈처럼 아름다운 장면을 연출했다.

루추는 그 꿈의 한가운데 꿇어앉아 말을 잊고 있었다. 샤오롄이 감상하는 눈으로 방안을 한 바퀴 돌아보고 그녀의 손을 자신의 왼쪽 가슴 위에 올려놓았다.

손바닥에 닿는 그의 살결은 여느 때와 마찬가지로 차가운 금속의 질감이었다. 그녀는 손바닥을 그의 가슴에 올려놓은 채 머뭇거리며 물었다.

"당신……, 괜찮아요?"

샤오롄이 고개를 끄덕였다.

"조금 전 나의 정신이 이미 당신의 통제 안에 들어갔어요. 그걸 당신은 느낄 수 있었을 거예요. 그러나 다음 순간 금제가 효력을 잃었어요. 조금도 지체하지 않고 말이에요."

그가 루추의 얼굴을 어루만지며 호기심 어린 얼굴로 물었다.

"당신 어떻게 한 거예요?"

"나도 몰라요."

루추가 멍한 눈으로 계속 고개를 저었다.

샤오롄이 루추를 자기 쪽으로 끌어당겨 그녀의 이마에 자신의 이마를 대고 작게 말했다.

"아무 일 없어요. 날 믿어요."

"정말이에요?"

루추가 갑자기 고개를 들고 점점 사라져가는 금빛 나비들을 바라보며 중얼거렸다.

"금제의 효과가 사라져서 다행이에요."

"아니에요."

샤오롄이 자세를 바르게 하고 앉더니 말했다.

"금제는 성공적이었어요. 다만 당신이 응답을 하지 않아서 그 작용이 사라진 것뿐이에요."

그가 그녀의 눈 속을 들여다보며 말을 이었다.

"당신은 그게 뭘 의미하는지 알아요? 그건 당신이 어검을 할 수 있다는 의미에요."

"아니에요!"

루추는 '어검'이라는 말을 싫어했다. 그녀가 외치면서 눈가가 자기도 모르게 빨개졌다. 샤오롄이 그녀를 더 세게 끌어안고 그녀의 귓가에 속삭였다.

"추추, 당신의 능력을 부인하지 말아요. 하지만 더 중요한 것은 모든 사람, 아니 두 형이나 다른 생물을 포함한 모두에게 당신이 어검을 할 수 있다는 사실을 모르게 해야 해요. 알았어요?"

그의 말이 너무 빨랐기 때문에 루추는 멍하니 그를 바라보았다. 샤오롄이 작게 탄식하며 말을 이었다.

"그래야 당신에게 좋아요. 날 믿죠?"

"네."

여전히 다 알아듣지 못한 루추가 얼떨결에 고개를 끄덕이고 나서 물었다.

"내가 뭘 잘못했나요?"

"아니에요. 아무 잘못도 하지 않았어요."

그가 팔에 약간 힘을 뺐다. 그러나 여전히 그녀를 품에 안고 바라보며 부드럽게 말했다.

"당신은 내가 상상했던 것보다 훨씬 강해요."

그의 위로에도 루추의 긴장은 풀리지 않았다. 그녀는 초점없는 눈으로 좌우를 돌아보며 중얼거렸다.

"하지만 선차오가 죽었어요. 내가 그를 흔들어 깨우지 않았다면 예 교수가 그를 죽이지 않았을 거예요. 마쓰위안도 죽었어요……. 아! 그리고 손가락을 뱀으로 변하게 하는 여자도 있었어요."

여기까지 말하고는 루추가 몸서리를 쳤다. 샤오렌이 그녀를 응시하며 말했다.

"그건 형명정이에요. 나도 오늘에야 그녀의 존재를 알았어요."

"정(鼎)이라고요?"

루추가 마침내 정신이 돌아온 듯했다. 그녀가 못 믿겠다는 듯 물었다.

"그 여자가 솥이 사람으로 화한 존재라고요?"

샤오렌이 고개를 끄덕였다. 루추가 눈을 크게 뜨며 물었다.

"하지만 예 교수가 당신들의 에너지를 흡수해서 불로장생할 거라고 했는데, 화형자가 어떻게 그런 사람과 손을 잡고 일하죠?"

샤오렌이 놀라서 멈칫하는 사이 문밖에 엔진소리가 들리더니 눈에 익은 건장한 그림자가 큰 칼을 들고 걸어왔다. 루추가 자기도 모르게 샤오렌의 품에서 움츠린 채 긴장하며 눈을 크게 뜨고 내다 봤다. 상대의 윤곽을 인식해 낸 루추가 안도의 한숨을 내쉬었다.

"장쉰 씨?"

"굿모닝!"

장쉰이 그녀에게 손을 흔들었다.

"배고프지 않아요? 궈예이 주방을 습격해서 실컷 먹읍시다."

루추는 전혀 배가 고프지 않았다. 그러나 이런 일상적인 말투에 그녀는 저도 모르게 입꼬리가 올라갔다. 오늘 그녀가 처음 보이는 미소였다. 샤오렌의 눈빛이 어두워졌다. 장쉰이 루추의 앞에 쪼그 리고 앉아 그녀의 부은 오른손을 바라보았다.

"다쳤어요?"

"심하지 않아요. 중요한 얘기가 있어요……."

눈앞이 갑자기 캄캄해져서 루추는 장쉰의 옷소매를 잡고 숨을 몰아쉬며 말했다.

"산장이 나를 도와 전승을 조사해 봤는데 당신 본체의 흔적은 복원한 게 아니래요. 그 공법이 매우 독특해서 대부분 제사용으로 사용하는 건데……."

"그건 급하지 않으니 일단 푹 쉬고 나서 얘기해요."

샤오렌과 장쉰이 동시에 이렇게 말했다. 두 사람이 서로 마주보 다가 재빨리 시선을 피했다. 장쉰은 트집을 잡겠다는 표정으로 갑자기 사람의 모습으로 바뀌느라 몸에 아무것도 두르지 않은 샤오렌을 노려보았고, 샤오렌은 아랑곳하지 않고 루추를 안은 팔에 힘을 주었다.

현기증이 더 심해져서 루추는 눈을 감고 사람들의 말소리를 들었다. 두창평과 징충환, 인한광의 목소리가 들리고, 낯설지만 도취될 정도로 듣기 좋은 목소리가 예 교수가 어디 있느냐고 묻는 소리도 들렸다.

그녀는 더 버틸 수가 없었다. 마지막 남은 힘을 다해 루추는 눈꺼풀을 들어 올리고 샤오렌에게 물었다.

"당신 금제를 풀어주기를 원해요?"

그의 눈에 푸른 불꽃이 일었다. 갈등으로 그의 마음이 극한으로 치닫는 모습이었다. 그러나 그녀에게 하는 대답은 무척 확고했다.

"당신이 해준다면 난 원해요."

난 원해요

구출된 그날, 루추는 자신이 겪은 일이 비현실적으로 느껴졌다. 마치 영화를 보고 있는 것처럼, 눈앞에 있는 것마저 남의 일로 느껴졌다. 그녀는 어둠속에 쭈그리고 앉아 실성한 사람처럼 울다가 웃기를 반복했다.

처음에는 몸에 문제가 있는 줄 알았다. 탈수가 심한 데다 나중에는 열이 심하게 올라 병원에서 링거를 맞아야 했다. 며칠 후 체온과 체력이 정상으로 회복되어 그녀는 회사에 출근을 했다. 그런데 시도 때도 없이 자기가 아닌 것 같다는 생각이 들었다. 익숙하던 복원실도 갑자기 낯설기만 했다. 어쩌면 마음 깊은 곳에 병이 생겼을지도 모른다는 생각이 들었다.

너무 큰일을 겪은 후 생기는 현실과의 괴리감이라고 생각했다.

그녀는 모든 일을 정신과 의사에게 털어놓을 수는 없었다. 그녀는 이 문제를 제쳐두고 우선 그녀를 가장 괴롭히는 문제부터 처리하기로 했다.

샤오롄이 위층으로 다시 이사를 왔다. 그가 이사를 나간 것도 갑작스러웠다. 병원에서 이틀 밤을 지낸 후 집에 돌아온 루추는 꿈도 꾸지 않고 밤새 잘 잤다. 아침이 되어 눈을 뜨니 잠이 덜 깬 그녀의 눈에 검은 장검이 조용히 창틀에 비스듬히 서 있는 모습이 보였다. 매우 흡족한 모습이었다.

창문은 굳게 닫혀 있었다. 조금의 틈도 없는 것이 어젯밤 자기 전의 상태 그대로였다. 장검이 문을 열고 들어온 후 다시 닫은 것이 분명했다. 루추가 장검을 바라보며 복잡한 심경이 되었다. 마치 인생의 쓴맛, 단맛, 신맛, 짠맛이 들어 있는 각각의 조미료 통을 엎어 모든 맛이 한데 섞여버린 것처럼, 한마디로 형언할 수 없는 기분이었다.

그녀가 입을 살짝 벌렸으나 한마디도 못한 채 한참을 그대로 있었다. 심지어 샤오롄이 본체 상태에서 자신의 목소리를 들을 수 있는지도 확신이 가지 않았다. 설사 알아듣더라도 그녀가 어떻게 할 수 있단 말인가! 한 자루의 검에 대고 화를 내고 베개를 던져 쫓아내기라도 할 것인가!

그래, 이제 생각났다. 루추는 이불을 힘껏 걷어내고 맨발로 장검 앞으로 갔다. 소련검을 잠시 내려다보던 그녀가 갑자기 칼자루를 움켜쥐고 침대로 돌아가 양모이불 위에 던져놓았다. 이불 한쪽을 잡고 검을 김밥 말듯 돌돌 말았다. 이불을 다 말고도 그녀는 성이 차지 않아서 이번에는 침대커버의 네 귀퉁이를 잡고 이불째 마치 보따리를 싸듯 매듭을 단단히 동여맸다.

다 끝내고 나니 왠지 모를 성취감에 루추는 손뼉을 쳤다. 장검 은 아무 소리도 내지 않고 조용히 있었다. 그녀는 침대에 앉아 잠 시 숨을 고른 후 일어나 옷장 앞으로 걸어갔다. 이때 등 뒤에서 부 자연스러운 기침소리가 들렸다. 천천히 고개를 돌리니 옷을 다 입 은 샤오롄이 양반다리를 하고 이불 위에 앉아 있었다. 그가 진지한 표정으로 말했다.

"난 본체의 모습으로 있을 때도 다 보여요. 하지만 시선은 마치 적외선 열화상카메라처럼 온도에 따라 형상이 달라지지요. 당신이 옷을 입을 거라고 짐작해서 먼저 기척을 낸 거예요."

루추의 시선을 받은 그의 목소리가 점점 작아졌다가 끝에 가서 는 아예 입을 다물고 그녀를 고집스럽게 바라보았다. 시선을 조금 도 다른 곳으로 옮기지 않고 몸도 움직이지 않았다.

루추가 입술을 깨물며 물었다.

"당신 들어온 지 얼마나 됐어요?"

"밤새 있었어요. 비록 큰형은 그럴 리가 없다고 했지만 형명정 이 당신을 노릴까 봐 걱정되었어요."

샤오롄이 다시 헛기침을 한 후 설명했다.

"난 전에도 침대 밑에 숨어 있었어요."

과연 그녀의 짐작이 맞았다. 샤오롄은 회사를 그만둔 후에도 정 식으로 결별할 때까지 오랫동안 그녀 곁에 있었던 것이다. 진북사 에서의 대화가 떠오르자 루추는 입술을 악물고 아무 말 하지 않았다. 샤오롄이 그녀를 쳐다보며 탐색하듯이 물었다.

"당신 그 사람 만났어요?"

무거운 그의 목소리에 미세한 긴장감이 배어 있었다. 루추는 최 씨를 말하는 거라고 생각해서 고개를 끄덕였다.

"만났어요. 산장의 말로는 전승에서 인물의 성격은 현실세계에 서와 다를 바 없다고 하더군요. 다만 곤경에 처했을 때 성격의 극 단적인 면이 쉽게 드러난다고 했어요."

샤오롄이 머뭇거리다가 다시 물었다.

"루추 씨가 보기에 그 사람은 어땠어요?"

"그런 성격은 싫어요. 너무 욕심이 많아서 뭐든 다 가지려고 하 다가 결국 아무것도 가질 수 없었죠."

루추가 단도직입적으로 최씨에 대한 자신의 생각을 말했다. 그 녀가 최씨를 동정하지 않는 것은 아니었다. 다만 불쌍한 사람에게 도 미운 데가 있는 법이고, 샤오롄이 뜬금없이 자기 첫사랑에 대해 어떻게 생각하느냐고 물어온 것도 야속했다. 루추는 자신의 말에 샤오롄이 서운하다고 해도 어쩔 수 없다고 생각했다.

둘 사이에 말다툼이 벌어질 것을 예상한 루추가 골이 난 얼굴로 샤오롄을 노려보았다. 잠시 머뭇거리던 샤오롄이 낮은 소리로 말 했다.

"내가 말한 그 사람은……, 나도 만났겠네요?"

"아……! 루추는 그제야 알겠다는 듯이 고개를 끄덕였다.

"당신도 만났죠."

오늘 아침에는 안개가 옅게 끼어서 창밖 풍경이 흐리게 보였다.

샤오롄이 시선을 잿빛 하늘로 옮기며 담담히 말했다.

"당시 난 스스로 영리하다고 생각했지만 사실은 아무것도 몰랐어요."

"지금보다 백이십만 배는 사랑스러웠어요."

루추가 갑자기 이렇게 말하며 그의 말을 가로막았다. 샤오롄이 놀라서 고개를 돌렸다. 두 사람의 눈이 마주치자 루추는 턱을 들고 도발적인 표정으로 방금 했던 말을 되풀이했다.

"그때의 샤오롄은 지금의 샤오롄보다 백이십만 배는 사랑스러웠다고요!"

그녀가 일부러 천천히 한 마디 한 마디에 힘을 주어 말했다. 그녀의 예상과는 달리 샤오롄은 잠시 생각에 잠겼다가 겸허하게 받아들이는 태도로 물었다.

"그 숫자는 어디서 나온 건가요?"

그의 말은 결국 루추를 격노하게 했다. 그녀가 앞으로 한 걸음 내딛으며 말했다.

"그게 중요해요? 잘 들어요. 그때의 샤오롄은 당신보다 훨씬 사랑스럽고 검술도 당신보다 뛰어나고 외모도 당신보다 잘생겼어요!"

"하지만 추추……."

샤오롄이 미소를 지으며 그녀를 일깨워줬다.

"내 외모는 변하지 않았어요."

그의 말이 맞다. 그녀가 가장 얄미워하는 부분이기도 하다. 루추가 주먹을 움켜쥐고 머리를 쥐어짜도 반박할 만한 말이 떠오르지 않았다. 결국 포기하고 토라져서 말했다.

"난 상관하지 않아요. 어쨌든 난 그때의 샤오렌이 좋아요."

어쨌든 그의 심경을 건드리는 데는 성공했다. 샤오렌의 눈에 갑자기 푸른 불꽃이 일기 시작했기 때문이다. 그가 몸을 앞으로 숙여 작은 소리로 물었다.

"그 녀석은 어리석고 분별력이 없고 오만해서 검술 하나로 세상을 평정할 수 있다고 믿었어요. 하지만 결국 금제에 걸려 깊은 구렁텅이에 빠져들고 말았죠. 그런 그 녀석을 좋아한다고요?"

"그의 모든 면이 좋아요."

루추는 생각하지도 않고 즉각 반박했다.

"게다가 솔직히 말해서 그는 아무 잘못도 저지르지 않았어요. 자신의 이용가치를 깨닫기도 전에 그것을 이용하려는 사람을 만난 것뿐이죠."

"어쨌든 당신은 그가 어리석다는 걸 부인해서는 안 돼요."

"나도 어리석잖아요!"

급기야는 자신까지 한데 엮어버리는 결과에 루추는 만회할 말을 찾지 못했다. 그녀는 잠시 머뭇거리다가 중얼거렸다.

"그는 어리석어서 사랑스러웠고, 어리석었기에 내가……. 외롭지 않다고 느끼게 해줬어요."

샤오렌의 미간이 활짝 펴졌다. 루추가 이어서 반박할 말을 준비하고 있을 때 샤오렌이 말했다.

"고마워요."

무슨 의미일까? 루추가 눈을 가늘게 뜨며 의혹에 가득 찬 목소리로 물었다.

"난 천신만고 끝에 당신의 금제를 풀 방법을 찾았는데 당신은 아무 말도 하지 않더니 겨우 이런 말에 고맙다고 하는 거예요?"

"금제를 풀어준 일은……."

샤오렌이 입가에 미소를 띤 채 진지하게 말했다.

"너무 큰 은혜라 말로는 고마움을 표현할 수 없어요."

장난스러우면서도 맑은 그의 미소가 너무 찬란해서 루추는 눈을 뗄 수 없었다. 샤오렌의 얼굴에서 이런 웃음을 본 것은 처음이어서 어떤 반응을 보여야 할지 알 수 없었다. 멍하니 그의 얼굴만 바라보고 있는데 두 사람의 핸드폰이 동시에 울리기 시작했다.

루추에게 전화를 걸어온 사람은 장쉰이었고, 샤오렌에게는 두창펑이 전화를 걸어왔다. 두 사람은 무거운 목소리로 사건 현장에서 예 교수가 사라졌다는 얘기를 전했다.

"내가 그의 어깨를 관통해서 죽을 정도는 아니지만 움직일 수 없게 해놓았어요."

샤오렌이 몸을 일으켜 작은 담요를 루추의 어깨에 걸쳐주고는 전화기를 스피커폰 모드로 바꾸고 상황을 설명했다.

"그의 상처 회복능력이 보통 사람과는 다르거나, 아니면 부근에 일당이 숨어 있다가 기회를 봐서 빼돌렸을지도 모르죠."

두창펑과 함께 있던 장쉰이 샤오렌의 말에 이렇게 분석했다. 통화는 자연스럽게 작은 회의로 변했다. 두창펑과 장쉰은 형명정이 이미 출국했을 가능성에 무게를 두었다. 또 예 교수가 치명적인 상처를 입어 당분간 행동에 나서지는 못하겠지만 루추의 안전에는 각별히 주의해야 한다고 말했다.

루추는 납치당했을 때 본 것을 남김없이 얘기해서 사람들의 판단에 도움을 주고자 했다. 그러나 마음 깊은 곳에서 현실과의 괴리감이 다시 고개를 들었다. 마치 그녀가 아닌 다른 사람이 하는 말처럼 들렸다. 그녀는 평범한 유물 복원사에 불과하며, 이토록 손에 땀을 쥐게 하는 일은 겪지 않았으며, 겪어서도 안 된다는 생각이 들었다.

그녀가 현실을 도피하고 있는 걸까? 하지만 현실이 어떻게 이토록 눈앞에서 변할 수 있단 말인가? 그녀에게는 그토록 갈망하는 평온한 삶으로 돌아가 복원작업에만 열중할 수 있는 기회가 있을까?

전화회의를 마친 후 루추는 옷장에서 옷을 꺼내들고 담담하게 말했다.

"나 옷 갈아입고 출근준비 해야 해요."

"같이 가요. 1층에서 기다릴게요."

샤오렌이 한쪽에 웅크리고 있던 차오바에게 손짓을 하며 말했다.

"이리 와. 통조림 열어줄게."

차오바가 겁먹은 눈으로 몸을 움츠린 채 걸어왔다. 루추가 먹을 것만 밝히는 차오바를 힐끗 쳐다보더니 샤오렌에게 말했다.

"내가 줄 거예요. 그리고 바래다줄 필요 없어요."

"가는 길이니까요. 나도 출근해야 해요."

그가 경쾌한 말투로 이렇게 말하고는 허리를 굽혀 차오바를 안아들었다. 그동안 한 번도 차오바를 안아준 적이 없는 샤오렌이었지만, 루추는 그런 것까지 생각할 틈이 없었다. 그녀가 의아한 말투로 물었다.

"영국으로 안 돌아가요?"

샤오렌이 고개를 가로저었다. 그가 잘생긴 얼굴에 짐짓 억울함을 내비쳤다.

"나 크리스티스 회사에서 해고당했어요."

"그럴 리가 없어요."

갑자기 안 좋은 예감이 들었다.

"무단결근을 3일 이상 했더니 그쪽에서 통보도 없이 해고해 버렸더라고요."

샤오렌은 계속 무기력한 표정을 연기했다.

"고맙게도 옛날 직장에서 날 다시 받아줬어요. 그래서 우린 다시 동료가 되었네요. 앞으로 잘 부탁해요."

그가 고개를 살짝 숙이며 목례를 하더니 고양이를 안고 검에 올라탄 채 계단 아래 거실로 내려갔다. 루추는 출근할 때 입을 옷을 들고 한동안 멍하니 있었다.

샤오렌은 귀환했고, 시간은 그녀가 이 아파트에 처음 이사 왔던 1년 전으로 돌아간 듯했다. 누군가 출퇴근길을 함께해 주고, 악몽에 시달리지 않으며, 이따금 클라리넷 소리가 들려오고, 아침 9시에 출근해서 오후 5시에 퇴근하는 생활은 겉보기에는 평온했다. 그러나 그건 겉모습에 불과했다.

그녀가 구출되고 나서 일주일 후에 장쉰이 쓰팡을 떠났다. 그는 떠나기 전 공항에서 루추에게 전화를 걸어 두 가지를 당부했다. 첫째, 장퉈가 제공한 보조재료에 문제가 없으니 안심하고 샤딩딩의 본체를 복원하라는 것이었다. 둘째, 그가 찾아야 하는 물건이 있으니 행운을 빌어달라고 했다. 아울러 비쩍 말라서 얼굴만 긴 그 녀석에 비하면 자기가 더 낫다는 점을 어필했다.

루추는 때마침 일을 하느라 전화를 진동으로 해놓았기 때문에 그의 전화를 받지 못했다. 점심시간이 되어서야 그의 음성 메시지를 듣고 연락했으나 그의 전화기는 꺼져 있었다. 대신 비행기에 오르기 전에 상반신을 벗은 측면 사진을 보내왔다. 사진 속 장쉰은 보디빌더 같은 자세를 취하고 팔뚝의 아름다운 이두박근을 드러내고 있었다.

풉! 사진을 본 루추는 웃음이 나와 하마터면 입에 있던 밥알이 튀어나올 뻔했다. 샤오렌이 고개를 빼고 이쪽을 쳐다보더니 말없이 핸드폰을 낚아챘다. 그리고는 몇 번 클릭한 후 그녀의 손에 쥐어주었다. 루추가 확인해 보니 장쉰의 사진은 사라지고 소련검이 창가에 모로 기대어 있는 사진이 튀어나왔다.

그녀가 불만을 터뜨렸다.

"왜 함부로 남의 핸드폰에 있는 사진을 삭제하고 그래요?"

"눈 버려요."

그가 앞으로 다가와 정색하며 말했다.

"옷을 벗은 모습은 내가 더 잘생겼다고요."

"본체끼리 비교하는 건가요?"

루추의 머리가 빠르게 회전했다. 샤오렌이 질색하며 말했다.

"물론이죠. 다른 남자의 벗은 모습을 보는 건 금지에요."

그 순간 생명이 꿈틀거리며 그녀는 내면에서 우러나오는 미소를 지었다. 그러나 그런 순간은 순식간에 지나가고 루추는 다시 말이 없어졌다. 일을 하는 도중에도 멍하니 정신을 팔기 일쑤였다. 자신이 누구이며, 왜 이곳에 있는지 알 수 없었다.

세상에 직면하여 그녀는 현실감을 잃은 듯 참여하지 않고 방관만 하고 있었다. 회사를 그만둘 때가 온 것이다.

크리스마스를 앞둔 주말 아침, 루추는 사직서를 두 번 접어서 봉투에 넣었다. 회사 건물로 들어간 그녀는 2층 두창펑의 사무실 문을 노크했다. 예상한 대로 안에서는 아무 대답이 없었다. 샤딩딩이 본체의 모습을 벗어나지 못한 순간부터 두창펑은 늘 그녀 곁을 지켰기 때문에 사무실을 지키는 시간도 자연히 줄어들었다. 그녀가 허리를 굽혀 봉투를 문아래 틈에 끼워놓는 순간 문이 열렸다. 검은 진 바지와 짙은 갈색 구두가 눈앞에 나타났다.

루추가 몸을 일으키니 샤오렌이 사람 허리춤까지 오는 비단함을 들고 바닥을 내려다보고 있었다. 그는 허탈한 표정으로 아무 말도 하지 않았다. 봉투에 큰 글씨로 쓴 '사직서'를 그도 틀림없이 보았을 것이다. 루추가 억지로 미소 지으며 두창펑의 책상을 가리키며 말했다.

"이걸 두고 가려고 왔어요."

샤오롄이 몸을 옆으로 돌렸다. 루추는 그를 볼 용기가 나지 않아 급히 문을 들어서서 사직서를 책상 위에 단정히 놓고는 돌아 나왔다. 그녀가 사무실을 나오자 문밖에서 기다리던 샤오롄이 물었다.

"내가 감정하는 모습을 보고 싶지 않아요?"

그는 평소와 같은 표정으로 담담한 말투를 유지하고 있어서 그의 기분을 좀처럼 읽을 수 없었다. 회사로 돌아온 후 샤오롄은 많이 달라졌다. 무거운 짐을 내려놓은 듯 부담이 없는 모습이었다. 그러나 지금 그는 다시 옛날로 돌아간 것처럼 감정을 억누르고 있었다. 루추가 해명을 하려다가 어디서부터 말을 시작해야 할지 막막했다. 그녀는 고개를 끄덕이며 그를 따라 엘리베이터를 탔다. 13층에는 아무도 없었다. 루추는 반짝이는 대리석 바닥 위를 걸으며 샤오롄이 유물을 감정하는 모습을 자신이 한 번도 본 적이 없다는 것을 깨달았다.

그것만이 아니었다. 샤오롄이 맨 끝에 있는 방문 앞에 서서 비밀번호를 눌렀다. 이때도 루추는 자기도 모르게 말했다.

"당신 사무실에는 처음 들어와 보네요."

"나의 업무능력을 믿지 못하겠어요?"

그가 고개를 돌리지 않고 도발적으로 물었다.

"당신을 믿어요. 하지만 상상하기가 어려워요."

달칵 문이 열리고 샤오롄이 그녀에게 초대하는 손짓을 했다.

"환영합니다. 들어와요."

방안은 텅 비어 있었다. 바닥은 오래된 선목(船木)이 깔려 있고 창가에는 커다랗고 우아한 자단목 작업대가 있었다. 그리고 가죽 의자와 작업대 뒤쪽의 스탠드 조명등이 전부였다. 단순하면서도 자연스러운 실내 분위기는 샤오롄과 닮아 있었다.

그렇다면 그는 현미경도 사용하지 않고 순전히 육안으로만 감정한다는 말인가? 루추는 베테랑 청동 감정사들이 각 시대 청동기의 제련공정을 놓고 토론하는 모습을 지켜본 적이 있다. 그들은 마치 탐정이라도 된 듯 기물의 두께, 녹의 흔적, 문양과 명문 등 세심한 부분에서 단서를 찾아내고, 이를 토대로 판단했다. 그중에는 현대적 기기의 도움을 전혀 받지 않는 사람들도 있었다. 그러나 루추는 샤오롄이 그런 방식으로 감정하는 모습을 상상할 수 없었다.

그녀는 작업대로 다가가 고개를 갸우뚱하며 그의 손에 들린 비단함을 가늠하다가 뭔가 생각난다는 듯 물었다.

"안에 든 건 병기예요?"

그는 군대에 오래 있었기 때문에 병기의 감별은 문제가 없을 것이다. 샤오롄은 대답하지 않고 스탠드 조명을 켜더니 상자 안에서 60센티미터 높이의 청동기를 꺼냈다. 이 기물은 입구가 사각형의 나팔처럼 벌어지고 긴 목과 직선형 배 부분이 꽃병과 유사한 형상이었다.

자신의 짐작과는 다른 모습에 루추가 흥미를 느끼고 물었다.

"방준(方尊)이예요?"

"다시 맞춰 봐요."

샤오롄이 청동기를 작업대 위에 놓으며 말했다.

"가까이 와서 봐도 돼요. 장담하건대, 사람으로는 변하지 않을 거예요."

그의 태도가 다시 자연스러워졌다. 루추는 가까이 다가가 불빛 아래서 자세히 관찰했다. 이 청동기는 보기 드문 사각형 그릇으로 윤곽이 단순하고 선이 매끄러웠다. 따라서 비록 표면에는 각종 정교한 부조가 새겨져 있었지만 화려함이 전혀 없는 중후하고 호방한 느낌이었다.

한참을 살펴보던 그녀가 갑자기 약간은 짜증 섞인 목소리로 말했다.

"사각 술병 '고(觚)'였군요. 당신 질문은 함정이었잖아요?'

'고(觚)'의 중국어 발음은 '고(孤)'와 같은 '구'다. 현대에는 그 자취가 사라졌지만 고대 유물 중 상당히 자주 볼 수 있는 기물이었다. 춘추전국시대 이후의 고는 거의 원형이 많고 재질도 옥석 도자 등으로 다양해졌다. 송대에 이르러서는 꽃을 꽂아 장식품으로 사용하기도 했다. 하지만 사각형 고는 흔히 볼 수 없기 때문에 다른 기물로 오인하기 쉽다.

"내가 낸 문제도 아니니 청잉 형을 원망하세요. 어떤 묘에서 출토된 건지는 모르지만 청잉 형이 감정하라고 맡긴 거예요."

샤오롄이 거리낌 없이 책임을 전가하고는 물었다.

"준비됐어요? 이제 감정 시작합니다."

루추가 고개를 끄덕였으나 무슨 영문인지 긴장이 되었다. 이때 샤오롄이 손가락을 튕기는 소리와 동시에 소련검이 그의 앞에 모습을 드러냈다. 그가 손을 내밀어 검지와 중지를 합해 검신을 어루만지는가 했더니 칼은 어느새 수술도 크기의 검망으로 변했다. 이 장면은 루추의 추억을 불러일으켰다. 그녀가 작은 소리로 물었다.

"차오바에게 수술을 해준 방법으로 감정하는 거예요?"

"병불혈인(兵不血刃)이죠."

그가 그녀를 향해 미소 지으며 한 손으로 사각형 고를 들고 다른 한 손으로는 검망으로 표면의 문양을 따라 서서히 미끄러졌다.

일반적인 사자성어를 그는 이런 방식으로 뱉어내며 순간적으로 그 둘 사이의 비밀의 문을 열었다. 루추가 입꼬리를 올리며 조용히 그 곁에서 물러났다. 차오바의 수술을 할 때 샤오롄이 그랬었다. 그가 검을 사용할 때 그녀가 할 수 있는 유일한 행동은 바로 빛을 가리지 않는 것이었다.

그러나 이번에는 지난번과는 크게 다르다. 검망은 실체화되지 않고 샤오롄의 손에서 검은 그림자처럼 짙어졌다 흐려졌다를 반복했으며, 칼끝이 기물에 닿지 않아 어떤 흔적도 남지 않았다. 샤오롄이 검망을 조절하며 병목 부위의 파초 잎 문양을 지나 띠 모양의 도철문(饕餮紋, 괴수의 얼굴을 새긴 문양—역주), 부조로 새긴 뱀, 발톱이 달린 용 문양에 이르기까지 미끄러지듯 어루만졌다. 마지막 단계에서는 갑자기 눈을 감더니 검망이 그의 손가락 사이에서 어두운 빛을 토해 내며 마치 그의 몸에서 나오는 것처럼 보였다.

그런 것 같은 게 아니라 확실히 그랬다. 샤오롄이 검을 쓰는 모습에 루추가 정신없이 빠져 있을 때 검망이 갑자기 사라졌다. 샤오롄이 눈을 뜨더니 영상전화 버튼을 눌렀다.

통화 연결음이 한참 울린 후 인청잉이 모습을 나타냈다. 그의 손에는 알록달록한 꽃모양의 아이스크림이 들려 있었다. 배경은 영국풍의 고색창연한 건물이었다. 그가 아이스크림을 핥으며 불분명한 발음으로 물었다.

"어때?"

샤오렌이 고를 화면에 대고 흔들며 말했다.

"방품이에요."

"그럴 줄 알았다. 내게 그런 운이 올 리가 없지."

인청잉의 목소리는 애석한 기색이 역력했으나 예상했다는 반응이었다.

"밑바닥은 상나라 때의 것이 맞아요. 하지만 몸통은 송대에 방제한 거네요."

샤오렌이 고의 나팔모양 입구를 화면에 대고 내부를 보여주며 말했다.

"정성을 꽤 들이긴 했네요. '아추(亞醜)' 가문의 문양도 정교하게 방제했고 명문의 필체도 상당히 유려해요."

그가 자세한 설명을 했지만 루추가 궁금해서 끼어들었다.

"그것만으로 확정할 수 있어요?"

샤오렌이 그녀를 바라보았는데, 그 표정에는 무력감이 서려 있었다. 인청잉이 나섰다.

"셋째야, 잘 설명해 봐."

"이걸 설명하기가 어렵다는 건 형도 알잖아요."

인청잉에게 볼멘소리를 했으나 샤오렌은 다시 루추를 향해 설명하기 시작했다.

"방품일수록 정교함을 더 요구해요. 진위를 가리기 어렵게 하기 위해 신중을 기하는 겁니다. 심지어 조각할 때도 칼질을 한 번에 하지 않고 하다가 멈추기를 반복하죠. 내 검망이 이런 세밀한 차이까지 감지할 수 있⋯⋯. 너무 심오한가요?"

"전혀 아니에요."

루추가 화면을 가리키며 물었다.

"청잉 선배님은 지금 왜 런던에 계세요?"

인청잉의 뒤로 크리스티스 경매회사의 정문이 보였다.

"크리스마스 때 런던에 온다고 말하지 않았던가요? 쇼핑도 하고 거리 구경도⋯⋯. Merry Christmas to you, too!"

인청잉이 말을 하던 도중에 아는 사람을 만났는지 열심히 인사를 나눴다.

루추가 샤오롄에게 말했다.

"당신 보러 간 거 아니었어요?"

"루추 씨는 우리 형제간의 우애를 잘못 알고 있군요."

샤오롄이 전화를 끊고 한 손을 주머니에 넣은 채 말했다.

"참! 전에 당신 생일을 앞두고 작은 선물을 샀어요. 그동안 줄 기회가 없어서⋯⋯."

그가 우물쭈물하며 말을 제대로 하지 못하자 루추는 뒤늦은 생일선물을 받을 생각에 미소를 지었다.

"고마워요."

"고맙다는 말은 아직 일러요."

샤오롄이 복잡한 표정으로 그녀를 바라보았다.

"별로 좋아하지 않을 거예요."

"…… 왜요?"

그가 뭔가 설명하려고 입을 반쯤 벌렸다가는 생각을 바꿨는지 갑자기 한 걸음 앞으로 다가왔다. 이어서 귀엽고 정교한 비단주머니를 꺼내더니 그녀 앞에 한쪽 무릎을 꿇었다.

루추가 반사적으로 뒷걸음질을 하다가 그 자리에 멈춰서 고개를 갸우뚱했다. 머릿속이 하얘졌다.

샤오렌이 뚜껑을 열고 반짝이는 반지를 꺼냈다. 그가 반지를 들고 부드럽게 물었다.

"나와 결혼해 주실래요?"

"하지만 당신 말로는……."

그녀가 다음 말을 잇지 못했다. 샤오렌이 고개를 끄덕이며 그녀의 말을 받았다.

"내가 무슨 말을 했는지 기억해요. 그 말은 반은 홧김에 한 거고 반은 두려움에서 나온 거예요. 하지만 거짓말은 아니었어요."

"그런데도 나와 결혼하겠다고요?"

루추가 의혹에 차서 그를 바라보며 더듬거리며 말했다.

"난……, 난 늙어갈 거예요……."

샤오렌이 미소 지으며 대답했다.

"겉모습은 내게 중요하지 않아요."

루추가 그의 눈을 들여다보며 다시 말했다.

"난 언젠가 죽을 거예요."

"알아요."

샤오렌이 회피하지 않고 그녀를 마주보았다.

"백년 후 당신이 이 세상을 떠나면 나는 혼자 남겨지겠죠. 그리고는 갑자기 텅 빈 삶을 마주하게 되겠죠."

그의 대답이 너무 담담해서 루추는 저도 모르게 고개를 저으며 믿을 수 없다는 듯 물었다.

"당신은 상관없어요?"

"물론 상관있죠. 하지만 쓰팡을 떠난 후 당신과 함께하는 게 아니라면 지금 당장 텅 빈 삶을 마주하게 될 거라는 걸 깨달았어요. 그런 생각을 하니 결심이 쉽게 서더라고요."

샤오렌이 그녀를 바라보며 물었다.

"나는 준비가 되었어요. 당신은 어때요?"

"난 모르겠어요. 너무 갑작스러운 일이라 생각해 본 적이 없어요."

루추가 횡설수설하며 여기까지 말하고는 갑자기 입을 다물고 그의 손에 든 반지를 조용히 바라보았다. 그 반지는 복고풍의 독특한 디자인으로 정교하게 세공되어 있었다. 결코 즉흥적으로 산 물건이 아닌 것을 알 수 있었다. 그녀의 시선이 샤오렌의 얼굴로 향하며 작은 소리로 물었다.

"당신 결심은 확고해요?"

"난 확고해요."

그가 정중한 말투로 맹세하듯 말했다.

"하지만 난 아직 확실치 않아요. 당신에게 결혼이란 뭐죠?"

루추의 물음에 그가 대답했다.

"절대 잊어서는 안 되고, 절대 떨어져서는 안 되며, 버려서도 안 되는 것이죠."

그의 말에 루추는 거절할 용기를 잃었다.

"나도 그래요."

그녀가 중얼거리듯 말했다.

"그래서 난 아무것도 생각하지 않고 당신의 청혼을 받아들이기로 했어요."

샤오렌의 입가에 웃음이 떠올랐다. 그가 루추의 손을 잡고 반지를 왼손 넷째 손가락에 끼워주었다. 반지는 그녀의 손에 맞춘 듯 들어맞았다. 비취와 다이아몬드가 햇빛을 받아 서로 빛을 투영하며 영롱하게 빛났다.

"당신 후회하지 않게 해줄게요."

그가 그녀의 손끝에 가볍게 입을 맞췄다.

모든 것이 너무 완벽하고 환상적이었다. 믿기 어려울 만큼.

루추가 중얼거렸다.

"죽음이 우리를 갈라놓을 때까지……."

"네?"

"난 원해요."

(3권에서 계속)

검혼여초 2: 산하여고
劍魂如初   山河如故

1판 1쇄 인쇄 2020년 11월 13일
1판 1쇄 발행 2020년 11월 20일

지은이 화이관
옮긴이 차혜정

발행인 양원석 **편집장** 최두은
디자인 남미현, 김미선 **영업마케팅** 양정길, 강효경, 김보미

펴낸 곳 ㈜알에이치코리아
주소 서울시 금천구 가산디지털2로 53, 20층 (가산동, 한라시그마밸리)
편집문의 02-6443-8844 **도서문의** 02-6443-8800
홈페이지 http://rhk.co.kr
등록 2004년 1월 15일 제2-3726호

ISBN 978-89-255-8963-3 (03820)